二哈和他的白猫師尊

바보 허스키와 그의 흰 고양이 사존

二哈和他的白猫師尊

바보 허스키와 그의 흰 고양이 사존

육포부흘육 장편소설

10권

BLab

二哈和他的白猫師尊

목차

242장 용혈산, 뱀 허물

고월야.

교산에서 구사일생으로 살아남은 수사들은 약학 문파의 도움을 받아 마디충을 제거하고 상처 부위에 붕대를 감았다. 하지만 한층 꺾인 사기는 좀체 나아질 기미를 보이지 않았고, 공기마저도 푹 가라앉은 채 침울하기 그지없었다.

설몽은 임령서의 해변에 앉아 용성 곡도를 다리 위에 올려놓은 채, 오르내리는 파도를 멍하니 바라보고 있었다.

갑자기 뒤에서 발소리가 들렸다. 설몽은 눈을 동그랗게 뜨고 고개를 홱 돌렸다. 눈동자에 담긴 기대가 다가오는 사람을 확인한 후 다시 실망으로 바뀌었다. 그의 시선이 다시 망망대해로 옮겨졌다.

매함설이 그의 옆에 앉았다.

“네 아버지는 전갈을 받고 먼저 사생지전으로 가셨어. 급히 가시면서 나더러 너와 얘기 좀 해 보라고 하시더라."

"……."

"네 아버지와 너, 마음이 좋지 않겠지."

"알면 꺼져."

매함설은 꺼지는 대신 양가죽으로 만든 술 주머니를 그에게 건넸다.

"마실래?"

설몽이 분노에 찬 얼굴로 고개를 돌리더니 날카로운 바늘을 곤두세운 듯 뾰족하게 대답했다.

"마시긴 뭘 마셔? 내가 그렇게 타락한 인간인 줄 알아?"

매함설이 가볍게 미소 지었다. 부드러운 금발이 바닷바람에 날려 무척이나 온화해 보였다. 옅은 벽옥색을 띤 눈동자가 마치 푸른 연못 위에 꽃잎이 떨어지듯 흔들렸다.

"술 한 모금 마시는 거 가지고 무슨 타락이야?"

매함설이 흩날리는 옆머리를 뒤로 넘기자 손목에 찬 은방울이 영롱하게 빛났다.

"사생지전에서 매춘은 안 되지만, 술 마시는 건 괜찮다고 들었어."

"……."

"초 선군은 이화백주를 그렇게 좋아한다던데, 넌 제자라면서 어째서 주량은 못 배운 거야?"

설몽이 그를 흉흉하게 노려보았다. 욕을 한 바가지 퍼부어 줄까 싶었지만, 결국 아무 말도 하지 않았다. 대신 술 주머니의 뚜껑을 열어 한 모금 크게 마셨다.

"호탕하네. 이건 답설궁의 백주야. 향기가 아주……."

"푸풉!"

호탕한 설 소주가 시퍼레진 얼굴로 입에 머금은 백주를 반 이상 뿜어냈다.

"컥컥컥컥컥컥컥!"

"……."

매함설은 입을 오므리고 살짝 놀란 듯 물었다.

"술 못 마셔?"

체면 깎이는 게 싫었던 설몽은 술을 도로 가져가려는 손을 뿌리치고 다시 고개를 젖혀 한 모금 더 입 안에 털어 넣었다. 하지만 이번에는 고개까지 돌려 '웩' 하고 전부 밖으로 게워 냈다.

매사에 느긋한 매함설이 웬일로 당황했다.

"네가 술을 이렇게…… 됐다. 그만 마셔."

"꺼져!"

"술 이리 내."

"꺼지라니까!"

속만 태우던 설몽은 누구라도 건드리면 물어뜯겠다는 심산인지, 노기등등한 얼굴로 매함설을 노려보았다.

"네놈이 마시라면 마시고, 마시지 말라면 안 마셔야 해? 그럼 내 체면은? 내 체면은 안 중요해?"

말을 하면서 자기 얼굴을 찰싹찰싹 때리는 것을 보니 이미 취기가 오른 듯했다.

사생지전에는 '초 종사는 천 잔으로도 취할 수 없지만, 설 소주는 한 잔으로도 쓰러진다'라는 말이 있다.

매함설은 사생지전 사람이 아니기 때문에 당연히 이런 말이 떠도는 줄은 알지 못했다. 그는 그저 앞으로 이런 독한 술을 설몽에게 먹이면 안 되겠다고만 생각했다.

설몽이 술을 게워 낸 후 술 주머니를 안고 다시 마셨다. 이번에는 꿀꺽꿀꺽 네다섯 모금 마신 후에야 크게 숨을 내뱉었다. 낯빛은 갈수록 창백해져만 갔다.

매함설이 술 주머니를 얼른 빼앗고는 미간을 찌푸리며 말했다.

"그만 마시고 돌아가서 쉬어. 바닷바람도 많이 맞으면 안 좋아."

설몽이 똥고집을 부렸다.

"여기서 기다릴 거야."

"……."

"나…… 난……."

설몽이 넋 나간 눈빛으로 그를 한참 노려보다가 갑자기 대성통곡하기 시작했다.

"넌 몰라, 모른다고. 나, 형 기다릴 거야. 사존도 기다릴 거고, 사매도 기다릴 거야……. 우리 중에 하나라도 빠져서는 안 돼. 그럼 이상하다고."

매함설은 여자를 위로하는 데 도가 튼 사람이었다.

진솔한 말로 달래거나 달빛이 은은한 꽃밭에서 사랑을 맹세하는 등, 상황에 따라 적절하게 말을 하거나 행동하면 되었다.

하지만 그는 남자를 위로해 본 적이 없었다.

설몽도 위로가 필요하지 않았다. 그저 오랫동안 참았던 탓에 술이 들어가자 금세 무너진 것뿐이었다. 설몽은 그저 털어놓고만 싶었다.

"네 사람 중에 나만 남았어. 지금은 나 혼자 남았다고……. 괴로워서 가슴이 터질 것 같은데, 제길, 네놈이 그걸 알아?"

매함설이 한숨을 푹 내쉬었다.

"알겠어."

"사기꾼 같은 게! 네놈이 알긴 뭘 알아?"

설몽이 흐느끼더니 급기야 머리를 묻고 오열하기 시작했다. 마지막 남은 동아줄이나 지푸라기라도 잡는 것처럼 용성을 단단히 끌어안았다.

사기꾼은 그를 어떻게 달래야 할지 몰라 대답을 정정했다.

"그래, 난 몰라."

"인정머리 없는 개새끼 같으니라고! 왜 몰라?"

고주망태가 된 사람과 무슨 말을 하겠는가? 설몽이 갑자기 고개를 홱 치켜들더니 그를 죽일 듯이 째려보았다. 눈물이 그렁그렁한 눈동자에 불만이 가득했다.

"모를 게 뭐가 있어? 잘 알 거 아니야?"

그가 손가락을 폈다.

"네 명!"

손가락 하나를 내리고 또 하나를 내렸다. 세 번째 손가락을 내렸을 때, 설몽이 다시 무너졌다. 세 번째 손가락이 그의 눈물샘인 듯했다.

"한 명 남았다고, 나 하나! 알겠어?"

"……."

사기꾼도, 인정머리 없는 개새끼도 되고 싶지 않았던 매함설은 안다, 모른다 대답할 수가 없었다. 그래서 그는 아예 대꾸하지 않기로 했다.
설몽이 그를 한참 노려본 후에 다시 고개를 비틀었다.
"우웩!"
풍류랑인 매 공자는 지금까지 자신을 향한 꿀 떨어지는 눈빛만 받아 보았을 뿐, 자신을 바라보던 사람이 토악질하는 건 처음이었다.
매함설은 머리가 살짝 욱신거렸다.
"너 왜 이러는 거야? 어릴 때 내가 준 어성초를 먹었을 때도 토하더니, 커서는 내가 준 곤륜주를 마시고 토하냐? 여자들보다 네 비위 맞추는 게 더 힘들다."
몸을 숙인 채 숨도 제대로 못 쉴 정도로 구역질을 해 대는 사람을 앞에 두고, 매함설은 어쩔 수 없다는 듯 말했다.
"알았다, 알았어. 욕도 실컷 하고 게워 낼 것도 다 게워 내면 돌아가서 쉬어. 네 형도, 사존도, 친구도 다 괜찮을 거야. 다들 네가 이렇게 괴로워하는 걸 원치 않을 텐데."
그가 일어나 설몽을 부축했다.
한바탕 토악질을 하고 난 설몽은 맥이 다 빠진 듯 몸을 휘청거렸고, 자신을 부축한 그의 팔도 뿌리치지 않았다.
매함설은 그를 방에 데려다주기 위해 해안을 지나 고월야의 후문으로 들어갔다.
하지만 화청문 안으로 들어가기도 전에 공기를 압도하는 진한 살기를 느꼈다.
그가 설몽을 꽉 붙잡고 꺾어지는 복도 뒤편으로 순식간에 몸을 숨겼다. 갑작스러운 상황에 설몽의 입에서 '읍' 하는 소리가 났지만, 매함설이 재빨리 그의 입을 단단히 틀어막았다.

"조용히 해."

"손…… 손 치워……. 토…… 쏠려……."

설몽이 끙끙댔다.

매함설이 말했다.

"삼켜."

"……."

매함설은 이 고주망태 때문에 발각될까 봐 설몽의 입에 손을 대고 함구 주술을 걸었다. 이후 그는 고개를 옆으로 기울이고 눈알을 굴리며 화청 내부를 살폈다.

이윽고 눈앞에 펼쳐진 상황에 그는 순간 기함하고 말았다.

……묵연?

장문과 장로들은 대부분 각자 문파로 돌아간 뒤였다. 교산 사건으로 그들은 자기 영지의 결계를 손보는 게 급선무였다.

하지만 고월야에는 부상당한 수사가 아직도 제법 남아 있었다. 지금 화청에 모인 그들은 두려움에 떨며, 중앙에 선 남자를 바라보았다.

"쯧쯧."

묵연이 검은색과 금색으로 된, 바닥까지 오는 장포를 두른 채 실눈을 뜨고 주변을 둘러보았다.

"다들 익숙한 얼굴이군. 벌써 수년이 지났건만, 네놈들이 이곳에 이토록 혈기 왕성한 모습으로 있다니 놀라운데?"

수사 중 한 명이 분연히 일어나 소리쳤다.

"묵, 묵미우! 너 갑자기 왜 이래? 미쳤어? 주술에 당한 거냐?"

"미쳐?"

묵연이 얇은 입술을 살짝 다물고 냉소했다.

"본좌한테 그런 말을 하다니. 미친 건 네놈이겠군."

순간 검은빛이 번쩍하더니 '푹' 하는 소리와 함께 그 수사의 가슴에서 피가 뿜어져 나와 공중에 흩뿌려졌다.

"죽, 죽였어?"

"묵연, 너 무슨 짓을 저지른 거야?"

다른 수사가 비명을 지르며 외쳤다.

"빨리! 빨리 강 장문을 모셔 와! 빨리!"

"아?"

묵연이 느긋하게 눈썹을 들어 올렸다.

"강 장문? 강희를 말하는 건가?"

"……."

"그놈 실력은 썩 괜찮지. 본좌가 죽인 놈들 중 열 손가락 안에 들 정도니까. 그래도 문제는 없어."

"무슨 헛소리를 하는 거야?"

매함설도 이상하긴 마찬가지였다. 이 남자는 지금껏 보아온 묵 종사가 아니었다. 그는 온몸으로 섬뜩한 살기를 여과 없이 내뿜고 있었다.

하지만 아무리 봐도 묵연과 똑같이 생겼고, 목소리마저 차이가 없었다. 누가 이토록 짧은 시간에 다른 사람의 얼굴이며 목소리까지 흉내 낼 수 있단 말인가?

화청 안에 있던 고월야의 장로 하나가 마침내 입을 열었다.

"묵 종사, 아무래도 교산의 마룡 저주에 걸린 듯하오. 앓아

보시오, 내 진맥을…….”

묵연이 그의 말을 끊었다.

“무슨 뜻이지?”

그가 눈을 가느다랗게 떴다.

“영감, 지금 나한테 병이 있다고 돌려 욕하는 건가?”

“…….”

“그렇게 치료를 하고 싶으면 본좌가 도와줄게. 천하에 환자가 없으면 의원이 굶어 죽는다지? 본좌도 그 정도의 이치는 잘 알고 있다.”

말이 끝나자마자 검은 그림자가 획획 지나가더니 화청 안에 비명이 연이어 터지고 피가 사방으로 튀었다.

묵연이 검은 장포를 휘날리며 느긋하게 대청 한가운데로 돌아갔다. 암홍색 두약 무늬가 새겨진 융단 위에 섰을 때, 화청 안에는 팔다리 잘린 사람은 물론이고, 심장과 내장이 튀어나온 채 비명횡사한 사람으로 참혹하기 이를 데가 없었다.

묵연이 바닥에 쓰러진 채 망연자실해하는 장로를 보며 말했다.

“어때? 내가 여기 죄다 네 환자로 만들어 줬잖아? 기뻐 죽겠지?”

“묵…… 묵미우…….”

“개업 축하해! 돈 많이 벌어.”

묵연이 활짝 웃으며 이죽거린 후에, 이리저리 뒹굴며 고통스러워하는 사람과 눈도 못 감고 죽은 사람들 사이를 걸어 나왔다.

“아, 맞다!”

그가 문 앞에서 고개를 돌리며 그들에게 말했다.

“깜빡할 뻔했군. 상수진계가 아무 일도 안 하고 놀고먹은 지

벌써 수백 년이 됐잖아. 너희 장문들한테 가서 전해. 본좌가 조만간 상수진계의 모든 문파를 쓸어버리겠다고."

성격이 불같은 수사 하나가 악을 써 댔다.

"묵연! 이 미친놈! 다친 수사들만 모인 화청에 난입한 주제에 뭐? 네놈은 그저 다른 장문들을 상대하기가 무서운 거잖아!"

"내가 그들을 무서워한다고?"

묵연이 눈을 가늘게 떴다.

"네놈들이 다시 손잡고 떼 지어 덤벼들어도, 본좌가 죽을 생각이 없는 한 네놈들은 본좌를 죽일 수 없다."

"묵연, 너 미쳤어? 너도 화벽남과 한패였어? 너, 너 대체 무슨 짓을 하려는 거야?"

묵연의 보조개가 깊어지고 눈빛이 어둡게 빛났다. 그가 한참 뒤에 느릿느릿 말을 꺼냈다.

"……본좌가 뭘 원하는지 묻는 것이냐?"

잘생긴 얼굴에 기이한 광채가 스치고 지나갔다. 그가 눈을 감았다.

"본좌가 원하는 것이라, 사실 스스로도 잘 모르겠군. 어쨌든 이 세상에 본좌에게 뭔가를 줄 수 있는 사람도, 본좌를 기쁘게 해 줄 사람도 없다."

그가 담담하게 말했다.

"본좌는 이미 오랫동안 산 송장으로 살아온 터라 원하는 게 없어. 하지만 네놈이 굳이 묻는다면……."

그가 해맑게 웃었다.

감았던 눈을 떴다. 그의 눈동자가 핏빛으로 번뜩였다.

"네놈들이 죽어 가는 모습을 보는 거."

그의 말에 다들 화들짝 놀라 숨을 삼켰다. 묵연이 하얗게 질린 사람들의 얼굴을 훑더니 눈을 내리깔고 웃음을 터뜨렸다.

"이런 재밌는 광경은 실로 오랜만이군. 정말 재밌어!"

"묵연…… 너 정말 미쳤구나……."

"그 말, 벌써 두 번째네."

그의 미소가 굳어지더니 갑자기 굉음이 들렸다. 눈 깜짝할 사이에 묵연이 그의 등 뒤로 가더니, 한 손으로 세게 때리자 순식간에 머리가 터지고 말았다!

"악……!"

이 같은 참상에 비명이 울려 퍼졌다. 묵연은 피로 얼룩진 준수한 얼굴을 천천히 들어 올렸다. 괴기스럽고 야만적인 눈빛으로 이리저리 흩어지는 사람들을 훑고 지나갔다.

"본좌가 미쳤다고 하니 귀하의 뜻에 부응하는 수밖에."

'귀하'라고 불린 사람은 두개골이 박살 나 머리와 얼굴이 피범벅이었다. 하지만 묵연은 귀찮다는 얼굴로 슬쩍 보는 게 다였다. 밥 먹는 일처럼 이 모든 게 예사롭다는 듯 평온하고 무심한 눈빛으로 이들을 둘러보았다.

"됐다. 오늘은 그만 죽여야겠다."

그가 입꼬리를 천천히 비틀어 올리며 시체 더미를 발로 차 한쪽으로 밀어 넣었다.

"사람은 말이야, 단번에 죽여 버리면 재미없어. 너무 많이 죽이면 본좌가 외롭기도 하고. 너희는 며칠 더 살려 둘게."

잠시 멈춘 뒤 다시 말을 이었다.

"손이 근질근질할 때나 너희 대갈통을 날려 보내고 싶을 때 다시 오겠다."

묵연은 피가 낭자한 곳에서 여유롭게 걸어 나와 문 앞에 섰다. 그가 다시 곁눈질하며 말했다.

"그때까지 대가리 간수나 잘하셔."

그가 호탕하게 웃고는 장포를 휘날리며 땅을 박차고 처마 위로 올라갔다. 그림자는 지붕 뒤로 넘어가 금세 모습을 감췄다.

사흘이 지났다.

용혈산 동굴에 있는 묵연과 초만녕은 주술의 영향으로 여전히 혼미한 상태였다. 이때 향로에서 탁탁 소리가 나더니, 그 안에서 검은 연기와 피가 뿜어져 나왔다. 곧이어 귀청이 찢어질 듯 날카로운 소리가 터져 나와 동굴 안에서 메아리쳤다.

묵연이 깜짝 놀라 눈을 번쩍 떴다.

명치 부위의 통증이 사라지고, 몸 어디에도 생채기 하나 보이지 않았다. 묵연과 초만녕 사이에 연결되어 있던 신비한 연기도 보이지 않았다.

"사존!"

그가 얼른 일어났다. 동굴 안에는 뜻밖에도 다른 사람이 한 명 더 있었다.

그는 묵연을 등진 채 돌 탁자 앞에 서서 탄내 나는 향로를 물끄러미 바라보고 있었다. 그림자는 길고 호리호리했으며, 말로 형용할 수 없을 만큼 아름다웠다. 그가 향로 뚜껑을 열더니 기다랗고 하얀 손가락을 안에 넣어 꽃잎이 무수히 달린 괴이한 꽃 한 송이를 꺼내 손바닥 위에 조심스레 올려놓았다.

"완전히 다 타 버렸네."

그가 조용히 혼잣말하더니 두 손가락에 힘을 주어 검게 그을린 꽃잎을 가루로 만들었다.

잿더미 속에서 하얀빛이 피어올랐다. 그가 뒷짐을 진 채 이를 바라보며 다행스럽다는 듯 말했다.

"아, 꽃을 만들 때 이 안에 내 혼백을 넣어 두길 잘했군. 혼백이 내게 길을 가르쳐 주지 않았다면, 천지가 까마득한 곳에서 이 동굴을 찾긴 어려웠을 거야."

하얀빛이 그의 말을 알아들은 듯 그의 주변을 천천히 휘감아 돌았다. 이윽고 색이 점점 옅어지더니 이내 완전히 사라져 보이지 않았다.

묵연이 잠긴 목으로 입을 뗐다.

"너는……."

기척을 느낀 그가 향로를 내려놓고 탄식했다.

"일어났어?"

"누구냐?"

그가 담담하게 대답했다.

"내가 누구일 것 같아?"

그의 목소리는 무척 익숙했다. 하지만 방금 일어난 묵연은 여전히 몽롱한 상태라, 오랜 세월 꿈을 꾸다 일어난 사람처럼 단박에 기억해 내지 못했다.

누구지?

방금 그가 내뱉은 혼잣말로 보아, 그 신기한 검은 꽃과 관련이 있는 사람인 듯했다. 화초와 독충을 만드는 것은 고월야가 가장 잘하는 일이었다……. 그렇다면…… 화벽남?

화벽남을 떠올리자 곧장 사매가 생각났다. 묵연은 순간 분노를 느꼈지만, 아무런 말도 하지 않았다. 그때 그자가 몸을 돌렸다.

동굴 안은 어두컴컴했지만, 그자가 고개를 돌리는 순간 컴컴한 이 안이 환해지는 듯했다. 무척이나 아름답게 생긴 미남자였다.

그는 언제나 길게 늘어뜨린 장발을 하나로 높이 묶은 채, 정교한 무늬의 자수가 놓인 두건을 이마에 둘렀다. 예전과는 다르게 나약한 모습은 전혀 보이지 않았다. 요염한 눈동자가 맑고 투명하게 반짝였다.

이 아름다운 사람을 보자 묵연은 벼락이라도 맞은 듯 경악을 금치 못했다. 묵연이 입 밖으로 내뱉은 그의 이름은 날카로운 화살이 되어 죽음과도 같은 적막을 깨뜨렸다.

"사매?"

사매였다……. 정말 사매였어!

당대 최고의 미모를 자랑하는 이 남자는 옆으로 흘러내린 잔머리를 뒤로 넘기고는 무심하게 말했다.

"연아, 날 만난 게 그리 놀랄 일이야?"

피가 부글부글 끓어오르고 머릿속에서 윙윙 소리가 났다. 묵연은 사고가 정지된 듯 사매가 이곳에 나타난 이유를 짐작조차 할 수 없었다. 어째서 표정과 태도마저 이토록 낯설게 느껴지는 걸까?

묵연은 온몸이 굳어졌다. 오만 가지 궁금증이 한꺼번에 목에 걸려 입 밖으로 나오지 않았다. 한참 뒤에 그가 더듬더듬 말을 꺼냈다.

"……사매, 눈이……."

"안 다쳤어."

사매가 얕은 미소를 지으며 묵연에게 다가갔다.

"난 내가 사모하는 사람을 보기 위해 이곳에 온 거야. 눈이 멀거나 흉측해지면 누가 날 좋아하겠어?"

"……."

묵연은 그의 조롱 섞인 표정과 태도를 보며 천천히 정신이 돌아왔다. 물론 당장에 말문이 터지진 않았다. 먹구름이 도시를 뒤덮듯 경악스러운 상황에 머리가 새하얘졌다.

"사매가…… 어떻게 사매가…… 한린성수일 수 있어?"

갑자기 분노가 치밀어 오르기 시작했다.

이때 묵연은 전생에 설몽의 심정을 이해할 수 있었다. 함께 동고동락한 친구에게 배신당하는 것보다 더 고통스러운 일은 없었다.

"어떻게 한린성수냐고!"

"아, 그 사람?"

사매가 웃었다.

"앞으로 시간은 많으니까 설명은 천천히 할게."

그가 말을 하며 한 걸음, 한 걸음 앞으로 다가와 묵연 곁에 바짝 붙었다.

사매가 미소 지은 채 말했다.

"한린성수에 관한 얘기는 나중에 하고, 그동안 수많은 우여

곡절을 겪었으니 먼저 내가 사모하는 사람과 허심탄회하게 대화부터 나누고 싶은데.”

묵연은 분노와 상심으로 몸서리쳤고, 얼굴은 갈수록 잿빛이 되어 갔다.

“우리 사이에 할 얘기가 있다고?”

우아하고 준수한 외모의 남자가 가볍게 웃으며 반문했다.

“응?”

눈매가 노을빛처럼 부드러웠다. 사매가 묵연의 얼굴을 응시한 채 입을 열었다.

“……하긴 우리는 성격이 정반대라 사실 할 말도 없긴 해.”

그가 장포 자락을 바닥에 끌며 묵연을 지나 초만녕에게 걸어갔다. 묵연은 여전히 아무것도 하지 않았다. 사매가 길고 가는 손가락을 조용히 뻗어 머리를 숙인 채 초만녕의 얼굴을 매만졌다.

“…….”

묵연은 순간 머릿속이 아찔했다. 여전히 그의 행동을 이해할 수 없었다.

사매는 초만녕에게 시선을 고정한 채 주변에 아무도 없다는 것처럼 부드러운 목소리로 말했다.

“사존, 저 무식한 놈이 사존을 아프게 했죠? 아, 가엾어라……. 그나저나 사존, 기억은 회복한 거죠?”

그가 가느다란 손끝으로 곤히 자는 초만녕의 아랫입술을 톡 건드리며 눈을 가느다랗게 떴다. 아름다운 얼굴은 예전 그대로였지만, 어딘가 독기가 있어 보였다.

“기억을 회복해도 좋아요. 그때 사존이 왜 그런 방법을 썼는지, 전 지금도 잘 모르겠거든요. 일어나시면 얘기도 나누고 조언도 구할 수 있겠네요."

그가 말을 멈추고 싱긋 웃었다.

"전생에 당신은 온갖 궁리를 짜내 사람을 기만하고 제자를 혹독하게 괴롭혔어요. 다른 사람이 저한테 그랬다면 백번 죽여도 시원치 않았을 거예요. 하지만 사존이 아무리 제게 맞서도, 여전히 저는 사존을 아끼고 사랑해요."

그가 묵연을 힐끗 보고는 몸을 숙여 초만녕의 볼에 살짝 입을 맞추었다. 그리고 눈을 내리깔고 한숨을 내쉬었다.

"그러니까 왜 당신을 사랑하게 만들었나요? 나의 아름다운 사존."

243장 용혈산, 연적

"……."

묵연은 벼락이라도 맞은 듯 그 자리에서 온몸이 굳어 버렸다.

믿을 수가 없었다……. 믿기 힘들었다……. 사매가 뭐라는 거야? 사매가 뭘 한 거지? 이, 이게 대체 어떻게 된 거야?

묵연은 순간 이 상황을 받아들일 수가 없었다. 심지어 사매가 초만녕에게 입을 맞춘 모습은, 눈앞에서 본 광경임에도 환각이라고 착각할 정도였다.

손으로 이마를 짚었다. 관자놀이가 팔딱팔딱 뛰었다. 순간 머릿속에 어릴 적 사매가 따스한 미소로 '연아'라고 자신을 부르던 모습이 스치고 지나갔다.

하지만 이 사람은…… 그가…… 어떻게…….

온몸에 솜털이 곤두섰다.

사매가…… 사존을 좋아해?

그럴 리가!

사매는 단 한 번도 초만녕에 대한 마음을 드러낸 적이 없었다. 오히려 설몽이 초만녕을 좋아한다는 말이 더 설득력이 있었다. 사매가 좋아할 리 없잖아? 그는 늘 신중하고 깍듯했으며 말주변도 없었다. 심지어 초만녕과 잘 붙어 있지도 않았다. 수업을 마치거나 임무 수행이 끝나면 조용히 돌아가기 일쑤였다.

말도 안 돼.

사매가 몸을 일으킨 후 곁눈으로 묵연을 보며 옅은 미소를 지었다.

"나한테 놀랐나 보네?"

"……정말…… 황당해서……."

"황당?"

사매가 여유롭게 말했다.

"사제, 대체 누가 황당하다는 거야? 사존을 이토록 잔인하게 괴롭힌 사람이 설마 나란 말이니?"

묵연의 얼굴이 순간 벌겋게 달아올랐다. 눈빛은 분노와 실망으로 뒤엉켜 있었다.

여기에 나타난 사람이 다른 사람이었다면 묵연도 노기등등하게 되받아쳤을 테지만, 지금 눈앞에 버티고 있는 사람은 다름 아닌 자신이 두 번의 생에서 좋아한다고 착각한 사명정이었다.

그는 순간 말문이 막혀 버렸다.

사매는 오히려 뻔뻔하고 담담하게 말을 이어 갔다.

"하지만 엄연히 말해서 황당한 일을 안 한 것도 아니야. 뭐, 이를테면 널 좋아하는 척하느라 그 기나긴 세월 동안 너한테 잘해 준 거? 심지어 견귀의 고약한 심문도 참아 내며 거짓을 말했지…… 널 좋아한다고."

돌연 그의 눈동자에 조소가 담겼다.

"내가 미쳤니? 너처럼 얼굴 빼면 뭐 하나 볼 거 없는 사람을 좋아한다니, 차라리 혀 깨물고 죽는 게 낫겠다."

"……."

"왜 말이 없어? 못 믿겠어?"

방긋 웃는 사매의 미소는 얼음장처럼 차가웠지만, 그래도 무척이나 아름다웠다. 그가 곁눈질로 묵연을 힐끔 보고는 초만녕의 턱을 쓰다듬었다.

화가 머리끝까지 치솟은 묵연이 견귀를 소환했다.

하지만 손바닥에 붉은빛이 잠깐 반짝하더니 금방 흩어져 사라졌다.

사매가 눈꺼풀을 느릿하게 들어 올리며 말했다.

"헛수고하지 마. 전생에 만녕이 이 판을 짜느라 자신의 지혼 중 절반을 썼어. 결국 널 위해 고화(蠱花)를 뽑았지. 넌 이제 더 이상 통제받지 않을 거야. 하지만 네 몸은 열흘 정도가 지난 후에야 영력을 회복할 수 있어. 지금 나랑 싸우는 건 계란으로 바위를 치는 것과 같아."

"지금 누구한테 만녕이라고 하는 거야?"

"넌 사람이 참 뻔뻔해. 너만 사존과 문파를 욕보일 수 있고, 내가 사존을 사랑하면 안 되는 거야?"

"너……!"

"넌 이미 사존과 잤지. 무수히도 많이."

사매가 가볍게 웃었다.

"그럼 이제 내 차례 아닐까? 너랑 잤던 사람을 안는 거, 나도 좀 억울하다고. 하지만 사존이라면 나도 기꺼이 참을 수 있어."

분노가 극에 달한 묵연이 신무도 없이 맨몸으로 달려들었다.

"아…… 그러게, 나는 너처럼 앞뒤 안 재고 무턱대고 덤비는 놈들은 딱 질색이라니까."

사매가 재빨리 초만녕을 내려놓고 묵연과 동굴 한쪽에서 싸우기 시작했다.

어두컴컴한 동굴에서 건장한 사내 둘이 격투를 벌였고 두 개의 어지러운 그림자가 동굴 벽에 되비쳤다. 마치 두 마리의 용이 서로 뒤엉킨 채 구름을 뚫고 올라가 용솟음치는 듯했다.

사매는 공격에 능하지 않았다. 근접전만큼은 아무리 날고 기어도 묵연의 적수가 되지 못했다. 상황이 심상치 않게 돌아가자 그가 소매를 펄럭였다. 소매 안에서 뱀이 튀어나와 묵연을 결박했고, 그는 이 틈에 옆으로 피해 초만녕을 안고 동굴 밖으로 미끄러지듯 빠져나갔다.

"사존……!"

묵연이 차갑고 미끄덩거리는 뱀을 떼어 내고 뒤를 바짝 쫓았다. 하지만 사매는 어느새 나무 꼭대기에 서 있었고, 둥그런 달이 그의 등 뒤를 밝게 비추고 있었다.

사매가 웃으며 말했다.

"쫓아오지 마. 이제 막 회복한 몸으로 죽자 살자 쫓아와도 넌 나를 잡을 수 없어."

"사명정, 너 왜…… 왜 이러는 거야?"

"연아."

사매가 옅은 미소를 지었다.

"이 사형이 얘기 안 했나? 사매나 사명정이라는 이름이 싫다고?"

"……."

"그러니 괜찮다면 앞으로는 내 진짜 이름을 불러 줬으면 좋겠는데."

"……뭔데?"

"성은 '화', 자는 없고 이름은 '벽남'이야."

화벽남?

묵연의 눈동자가 동그랗게 커진 것을 보고, 사매는 눈매가 휘도록 웃으며 말했다.

"맞아. 내가 사형으로서 아주 중요한 정보를 알려 줄게. 고월야로 가지 마. 지금 거기로 가면 강희가 널 갈가리 찢어 죽일 거야. 날 따라올 생각도 말고. 그냥 얌전히 사생지전으로 돌아가렴."

묵연이 멍해지더니 금세 창백해진 얼굴로 말했다.

"너, 사생지전에 무슨 짓을 하려는 거야?"

"이번 생에서는 그래도 좀 똑똑해졌네."

사매가 피식 웃었다.

"이 사형이 널 위해 깜짝 선물을 준비해 뒀어. 가 보면 알 거야."

입 안이 비릿해지고 눈에서는 불덩이가 치솟았다. 묵연은 지금 이 감정이 슬픔인지 분노인지조차 가늠할 수 없었다. 그가 악에 받쳐 소리를 질렀다.

"사매! 무슨 짓을 하려는 거야? 대체 무슨 음모를 꾸미는 거냐고? 사생지전이 너한테는 집이라며? 그리고…… 네가 떠돌이 생활을 할 때 백부님이 널 구해 줬다고 했잖아? ……너한테 가장 중요한 사람이 우리라고 하지 않았어?"

마지막에는 목소리마저 파르르 떨렸다. 그가 주먹을 단단히 말아 쥐었다.

"……그게 다 거짓말이었어? 그토록 오랫동안, 두 번의 생을……."

묵연이 말을 하다 말고 돌연 입을 닫았다.

뼛속 깊이 한기가 스며들었다.

"설마 두 번의 생…… 모두 네 계략이었어?"

사매는 말없이 커다란 소매를 펄럭이며 나무 꼭대기에 선 채 미소 띤 얼굴로 묵연을 바라보았다. 요염한 눈매가 초승달처럼 휘어졌고 아래턱은 뾰족했다. 한밤중 안개가 자욱한 산속 골짜기에 출몰한 여우 같았다.

"너……."

말 한 마디 한 마디가 잇새를 지날 때마다 떨려 왔다.

묵연은 머릿속이 엉망진창이었고, 눈빛은 광기로 번뜩였다.

"사매, 말해……."

그해 촛불 옆에서 서로를 다독인 후부터, 둘은 함께 어울리며 그림자조차 떨어지지 않았다.

"말해 보라고!"

훗날 무간지옥의 천열이 일어났을 때, 옥처럼 가녀린 소년은 함박눈이 쏟아지는 가운데 묵연의 품에 안긴 채 말했다. 사존을 원망하지도, 미워하지도 말라고.

묵연의 목소리가 거의 갈라져 있었다.

"분명히 죽었어……. 내 눈으로 직접 봤다고……. 네 주검을 안고 사생지전으로 돌아왔어……. 넌 사매가 아닐 거야……. 사매일 리가 없어."

"그건 네가 멍청해서 그래."

청아한 목소리가 울려 퍼졌다. 사매가 결국 입을 열긴 했지만, 말 속엔 조롱이 섞여 있었다.

"너처럼 몸만 쓸 줄 아는 무식한 놈들은 영핵을 수련할 줄만 알지, 그동안 약학을 경시해 왔어. 너도, 존주도…… 심지어 지혜로운 우리 사존까지도."

그가 웃었다.

"아, 전제가 틀렸네. 사존은 겨우 몸만 쓰는 무식한 놈이 아니니까. 어쨌든 너희 같은 놈들은 약고[#1]의 도를 탐탁지 않게 생각하지."

묵연이 중얼거렸다.

"약고……."

"이미 죽은 사람을 살리는 건 어려워."

사매가 태연자약하게 말을 이었다.

"하지만 산 사람이 죽은 척하는 방법은 여러 가지가 있지."

지금 묵연의 머리가 맑았다면, 사매의 말 속에 담긴 허점을 알아챌 수 있었을 것이다.

약을 사용하여 산 사람의 죽음을 가장할 수 있어도, 어쨌든

#1 약고 藥蠱, 약초와 벌레

전생에 묵연은 상천전에서 칠 일을 머물렀고 이후 사매의 장례까지 지켜보았다. 당시 관은 삼중으로 되어 있었고 장생못으로 겹겹이 봉했으며 무덤의 흙도 두껍게 덮었다. 이런 상태에서 능지기도 모르는 사이에 무덤을 뚫고 나올 수 있는 사람이 몇이나 되겠는가?

그렇다면 두 가지 가능성이 있다. 하나는 사매가 거짓말을 하고 있다는 것과, 나머지 하나는 전생에 누군가가 사생지전의 묘터에 잠입하여 흙을 파고 관을 열어 살아 숨 쉬는 사매를 꺼내 주었다는 것이다…….

하지만 묵연은 지금 모든 게 혼란스러웠다. 보이지 않는 어떤 손이 자신의 오장육부를 헤집는 것만 같았다. 곰곰이 생각할 틈도 없이 그는 사매의 말을 듣는 순간, 눈앞에 핏기 하나 없이 창백한 얼굴이 떠올랐다.

함박눈이 펑펑 내리던 날에 사명정이 세상을 떠났다. 당시 묵연은 무능한 자신을 원망했고 수수방관한 초만녕을 증오했다. 그때부터 깊은 구렁으로 걸어 들어가 어둠 속으로 추락했다.

그런데!

가짜였다니…… 그게 가짜였다니!

죽은 척한 사람을 위해 반평생을 미치광이처럼 정신을 놓고 살았다. 천하를 피로 물들이고, 결국 세상에서 가장 사랑하는 남자를 죽였다.

말도 안 돼.

말도 안 돼!

분노와 고통으로 머릿속이 저릿저릿했고 동공이 확 조여들었다. 그가 폭발할 듯한 얼굴로 이를 갈며 말했다.

"너…… 그러고도 마음이 편했어?"

"응, 아주."

사매가 미소를 지었다.

"근데 너, 답선제군."

"……."

이 말이 비수가 되어 꽂혔다.

"네가 칼을 든 이유가 무엇이든, 그게 증오든 원망이든, 이미 네 손은 피로 물들었어."

그가 전리품을 과시하듯 제 품 안에서 혼절한 초만녕을 더욱 꽉 끌어안았다.

"손에 피비린내가 진동하는 답선제군이 티끌 하나 없이 순결한 북두선존과 어울린다고 생각해?"

묵연은 핏기 하나 없이 새하얗게 질린 얼굴이었다.

사매는 그의 약점을 잘 알고 있었다. 그는 마치 전갈처럼 날카로운 집게발을 휘둘러 묵연의 살갗을 찢고 그 안에 치명적인 독을 쉴 새 없이 주입했다.

"네가 어울려?"

사매가 눈을 가늘게 뜨고 조금씩 그를 몰아세웠다.

"너 자신이 더럽다고 생각 안 해? 넌 도둑질을 하고 있다고."

바람이 불자 안개가 걷혔다. 동그란 달이 구름 뒤에서 모습을 드러냈다.

사매가 빙그레 웃으며 내뱉는 말이 구구절절 비수가 되어 온몸에 박혔다.

"답선군, 네가 사존과 함께한 모든 날은 다 훔친 거잖아. 네가 얼마나 빌어먹을 놈인지 네가 더 잘 알 테니, 긴말은 필요 없겠지."

묵연은 입술마저 창백해졌다. 분노, 슬픔, 공포, 후회, 자책이 오장육부를 마디마다 끊어 놓았다. 한꺼번에 휘몰아치는 감정을, 미치지 않고서 누가 감당할 수 있을까?

"난……."

"그만."

사매가 천천히 한숨을 내쉬었다.

"네가 뭐? 네가 반평생 묵 종사로 수많은 사람을 구했기로서니, 네 죄업이 단숨에 없어질 거라 생각하는 거니?"

그가 묵연의 얼굴을 바라보며 가볍게 미소를 지었다.

"꿈도 크네."

묵연은 할 말을 잃었다.

"지금은 사존도 전생의 기억을 찾으셨어. 네가 저지른 말도 안 되는 일들, 네가 죽인 사람들, 네가 도륙한 성들, 네가 능욕하고 죽인 사존, 네가 짓밟은 사존의 마음까지 이제 모두 다 기억하시겠지."

그가 말을 끊었다. 묵연의 표정 변화를 보는 게 신이 나는 듯 득의양양한 미소를 지으며 말했다.

"묵 종사, 이제 그만 고개를 숙이고 네 죄를 인정해."

고개를 숙인다.

죄를 인정한다…….

평생 악행을 저질렀고 악귀처럼 살았다.

묵연의 목울대가 꿈틀거렸다. 그가 핏빛이 서린 눈동자로 나무 꼭대기에 선 사매를 죽일 듯이 노려보았다. 하지만 그의 품 안에 있는 초만녕에게 시선이 떨어지자 헤아릴 수 없는 고통이 밀어닥쳤다. 그를 바라보는 묵연의 눈빛이 말라비틀어진 풀잎처럼 한껏 쪼그라들었다.

그가 고개를 홱 돌렸다.

"생각해 봐. 사존이 깨어났는데, 네가 자신을 이토록 오랫동안 속인 걸 알면 얼마나 화가 나시겠어?"

사매가 부드러운 손길로 초만녕의 뺨을 어루만졌다. 보드랍고 기다란 손가락이 초만녕의 입가로 미끄러졌고, 그가 다시 말을 꺼냈다.

"사존 성정에 어떻게 나오실지 네가 더 잘 알잖아. 사존이 널 용서하실 것 같아?"

말하는 사람은 급소를 찔렀고, 듣는 사람은 나락으로 떨어졌다.

용서…….

지금껏 감히 바라지도 못한 용서였다. 묵연은 다만 심판의 날이 자신을 비껴가기만 바랄 뿐이었다. 그는 여태껏 이런 날이 오리라고는 상상조차 하지 못했다.

묵연이 두 눈을 질끈 감았다. 속눈썹이 파르르 떨렸다.

안개가 자욱한 텅 빈 산에서 사매의 목소리가 그윽하고 아득하게 울려 퍼졌다. 마치 부처가 중생에게 고통에서 빠져나와 뉘우치라고 타이르는 듯했다.

"따라오지 말고 사생지전으로 돌아가. 거기 가면 내가 말한 선물이 무엇인지 알 수 있을 거야."

그의 목소리가 메아리쳤다.

“얌전히 내 선물을 받아. 괜히 뻗대지 말고.”

말을 멈춘 그가 마치 무언가를 생각하듯 눈알을 굴렸다. 그가 요염한 눈동자로 나무 아래에 선 사람을 바라보았다.

“그리고 연아, 우리 두 사람은 아예 달라. 넌 내가 무얼 원하는지 절대로 알지 못할 거야.”

그의 목소리는 마치 지난날 숙사에서 물만두가 맛있는지, 고추기름을 더 넣어야 하는지 물어보던 것처럼 온화하고 친근했다.

“난 너처럼 이성을 잃고 함부로 날뛰지 않아. 너처럼 주변의 좋은 친구들을 쉽게 해치려고 하지도 않을 거고. 다만…….”

그가 말머리를 돌렸지만, 더는 말을 잇지 않았다.

묵연이 고개를 홱 돌렸다.

“다만 뭐?”

그의 시선이 초만녕을 훑고 지나가자, 사매는 피식 웃음을 흘렸다.

“걱정 마, 사존은 내가 데리고 있을 테니. 난 사존을 아껴 줄 거야. 다치게 안 해. 옥처럼 깨끗한 분이니 당연히 너보다 더 소중히 대해 드려야지.”

사매가 입 안에서 부드럽게 머금고 있던 말을 가볍게 내뱉었다.

묵연이 격분한 나머지 온몸을 부들부들 떨었다. 지금 몸 안에 영력이 있다면 당장이라도 사매를 가루로 만들 기세였다.

하지만 그에게는 영력이 없었다. 사매도 그가 영력이 없는 틈을 타서 이렇듯 마음대로 활개 치는 것이었다.

사매가 옅은 웃음을 지었다.

"하지만 사생지전의 동문들, 사제와 사형들, 심지어 백부님, 백모님…… 아, 소주도 있네."

그가 일렁이는 눈빛으로 빠르지도 느리지도 않게 말을 마쳤다.

"내가 준 선물을 잘 처리하지 못하면, 이들이 죽는 것은 두 번째 일이 될 거야. 생각해 봐. 사존이 깨어났을 때 네가 또 사람들을 괴롭힌 걸 알게 되면, 네가 또 사리사욕만 챙기고 구차하게 살아가는 걸 알게 되면 과연 널 보려고 하실까? 그게 마지막이라고 해도?"

244장 **용혈산, 포박**

묵연이 하얀 이를 악문 채 격노하여 소리쳤다.

"사명정!"

사매가 소매를 털자 달그림자 아래서 옷자락이 나부꼈다.

나무 꼭대기에 서서 고개를 돌린 그의 말끔한 얼굴 위로 은은한 빛이 일렁였다.

"가. 사존이 곧 깨어나실 거야. 일어나셨을 때 우리가 여기서 싸우고 있으면 좋아하지 않으실 거야."

잠시 말을 멈춘 그가 다시금 살짝 미소 짓고는 한마디를 더 보탰다.

"아 참, 연아. 다음에 만날 땐 나를 꼭 화벽남이라고 불러 주면 좋겠어. 사공[#2]도 괜찮고……. 물론 다음이 있다면 말이지만."

말을 마친 사매가 가볍고 경쾌하게 뛰어오르더니, 눈 깜짝할

#2 사공 師公, 여자 스승의 남편에 대한 호칭

사이에 용혈산의 빽빽한 수풀 속으로 사라졌다. 그가 사라진 자리에는 감미롭지만 섬뜩한 웃음소리만 남아 있었다. 거미줄 아래 차갑고 거무스름한 빛이 드리운 듯, 그 웃음소리는 한참이 지나도 사라지지 않았다.

"사매! ……사명정!"

안개가 자욱한 나무 꼭대기에서 사매는 더 이상 묵연을 향해 고개를 돌리지 않았다. 그가 품 안의 사람을 안고 들쑥날쑥한 벼랑 끝을 빠르게 스치고 지나가자, 장포가 바람에 휘날려 펄럭펄럭 소리가 났다.

그는 뭐라 말할 수 없을 만큼 통쾌했고, 눈빛에는 광채가 서렸다. 큰 수확을 얻은 사냥꾼처럼 돌아가서 승리의 열매를 배불리 먹을 참이었다. 하지만 땅 위를 휙휙 스쳐 지나가는데, 품 안의 사람이 전생의 악몽 때문인지 잔뜩 잠긴 목소리로 웅얼거렸다.

"묵연……."

기쁨에 차 있던 사매의 표정이 살짝 굳어지더니 이내 눈을 살짝 찡그렸다. 서늘한 눈빛이 굶주림으로 이글이글 타올랐다.

"……그놈이 뭐가 좋다고 사존이 이렇게까지 하는 거예요?"

초만녕은 듣지 못했다. 열이 펄펄 끓었지만 맑고 고고한 얼굴은 꽁꽁 언 호수처럼 새하얬다. 심지어 푸르스름한 혈관까지 보일 정도였다.

초만녕이 나지막하게 말했다.

"묵연……."

사매가 돌연 걸음을 멈추었다. 너무 오랫동안 참았던 탓인지 몸이 달아오르고 초조했지만, 잠시 고민한 끝에 결국 스스로 감정을 억눌렀다.

그는 정신을 잃은 초만녕 앞에서는, 묵연을 상대할 때처럼 태연자약하고 여유롭지 않았다. 사매가 초만녕의 얼굴을 잠시 들여다보고는 입을 뗐다.

"염려하지 마세요. 곧 있으면 묵연은 없어질 테니까. 앞으로는 나와 함께해요."

잠깐 말을 멈춘 다음 다시 입을 열었다.

"하지만 사존은 정이 깊은 분이죠. 당장에 그를 잊지 못해도 괜찮아요. 제가 대업을 이루면, 시간과 공을 들여 천천히 길들여 줄 테니까."

그가 다시금 땅을 스치고 위로 훌쩍 뛰어올랐다. 허공에 뜬 상태에서 패검을 소환하더니 교산의 영웅묘 쪽으로 곧장 날아갔다.

밤이 깊었다. 유풍문의 묘터는 쥐 죽은 듯 조용했고, 무덤마다 달빛이 고여 있었다. 서상림의 진롱기국에 조종당했던 사람들은 영력을 잃은 채 다시는 움직이지 못했다. 그들은 그저 자기 위치에 멍하니 붙박인 채 미동도 하지 않았다.

사매는 미리 담아 둔 남궁씨의 피로 교산의 문을 열었다. 눈알을 굴려 쭉 훑어보다가 산기슭에 넋 놓고 서 있는 남궁류를 보았다.

남궁류는 완전한 바둑돌이 아닌 '반제품'에 불과하여 약간의 원기를 가지고 있었다. 하지만 이미 정신을 잃어 지능이 다섯 살배기 어린애 정도밖에 되지 않았다. 사매는 딱히 그를 죽일 마음이 없었고, 게다가 어느 정도는 쓸모도 있었다.

"친구 형아, 오셨어요."

남궁류가 그를 보자마자 화사한 미소로 반겼다. 통통한 얼굴에는 진심이 배어 있었다.

예전에 서상림이 사명정을 자기 친구라고 했기에, 남궁류도 그를 따라 '친구 형아'라고 불렀다.

이에 사매가 흠칫하더니 눈을 가늘게 뜨고 말했다.

"함부로 떠들어 대지 마."

"아……."

남궁류가 어리벙벙한 얼굴로 그에게 시선을 던졌다.

"제가 그렇게 부르는 게 싫으세요?"

"그래. 화벽남이라고 불러."

사매의 낯빛이 어둡게 가라앉았다.

"가자. 길을 안내해."

"친구 형아, 어디로 가시게요?"

"……."

사매는 짜증이 났지만, 지능이 다섯 살 아이인 사람에게 일일이 따져서 뭐 하겠는가? 사매가 귀찮다는 듯 대답했다.

"서상림이 지냈던 밀실로 데려가거라."

남궁류가 길을 안내했다.

사실 사매는 밀실 가는 길을 모르지 않았다. 다만 가는 길에 남궁씨의 피를 뿌려야 할 곳이 많았다. 피는 넉넉하게 가지고 있었지만, 초만녕을 안고 피를 뿌리는 게 번거로웠기에 남궁류를 앞세운 것이었다.

앞서거니 뒤서거니 걷다가 남궁류가 갑자기 고개를 돌리더니 호기심 어린 얼굴로 물었다.

"친구 형아, 오늘 친구랑 하룻밤 묵으실 거예요?"

"하룻밤 묵어?"

사매는 이 말이 듣기 좋아, 미간을 살짝 풀고 옅은 미소를 지었다.

"비슷해, 하룻밤 묵을 거야. 하지만 앞으로도 여기서 아주 많은 밤을 보낼 거라서, 여기서 산다고 하는 게 맞는 말이겠지."

남궁류가 더욱 궁금한 듯 물었다.

"이 사람은 누구예요?"

사매가 잠깐 생각하더니 싱긋 웃었다.

"정말 알고 싶니? 어린애는 모르는 게 나을 텐데."

남궁류가 눈을 동그랗게 떴다. 이 중년 남자의 얼굴에 아이 같은 표정이 떠오르자, 거북스럽기도 하고 우스꽝스럽기도 했다.

그들은 밀실 앞에 도착했다. 문을 열어 보니, 안에는 장명등에 불이 켜져 있었다. 실내는 아늑하고 깨끗했다. 정돈된 침상 위에 도톰한 검치호랑이 가죽이 깔려 있고, 그 위로 얇고 하얀 휘장이 드리워져 있었다. 침상 옆에는 작은 책상과 공후가 놓여 있었다. 이것들만 빼면 사방에는 아무것도 없었다.

사매가 초만녕을 침상 위에 눕힌 뒤 소매를 털고 그 옆에 앉았다. 그는 눈을 내리깔고 초만녕의 얼굴을 바라보았다. 밝게 빛나는 촛불이 익숙한 그의 얼굴을 비추었다.

깨어 있을 때는 날카롭게 치켜 올라간 눈썹과 봉안에 위엄이 서려 있었다.

하지만 지금은 무척이나 초췌하고 야위어 있었다.

사매는 그래도 개의치 않았다. 두 번의 생을 거쳐 초만녕과 묵연이 드디어 제 손아귀에 떨어졌다. 지금 이 순간 초만녕은 자기 옆에 누워 있고, 잠시 영력을 잃은 묵연은 곧 있으면 그가 짜 놓은 판으로 고분고분 걸어 들어갈 것이다. 마침내 자신의 계획이 실현될 날이 머지않았다.

넋을 놓고 바라보는데, 남궁류가 가까이 다가와 말했다.

"어? 이 사람 되게 낯이 익어요."

사매가 그를 쏘아보며 말했다.

"누구인 것 같으냐?"

"……잘 모르겠어요."

사매가 귀띔해 주었다.

"예전에 네가 저 형아한테 혼나서 곤란했던 적이 있었는데."

"네? 어디에서요?"

"유풍문 대전에서."

남궁류가 멍한 얼굴로 대답했다.

"아, 정말요? ……근데 저는 왜 기억이 하나도 안 나죠?"

사매가 잠시 침묵하더니 부드럽게 웃었다.

"기억이 안 나야 좋은 거야."

남궁류는 말뜻을 이해하지 못했는지 고개를 갸우뚱한 채 초만녕을 보았다.

"근데 저 형아 되게 잘생겼네요. 눈을 감고 웃지도 않았는데 예뻐요."

사매가 빙그레 웃었다.

"이 사람은 답선제군의 총비란다. 못생겨서야 되겠니?"

"총비…… 가 무슨 뜻이에요?"

사매의 미소가 갈수록 짙어졌다.

"크면 알게 될 거야. 지금은 귤을 좀 따 오고 따뜻한 물도 내오거라……. 이 사람은 성격이 고약해서, 일어났는데 먹을 게 없으면 더 화를 낼 것 같거든."

남궁류가 나가려고 뒤돌았다.

그러나 문 옆에서 머뭇대는 모습에, 사매가 물었다.

"왜 그래?"

"귤……."

남궁류가 망설이듯 손가락을 물면서 말했다.

"친구 형아, 폐하는 언제 와요?"

그가 말하는 폐하는 서상림이었다.

사매는 남궁류에게 서상림의 죽음을 알리지 않을 작정이었다. 그가 웃으며 대답했다.

"네가 말도 잘 듣고 일도 잘하면 폐하는 곧 돌아오실 거야."

남궁류가 눈동자를 반짝이며 밀실 문 옆에 놓인 작은 대나무 소쿠리를 얼른 등에 메고 귤을 따러 나갔다.

사매는 그가 떠난 것을 확인한 후에야 미소를 지었다.

"참 재미있군. 정신이 있을 때는 만나기만 하면 으르렁대더니, 정신이 없어지니 오히려 우애가 좋아지네……. 과연 세상의 많은 것들은 어릴 때가 제일 순수해. 자라고 나면 권모술수와 경쟁에 휘말려 더럽혀지고 말지."

그가 말을 하며 고개를 돌리고는 초만녕의 얼굴을 쓰다듬었다.

"보세요. 수진계의 대다수는 다 저런 사람이에요. 당신이 보호할 가치도 없죠."

손가락 끝이 준수한 얼굴선을 따라 지나갔다. 사매가 탄식하며 말했다.

"사존은 왜 저런 사람들 때문에 매번 그렇게 안간힘을 쓰고 혼백마저 다쳐 가며, 시공을 가르고 치욕을 감내하면서까지…… 두 번의 생 모두 저에게 맞서는 거예요?"

깊은 잠에 빠진 초만녕이 대답할 리 만무했다.

전생의 무거운 고통과 악몽에 시달린 탓에 그의 얼굴이 뜨거웠고, 미간은 잔뜩 구겨져 있었다. 사매가 턱을 괴고 한참 물끄러미 바라보다가 건곤낭에서 맥향로가 담긴 은색 병을 꺼냈다.

"이것 좀 드세요."

사매가 향로를 열었다.

"분명 전생의 일들을 꿈꿨겠죠. 전에 헌원각에서도 사존이 올 걸 알았어요. 그래서 특별히 저들에게 맥향로를 팔라고 줬죠……. 사존한테 잘하고 싶은데 남들의 의심을 사기는 싫었거든요. 어때요? 묵연보다 제가 낫죠? 당신이 절 기분 좋게만 해 주면 매일 새로운 걸 맛보게 해 드릴게요. 그놈이 사존께 뭘 줄 수 있겠어요? 싸움박질 말고는 할 줄 아는 게 없는 놈인데."

향기가 짙은 액체를 백자로 된 작은 종지 그릇 안에 살짝 붓고 초만녕의 입가로 가져갔다.

약을 먹이고 자신이 겨우 얻은 전리품을 잠시 멍하니 감상했다. 문득 무언가를 생각해 낸 사매가 눈빛을 반짝이더니 건곤낭 안을 뒤적거렸다. 그는 안에서 검은색 비단 끈을 꺼내 초만녕의 눈을 가리고, 속박 주문을 외워 두 눈을 완전히 가렸다.

모든 것을 끝마치고 느릿느릿 일어난 그는 초만녕의 턱을 잡고 이리저리 살피더니 흡족한 표정을 지었다.

“아, 정말 아름답다니까. 이러니 전생에 묵연이 사존을 묶은 채 하는 걸 좋아했죠. 가끔은 그놈을 따라 해 보는 것도 좋겠네요. 적어도 이런 면에서는 꽤 재미있는 녀석이니까.”

사매의 미소는 예전과 다름없이 따뜻했다. 그의 손가락이 초만녕의 턱, 입술, 콧날, 마지막으로 눈을 가린 검은색 비단 끈을 차례로 스치고 지나갔다.

그가 섬뜩한 목소리로 부드럽게 말했다.

“사존, 빨리 일어나세요. 제가…… 방금 정말 재미있는 놀이가 생각났거든요. 일어나면 저랑 같이해요, 네?”

245장 용혈산, 서신

초만녕은 침상에 누워 있었다. 머릿속이 몽롱하고 어지러웠다. 의식은 또렷했지만 지금이 언제인지는 알 수 없었다.

두 사람이 싸우는 소리가 어렴풋이 들렸다. 아무래도 사매와 묵연인 듯했지만, 이내 시끄러운 소리가 사라지고 귓가에는 바람 소리만 남았다.

시간이 흘렀다. 따뜻한 이불 속에 누워 있는 듯했다. 누군가 자신에게 말을 하는 듯한데, 망망대해를 사이에 두고 말하는 것처럼 목소리가 잘게 끊겨서 들려왔다. 이따금 무슨 전생이니 사존이니 하는 말들이 들린 듯했지만, 정확하진 않았다. 아마도 사매의 목소리 같은데, 그 이상은 생각할 기력도 없었다. 그의 독백은 아침 안개처럼 금세 흩어져 버렸다.

기억이 조금씩 온전해지고 점차 뚜렷해졌다. 전생의 기억은 빗물처럼 강으로 모여 바다로 흘러가는 듯했다.

제일 먼저 꿈에 나온 곳은 어두컴컴한 회랑이었다. 사생지전의 홍련수사에 있는 회랑이었다. 등나무 꽃으로 뒤덮인 곳이라 바람이 불면 향기가 사방으로 퍼져 나갔다.

그는 회랑에 있는 돌 탁자 앞에 앉아 서신을 쓰고 있었다.

물론 보낼 수 없는 서신이었다. 답선제군은 그가 외부와 접촉하지 못하도록 했고, 비둘기나 다른 동물을 기르는 것도 허락하지 않았다. 홍련수사 바깥에는 울음소리 금지 주문이 이중삼중으로 겹겹이 걸린 상태였다.

그런데도 초만녕은 서신을 썼다.

너무 외로웠다. 저 혼자, 이곳에서, 이렇게 한평생을 보내야 할 것만 같았다.

답답하지 않다고 하면 거짓말이었다.

설몽에게 썼다. 쓸 말이 많지는 않았다. 대부분은 근황 또는 안부를 묻거나 바깥세상은 어떤지, 옛 친구는 어떻게 됐는지 물었다.

하지만 사실 옛 친구라고 할 사람도 별로 없었다.

그래서 오후 내내 서신을 써도 내용은 많지 않았다. 끝까지 썼을 때 잠시 머리가 멍해졌다. 문득 세 명의 제자와 평화롭게 지내던 날들이 떠올랐다. 그때 자신은 제자들에게 붓을 잡고 시를 쓰고 그림 그리는 법을 가르쳐 주었다.

설몽과 사매는 금방 배웠다. 반면에 묵연은 한 글자를 서너 번 써도 틀렸기에 직접 그의 손을 잡고 쓰는 법을 가르쳐야 했다.

그때 뭘 썼더라?

초만녕은 멍한 얼굴로 종이 위에 천천히 붓을 놓았다.

‘몸은 보리수요, 마음은 맑은 거울이다’라고 쓰고, 이어서 ‘인생은 뿌리도 꼭지도 없어, 길 위에 흩날리는 먼지와 같다’라고 적었다. 한 획 한 획을 또박또박 정성 들여 썼다.

책을 쓰든 서신을 쓰든, 그의 필체는 늘 정갈했다. 글을 읽는 사람이 이해하지 못하거나, 제자들이 자기를 따라서 삐뚤빼뚤 쓸까 봐 염려해서였다.

글씨가 주인을 닮아 꼿꼿하고 절도가 있었다.

그는 계속 써 내려갔다.

[임은 어디에 있는가, 바다는 넓고 산은 요원하다.]

그때 바람이 불어 등나무 꽃이 서신 종이 위로 떨어졌지만, 그는 꽃잎을 불어 날려 보내고 싶지 않았다. 옅은 보라색을 띤 빛깔 고운 꽃잎을 바라보다가 붓끝을 돌려 또 적었다.

[늦봄에 해당화는 지는데, 이슬비는 여전히 따뜻하다.]

음률이 딱딱 떨어졌다.

[나는 별이 되고 당신은 달이 되어, 밤마다 서로를 비추었으면.]

쓰고 또 쓰다 보니 마치 예전의 평온했던 세월로 돌아간 듯, 눈빛이 절로 온화해졌다.

바람이 불었다. 문진으로 눌러 두지 않은 종이가 펄럭이며 날아갔다. 눈부시게 청량한 오후 햇살 아래, 종이들이 바닥에 흐트러졌다.

초만녕은 붓을 내려놓고 한숨을 내쉰 다음, 서신과 시를 적은 종이를 줍기 시작했다.

풀숲에서, 계단 옆에서, 낙화 위에서, 낙엽 사이에서 한 장 한 장 주웠다. 이제 막 떨어진 꽃잎 위로 날아간 종이를 주우려던 참이었다.

갑자기 가늘고 긴 손가락이 불쑥 튀어나와 그 종이를 주웠다.

"뭘 적고 있어?"

초만녕은 멈칫하다가 몸을 일으켜 세웠다. 눈앞에는 수려하게 생긴 남자가 서 있었다. 답선제군 묵미우가 언제 왔는지 홍련수사에 와 있었다.

초만녕이 대답했다.

"……그냥 별거 없다."

검은색과 금색으로 이루어진 값비싼 장포를 걸친 묵연은 구류관을 쓰고 있었고, 하얗고 기다란 손가락에는 용 비늘로 만든 반지를 끼고 있었다. 조정에서 돌아오는 길 같았다. 그가 차가운 눈으로 초만녕을 힐끗 보고는 서신 종이를 털어 첫 문장을 읽었다. 그의 눈이 가느다래졌다.

"견신여오,[#3] 전신서안[#4]……."

잠시 침묵한 묵연이 눈을 들어 올렸다.

"무슨 뜻이지?"

"아무것도 아니다."

#3 견신여오 見信如晤. 편지를 보면 직접 만난 것과 같음
#4 전신서안 展信舒顔. 편지를 펼칠 때 얼굴도 같이 펴짐

초만녕이 서신을 가져가려고 하는데, 묵연이 손을 들어 막았다.
"뭐야?"
그가 말했다.
"왜 이리 긴장해?"
묵연이 다시금 쭉 읽어 내려가더니 무감한 표정으로 물었다.
"아, 설몽한테 쓴 거야?"
"그냥 쓴 것이다."
초만녕은 애먼 사람에게 불똥이 튀는 걸 원치 않았다.
"보낼 생각도 없었어."
묵연이 차갑게 웃었다.
"보낼 능력도 없잖아?"
초만녕은 그와 할 말이 없었다. 몸을 돌려 탁자로 돌아가 붓과 먹, 종이를 정리하는데 답선제군이 다가왔다. 검은색과 금색이 어우러진 소매가 눈앞에 불쑥 나타나 정리하려는 서신 종이를 꾹 눌렀다.
초만녕이 봉안을 치켜뜬 채 답선군의 찌푸린 얼굴을 마주했다.
"……."
됐다. 그냥 줘 버리지, 뭐.
손을 거두고 다른 종이를 집었다. 이 역시 묵연이 손가락으로 눌렀다.
그렇게 종이를 잡을 때마다 묵연이 방해하자 초만녕도 살짝 발끈했다. 이 괴짜가 또 미쳤나 생각하며, 눈을 들어 나지막한 목소리로 물었다.
"왜 이러는 것이냐?"

"견신여오, 전신서안이 무슨 뜻이야?"

묵연이 새까만 눈동자로 그를 바라보며 얇은 입술을 살짝 열었다.

"말해."

꽃가지와 등나무 잎이 바람에 흔들리자 빛 그림자가 화려하게 그려졌다. 초만녕은 과거 자기 문하로 들어온 지 얼마 안 된 묵연이 떠올랐다. 그때의 묵연은 부드러운 미소와 말투로 공손하게 미소 지으며 물었다.

– 사존, '몸은 보리수요 마음은 맑은 거울이다', 이게 무슨 뜻이에요? 알려 주실 수 있어요?

그때와는 달리 서슬 퍼런 답선제군의 모습에 초만녕은 가슴이 따끔거려 고개를 떨구고 말없이 눈을 감았다.

그가 말을 하지 않자 묵연은 슬슬 답답해졌다. 침묵이 이어지는 가운데, 묵연이 탁자 위에 놓인 서신을 한 장씩 읽기 시작했다. 뒤로 갈수록 눈이 가늘어지고 눈빛도 위험해졌다. 그가 생각에 잠긴 듯 중얼거렸다. 연호를 '극파'라고 정한 남자가 돌탁자 옆에서 멋진 글귀를 보며 머리를 쥐어짜고 있었다.

결국 그가 험악한 얼굴로 한쪽에 포개진 서신 뭉치를 바닥으로 쓸어버렸다.

그가 눈썹을 추켜세우며 차갑게 말했다.

"초만녕, 설몽이 보고 싶은 거군."

"……아니다."

묵연과 실랑이를 벌이고 싶지 않아 초만녕은 자리를 피하려고 몸을 돌렸다. 하지만 몇 걸음 가기도 전에 묵연이 그의 소매를 잡아 끌어당기고는 난폭하게 그의 턱을 움켜잡았다. 초만녕은 갑작스러운 상황에 머리가 아찔했고, 묵연은 그런 그를 돌탁자 위로 밀어붙였다.

묵연이 우악스럽고 세게 잡은 바람에, 눈 깜짝할 사이에 초만녕의 양쪽 뺨에 울긋불긋한 손자국이 생겼다.

햇볕이 등나무 꽃 사이를 비집고 초만녕의 눈동자를 비추었다. 그의 눈동자에 비친 답선제군은 악귀처럼 비틀린 얼굴을 하고 있었다.

준수하고, 창백했다.

뜨거웠다.

답선군은 부끄러움을 몰랐다. 그가 사방이 뚫린 야외에서 초만녕의 옷을 찢기 시작했다. 탁자 위로 밀어붙인 행동 자체는 다른 목적도 생각해 볼 수 있지만, 다짜고짜 옷부터 찢는 것으로 보아 그의 의도는 확실했다. 초만녕은 수치스러움과 분노를 느끼며 낮게 소리쳤다.

"묵미우……!"

하지만 분노와 실망이 섞인 말은 묵연의 불꽃을 잠재우지 못했을 뿐만 아니라, 오히려 기름을 붓는 격이 되었다.

그가 거칠게 침입해 들어오자 초만녕은 심한 고통을 느꼈다.

그는 묵연의 등을 붙들고 싶지 않았기에 파르르 떠는 손으로 돌 탁자의 모서리를 단단히 움켜잡고는 낮게 숨을 내뱉었다.

"망할 놈……."

묵연의 눈동자가 발갛게 충혈됐다. '망할 놈'에 대해서는 가타부타 말없이 스산한 기운만 풍겼다.

"설명 안 해도 돼. 너한테 안 물을 테니까. 이제는 본좌의 사존도 아니잖아?"

그의 움직임이 갈수록 거칠고 잔혹해졌다. 묵연은 오로지 자신의 쾌락과 열락만 추구한 채 초만녕의 감정 따위는 지푸라기처럼 하찮게 여겼다.

"만녕, 네가 뭔데?"

그가 이를 부득부득 갈며 말했다.

"넌 그냥 첩실일 뿐이야. 소유물에 불과해……. 다리 더 벌려."

묵연이 그를 뒤집자, 탁자 위에 놓여 있던 종이와 붓과 먹이 흐트러지고, 붓이 땅에 떨어졌다. 초만녕은 그에게 눌린 채 아랫도리로 통증이 끊임없이 이어지자 눈앞이 아득해졌다.

그는 한 글자, 한 구절을 보았다. 한 획, 두 획을 보았다.

몸은 보리수요 마음은 맑은 거울이다…….

임은 어디에 있는가?

바다는 넓고…… 산은 요원하다…….

구구절절 마음을 후벼 팠다.

어릴 적 자신을 향한 묵연의 미소가 떠올랐다. 특히 새까만 눈썹이 부드럽게 흔들릴 때면, 검은색 붓꽃이 내려앉은 것 같았다.

답선군이 헐떡이는 숨소리가 귓가에 들렸다. 그는 초만녕을 욕보이고 짓밟으며 잔뜩 가라앉은 목소리로 말했다.

"초만녕…… 아, 본좌의 초비가 딴 놈을 그리워하고 있네?"

그가 으르렁거렸다.

"뭐? 나는 별이 되고 당신은 달이 되어, 밤마다 서로를 비추었으면?"

목소리에 살기가 서렸다.

"내가 정말 아무것도 모른다고 생각해?"

초만녕은 이를 악물고 탁자 위에 엎드려 있었다. 묵연이 위에서 깨물고 세게 움켜쥔 바람에 온몸에 불긋불긋한 자국이 생겼지만, 눈빛만은 고집스럽게 빛났다.

"넌 몰라."

이 말을 내뱉으면 묵연이 더욱 포악하게 밀어붙일 테지만, 그래도 완고하게 말했다. 넌 모른다고.

내 임이 누구인지 넌 몰라. 바다가 넓고 산이 요원한 이유도 모르지.

당신이 누굴 말하는지, 달이 누굴 가리키는지도 넌 알지 못해.

넌…… 알 수 없어.

묵연은 한바탕 미친 짓을 벌인 후에야 그를 놓아주었다.

초만녕은 옷이 엉망으로 흐트러진 채 등나무 꽃, 시를 적은 종이 위에 누워 있었다. 분꽃을 꺾을 때 손가락 끝에 물이 드는 것처럼, 그의 눈가가 발갛게 달아올랐다.

입술은 터져 온통 피가 맺혀 있었다.

그가 일어나 천천히 옷을 입었다. 워낙 오랫동안 갇혀 있어 뼈에 사무치듯 고통스럽던 처음과는 달리, 이제는 아예 자포자기한 모습이었다.

영핵을 잃은 그가 지금 무엇을 할 수 있겠는가? 그에게 남은 존엄은 그저 행위를 끝내고, 남의 도움 없이 벗겨진 옷을 챙겨 입는 것이었다.

그가 옷을 다 입었을 때, 묵연은 돌 탁자 앞에 앉아 그가 쓴 서신을 들고 다시 한 장 한 장 살펴보았다.

'늦봄에 해당화는 지는데, 이슬비는 여전히 따뜻하다'라는 구절에서 그의 손이 순간 멈칫했다가 금세 다음 장을 넘겼다. 이윽고 그가 조롱 섞인 목소리로 말했다.

"뼈도 물러졌을 텐데, 필체는 여전히 정갈하군."

그가 서신들을 옷섶에 넣고 일어났다.

바람이 그의 옷자락을 스치고 지나가자 검은색 의관에 놓인 금실 자수가 화려하게 남실거렸다.

"간다."

초만녕은 대답하지 않았다.

묵연이 눈을 흘겼다. 그의 눈동자에 등나무 꽃 그림자가 비쳐 더욱 깊고 고요하게 느껴졌다.

"본좌를 배웅하지도 않나?"

나무 그늘이 흔들릴 때, 초만녕이 갈라진 목소리로 천천히 한마디를 꺼냈다.

"나는 일찍이 네게 가르쳐 줬다."

묵연이 멈칫했다.

"뭐?"

"견신여오, 전신서안."

초만녕이 눈을 들어 올려 제왕에 오른 남자를 힐끔 바라보았다.

"너한테 가르쳐 줬다. 네가 잊은 것이고."

"나한테 가르쳐 줬다고?"

묵연이 미간을 구겼다. 초만녕을 조롱하는 어투가 아닌 정말 기억나지 않는 얼굴이었다.

가려던 발걸음이 우뚝 멈춰 섰다.

묵연이 물었다.

"언제?"

초만녕이 그를 보며 말했다.

"아주 오래전에."

그가 말을 마치고 몸을 돌려 홍련수사 안으로 들어갔다.

묵연은 제자리에 붙박였다. 발길을 돌리지도, 초만녕을 따라 들어가지도 않았다. 초만녕은 창문 사이로 묵연을 바라보았다. 그는 문진에 깔린 남은 서신을 차례대로 읽고 있었다.

초만녕은 창문을 닫아 버렸다.

그날 밤, 초만녕은 억지로 당한 후 어떻게 씻어야 할지 몰라 우왕좌왕하다가 결국 감기에 걸렸다.

사실 그리 큰일도 아니어서 묵연이 모를 줄 알았다. 하지만 그날 유공이 찾아와 전하기를, 송추동이 물만두를 만들었는데 어쩐 일인지 답선제군이 불같이 화를 냈다고 한다. 그가 저녁도 먹지 않은 채 황후의 침소를 박차고 나왔단다.

밤이 깊어질 즈음 폭우가 쏟아졌다. 홍련수사로 누군가 찾아왔다.

"폐하께서 초 종사를 침전으로 들이라 하셨습니다."

그의 측근들은 묵연과 초만녕의 관계를 잘 알고 있었지만,

묵연의 명령으로 그를 '종사'라고 불렀다.

그나마 약간의 선량한 마음에 '종사'라 불러 줬지, 아니었으면 가혹하고 악독하게 대했을 터였다.

초만녕은 몸살이 나 안색도 창백했다. 그가 깊이 가라앉은 얼굴로 대답했다.

"가지 않겠다."

"폐하께서……."

"뭐라고 해도, 안 가."

"……."

아픈 사람과 잠자리를 갖는 게 뭐가 좋겠는가? 게다가 초만녕이 아플 때는 묵연도 그를 강제로 안지 않았다.

하지만 얼마 지나지 않아 그의 노복이 다시 찾아와 기침이 심한 초만녕에게 인사를 올린 후 덤덤한 얼굴로 말했다.

"폐하께서 명하시길, 큰 병이 아니면 종사를 무산전 침소로 데려오라 하셨습니다."

246장 용혈산, 망각

선택의 여지가 없던 초만녕은 결국 두툼한 여우 털을 걸친 뒤 종이우산을 들고 무산전으로 향했다.

대전 안에는 구리로 만든 연지등[#5]이 켜져 있었는데, 99개로 이루어진 등불이 마치 은하수처럼 무산전 전체를 화려하게 밝혔다. 양옆에 있던 몸종들은 초만녕의 잠자리 시중에 익숙한 듯, 그가 들어오자 일제히 눈을 내리깔고 예를 갖췄다. 그가 표정 없는 얼굴로 측문으로 들어가 회랑을 지났다. 뒤편에 있는 휴식을 취하는 곳으로 걸어간 그는 조각된 무늬 위에 붉게 옻칠한 문을 열고 들어갔다.

방 안은 훈훈했다. 바깥에는 폭우가 억수같이 쏟아졌고, 안에는 향긋한 술 냄새가 코를 찔렀다. 묵연은 침상 위에 옆으로 나른하게 누워, 백옥 같은 손으로 자사호[#6]를 쥔 채 술을 마시

#5 연지등 連枝燈. 나뭇가지 형태로 된 고대 유등
#6 자사호 紫沙壺. 자줏빛 진흙의 특색을 지닌 주전자

고 있었다.

"왔어?"

"……."

"앉아."

초만녕은 그와 가장 가까운 대나무 자리에 앉아 눈을 감았다.

묵연도 더 가까이 오라고 강요하지 않았다. 조금 취한 듯 창백한 얼굴에 옅은 홍조가 배어났다. 비스듬히 흘겨보는 새까만 눈동자에는 보랏빛이 감돌고, 그 안에 자잘하게 부서진 빛 망울이 반짝였다. 묵연은 술을 한 모금 들이켠 후, 고개를 들어 용무늬 조각과 봉황이 그려진 서까래를 바라보며 무릎 위를 손가락으로 톡톡 두드렸다.

난데없이 그가 물었다.

"물만두 만들 수 있어?"

초만녕의 눈썹이 살짝 흔들렸다.

"아니."

묵연이 고집을 피웠다.

"만들었잖아. 그때…… 그 사람이 떠난 그해에."

"잘 만들진 못했다."

초만녕의 얼굴에 표정이 별로 없었다.

"네 말이 맞아. 그저 동시효빈일 뿐이었지."

묵연이 눈을 가느다랗게 떴다.

"그래서 기분 나빴나?"

"아니."

"그럼 본좌가 너한테 만들라고 명령한다면?"

초만녕이 대답이 없자, 묵연은 이글이글 타는 눈빛으로 그를 노려보았다.

"묻잖아. 지금 물만두를 만들라고 하면 만들어 줄 거냐고?"

"내가 만들면."

결국 눈을 뜬 초만녕이 싸늘하게 그를 바라보았다.

"먹긴 할 것이냐?"

초만녕이 이런 말로 응수할 줄 몰랐기에 묵연의 얼굴이 순간 발갛게 달아올랐다. 취기가 오른 듯했고 노기가 치미는 듯도 했다. 문득 그의 눈빛이 망연해지더니 잠시 넋을 놓은 후에야 버럭 했다. 분노에 휩싸인 그가 이를 갈며 탁자 위에 놓인 술잔을 거칠게 쓸어 버렸다. 최고급 이화백주가 바닥에 흩뿌려졌다.

묵연이 흉흉하게 일어나자 그림자가 태산처럼 드리웠다. 그가 깨진 술잔 위로 성큼 넘어가 초만녕의 멱살을 움켜잡았다.

"너도 그렇고, 송추동도 그렇고."

답선군이 이를 갈며 말했다.

"다들 내 심기를 건드리려고 작정했어?"

그가 초만녕의 멱살을 놓고 독수리가 같은 자리를 배회하듯 방 안을 왔다 갔다 했다.

갑자기 발걸음이 뚝 멈췄다.

그가 고개를 돌려 초만녕을 노려보며 물었다.

"네가 언제 나한테 '견신여오' 같은 걸 가르쳐 줬지?"

답선군은 이미 제법 취한 상태였기에 생각나는 대로 두서없이 말을 내뱉었다.

"난 왜 전혀 기억이 없을까?"

묵연이 커다랗고 차가운 손으로 초만녕의 손목을 덥석 잡고 책상 앞으로 끌어당겼다. 종이를 깔고 먹을 갈고는 족자를 좌르르 펼쳐 놓고 말했다.

"써 봐. 다시 가르쳐 줘."

초만녕은 가뜩이나 미열도 있는데, 그가 이토록 몰아세우자 울화가 치밀어 질식할 것만 같았다. 결국에는 얼굴까지 벌게져 콜록거리기 시작했다.

묵연은 아랑곳하지 않고 그의 손에 붓을 찔러 넣고는 어둡고 성급하게 말했다.

"써 봐."

금세 또 채근했다.

"빨리."

초만녕은 과거 묵연과의 싸움에서 영핵이 파괴된 후 계속 몸이 좋지 않았다. 줄기차게 기침을 해 댄 그가 결국 울컥하고 피를 토했다.

그제야 묵연이 멈칫하고는 이리저리 튄 핏자국을 보더니 천천히 손을 놓았다.

"그냥 서신 쓸 때 하는 의례적인 인사말 같은 거다. 별다른 의미는 없어."

기침이 잦아든 초만녕이 길게 심호흡을 하고는 손수건을 꺼내 입에 묻은 피를 닦았다.

그가 눈을 치켜뜨고 숨을 고른 후 묵연을 바라보았다.

"예전에 서신을 쓸 때마다 넌 서두에 늘 이 말을 썼다. 너무 오랫동안 서신을 쓰지 않아서 잊었겠지."

"내가…… 서신을 썼다고?"

묵연이 칠흑 같은 눈동자를 부릅떴다.

"누구한테?"

그가 화를 내듯 따져 물었다.

"내가 누구한테 서신을 써? 이 세상에 내가 서신을 쓸 사람이 어딨어? ……말도 안 돼…… 무슨 그런 터무니없는 말을……. 헛소리하지 마!"

묵연은 지친 데다 의기소침한 기색이었고, 눈동자에는 몽롱한 빛이 어른거렸다.

이때 초만녕은 내심 무언가 석연치 않음을 느꼈다. 하지만 그저 별생각 없이 묵연이 술에 취했기 때문이라 치부하고는 미간만 찌푸린 채 아무 대꾸도 하지 않았다.

무산전의 서재에는 서신을 담은 상자가 있었다. 사생지전의 모든 서신은 이 상자 안에 보관되었다. 묵연은 우리에 갇힌 야수처럼 방 안을 몇 바퀴 어슬렁대다가 갑작스레 서신 상자를 떠올렸다. 그가 먼지 쌓인 상자를 꺼내 해묵은 서신들을 한 통씩 뜯어 보았다.

그 서신들은 대체로 파견 나간 제자가 쓴 것으로, 그들이 사존으로 모신 장로별로 분류되어 있었다. 서신을 쓴 사람 대부분은 묵연이 문파를 배신한 그해에 죽임을 당했다. 옥형 장로의 제자는 고작 세 명으로 가장 적었기에 찾기도 쉬웠다. 묵연이 도톰한 서신 묶음을 발견하고는 얼른 꺼냈다.

그가 부들부들 떨며 서신을 뜯었다.

그의 필체는 나쁘지 않았다. 미숙하고 조금 삐뚤빼뚤했지만,

정성 들여 쓴 티가 났다. 서신을 하나씩 살펴보는데, 서신마다 상단에 '견신여오, 전신서안'이라는 글귀가 적혀 있었다.

서신마다 빠짐없이 똑같은 글귀였다.

묵연의 손가락이 미세하게 떨렸고 눈동자는 기괴한 빛으로 반짝였다.

[어머니, 견신여오, 전신서안입니다.]

[순 누님, 견신여오, 전신서안입니다.]

옛 호칭을 보자 온몸에 찌릿하고 전율이 일었다. 그의 눈이 길고 가느다래졌고, 준수한 얼굴은 먹구름에 뒤덮인 듯 어두워졌다.

초만녕은 그의 옆에 서 있었다. 초반에는 개의치 않았지만, 갈수록 묵연의 표정이 심상치 않게 느껴졌다. 그는 책상 위로 시선을 옮긴 채 옛날 서신들을 미친 듯이 뒤적이는 남자를 응시했다.

미세한 두려움이 뾰족한 부리가 되어 초만녕의 심장을 쿡쿡 쪼아 대기 시작했다.

분명 어딘가 이상했다.

그가 천천히 다가가, 서신 더미 속에서 미치광이처럼 정신을 놓은 묵연을 물끄러미 바라보았다.

……무엇이 이상한 걸까?

"어머니는 이미 돌아가셨어……."

갑자기 묵연이 중얼거리며 입을 열더니 고개를 들어 초만녕을 바라보았다.

"근데 내가 왜 어머니께 서신을 써?"

초만녕은 옆에 서서 그의 일거수일투족을 관찰했다. 두려움이 자꾸만 그의 심장을 쪼아 댔고, 피비린내 나는 어둠이 껍질을 뚫고 튀어나올 것만 같았다.

그렇게 먹구름이 세상을 집어삼킬 것만 같았다.

'견신여오'처럼 수없이 썼던 인사말을 까맣게 잊었다는 건, 분명 이상한 일이긴 하지만 그렇다고 절대 불가능한 일도 아니었다.

하지만 자신이 썼던 그 많은 서신을 전혀 기억하지 못한다는 것은 확실히 괴이쩍은 일이었다.

묵연은 계속해서 한 장 한 장 읽어 내려갔다.

"전신서안⋯⋯ 전신서안⋯⋯."

보랏빛이 감도는 검은 눈동자가 괴로움과 혼란으로 흔들렸다.

무언가 중요한 기억을 잃어버린 게 분명했다.

이때 귓가에 단단한 껍질이 쩍쩍 갈라지는 소리가 났다.

초만녕은 숨을 삼켰다. 등골이 오싹했다. 서재에는 두 사람 말고 다른 사람은 없었다. 이 죽음과도 같은 적막 속에서, 초만녕은 입술을 열어 조용히 말했다.

"기억이 나지 않는 것이냐? 그때 네가 말했었다. 어머니가 서신을 받지 못해도 계속 쓰고 싶다고."

묵연이 고개를 홱 들어 올렸다.

초만녕은 피가 서서히 식어 가는 걸 느꼈다. 조만간 입김마저 얼어 버릴 것만 같았다.

"네가 처음 배운 글자는 네 이름이 아니다."

묵연이 얼떨떨한 얼굴로 나지막하게 물었다.

"그럼?"

"네가 맨 처음 알려 달라고 한 글자는, 바로 어머니였어."

바깥에서 천둥 번개가 치고 광풍이 스산하게 불어왔다. 손톱으로 창문을 때리듯 소리가 요란했고, 창틀은 바람에 흔들려 연신 달그락거렸다.

번개가 번쩍하고 섬광을 터트리더니 인간 세상을 어둑어둑하게 비추었다.

답선제군이 중얼거렸다.

"……나한테 가르쳐 줬다고……? 어째서 생각이 하나도 안 나는 거지……? 아무것도 생각이 나질 않아."

바람이 불자 수풀이 삭삭 고개를 숙이고 그림자가 흔들렸다. 사방에서 악귀와 원혼이 돌아다니는 듯 을씨년스러웠다.

초만녕은 사색이 된 얼굴로 묵연을 빤히 바라보았다. 눈빛이 매의 눈처럼 날카로웠다.

"너, 하나도 기억이 안 난다고?"

심장이 쿵쿵 울렸다.

잠깐의 침묵이 이어지다, 묵연이 막연한 얼굴로 반문했다.

"무슨 기억?"

심장이 멈췄다.

마침내 그 작은 부리가 딱딱한 껍질을 깨뜨렸다. 엄청난 공포가 한꺼번에 솟구치더니 이 안에서 유일하게 이성적인 한 사람을 그대로 덮쳤다!

초만녕은 머리가 지끈거렸다. 기억을 못 해? 어떻게 기억을 못 할 수가 있지?

그때 묵연은 어머니께 서신을 써야겠다며, 무려 300통이 넘는 서신을 썼다. 그는 1천 통을 쓴 다음 백중날 때 모조리 태워 저승에 계신 어머니께 보내 드리겠다고 말했었다.

300통이 넘는 서신을 썼는데, 어떻게 쉬이 잊을 수 있을까?

문득 두려운 생각이 떠오른 초만녕은 입술을 파르르 떨며 잠긴 목소리로 물었다.

“네가…… 천문을 처음 봤을 때, 네가 뭐라고 했는지 기억나느냐?”

“내가 뭐라고 했는데?”

묵연이 오히려 되물었다.

“오래전 일을 내가 어떻게 일일이 다 기억해?”

“네가 그때 자기도 이런 신무가 있었으면 좋겠다고 말했다.”

초만녕이 말했다.

“천문을 갖고 싶다고…….”

술 취한 그가 조롱 섞인 눈빛으로 초만녕에게 말했다.

“내가 천문을 가져서 뭐 할 건데? 살인? 아니면 심문하려고?”

초만녕이 낮게 가라앉은 목소리로 말했다.

“지렁이 때문에.”

당시 홍련수사 근처에서, 풋풋한 소년은 종이우산을 들고서 방긋 웃는 얼굴로 말했었다.

– 지렁이를 구하고 있었어요.

하지만 지금의 답선제군은 야수와 같은 눈을 가늘게 뜨고 전혀 이해할 수 없다는 투로 말했다.

"무슨 지렁이?"

천둥 번개가 하늘을 찢고, 자색 섬광이 밤하늘을 관통했다.

우르르 쾅쾅! 굉음이 울려 퍼졌다.

입술을 다문 초만녕의 갈색 눈동자가 살짝 흔들렸다.

살을 에는 한기가 느껴졌다.

그날 밤, 묵연은 초만녕에게 아무것도 하지 않았다. 약간 과음한 탓인지 나중에는 서신들을 들고 멍청하게 바라만 보았다.

이윽고 책상 위에 엎드려 잠이 들더니, 자면서도 계속 중얼거렸다.

"무슨 지렁이……? 지렁이 없는데……."

세찬 바람에 창문이 덜컥 열렸다. 산바람이 굵은 빗줄기를 몰고 방 안에 들이닥쳤다. 순간 창문 옆에 있던 등불 몇 개가 훅 꺼졌다.

실내가 캄캄해졌다.

묵연 옆에 선 초만녕의 입술이 차갑게 식었다. 그가 고개를 숙인 채 곤히 자는 남자를 물끄러미 바라보았다. 머릿속에서 불확실한 생각이 갈수록 선명하고 또렷해졌다. 묵연은 어째서 옛일들을 기억하지 못하는 걸까? 그것도 순수했던 과거의 기억만 선별적으로 잊어버린 이유가 뭐지?

술에 취해서? 우연의 일치일까? 아니면…… 누군가 그의 선한 마음을 일부러 지운 것일까?

책상 위에 엎드린 채 단잠을 자는 답선군이 웅얼거렸다.

"추워……."

초만녕은 온몸의 피가 얼어붙은 채 모든 감각이 마비된 듯했다. 묵연의 춥다는 말에 그는 본능적으로 느릿느릿 창문으로 걸어갔다.

창문을 닫아 바깥에서 불어오는 비바람을 막았다.

자기 할 일은 다 했음에도 초만녕은 자리를 뜨지 않았다. 그는 넋이 나간 모습으로 박쥐와 사슴 문양이 새겨진 창에 이마를 기댔다. 손가락 마디마디가 백옥처럼 새하얗게 변했다.

잠시 후 초만녕은 옷섶 안에서 쪼글쪼글한 부적 하나를 천천히 꺼냈다.

승룡 부적이었다.

초만녕은 영핵을 잃어 더는 법술을 사용할 수 없었기에, 묵연은 초만녕이 썼던 부적을 굳이 빼앗지 않았다.

사실 묵연이 틀린 것은 아니었다. 초만녕이 손끝의 피를 열 방울 이상 떨어뜨려 부적이 거의 젖어 들 즈음에야 작은 용이 맥없이 떠올랐기 때문이었다.

전신에 미약한 빛이 아른대는 작은 용이 기운 없이 축 처진 모습으로 고개를 들어 올렸다.

"아…… 초만녕…… 오랜만일세."

작은 용은 서 있는 것조차 힘겨워 보였다. 종이 위로 발을 내디뎠지만, 얼마 못 가 푹 쓰러졌다. 용은 서럽기도, 먹먹하기도 했다.

"왜 이리 오랫동안 본좌를 부르지 않은 것이냐? 어째서 본좌에게 이토록 적은 영기만 준 것이냐……. 아, 정말이지 영기가…… 영력조차 없이…… 넌 왜 이리된 거야?"

"말하자면 길다. 얘기하고 싶지 않아."

초만녕이 용을 조심스럽게 잡고 손바닥 위에 올려놓았다.

"부탁이 있어."

"필요할 때만 찾는 건 여전하구나."

작은 용이 탄식했다. 하지만 용의 힘은 초만녕과 밀접한 관계가 있었기에, 작은 용은 원망할 힘조차 남아 있지 않았다. 작은 용이 머리를 축 늘어뜨린 채 맥없이 말했다.

"말해 보거라. 이번에는 본좌가 무엇을 해 주기를 바라느냐?"

초만녕은 작은 용을 곤히 잠든 묵연의 귓가에 갖다 놓았다.

그는 손톱이 손바닥을 찌를 정도로 주먹을 세게 말아 쥐었다. 초만녕의 일그러진 얼굴이 갈수록 창백해졌다.

"이 사람 몸에 있어서는 안 될 주술이 있는지 좀 봐 줘."

원래 맑고 순수한 데다 지렁이가 죽는 것조차 안타까워하던 소년이, 느닷없이 이런 악귀로 변했다?

묵연의 스승으로서 어째서 약간의 이상한 점도 느끼지 못했을까?

제자가 설정옹, 왕 부인, 강희, 엽망석을 죽이는 모습을 두 눈으로 똑똑히 지켜보았다.

그는 유풍문을 도륙했고, 백골 더미를 지르밟고 지나갔다.

묵연이 살육을 저지르는 모습을 직접 눈으로 보았다. 그때 묵연의 양손에는 피비린내가 진동했고 온몸이 피로 얼룩졌으며, 시체 더미에 서서 고개를 돌려 그에게 섬뜩한 미소를 보냈다.

고통스러운 마음 말고, 어떻게 이상한 낌새를 느끼지 못했던 걸까?

묵연은 원래 그런 사람이 아니었는데.

작은 용이 기를 쓰며 종이 위에다 부적과 유사한 모양을 그리기 시작했다. 비록 마음의 준비는 했지만, 초만녕은 이것을 보는 순간 깜짝 놀라 얼어붙고 말았다.

종정계였다.

묵연에게 종정계가 걸려 있어?

마지막 힘까지 쥐어짜 주술을 완성한 종이 용은 돌연 푸른색 연기로 변하더니, 승룡 부적 안으로 모습을 감췄다. 얇은 종이를 손에 쥔 초만녕은 모든 것이 와르르 무너지는 것만 같았다.

가까스로 냉정을 되찾은 그는 주술이 그려진 종이를 한참 살펴보다가, 종정계의 도안이 조금 이상하다는 것을 발견했다.

놀랍게도 좌우가 바뀌어 있었다.

247장 용혈산, 진상

이튿날 일어난 묵연은 술에 취한 후 있었던 일을 잘 기억하지 못했다.

하지만 그는 몰라도 초만녕은 똑똑히 기억했다.

그날 이후 말을 빙빙 돌려 가며 묵연을 떠본 결과, 그는 확실히 과거의 일들을 거의 기억하지 못했다. 갈수록 불안해진 초만녕은 많은 시간을 들여서 관련 자료를 찾았다. 그러다 마침내 사생지전 장서각에 있는 약학 문파의 경서에서 이 진법에 대한 기록을 찾아냈다.

햇살이 창문을 비집고 들어왔다.

"팔고장한……."

초만녕은 손끝으로 경서에 그려진 검은색 문양을 매만지다 작은 용이 그렸던 부적을 꺼내 대조해 보았다. 그 결과, 완전히 일치했다.

검은색 문양은 심장처럼 생겼는데 언뜻 보기엔 종정계로 보이지만, 종정계는 보통 심장 좌측에 참깨만 한 여백이 있다. 하지만 이것은 반대로 오른쪽에 있었다.

작은 용이 표시한 주술의 흔적은 법술 효과와 맞물린다. 그렇다면 이것은 종정계와 비슷하지만, 효력은 반대인 고화가 아닐까?

아무도 없이 휑한 장서각에서 초만녕은 고군분투 중이었다. 고서에 상고 시대 마문(魔文)이 섞여 있던 터라 이해하기가 썩 쉽지 않았다. 마문을 어느 정도 익혔지만, 난해하고 어렵기는 매한가지였다.

한 글자, 한 구절씩 천천히 읽어 내려갔다. 한 문장씩 이해될 때마다 그는 모골이 송연해졌다.

"팔고장한화(八苦長恨花)는 마족의 식물이다."

초만녕은 촉촉하고 얇은 입술을 살짝 벌리며 조용히 읽어 나갔다.

"천만 년 전, 구진상궁이 마계에서 인간계로 가져온 것이라 전해진다."

고서에는 괴이하게 생긴 씨앗과 함께 한 방울의 피와 연기가 그려져 있었다.

"이 종(種)은 재배하기가 매우 어렵다. 마족의 피를 십 년 동안 주입하고, 주입자의 혼백과 융합해야 싹을 틔우고 꽃을 피울 수 있다."

초만녕이 중얼거렸다.

"마족의 피와 주입자의 혼백이 있어야 꽃을 피운다고? 이 세계에…… 아직 순수 마족이 있단 말인가?"

하지만 문헌에 기록된 내용이 전부 맞는 것은 아니므로, 일일이 파고들지 않기로 했다.

아래를 보니 심장 하나가 그려져 있었다. 심장 오른쪽에는 겹꽃 한 송이가 활짝 피어 있었고, 그 옆에는 복잡한 마문이 적혀 있었다.

"이 마화(魔花)는 토양에서 자라지 않고 물에서도 살지 못하며, 하늘을 봐도 죽고 땅을 봐도 죽는다. 이것은 사람의 심장에서만 키울 수 있다."

초만녕은 화들짝 놀랐다. 오로지 심장에서만 키울 수 있는 꽃씨?

다음 내용은 더 기함할 만했다.

견본[#7]에 적힌 내용은 대충 이랬다. 특정 사람의 심장에 팔고장한화를 심으면, 보통 세 단계를 거친다.

첫 번째 단계에서 숙주는 평소 모습과 크게 다르지 않지만, 점점 짜증이 늘고 타인을 악의적으로 의심하게 되며 아름다운 기억을 차츰 잊기 시작한다. 이 단계에서 팔고장한화를 제거할 수는 없지만, 제때 발견하기만 하면 효력을 천천히 억제할 수 있다. 상태가 호전되면, 팔고장한화는 동면에 들어가고 이후에 다시 효과가 나타나기는 어렵다.

만약 이때 발견하지 못하면, 숙주에 따라 느리면 팔 년에서 십 년, 빠르면 어떤 사건으로 인한 감정적 격앙만으로도 팔고장한화는 단번에 두 번째 단계로 생장한다.

#7 견본 絹本, 서화를 적거나 그리는 데 쓰는 비단

이 단계에서는 숙주가 '순수', '온화', '희망'과 관련된 기억을 빠르게 잊기 시작한다. 그 대신 사는 동안 겪었던 우여곡절과 좌절, 악의와 모욕만 반복적으로 떠올린다.

인생팔고(人生八苦), 즉 생로병사(生老病死)의 괴로움, 사랑하는 사람과 헤어지는 괴로움, 미워하는 대상과 함께해야 하는 괴로움 등, 인생의 여덟 가지 괴로움이 모두 숙주에게 각인된다.

그리고 골수에 새겨진다.

여기까지 읽은 초만녕은 낯빛이 하얗다 못해 눈처럼 창백해졌다.

묵연이…… 딱 이렇지 않았던가.

그는 어릴 때 가졌던 소망을 잊었고, 정성 들여 쓴 서신을 잊었으며, 어머니에 대한 기억마저 흐릿해진 듯했다.

그는 계속 읽어 내려갔다. 세 번째 단계에 이르러 숙주는 이성을 잃고 폭주하여 살육을 즐기게 된다…….

과거에 겪었던 아픔을 천 배, 만 배로 갚아 주려고 한다.

유풍문에 인 피바람 속에서 섬뜩하게 웃던 묵연의 모습이 눈앞을 스치는 것 같았다. 당시 묵연은 한 손에 영력을 가득 모아 갑자기 수사의 몸에 찔러 넣었다.

그리고 피가 흥건한 손으로 심장을 꺼내 으스러뜨렸다.

수많은 사람이 통곡하며 애원했고, 땅바닥에는 온통 시체들이 나뒹굴었다. 묵연은 한껏 소리 내 웃으며 격앙되고 광기 어린 눈빛을 번뜩였다. 입으로는 쉴 새 없이 같은 말을 중얼거렸다.

– 타고난 팔자가 그러니 애써 봐야 소용없다……. 애써 봐야

소용없다!

잔혹했고, 미쳐 있었고, 사악했고, 흉악했다.

묵연이 왜 이렇게 변했을까?

당시에 의심을 전혀 하지 않았던 것은 아니다. 하지만 팔고장한화의 효과는 조금씩 단계적으로 심화되었고, 무엇보다도 그 포악성이 까닭 없이 발현된 게 아니었다. 견본 기록에 따르면, 이 마화는 숙주가 가진 증오와 욕망을 증폭시킨다 했다.

다시 말해, 그 증오와 욕망은 타인이 부여한 것이 아닌 묵연 본인의 것이었다.

묵연은 분명 유풍문을 짓밟고 싶어 했던 적이 있었다. 천하제일이 되고 싶었던 적도, 초만녕을 미워하고 원망한 적도 있었다. 그랬다 한들 그 감정들은 한순간에 불과하거나, 자신조차 잊어버릴 정도로 마음속 깊은 곳에 묻어 둔 잠깐의 망상일지도 몰랐다.

하지만 팔고장한화는 그의 내면 구석구석에 있는 원망을 긁어모아 실제로 행동하게 만들었다.

따라서 남들은 팔고장한화의 숙주가 광폭하고 잔인한 짓을 해도 증오할 만한 이유가 있기 때문이라 생각할 뿐, 숙주의 성격이 급변하여 딴사람이 되었다고는 생각하지 못했을 것이다. 즉, '원한이 깊어 점점 저렇게 변했다'라고만 여길 뿐, '고화 때문에 점점 저렇게 변했다'라는 생각에는 미치지 못했을 거란 뜻이다.

이로 인해, 어느 누구도 묵연의 몸 안에 있는 팔고장한화를 쉽게 발견할 수 없었을 것이다. 누군가 발견했을 때는 이미 두 번째, 세 번째 단계일 테니 제거하거나 억제하는 것 자체가 불가능했을 것이다.

초만녕은 이 기록을 다 읽고 나서 오랫동안 정신을 차리지 못했다.

이 감정은 무엇일까?

충격? 후회? 분노? 두려움? 아니면 아픔일까…….

그도 단정 지을 수 없었다.

그는 오랫동안 보수하지 않아 조금 낡은 장서각 바닥에 앉았다. 때마침 오후였고 한낮의 햇살이 따사롭게 내리쬐었지만, 그는 한 점의 온기도 느끼지 못했다.

오랜 시간 고서들 속에 앉아 있자니 마치 볼 수도, 만질 수도 없는 누군가가 뒤에 서 있는 느낌이 들었다. 그 사람이 망자나 악귀처럼 숨어 희미한 미소를 지은 채 그들의 일거수일투족, 말 한 마디 한 마디를 몰래 엿보고 엿듣는 것만 같았다.

그는 고개를 숙여 견본 위에 적힌 글을 보았다.

[첫 번째 단계에서 제때 발견하면, 제거하지는 못해도 억제는 가능하므로 숙주는 본심을 잃지 않을 수 있다.]

초만녕은 이 문장을 수없이 반복하고 곱씹었다.

잠시 후, 물방울이 뚝 떨어졌다. 그는 그것이 견본 위로 번지는 것을 멍하니 바라보다, 닦으려고 차가운 손을 뻗었다.

하지만 손은 견본에 닿기도 전에 본능적으로 얼굴로 올라가 젖은 눈썹과 떨리는 눈꺼풀을 가렸다.

그의 잘못이고, 그의 실수였다. 늘 오만하게 굴며 체면을 무엇보다 중시했고, 할 말이 있어도 툭 터놓고 얘기하려 하지 않았다.

제때 발견했더라면…….

묵연은 본심을 잃지 않을 수 있었다.

이토록 오랫동안 전혀 눈치채지 못했다. 만야옥형, 북두선존이라는 자가 제자가 마화의 숙주가 되는 동안 약간의 낌새도 느끼지 못했다. 자신의 괴팍하고 말주변 없는 성격이, 끝내는 묵연이 길고 지루한 어둠을 걷고 피의 바다에 들어가도록 내몰았다.

무슨 낯짝으로 고귀한 지위에 앉을 수 있으며, 묵연에게 '사존'이라는 말을 들을 수 있단 말인가?

제때 발견했더라면.

이 말이 악몽처럼, 저주처럼 귓가에 맴돌았다. 바늘방석에 앉은 기분이었다. 목에 가시가 걸린 것 같았다. 충격적이고 경악스러웠다. 자신은, 사존으로서 자격 미달이었다.

묵연의 이상 행동이 시작된 지 얼마나 됐을까? 비단 일이 년은 아닐 것이다. 이토록 오랜 세월 밤낮으로 함께하는 동안, 수줍음 많고 밝았던 어린 묵연은 조금씩 어둠에 잠식되고 온몸이 피로 물들어 갔다.

그런데 정작 사존인 자신은 아무것도 되돌릴 수 없는 지경이 되어서야, 지금에 이르러서야 알아차리다니……. 온몸이 표류하는 배처럼 흔들리고, 오장육부가 뒤집히는 것 같았다. 너무 고통스럽고, 너무 한스러웠다. 자신은 사존으로서 자격이 없었다!

초만녕은 자신의 감정을 어떻게 수습했는지, 어떻게 장서각을 나와 사생지전의 텅 빈 대나무 숲에 들어갔는지 기억나지 않았다.

홍련수사에 어떻게 돌아왔는지도 몰랐다. 머릿속이 뒤죽박죽이었다. 눈부신 태양이 기울고 저녁놀이 질 때까지 그는 등나무 꽃 시렁 아래 홀로 앉아 있었다.

불현듯 그의 시야에 한 사람이 걸어오는 것이 보였다.

남자는 어깨가 넓고 허리가 잘록했으며, 걸음걸이가 위풍당당했다. 그는 바닥에 흩뿌려진 저녁놀을 지르밟으며, 달그림자가 비친 술잔을 든 채 홍련수사로 천천히 느긋하게 걸어오고 있었다.

초만녕은 정신을 놓고 있었기에 지금이 언제인지, 그가 누구인지 단박에 인식하지 못했다. 그 건장하고 잘생긴 남자가 기억 속 소년과 겹쳐졌다.

그리고 기억 하나가 떠올랐다…….

그가 묵연의 사존이 된 지 만 한 달이 되었을 때였다. 묵연은 대나무와 등나무가 둘둘 감긴 자사호를 들고서 신이 난 얼굴로 초만녕을 찾아 홍련수사에 왔다.

너무 빨리 달려온 탓에 얼굴은 발갛게 달아오르고 숨을 헐떡였지만, 눈동자는 놀랄 만큼 반짝였다.

"사존, 산 아래에서 정말 맛있는 술을 발견했어요. 조금 가져왔는데, 드셔 보세요."

초만녕이 물었다.

"넌 아직 임무도 맡지 않았는데 돈은 어디서 났느냐?"

묵연이 이를 드러내며 웃었다.

"백부님께 빌렸어요."

"……쓸데없이."

"사존이 저를 좋아하시니까."

묵연이 웃으며 두 손으로 술 주전자를 받쳐 초만녕 앞에 내려놓았다.

"저도 사존이 좋아요."

그때 느낀 민망함과 부끄러움은 아직도 생생했다.

소년의 호의는 델 만큼 뜨거워서 감히 잡지도 못했다.

그가 소매를 털며 핀잔을 주었다.

"허튼소리. 누가 누굴 좋아하고 말고 한단 말이냐. 앞으로 그런 말은 하지 말거라."

"아…… 알겠어요."

소년이 머리를 긁적였다.

"하지만 좋은 걸 먹고 마시면 사존이 생각나요. 사존과 함께 먹고 싶고요."

"……난 술을 마셔 본 적이 없다."

묵연이 웃었다.

"그럼 한번 드셔 보세요. 의외로 술이 셀지도 모르잖아요."

초만녕은 입을 다물고 술 주전자를 받았다. 뚜껑을 열어 냄새를 맡더니, 의외인 듯 눈이 살짝 커졌다.

"향기가 좋죠?"

"그래."

"하하, 빨리 드셔 보세요."

초만녕이 한 모금 마셨다. 독했지만, 맛은 깊고 향은 진했다. 입 안에 진한 향기가 알싸하게 퍼지자 초만녕은 저도 모르게 입을 가져다 대고 한 모금 더 마셨다.

"괜찮군. 무슨 술이냐?"

묵연이 헤벌쭉 웃으며 말했다.

"이화백주예요."

이것이 그의 생애 첫 술이었다. 그가 중얼거렸다.

"이화백주라……. 이름도 좋군."

묵연이 무척 기뻐하며 말했다.

"사존이 좋아하시면, 앞으로 임무를 맡아서 돈을 벌면 매일 사다 드릴게요."

초만녕은 다시 한 모금 들이켠 후 곁눈질로 그를 힐끗 보고는 여전히 담담한 얼굴로 말했다.

"그러다간 돈을 모을 새도 없을 것이다."

묵연이 벙싯벙싯 웃었다.

"모을 필요가 뭐 있어요. 전 돈을 벌면 모두 사존한테 쓸 거예요. 백부님과 백모님한테 선물도 사 드리고요."

초만녕은 아무 말도 하지 않았지만, 심장에 살짝 구멍이 나서 그 틈으로 달콤함이 배어 나오는 것만 같았다. 그는 묵연에게 자신이 기뻐하고 있다는 티를 내지 않으려고 표정 없는 얼굴을 고수하며 냉담하게 술을 마셨다. '옥형 장로는 술 한 잔으로 살 수 있는 사람'이라는 인상을 주고 싶지 않았다.

새 제자는 그의 옆에 붙어 연신 재잘거렸다. 이런 모습에 초만녕은 이따금 깜짝깜짝 놀랐다. 그의 차가운 성격은 누구에게든 높다란 담장이었다.

유일하게 이 녀석만 늘 행복한 얼굴로 가뿐히 담장을 뛰어넘고는 아무렇지 않게 뒤통수를 긁적이며 주변을 두리번거렸다.

혹시 모자란 아이인가?

초만녕이 그런 생각을 하는 동안, 묵연은 앞으로 제 사존한테 무엇을 사다 드릴까 고민하고 있었다.

"사존, 계화꽃떡 좋아하세요?"

"그래."

"연꽃과자도 좋아하세요?"

"그래."

"계화연근조림도요?"

"그래."

묵연의 보조개가 갈수록 깊어지더니 사랑스럽게 웃으며 말했다.

"사존은 단것을 정말 좋아하시네요."

이번에는 '그래'라고 하지 않았다. 초만녕은 평소 냉기가 뚝뚝 떨어지는 자신의 모습이 단것과 어울리지 않는다는 것을 뒤늦게 깨달았다.

술을 한 모금 더 마셨다. 그런데 생각에 빠져 있다가 저도 모르게 과하게 들이켰던 모양이다. 이화백주는 향기롭고 맛도 좋지만, 조금 독한 술이었기에 그만 사레가 걸리고 말았다.

초만녕은 술 마시다가 사레들린 것이 무척이나 창피했기에 억지로 기침을 참았다. 하지만 참으면 참을수록 목구멍이 따가워지고 숨이 막혀 눈언저리와 코끝이 발개졌다.

옆에서 소년은 여전히 크나큰 꿈에 빠져 있었다. 하지만 아무리 들어도 그가 말하는 미래는 그리 원대하지 않았다.

"그럼 제가 그거 다 사 드릴게요. 방방곡곡 어디가 맛있는지 수집해서 책자로 엮은 다음, 사존을 모시고 다 가 볼 거예요. 그리고……."

방긋 웃으며 고개를 돌린 묵연은 순간 화들짝 놀랐다.

"사존, 왜, 왜 그러세요?"

"……."

사존이 제자가 가져온 술을 먹다가 사레가 걸렸다면 얼마나 우습겠는가?

버텨야 했다. 절대 기침할 수 없었다.

눈가는 더 빨개지고, 눈동자는 눈물이 차올라 촉촉해졌다.

묵연이 허둥대며 말했다.

"제가 말을 잘못했나요? 사존, 왜 우세요?"

"……."

그를 노려보는 초만녕의 기다란 속눈썹이 잘게 떨렸다. 살짝 노기가 담긴 눈이었다.

묵연은 그의 분노를 조금도 눈치채지 못한 채 잠깐 멍한 얼굴로 있다가, 뭔가 깨달은 듯 순식간에 부드러운 말투로 바꿔 이렇게 물었다.

"아, 예전에 사존께 먹을 걸 사다 준 사람이 없었나요?"

초만녕의 노기가 더 진해졌다.

묵연이 속없이 자문자답했다.

"사실 저도 한때는 제대로 못 먹고 살았어요. 거의 굶어 죽을 뻔했거든요. 그러다가 길에서 어떤 형을 만났는데, 제게 달콤한 쌀죽 한 그릇을 주지 뭐예요? 저도 단것을 좋아해요. 이전에는 사 줄 수 있는 사람이 아무도 없었지만요."

이 소년은 자기 마음을 기준으로 남의 마음을 헤아리는 천부적인 재능이 있었기에, 기어이 초만녕이 감동해서 눈시울을 붉힌 거라고 확신했다.

소년이 초만녕의 손을 덥석 잡았다.

이것은 정말 예상 밖의 일이었다. 제자에게 손수 법술을 가르칠 때를 제외하고, 이 나이가 되도록 자신의 손을 잡은 사람은 회죄대사가 유일했다. 그런데 방심한 사이 새로 받은 제자가 버릇없이 감히 제 손을 잡다니. 초만녕은 당황했다.

한마디 쏘아붙이려고 눈을 드는데, 소년이 그 준수하고 앳된 얼굴을 들고 진지한 표정으로 이렇게 말했다.

"사존, 제가 출세하면 사탕 사 드릴게요."

소년의 눈빛은 포근하고 따사로웠다.

"여러분께 세상에서 제일 맛있는 사탕을 드립니다. 충족 보장! 은혜를 입으면 꼭 보답해야 한다고 어머니가 그러셨거든요."

제대로 글공부를 한 적이 없고 오랫동안 술집을 전전하며 살아서인지 소년의 말투는 늘 괴상했고, 어색한 단어 선택 때문에 조금 웃기기까지 했다.

하지만 초만녕은 그의 말에 가슴이 뭉클했다. 그는 묵연을 잠깐 바라본 후 눈을 내리깐 채 더는 아무 말도 하지 않았다.

한참이 지나 마침내 술기운이 가라앉은 초만녕은 그제야 살짝 어색하게 기침하며 담담하게 말했다.

"다시는 그런 실없는 소리 하지 마라. 그리고……."

문득 궁금증이 생긴 그가 물었다.

"물어볼 게 있다."

"말씀하세요."

초만녕이 머뭇거리다가 조금 민망한 얼굴로 물었다.

"그날 통천탑 앞에 사람이 그리 많았는데, 어째서 날 사존으로 삼은 것이냐?"

소년 묵연이 입을 열었다…….

그때, 생각이 강제로 끊겼다.

술 주전자를 든 답선군이 내내 얼빠진 모습의 초만녕에게 다가와 손가락으로 이마를 툭 찌른 것이다.

"왜 그래?"

그제야 초만녕의 눈동자에 서서히 초점이 돌아왔다. 그가 눈앞에 선 묵연을 바라보았다.

창백한 낯빛, 음험하고 악랄한 표정. 외모는 여전히 수려했지만, 골수에 박인 잔악한 느낌은 숨길 수 없었다. 묵연은 야수 같은 눈으로 초만녕을 노려보고 있었다.

이제 더 이상 따스했던 그 소년이 아니었다.

이미 지나간 과거였다.

갑자기 기운이 빠졌다. 너무너무 지치고 고단했다. 오랜 시간 갇혀 지내면서, 이토록 극심한 슬픔과 막막함이 든 건 처음이었다.

혼란스러웠다. 심지어 눈앞의 이 남자를 어떻게 봐야 할지 종잡을 수 없었다.

초만녕은 결국 고개를 돌렸다.

서늘하고 커다란 손이 그의 턱을 붙잡아 틀었다. 반들반들한 초만녕의 봉안에 하늘가에 걸린 마지막 노을빛과 짙은 어둠 속 답선군의 가라앉은 얼굴이 비쳤다.

"아직도 화났어?"

초만녕은 눈을 지그시 감았다. 그리고 한참 후, 잠긴 목소리로 말을 뱉었다.

"아니."

"열은 내렸고?"

초만녕이 대답하기도 전에 묵연이 턱에서 손을 떼어 이마를 짚더니 자기가 답했다.

"음, 내렸네."

그가 자리를 잡고 앉아 술 주전자의 마개를 열었다.

"몸도 나았고 화도 가라앉았으니 오늘은 본좌와 술이나 한잔 하지."

"……."

답선군의 배후에 알 수 없는 존재가 있다는 것도 알고, 지금 이 시각 평온해 보이는 분위기와 달리 사생지전 곳곳에 위기가 도사리고 있다는 것도 알았다. 그렇기에 경솔해서도, 평소와 다른 행동을 보여서도 안 되었다.

하지만 술을 따르며 뱉은 묵연의 담담한 말에 초만녕은 넋을 놓고야 말았다.

"이화백주야. 네가 제일 좋아하는 술."

술 향기가 퍼졌다. 마치 딴 세상 같았다. 환상 같기도, 현실 같기도 했다.

그것은 초만녕이 이 생에서 처음 마신 술이기도 했다.

평생 잊을 수 없는 일이었다.

초만녕은 눈을 들어 술을 따르는 그를 바라보았다. 묵연이 그 일을 기억하지 못할 거란 생각이 들자, 초만녕은 가슴이 아렸다. 목구멍에서 쓴 물이 올라와서 술잔을 들어 입 안에 몽땅 털어 넣었다.

술은 무척 독했다. 또 사레가 걸렸다.

하지만 이번에는 애써 참지 않고 급류에 떠밀려 가다 지푸라기를 잡은 것처럼 힘껏 기침했다. 눈동자가 빨개지고 속눈썹이 촉촉하게 젖다가 결국 눈물이 흘러내렸다.

순간 멈칫한 묵연의 눈에 당황이 스쳤다.

하지만 금방 눈을 가늘게 뜨고 입꼬리를 여유롭게 올리며 말했다.

"사존, 왜 그래요? 왜 우시나요?"

초만녕은 참았다. 진상을 알게 된 지금 가슴이 찢어지고 미친 듯이 괴로워도 아무것도 해서는 안 되었다.

팔고장한화를 뽑거나.

배후의 인물을 찾거나.

자신이 죽거나.

그 전까지 초만녕은 반드시 참아야 했다.

아무것도 모르는 척, 원망과 분노에 휩싸인 척해야 했다. 초만녕은 눈을 감고 등을 팽팽히 긴장시킨 채 쉰 목소리로 말했다.

"술."

묵연이 천천히 대답했다.

"술이 너무 독해서?"

초만녕은 말없이 한 잔을 가득 따라 입 안에 털어 넣었다. 식도가 타들어 가는 듯했다.

– 어째서 날 사존으로 삼은 것이냐?

그는 흐릿한 눈동자로 먼 곳을 바라보았다. 저녁노을이 무르익은 가운데, 통천탑은 여전히 위용을 자랑했다. 하지만 해사하게 웃으며 '따뜻한 분 같아서 좋아요'라고 답했던 소년은 이제 없었다.

인생에는 여덟 가지 괴로움이 있다.

생로병사의 괴로움, 이별의 괴로움, 구해도 얻지 못하는 괴로움, 미워하는 대상과 함께해야 하는 괴로움, 물질을 보고 느끼고 집착하는 데서 오는 괴로움.

이것이 장한(長恨)이다.

그동안 진실을 알아낼 기회가 얼마든지 있었지만, 모두 놓쳐버렸다. 마침내 묵연의 심성이 삐뚤어진 진짜 원인을 알아차렸지만, 자신은 이미 쓸모없는 사람이 되어 아무것도 할 수 없었다.

밤이 되었다. 초만녕은 자기 옆에서 곤히 잠든 묵연의 모습을 물끄러미 바라보았다. 순수했던 얼굴에는 음산한 기운이 감돌고, 안색은 백지장처럼 새하얬다.

그를 증오하고 원망했다.

묵연과 칼을 휘두르며 싸웠을 때 초만녕은 마음이 아팠고, 묵연이 강제로 자신을 굴복시켰을 때 초만녕은 절망했다.

기나긴 밤, 쓸쓸한 휘장 속에 두 사람은 함께 있었다.

초만녕은 답선제군 옆에 누웠다. 마침내 진실을 알게 된 그는 과거의 증오, 원망, 아픔, 절망이 모두 허망하게 느껴졌다.

묵연은 일찌감치 팔고장한화에 중독된 것이었다. 그가 한 모든 일이 사실은 그의 본심이 아니었다.

무소불위의 답선제군은 이미 오래전 족쇄에 단단히 묶여 있었는데, 사존인 자신은 아무것도 해 줄 수 있는 게 없었다.

배후에서 얼마나 많은 눈이 지켜보고 있는지 알 수 없었기에 다른 누구에게 진실을 알릴 수도 없었다.

심지어 묵연에게 약간의 연민이나 부드러움도 내비쳐서는 안 되었다. 마음을 죽인 채 무조건 원망하고, 미워하고, 차갑게 대해야만 했다.

오로지 조용하고 깊은 밤, 무산전 깊은 곳에서 묵연이 까무룩 잠이 들고 나서야 몸을 일으켜 그의 창백한 얼굴을 쓰다듬을 수 있었다.

그리고 조용히 속삭일 수 있었다.

"미안하다. 스승이 널 지키지 못했구나."

248장 용혈산, 집념

오로지 조용하고 깊은 밤, 무산전 깊은 곳에서 묵연이 까무룩 잠이 들고 나서야 몸을 일으켜 그의 창백한 얼굴을 쓰다듬을 수 있었다.

그리고 조용히 속삭일 수 있었다.

"미안하다. 스승이 널 지키지 못했구나."

내가 널 지키지 못해서,

너는 다른 사람의 꼭두각시가 되었고,

만인에게 지탄받는 폭군이 되었다.

세상 어느 누구도 네 진짜 모습을 모른다. 예전에 네가 얼마나 선하고 순수했는지, 비 오는 날 지렁이를 구하기 위해 얼마나 고심했는지, 연꽃이 활짝 필 때 얼마나 찬란하게 미소를 지었는지 알지 못한다.

세상은 널 냉혈한이라 비난할 뿐, '제, 제가 별다른 재주는 없지만, 앞으로 여윳돈이 생기면 집을 지어서 예전의 저처럼 갈 곳 없는 사람에게 나눠 줄 거예요'라고 머리를 긁적이며 수줍게 말한 적이 있다는 건 모른다.

모두가 널 학살자라고 증오할 뿐, '사존, 천문 같은 신무를 가지고 싶어요. 천문으로 흑백을 가리고 사람들을 구할 수 있게요'라고 말했던 것 역시도 모른다.

모두 널 저주하고 죽이려고 한다.

나는 진실을 알게 되었건만, 여전히 네 존엄을 찾아 줄 수가 없구나.

묵연은 언제나 시선에 민감했고, 잘 때도 예외는 아니었다. 그가 눈꺼풀을 움찔하더니 초만녕이 미처 피하기도 전에 눈을 떴다.

"너……."

두 개의 시선이 맞닿았다.

"뭘 보고 있어?"

초만녕은 이미 감정이 북받쳐 오른 상태였기에 대답할 말이 바로 생각나지 않았다. 그는 재빨리 몸을 돌려 묵연의 시선부터 피한 다음 대답했다.

"아무것도."

묵연은 말이 없다가 한참 뒤에 뜨끈한 몸으로 그를 뒤에서 안았다. 탄탄하고 너른 가슴이 초만녕의 등에 달라붙었다.

깜깜한 밤이었다. 초만녕은 눈을 떴다. 앞에는 미풍에 한들거리는 휘장이, 뒤로는 답선제군의 뜨거운 가슴이 있었다. 남자는 조롱인지 권태로움인지 모를 목소리로 덤덤하게 말했다.

"몸이 찬데. 땀도 나고."

묵연이 그의 목덜미에 얼굴을 묻고 냄새를 맡았다.

"악몽이라도 꾼 거야?"

묵연이 살짝 웃었다. 이제 막 잠에서 깬 사람처럼 나른한 목소리였다.

"너한테서 두려움의 냄새가 나."

초만녕은 대답하지 않았지만, 확실히 가늘게 떨고 있었다.

두려움은 아니었다. 그저 슬픔과 자책이 그를 무너뜨리고 있었다. 그는 침착함을 유지하려고 없는 힘까지 쥐어짜야 했다.

다행히 묵연의 눈을 속일 수 있었다. 묵연은 어떤 낌새도 느끼지 못한 채 늘어지게 하품한 후 천천히 정신을 차렸다. 그가 다시 초만녕의 어깨와 머리카락에 코를 묻고 냄새를 맡더니 만족스러운지 '음' 하고 낮은 탄성을 내뱉었다.

"근데 말이야, 네 몸은 땀을 흘려도 왜 꽃향기가 나지?"

그가 웃는 둥 마는 둥 하며 말했다.

"꼭 초목(草木)을 다듬어 만든 인형 같아."

평소에 이런 농을 쳤다면, 초만녕은 수치스러움에 욕부터 퍼부었을 것이다.

하지만 이날 밤은 묵연이 한참을 기다려도 초만녕에게서 아무 반응도 나오지 않았다. 의아하게 생각한 묵연이 몸을 일으켜 초만녕을 돌려 눕힌 후 그의 위로 올라가 내리눌렀다. 아래에 깔린 그가 장대한 몸에 완전히 뒤덮였다.

시선과 시선이 마주쳤다.

두 사람의 눈동자에는 오로지 서로밖에 없었다.

무산전 안에서 한 번도 꺼진 적 없는 촛불 빛이 겹겹이 둘러싼 얇은 휘장을 뚫고 들어왔다. 묵연은 흐릿한 불빛에 의지해 눈앞의 수려한 얼굴을 바라보았다.

날카롭게 올라간 눈썹에 봉안은 수려했고 콧날은 오뚝한 데다 미간에는 특유의 도도함이 느껴졌다.

하지만 오늘 밤은 어딘가 모르게 이상했다.

"왜 그래?"

초만녕의 뺨에 손을 대자 손끝으로 떨림이 느껴졌다. 초만녕은 복잡한 마음을 애써 숨긴 채 눈을 질끈 감았다.

묵연은 잠이 확 달아났다.

자극적이었다.

초만녕의 구겨진 미간, 촉촉한 입술, 쉽게 깨질 것 같은 얼굴……. 이 모든 것이 그의 정복욕을 극도로 만족시켰다.

하지만 알 수 없는 불안감에 묵연은 인내심을 가지고 다시 물었다.

"왜 그러냐고."

초만녕이 반쯤 눈을 뜨자, 그 사이로 반짝이며 흔들리는 눈동자가 보였다.

그는 내면의 고통과 우울을 토로할 방법이 없었기에 결국 낮게 잠긴 목소리로 이렇게 말했다.

"우리가…… 어쩌다가 이 지경까지 오게 된 거지?"

"……."

"진작 막았더라면, 달라졌을까."

묵연은 대답하지 않았다. 그는 초만녕이 가소로웠다. 자기한테 굴복당해 혼례를 올리고 비로 봉해졌으며, 그의 소유물이 된 지 오래다.

이미 결론이 난 일인데, 어째서 지금 이런 어이없는 생각을 하는 것인가?

야밤의 무산전에는 침상 위에 벌거벗은 사내 둘 빼고는 아무도 없었다. 창밖에서 풍겨 온 향긋한 꽃향기에 기분이 좋아진 묵연은 이 사리 분별 못 하는 남자한테 화내고 싶지 않았다.

그는 늘 황후보다 초비에게 더 너그러웠다.

묵연은 초만녕의 인내와 고통을 호기심 어린 눈으로 바라보았다. 계속 보고 있자니 가슴이 간질간질하고, 뜨거운 것이 수그러든 불씨가 다시 타오르는 것 같았다.

묵연이 웬일로 농을 쳤다.

"본좌가 제왕이 될 조짐을 미리 알았다면 어떻게 막았을 건데?"

그의 손끝이 조금씩 아래로 내려갔다. 답선군이 나른하고 관능적인 목소리로 물었다.

"몸으로?"

순간 초만녕의 눈동자에 뭐라 설명할 수 없는 복잡한 감정이 떠올랐다. 이를 본 묵연의 눈이 어둡게 가라앉더니, 곧 낮은 소리로 욕을 내뱉었다.

고의든 아니든 초만녕의 유혹 앞에서 묵연은 늘 속수무책이었다.

어떤 설명이나 전희도 없었다.

짐승이 교미하듯, 묵연은 초만녕의 길고 탄탄한 다리를 들어 올리며 다급하게 짓쳐 들어갔다.

아까 몸을 섞을 때 뿌려진 정액이 아직 그대로인 데다, 구멍이 그에게 당한 자극을 기억하고 있던 터라 성기가 수월하게 들어갔다.

안쪽 깊숙이 닿았을 때 그와 초만녕 모두 헐떡이며 낮은 신음을 흘렸다.

초만녕이 몽롱한 눈을 떴다. 흐릿한 시야 사이로 묵연의 넓고 단단한 가슴과 열락에 빠진 근사한 얼굴이 보였다. 묵연의 아름답고 도톰한 입술이 살짝 벌어지더니 쾌감에 젖은 거친 숨이 새어 나왔다…….

팔고장한이 욕망에 의해 생기는 것이라면, 쓸모없는 이 몸뚱이가 묵연의 욕망을 부채질하는 것은 아닐까?

확신할 수 없었다.

이날 밤, 묵연과 침상에서 뒹구는 동안 초만녕은 머릿속이 복잡하여 평소처럼 강하게 저항할 여력이 없었다.

묵연은 여느 때와 다른 초만녕의 모습에 자극을 받은 탓인지, 아니면 초만녕에게 미열이 있었기 때문인지, 그의 안이 유난히 뜨겁게 느껴졌다. 묵연은 그를 안고서 빠르고 강하게 들쑤셔 댔다. 초만녕의 입술에 쉴 새 없이 입을 맞추며 그의 엉덩이를 붙잡고 연신 치대다가, 그의 한쪽 다리를 높이 쳐들고 옆쪽에서 빠르게 찔러 넣었다가 빼기를 반복했다.

초만녕은 마음이 심란했던 터라 평소와 달리 자제력이 약해져서, 저도 모르게 목울대를 꿈틀거리다 묵연이 찔러 들어올 때 낮은 신음을 흘리기까지 했다.

그의 반응에 묵연은 갈수록 흥분했다. 엉망이 된 이불 속에서 답선제군이 음탕하게 숨을 헐떡이며 낮은 목소리로 물었다.

"여기야?"

어쨌든 두 사람은 수없이 많은 관계를 가졌고, 묵연은 초만녕의 민감한 부위를 속속들이 알고 있었다. 하지만 초만녕이 놀라운 자제력으로 신음을 터뜨리는 경우가 워낙 적었기에 묵연은 안다고 생각하면서도 확신하지는 못했다.

각도를 틀고 자세를 바꿀 때마다 그는 미간을 찌푸린 초만녕의 고운 얼굴을 확인했다.

"어디를 찔러 주는 게 제일 좋아?"

혼란스러웠다.

모든 것이 혼란스럽기 그지없었다.

묵연이 초만녕의 귓가에 끊임없이 묻고, 입 맞추고, 거친 숨을 불어넣었다. 초만녕은 고통과 쾌락의 열기가 거센 폭풍우처럼 자신을 휩싸는 것을 느꼈다.

그는 처음으로 자기가 부평초 같다고 생각했다. 아무것도 잡을 수 없고, 아무것도 통제할 수 없고, 아무것도 바꿀 수 없었다.

이 밤에 그는 처음으로 나약함을 느꼈다.

더욱 그를 미치게 하는 건, 초만녕이 대답하지 않아도 묵연이 그의 떨림과 표정을 보며 가장 민감하게 반응하는 각도와 위치를 금세 간파한다는 것이었다.

묵연이 강하고 격렬하게 쑤셔 넣었다. 자신의 가장 약한 부분을 찌를 때마다 초만녕은 입술을 깨물고 참았다. 그러자 묵연이 강하고 빠르게 들이치기 시작했다. 음낭과 둔부가 강하게 부딪치며 민망한 마찰음이 났고, 교접 부위에서 애액이 흘러나와 주위를 질펀하게 적셨다.

이때도 초만녕은 억지로 버텼다. 순간 묵연이 그의 턱을 잡아 비틀고는 아랫도리를 연신 강하게 찔러 대며 갈급하게 입술을 빨아 당겼다.

초만녕의 눈가에 눈물이 차올랐다.

입맞춤이 끝나자, 아무리 참으려 해도 어째서인지 더는 참을 수가 없었다.

묵연이 자기 몸을 내리누르고 짓쳐들어올 때마다 낮은 신음을 터뜨리며 속절없이 숨을 헐떡였다.

무너지는 고집을 붙잡으려는 듯 이불을 붙잡으려고 했지만, 소용이 없었다. 묵연의 행위는 무척이나 난폭하고 집요했다.

다리가 덜덜 떨리고 사타구니 사이가 엉망으로 젖어 갔다. 억눌린 신음과 비명이 새어 나오는 걸 막을 생각조차 할 수 없었다. 묵연이 그 어느 때보다 강하고 난폭하게 침입해 들어오자, 그는 정신을 잃고 다리를 크게 벌린 채 발끝에 힘을 주며 저도 모르게 묵연의 아래에서 헐떡였다.

"아…… 읏…… 아아……."

그 순간, 묵연의 눈빛이 새까맣게 물들었다.

신음이 커질수록, 그의 모습이 흐트러질수록, 묵연은 더 거칠고 흉포해졌다.

침상이 뒤집힐 듯한 격렬한 정사에 이불이며 베개가 제자리를 잃고 바닥에 떨어졌다. 그러나 서로를 강렬하게 탐하는 두 사람은 정작 아무것도 생각할 수 없었다.

처절하리만치 끈적한 정사였다.

밖에서 야직[#8]을 서는 궁인이라면 이튿날 초만녕을 보고 얼굴을 붉히며 탐색하듯 의미심장한 눈빛을 보낼 터였다.

묵연이 그에게 제 것을 쏟아 냈다. 초만녕도 그에 반응해 절정에 이르렀다. 침구가 비릿한 액으로 축축해졌다.

이는 초만녕이 갇힌 후 처음으로 약을 쓰지 않은 상황에서 묵연이 그의 안에 들어가 사정한 것이었다.

갑자기 묵연이 가라앉은 목소리로 말했다.

"우리가 오늘에 이른 건 순리에 따른 것이다. 왜 그런지 알아?"

"……."

"오래전부터 널 안고 싶었거든."

묵연의 손가락이 초만녕의 검은 머리카락 속을 파고들었다.

"난 너의 고고한 모습과 차갑고 냉담한 표정에 넌덜머리가 났어. 내가 무얼 하든 네 칭찬 한마디 들을 수 없었지."

초만녕의 속눈썹이 아픈 듯이 가늘게 떨렸다.

묵연이 그의 귓가에 대고 계속 속삭였다. 분명 능욕당한 건 초만녕인데, 묵연은 실컷 재미를 본 주제에 과거를 떠올리며 원망을 터트리는 아내처럼 투덜댔다.

"내가 아무리 잘해도, 아무리 노력해도 넌 한 번도 날 봐 주지 않았어."

아니.

우리에게도 정다운 때가 있었다. 정원에서 같이 술을 마신 적도, 비 오는 날 같은 우산을 쓴 적도 있었어. 하지만 너는 다 잊었고, 나는 이제 말할 수가 없다.

#8 **야직** 밤에 서는 당직

"그래서 봐 봐. 네 손발을 자르고 뼈를 뽑고 발톱과 이까지 없애고 나서야 얌전히 내 밑에 깔려 있잖아."

묵연이 그에게 입을 맞추었다. 말투는 갈수록 광기가 어리고 격앙됐다.

"내가 답선제군이 되어야 널 이렇게 능욕하고 괴롭히고 핍박하고 짓밟을 수 있지."

사정을 하고도 여전히 조금 빳빳한 묵연의 성기가 그의 몸 안에서 꿈틀댔다.

"네가 이런 꼴로 전락한 모습을 볼 수만 있다면."

묵연이 조용히 말했다.

"음란죄로 지옥에 떨어지는 것도 나쁘지 않겠군. 자극적이고 좋아."

그가 초만녕의 머리카락을 쓰다듬었다. 하지만 마지막까지 성기는 빼지 않았다.

그리고 이날부터 묵연은 초만녕이 앓아눕거나 이래저래 좋지 않다 해도 좀처럼 빼지 않으려는 습관이 생겼다.

그의 마음속에 자리한 뜨거운 불덩이가 욕망을 사방으로 분출시키고 잔학하게 날뛰도록 종용했다.

그에게 초만녕은 유일한 물이고 둑이었다. 온몸을 갈기갈기 찢고 싶은, 또 그 넝마가 된 사지에 입 맞추고 싶은 사람이었다.

이후로 초만녕은 어땠을까? 처음의 고통이 지나가고 마침내 침착함을 되찾은 그는 혼자서 알고 있는 모든 실마리를 정리하며, 배후의 인물이 묵연에게 팔고장한화를 심은 의도가 무엇인지, 최종적으로 원하는 게 무엇인지 고민하기 시작했다.

고서에서는 팔고장한화가 세 번째 단계에 이르면 절대로 뽑을 수 없다고 했지만, 초만녕은 희망을 버리지 않았다.

그는 늘 그렇듯 모질고 고집스러워 패배를 쉬이 인정하지 않았다.

운명이라며 단념하지도 않았다.

그렇게 하루가 가고 이틀이 지났다.

영력을 잃은 후 초만녕은 무얼 하든 금방 지쳤다. 게다가 이 일은 남들 모르게 해야 했다.

배후 인물을 찾는 것은 어려웠고, 팔고장한화 제거는 더 말할 것도 없었다. 하지만 그자가 묵연을 조종하는 목적은 갈수록 명확하게 알 수 있었다.

묵연이 시공생사문 수련을 시작했기 때문이었다.

"환생술은 본좌가 익힐 수 없어."

어느 날, 묵연이 뒷짐을 지고 창가에 서서 짹짹 울어 대는 꾀꼬리를 바라보며 무감하게 말했다.

"문헌을 찾아봤는데, 음기가 강한 사람만 익힐 수 있다는군."

그가 고개를 돌려 초만녕을 힐끗 보았다.

"제1 금지 술법을 수련할 생각이야."

"시공생사문?"

"그게 아니면 뭐겠어?"

"……실패할 거다."

묵연이 옅은 미소를 지었다.

"해 보기 전에는 모르지. 해 보지도 않고 가능한지 아닌지 어떻게 알겠어."

초만녕은 고개를 저었다.

"제1 금지 술법은 하늘을 거슬러 운명을 바꾸는 일이다. 서로 상관없는 두 개의 세계를 파괴하는 짓이지. 천도는 그런 것을 용납하지 않는……."

그가 말을 마치기도 전에 말허리가 잘렸다.

묵연이 권태로운 얼굴로 말했다.

"천도가 뭐? 그게 뭔데 날 용납해? 본좌가 가장 믿지 않는 것이 운명이다."

그래서 그는 실행에 옮겼다. 제1 금지 술법은 이미 명맥이 끊긴 지 오래였다. 제왕의 자리에 오른 묵연도 그 주술이 적힌 오래된 족자를 간신히 손에 쥐었지만, 가장 중요한 부분은 유실된 채였다. 비급이 온전하지 않은 한, 묵연의 영력이 아무리 뛰어나도 공간문까지는 수련할 수 있지만 진정으로 시공을 열 수는 없었다.

하지만 그때부터 초만녕은 묵연에게 고화를 심은 인물이 어떤 속셈을 가졌는지 차츰 알게 되었다.

분명 천하 통일을 위한 것은 아니었다. 아마도 그자의 최종 목적은 시공생사문을 여는 것이리라. 그것도 작은 구멍을 내는 것이 아니라 두 개의 세계를 완전히 하나로 합치는 것으로 보였다.

그리고 이것은 극소수의 사람, 이를테면 묵연처럼 선천적으로 강한 영력을 타고난 자만이 할 수 있는 일이었다.

249장 용혈산, 회귀

“제1 금지 술법으로 뭘 하려고?”

몇 번째 묻는 말인지 모르겠다. 묵연은 이날따라 기분이 좋은지 마침내 느긋한 목소리로 대답했다.

“과거로 돌아가려고.”

“그다음은?”

묵연이 눈을 치켜떴다.

“그 사람을 구해 와야지.”

‘그 사람’이 누구인지는 말하지 않아도 알 수 있었다.

초만녕은 눈처럼 하얀 옷을 입은 채 묵연 앞에 섰다.

“제1 금지 술법과 관련된 문헌을 보았다면 너도 잘 알 것이다. 시공을 돌리려는 자는 결코 끝이 좋지 못해. 마지막으로 이 술법을 사용한 종사도 딸을 다른 시공에서 데려오려다가 그곳에 사는 자신과 검을 겨누었다. 그 일이 어떤 결과를 낳았는지 너도 모르진 않겠지."

묵연이 미간을 좁혔다가 자세를 바꿔 쭉 뻗은 다리를 꼰 다음, 뺨을 괴고 그를 보았다.

"본좌는 모르겠는데?"

"……."

"그런 실패한 놈들 얘기야 들어서 뭐 하라고?"

초만녕이 말했다.

"여태 아무도 성공하지 못했어."

묵연이 대꾸했다.

"그럼 본좌가 최초로 성공한 사람이 되겠군."

초만녕이 재차 말했다.

"시공이 교란되면 어떤 결과가 초래될지 넌 전혀 몰라."

묵연이 조소하듯 대답했다.

"천하가 혼란에 휩싸이든, 천지가 개벽을 하든, 그게 본좌와 무슨 상관이지?"

초만녕은 물러서지 않았다.

"네가 정말 사명정을 다른 시공에서 데려왔다고 치자. 그렇다면 또 다른 너는? 어떻게 위로할 테냐. 그때처럼 한 사람을 두고 두 종사가 싸우는 일이 또 발생하면, 어떻게 될지 생각해 봤느냐?"

묵연이 방긋 웃었다.

"어차피 다른 시공의 나일 뿐이야. 그놈이 날 막으면 죽이면 그만이고."

말문이 막힌 초만녕은 순간 오스스 소름이 돋았다.

묵연은 정말 완전히 정신이 나가 있었다.

"그럼……."

초만녕은 뻣뻣하게 굳은 얼굴로 천천히 말을 이었다.

"그 종사와 같은 전철을 밟다가, 혹여 네가 다른 시공에 사는 사명정을 빼앗아 오는 과정에서 뜻밖의 일이라도 발생하면, 혹여 사명정이 시공의 틈에 끼어 휘말리기라도 하……."

말을 마치기도 전에 쾅 소리가 났다.

묵연이 벌떡 일어나 제 앞에 놓인 과일 쟁반을 걷어찼다. 쟁반 위에 놓인 포도, 감귤, 여지 등이 과거 그의 손에 죽은 사람처럼, 잘려 나간 머리처럼 바닥에 데구루루 굴렀다.

답선군이 흑룡 문양이 수놓인 가죽신을 신은 채 성큼 다가와 과일을 발로 짓이겼다. 포도는 흥건한 핏물 같았고 여지는 으스러진 뇌수 같았다. 상큼한 과일 향이 물씬 풍기는 난장판 속에서, 묵연이 초만녕의 멱살을 덥석 잡고는 야수의 눈빛으로 노려보며 말했다.

"네가 사명정을 탐탁지 않게 생각한 것도, 죽길 바란 것도 알고 있다."

묵연이 낮게 이를 갈았다.

"하지만 아무리 그래도 이건 너무 독하지 않나? 어쨌든 그는 네 제자야. 너를 사존으로 모셨고 끝까지 믿었어. 그런 네가 이런 악담을 해?"

"악담한 게 아니다. 너한테 한 말은 모두 사실이야."

묵연이 매섭게 말했다.

"누가 사실을 듣고 싶대? 본좌가 원하는 사람이라면, 시공을 열든 천지를 뒤엎든 무슨 수를 써서라도 데려올 것이다! 그쪽 세계가 날 막으면 그 세계를 짓뭉개 버릴 거고, 또 다른 내가 날 막으면 그놈도 죽여 버려야지……. 네가 날 막으면, 그러면…….”

그가 잠시 식식댔다. 광기 어린 눈동자가 살짝 젖어 들었다.

그렇다면 어떻게 하지? 짓밟아? 이미 초만녕의 척추를 부러뜨렸는데? 능욕해? 초만녕은 이미 자신과 혼례를 올린 남자였다.

그럼, 죽여?

순간 심장이 욱신거렸다. 말을 꺼낼 수도 없고, 다음 말을 찾지도 못했다.

묵연이 벌컥 화를 내며 자리를 뜨자, 텅 빈 대전에는 초만녕만 홀로 남겨졌다. 사방이 온통 암흑이었다. 그는 이 암흑이 모두 한 사람의 작품임을 알고 있었다. 게다가 답선군이든 북두선존이든, 이미 이 암흑 속에 깊이 빠진 상태였다.

그는 어떻게 해야 하는가?

일단 제1 금지 술법을 사용할 경우, 단지 약간의 균열이 생기는 것은 그리 큰 문제가 아니었다. 몸에 난 상처가 아물듯이 시공 역시 자가 치유가 가능하기 때문이다. 하지만 그 균열이 크다면 변수는 많아진다. 두 개의 시공이 얽히고설켜 혼잡해질 것이고, 결국엔 고서에 기록된 결말을 맞게 될 것이다.

파멸.

‘인간 세상은 질서가 존재한다. 그 질서가 무너지면 천벌이 떨어질지니, 세상 만물이 태곳적 혼돈 상태로 돌아갈 것이다.’

이 구절을 어디서 읽었는지는 모르겠지만, 초만녕은 똑똑히 기억하고 있었다. 이는 시공생사문이 통제에서 벗어났을 때 어떤 사태가 벌어지는지 말해 주고 있었다.

천벌이 떨어져 혼돈 상태로 돌아간다는 말은 천신이 인간 세상에 벌을 내린다는 뜻이었다. 즉, 무질서해진 두 개의 시공을 가루로 만들어 무(無)로 되돌리는 영원한 파멸을 의미했다.

제1 금지 술법이 통제에서 벗어나면, 그 대가는 두 시공의 완전한 공멸이었다. 그러므로 무슨 수를 써서라도 이를 막아야 했고, 무엇보다 묵연이 계속 수련하게 둘 수 없었다.

그날 밤 묵연은 곤륜 동란 사건에 관한 문건을 처리하느라 초만녕의 침상을 찾지 않았다. 이 틈에 초만녕은 초롱을 들고 장서각으로 향했다.

초만녕이 더는 위협이 되지 않았기에 묵연은 심기가 불편할 때를 제외하곤 그가 사생지전을 돌아다녀도 막지 않았다. 장서각이나 뒷산은 물론이고 신무고라도 초만녕의 출입에 딱히 개의치 않았다.

고양이를 기르는 것과 같은 이치였다.

뾰족한 송곳니를 갈고 날카로운 발톱을 뽑으면 그걸로 충분했다. 여기에 다리까지 분질러 버리면 움직일 수 없고 야성도 드러내지 못한다. 그렇게 된 고양이는 너무 재미없었다.

초만녕은 장서각에서 자신이 얻은 단서를 모아 전체 맥락을 파악한 다음 현재 상황을 접목하여 두 가지 사실을 이끌어 냈다.

첫째, 배후 인물은 약학에 조예가 깊지만, 영력은 강하지 않다. 이 점은 쉽게 유추할 수 있었다. 그가 영력이 강하다면 굳이 남의 손을 빌려 이런 일을 벌이지 않았을 테니까.

둘째, 사매의 죽음도 배후 인물이 계획했을 것이다. 묵연 내면에 있는 증오에 불을 지피기 위한 목적으로 사매를 죽음으로 내몬 것이 틀림없었다.

이 점에 대해서는 고서에서 증좌까지 얻었다.

"팔고장한은 사람 마음에 내재된 선량한 모든 것을 지우지만, 특정 인물에 대한 따뜻한 기억은 남겨 둘 수 있다."

초만녕은 복잡한 마문을 해석해 나갔다.

"그래서 시전자는 종종 팔고장한화 숙주에게 자신에 대한 정상적인 기억을 남겨 둔다. 이로써 팔고장한화 숙주가 시전자에게 친근함을 느끼고 의지하며, 시전자를 위해 기꺼이 목숨도 내놓게 하는 것이다."

사매는 분명 세상을 떠났다. 직접 눈으로 보았으니 거짓일 리 없었다. 따라서 사매는 시전자가 아닐 테지만, 묵연은 그와 관련된 아름다운 기억을 간직하고 있었다. 그리고 배후의 인물은 묵연에게 남은 이 순수한 감정을 이용하여 3대 금지 술법을 익히도록 부추겼다.

천하를 조종하는 진롱기국, 죽은 자를 살려 내는 환생술, 천지를 뒤집는 시공생사문에 발을 내디디게 한 것이다.

묵연은 실제로 성공 여부와 상관없이 다 시도했다.

대체 누가 3대 금지 술법을 동시에 장악하려는 것일까? 대체 누가 두 세계의 공멸을 무릅쓰고 자신의 사리사욕을 위해 시공을 열려는 것일까?

초만녕은 짐작도 할 수 없었다. 그러나 이 문제의 해답은 당장 중요한 것이 아니었다. 지금 가장 중요한 것은 묵연이 시공생사문을 터득하기 전에 그를 막는 것이었다.

그는 생각을 거듭한 끝에 자기 앞에 놓인 길은 하나밖에 없다는 결론에 이르렀다.

답선제군을 죽인 후 과거로 돌아가는 것, 묵연 안에 팔고장한화가 깊게 뿌리내리지 않은 때로 돌아가 그것을 억제하고 제거하는 것이다.

팔고장한에 한 번 당한 사람은 두 번 다시 당하지 않는다. 그러므로 답선군이 죽으면, 배후의 인물이 시공생사문을 열 방법을 찾아도 최강의 전력을 가진 묵미우는 얻지 못할 것이다.

답선제군을 죽이고…….

늦은 밤 장서각. 불나방이 날아와 초만녕이 들고 있는 초롱 안으로 쏙 들어갔다. 불꽃이 순식간에 나방을 집어삼켰다. 불에 타 흔적도 없이 사라진 자리에는 매캐한 탄내만 남았다.

초만녕은 활활 타는 촛불과 미련한 나방을 물끄러미 바라보았다.

불은 밝았지만, 마음은 서늘했다.

답선제군을 죽이고……. 답선제군을 죽여야 한다…….

묵연을 죽여야 한다.

조종당하고 이용당한 남자를, 인생에 좋은 날이 턱없이 적었던 가련한 남자를 죽여야 한다.

예전에도 사존으로서 그를 지켜 주지 못했는데, 지금은 제 손으로 그의 명줄을 잘라야 했다.

초만녕은 눈을 감고 천천히 고개를 뒤로 젖혀 책장에 머리를 기댔다. 초롱이 은은하게 빛을 뿜었다. 이제는 그가 나방처럼 불 속에 뛰어들 차례였다.

반드시 묵미우를 죽여야 한다.

비가 내렸다.

가랑비가 부슬부슬 내려 뼛속까지 적셨다.

묵연과 잠자리를 가진 초만녕이 선잠에서 깼다.

묵연의 욕정과 정력은 언제나 놀라울 정도였다. 초만녕은 그가 송추동에게도 이렇듯 멈출 줄 모르는 정력을 자랑하는지 궁금했다. 그가 분출하는 것이 과연 단순한 동물적 욕망일까, 아니면 자신만을 향한 갈구일까?

물론 중요하지 않았다.

묵연은 그의 옆에서 곤히 자고 있었다. 지금껏 그와 보낸 숱한 밤들과 크게 다르지 않았다. 다만 최근에 갈수록 기가 차는 행동을 하고, 원하는 것도 많아졌다. 이제는 행위가 끝나도 나가지 않았다. 이튿날 일어나면 조례를 하기 전에 한 번 더 그를 안고 뒹굴었다.

묵연을 죽여야 한다.

하지만 힘의 차이가 극명했다. 그가 바로 옆에서 눈을 감고 자고 있다 해도 초만녕에게는 승산이 별로 없었다.

더 기다려 보자.

그는 자신을 다독였다.

결국 그가 할 일은 두 가지였다. 하나는 살인이었고, 다른 하나는 배후의 인물보다 먼저 시공생사문을 열고 과거로 돌아가 묵연이 팔고장한화에 잠식되지 않도록 막는 것이었다. 지금 당장 첫 번째 일을 할 수 없으니, 두 번째 일부터 하기로 했다.

제1 금지 술법, 시공생사문을 익히는 것이었다.

이유는 모르겠지만, 이 금지 술법과 관련하여 초만녕의 머릿속에 어렴풋한 기억 같은 게 있었다. 여기에 묵연이 찾은 족자를 참고하여 수많은 실패를 거듭한 후, 그는 마침내 주문의 대략적인 원형을 복원할 수 있었다. 영핵이 없어 법술을 펼치기 어려운 초만녕이지만, 다행히 그는 구가와 선천적으로 합이 맞는지라 영핵 없이도 소환할 수 있었다. 그간의 과정이 고되고 수많은 좌절도 겪었지만, 결국 초만녕은 구가의 힘을 빌려 시공에 작은 틈새를 내는 데 성공했다.

그것은 정말로 과거로 통하는 틈새였다.

그가 가까이 다가갔다. 까마득한 틈새 사이로 호각 소리가 어렴풋이 들려왔다.

시공생사문이 열리고 닫힐 때 호각 소리가 난다더니, 전해 내려오는 바와 조금도 다르지 않았다.

아득하고 공허한 목소리가 물었다.

– 그대는 어디로 가려는가?

처음에는 심장이 요동쳤지만, 막상 때가 되니 오히려 의연해졌다.

– 그대는 어디로 가려는가?

목소리가 재차 물었을 때, 초만녕은 가무가 시작된 무산전을 힐끗 바라보았다. 오늘은 자기 때문에 화가 난 묵연이 이미 송추동을 불렀기에 자신을 찾을 리 없었다.

그가 심호흡하며 봉안을 반짝였다.

"묵연이 팔고장한화에 당했던 해로 가고 싶습니다."
초만녕은 조금 더 정확히 말해 보기로 했다.
"그러니까 장한화가 첫 번째 단계일 때, 모든 것을 되돌릴 수 있는 그때로 말입니다……. 언제인지 아시겠습니까?"
틈새에서는 아무 대답도 들리지 않았다. 그러나 초만녕이 낙담하려던 찰나, 빛이 번쩍하더니 시공의 통로가 천천히 열리기 시작했다.
안으로 한 발 들어서자 하늘과 땅이 빙글빙글 돌기 시작했다. 모든 것이 잠잠해졌을 때, 눈을 떴다. 마침 눈앞에는 복숭아꽃이 흩날리고 있었다.
그는…… 그는 정말 과거로 되돌아왔다!
사생지전의 달이 휘영청 밝고 바람이 상쾌한 것을 보니, 때는 늦봄인 듯했다.
"……."
초만녕은 잠시 그대로 서서 마음을 진정하는 데 집중했다. 이후 흐드러진 꽃들을 옆으로 제치고 틈새 밖으로 나갔다.
초만녕이 서 있는 곳은 사생지전의 뒷산이었다. 왕 부인이 심은 화초의 향기가 코끝을 스치고 지나갔다. 저 멀리 수천 명의 제자가 묵는 숙사에서 새어 나온 반짝이는 등불이 밤하늘 아래 고요한 은하수를 만들었다.
전에 살던 곳을 다시 찾으니, 마치 꿈을 꾸는 것만 같았다.
초만녕은 제자리에 섰다. 얼굴에는 표정 변화가 거의 없었지만, 내심 만감이 교차했다. 그가 느릿느릿 걸어 내려갔다. 하하호호 떠드는 제자들을 지나, 검술 훈련장에서 한창 비무 중인 선기 장로와 녹존 장로를 발견했다. 모퉁이를 도니, 왕 부인이 기르는 채포라는 이름의 뚱뚱한 고양이도 보였다. 고양이는 담장 위에 웅크려 복슬복슬한 머리를 쭉 내민 채 월계화 향기를 맡고 있었다.

그가 틀렸다. 꿈 같은 게 아니었다. 지난 몇 년 동안 아무리 좋은 꿈속에서도 이토록 아름다운 사생지전은 보지 못했다.

초만녕은 눈앞의 광경을 바라보며 홀로 앞으로 걸어갔다.

자신은 보통 밤에는 홍련수사에서 나오지 않기에 이 시공에 사는 자신과 만날 리 없었다.

계속 걷고 있는데, 앞에서 두 명의 소년이 걸어왔다. 한 명은 연꽃처럼 아름다웠고, 한 명은 공작새의 날개처럼 눈이 부셨다.

원래부터 느릿느릿 걷던 발걸음이 결국 뚝 멈췄다.

두 사람은 소년 시절의 설몽과 사매였다.

250장 용혈산, 조각난 영혼

두 사람은 무슨 재미난 얘기를 하는지 여유롭고 유쾌한 모습이었다. 심지어 설몽은 사매의 옆머리에 담황색 꽃을 꽂았고, 사매가 어처구니없다는 듯 털어 내자 '하하하' 하고 호탕하게 웃었다.

"아, 사존?"

피하기는 이미 늦었다. 잠깐 고개를 돌린 설몽이 곁눈으로 초만녕을 발견하고는 멈칫했다가 금세 기분 좋은 웃음을 지었다.

"이 시간에 어쩐 일로 나와 계세요?"

그가 다가왔다.

사매도 웃으며 다가와 깍듯이 인사부터 올렸다.

"사존을 뵙습니다."

초만녕은 순간 아무 말도 나오지 않았다. 태연하게 대답하고 싶었지만, 입을 열기도 전에 눈시울이 붉어졌다. 다행히 밤이 깊어 어둠 속에 표정을 숨길 수 있었다.

설몽은 호기심 가득한 고양이처럼 물었다.

"사존, 어디 가세요?"

"그……."

목소리가 나왔지만 형편없이 갈라졌기에 얼른 입을 다물었다가 '흠흠' 목청을 가다듬고 다시 말을 꺼냈다.

"그냥 산책 나왔다."

그렇게 잠시 가만히 있다가 참지 못하고 또 한마디 건넸다.

"너희는?"

"저희는 무상진에서 돌아오는 길이에요. 거기서 맛있는 걸 많이 사 왔어요."

설몽이 신이 나서 재잘댔다.

"오늘 장이 열리는 날이잖아요. 볼 게 많더라고요."

이 시절의 초만녕이라면 이 대화는 여기서 끝내는 게 맞았다.

두 소년이 무엇을 구경했는지, 어떤 간식을 샀는지, 왜 그렇게 신났는지 궁금할 리가 없었다.

이 당시의 그는 차갑고 냉담한 사람이었다. 누구와도 적당한 거리를 유지했고, 남의 자질구레한 사생활에는 더욱 무관심했다.

하지만 지금의 초만녕에게는 설몽이든 사매든, 이들의 말 한마디, 표정 하나하나가 애틋했고, 눈동자에 비친 빛 그림자까지 소중했다.

초만녕은 한 번이라도 더 보고 싶고, 한 마디라도 더 듣고 싶었다.

자신이 속한 시공에서는 더 이상 가질 수 없는 것들이기 때문이었다.

그래서 물었다.

"무엇을 샀느냐?"

"궁금하세요?"

설몽이 한껏 들뜬 얼굴로 마치 보물을 바치듯 자기 건곤낭을 보여 주었다.

"과단피[#9], 송자소[#10], 계화사탕……."

주머니 안에 있는 간식을 수다스럽게 일일이 열거하더니 계화사탕을 한 움큼 집어 초만녕에게 건넸다.

"이것저것 많이 샀어요. 사존도 드셔 보세요."

사매도 자기 주머니를 이리저리 뒤졌지만, 워낙 산 게 없어 마땅히 내놓을 만한 게 없었다. 부끄러운 마음에 귀가 조금 발갛게 달아올랐다.

"……."

초만녕이 말했다.

"그만 줘도 된다."

그가 사탕 두세 개 정도만 빼고 나머지를 설몽에게 도로 주었다. 달빛에 비친 그의 눈동자가 촉촉하고 따뜻하게 빛났다.

"이걸로 충분하다."

시공생사문은 언제든 닫힐 수 있었고, 이미 구가의 힘을 과도하게 쓴 상태라 다시 열기는 쉽지 않았다. 게다가 그에게는 하룻밤 정도의 시간밖에 없었다. 조금이라도 늦었다간 답선군에게 발각될지도 모를 일이었다.

#9 과단피 果丹皮. 산사 열매로 만든 간식
#10 송자소 松子酥. 잣이 들어 있는 과자

도무지 진정되지 않는 마음을 애써 억누르고 그가 물었다.

"묵연은? 같이 가지 않았느냐?"

두 사람이 서로 눈치를 보다가 설몽이 대답했다.

"점심 이후로 보지 못했어요."

사매도 한마디 보탰다.

"요즘 저희와 잘 어울리지 않습니다. 혼자서 할 일이 있나 봐요."

초만녕은 숙사로 갔다. 하지만 방 안에는 아무도 없었고, 장터에 가서 찾아봐도 보이지 않았다. 시간이 덧없이 흘러가자 점점 마음이 조급해졌다.

미간을 잔뜩 찌푸린 채 한참 고심하던 차에 불현듯 기억 하나가 떠올랐다.

생각났다.

묵연이 설마 거기 갔을 리가…….

잠깐 생각하다 관두었다. 불길처럼 치솟는 생각에 기분이 가라앉고 낯빛도 어두워졌다. 그는 저도 모르게 손가락을 꾹 말아 쥐었다.

그는 묵연이 잘못된 길로 막 들어섰을 때 자주 갔던 곳을 떠올렸다.

반 시진이 지나 초만녕은 적자색의 정교한 목조 건물 앞에 서 있었다. 이 목조 건물 위에는 '선도회군(仙桃會君)'이라고 큼지막하게 적힌 붉은색 현판이 걸려 있었다.

이 일대에서 제법 유명한 극단이자 기루인 선도루였다. 어둠이 짙게 깔린 밤이었지만, 선도루의 화려한 공연은 이제부터가 시작이었다. 좌우로 손님들이 연신 들이닥쳤다. 대부분이 느끼하게 생긴 사내나 연지분을 바른 풋내기였다. 사람들 속에서 싸늘한 얼굴로 허리를 꼿꼿이 세운 초만녕은 이곳의 분위기와 전혀 어울려 보이지 않았다.

"손님, 들어오세요."

기루의 일꾼이 손님을 끌어모으려 애썼다.

"들어와서 구경하세요. 오늘은 명배우가 공연하는 날입니다. 상담에서 온 명단[#11]이죠. 당대 최고의 순풍약 못지않게 노래를 기막히게 잘 부른답니다. 춤도 왕년의 단의한에게 뒤지지 않지요. 좌석당 80문이고, 앞좌석은 10문이 추가됩니다."

입구에서 사환이 목청이 찢어지라 고함을 질렀다. 때마침 그 옆을 지나가던 공자가 부채를 흔들며 비아냥거렸다.

"거참 얼굴도 두껍군. 그 명단이 누구길래 감히 두 악선(樂仙)과 비교하나?"

"그러게. 80문이면 볼 수 있는 극 가지고, 어디 감히 순풍약에 견주는 거야? 순풍약이 나오는 극은 금 800냥을 줘도 모자라는데."

"여기 또 사기 치네!"

길을 지나던 야경꾼이 겨드랑이를 긁으며 껄껄 웃었다.

초만녕은 당최 무슨 말인지 알아들을 수 없었고, 들을수록 머리만 지끈거렸다. 그는 그냥 발을 걷고 안으로 들어갔다. 비단 등이 높다랗게 걸려 있는 내부는 극을 보는 사람, 술을 들이붓는 사람, 연지분을 바른 여인들 품속에서 허우적대는 사람들로 시끌시끌했다.

#11 명단 名旦. 극에서 여자 역할을 하는 유명 배우

배우들은 아름다운 가락 소리를 냈고, 남창은 옥처럼 희고 살결이 고우며 파릇파릇했다.

1층에 설치된 무대에서 귀비 역을 맡은 영인[#12]이 술 취한 연기를 하고 있었다. 그 동작 하나하나가 섬세하고 애잔하여 관객들도 연신 감동 섞인 함성을 내질렀다.

"좋다……! 멋지다!"

"한 소절 더!"

초만녕은 코를 찌르는 연지분 냄새에 미간이 절로 구겨졌고 안색도 어두워졌다. 그가 봉안으로 쓱 훑어보다가 쭈뼛쭈뼛 안을 한 바퀴 돌았지만, 묵연은 코빼기도 보이지 않았다.

잘못 짚었나?

이때 정신없이 바쁜 기녀 하나가 그를 발견하고는 곱고 화려한 나비처럼 나풀대며 그에게 미끄러지듯 다가왔다. 그녀가 새빨갛게 칠한 입술을 벌리고는 접대용 미소를 날리며 말을 건넸다.

"공자님, 극을 구경하시려면 이리 앉으시고, 즐기시려면 방으로 들어가시지요."

초만녕이 그녀를 힐끗 보고 말했다.

"사람을 찾으러 왔소."

"사람을……."

기녀가 멈칫하더니 웃음을 거두고 싸늘한 눈빛으로 쏘아붙였다.

"그럼 알아서 찾으시든가요."

초만녕은 한숨을 내쉬고 허리춤에서 장신구를 꺼냈다. 이것은 답선제군이 그에게 준 옥패로 만지면 은은하게 온기가 느껴

#12 **영인** 伶人. 가무 등 기예를 파는 사람. 악공, 광대, 배우 등을 통틀어 이르는 말

졌다. 그가 이 옥패를 기녀에게 주며 재차 말했다.

"사람을 찾소."

옥패를 받아 든 기녀가 이리저리 살피더니 화려하고 고운 빛깔에 두 눈을 반짝였다.

그녀가 가볍게 기침한 후 옥패를 챙기더니 다시 활짝 웃으며 전보다 더 간드러지게 말했다.

"누굴 찾으시나요?"

"열대여섯 정도 되는 젊은 청년이오."

초만녕이 말했다.

"성은 묵씨고."

화려한 융단이 깔린 3층 비용각은 고상하고 멋들어지게 장식되어 있었다. 돈만 던져 주면 영인과 미인들이 양귀비와 같은 단꿈을 만들어 주니, 수많은 사내가 밤새 여기서 취하고 싶어 할 만했다. 길고 긴 밤을 이처럼 보드랍고 따뜻한 단꿈 속에서 보낼 수 있다면, 과연 누가 인생의 상처와 현실의 고통을 마주하고 싶겠는가?

"이 방입니다."

기녀가 육두구로 붉게 물들인 손가락을 들어 올리더니 문 앞에 '용구'라고 새겨진 목패를 뒤집었다.

그녀는 눈을 치켜뜨고 초만녕을 찬찬히 뜯어보더니 의중을 헤아리듯 말을 건넸다.

"공자님, 급하지 않으시면 먼저 소인이 용구를 불러내겠습니다. 그다음에 공자께서 들어가시어 친구분과 말씀을 나누셔요."

"……."

기녀조차 초만녕이 용구를 신경 쓰고 있다는 걸 읽어 낼 수 있었다.

초만녕이 눈을 감았다.

"그럼 부탁 좀 하겠소."

그녀가 들어갔다. 안에서 무슨 이야기를 하는 듯했지만, 말소리는 잘 들리지 않았다.

잠시 뒤에 그녀가 나왔고, 남창 하나가 뒤따랐다. 초만녕이 얼핏 본 용구라는 남창은 얼굴이 발그레했고 옆모습은 어딘가 낯이 익었다.

용구는 초만녕에게 살짝 인사하고는 기녀를 따라 자리를 떠났다.

초만녕은 문을 열고 들어갔다. 가장 먼저 눈에 들어온 것은 머리털이 쭈뼛 설 만큼 공간을 차지하고 있는 적자색이었다. 안에 훈향은 없었지만, 술 냄새가 코를 찔렀다. 묵연은 뺨을 괸 채 침상에 옆으로 누워 가늘고 긴 손가락으로 붉은 주전자에 달린 빨간 술을 만지작거리고 있었다. 붉은색 침상이 어지럽게 흐트러져 있었다. 여기서 무슨 일이 벌어졌는지 떠올리지 않는 게 정신 건강에 좋을 듯했다.

초만녕이 다가갔다. 눈처럼 새하얀 옷을 입은 그가 자신과 조금도 어울리지 않는 열락의 공간에 섰다.

"아…… 사존 오셨어요?"

"……."

"앉아서 술 한잔하실래요? 이화백주예요. 아주 좋은 술이죠. 처음 드셔 보실걸요."

초만녕이 말했다.

"취했다."

묵연은 히죽히죽 웃으며, 하얀 옷을 입은 남자가 침상으로 다가오는 모습을 지켜보았다. 그가 갑자기 손을 뻗어 초만녕의 허리띠를 대담하게 잡아당기는 것으로 보아 취한 게 확실했다.

"취하니까 좋은데요. 천하에 두려운 것이 없어져요. 자자, 밤이 길고 지루하니 진탕 술이나 마시자고요."

초만녕은 욕망의 바다처럼 붉고 색정적인 침상에서 묵연을 조용히 일으켜 세웠다. 손등에 시퍼런 힘줄이 툭툭 불거졌다. 그는 종사의 풍모를 갖춘 사람이라 이런 상황에도 차분하고 진중했으나, 손끝만은 그의 마음을 배신한 채 잘게 떨고 있었다.

그가 눈을 감고 조용히 말했다.

"묵연."

거나하게 취한 소년이 '네' 하고 대답했다. 묵연은 이유도 모른 채 아무 생각 없이 멍청한 웃음만 지었다.

초만녕이 쉰 목소리로 말했다.

"내가 늦었다."

그가 묵연에게 이마를 갖다 대고 손끝을 살짝 움직였다. 순간 엄청난 고통이 엄습했다.

살갗이 찢어지는 고통 속에서 신무가 나타났다. 현 일곱 개가 반지르르 빛나고 봉미가 살짝 말려 올라간, 신목으로 만든 칠현금이었다.

초만녕은 어금니를 꽉 깨물며 신무의 세찬 영력을 자신의 몸속으로 흘려보냈다. 답선제군에게 맞서기에는 우스울 정도의 영력이지만, 법술을 펼치기에는 충분했다.

그가 제 이마로 묵연의 이마를 더 세게 누르며 눈을 감았다.

그는 감지했다……. 묵연의 몸 안에서 팔고장한화의 기운이 느껴졌다. 검은색 겹꽃이 심장에 뿌리를 내리고, 혈관과 혈맥을 따라 잔뿌리가 뻗어 나간 모습이 눈앞에 그려졌다.

이것이 팔고장한화였다.

모든 죄악의 원천이었다.

초만녕은 심호흡을 한 후 고서에서 본 주문을 읊조렸다. 그리고 한 글자 한 글자 사력을 다해 외쳤다.

"혼단(魂斷)!"

초만녕이 눈을 번쩍 떴다. 눈동자에 돌연 섬뜩한 빛이 떠올랐다.

팔고장한화는 혼백의 힘으로만 억제할 수 있다. 그는 고서에 적힌 대로 자신의 지혼 절반을 생으로 끊어 내 맞댄 이마를 통해 묵연의 체내에 전달했다.

순간 주변에 광풍이 일기 시작하더니 구가에서 봉황의 울음소리가 울려 퍼졌다.

영기가 폭발했다.

묵연…… 묵연…….

예전에는 널 지키지 못했어.

지금 널 구하러 왔다.

내가 너에게로 갈게.

갈가리 찢긴 혼백이 잇따라 하얀 먼지가 되어 끊임없이 솟구쳤다.

묵연은 정신을 잃었고, 초만녕은 극한의 고통을 느꼈다.

맞댄 이마는 떨어지지 않았다.

내가 너에게로 갈게…….

마지막 강렬한 빛이 사라지고, 두 사람은 그대로 탈진했다. 초만녕이 손을 놓자, 묵연은 침상 이불 위로 푹 쓰러졌다.

어느새 구가도 초만녕의 몸 안으로 들어가 모습을 감췄다.

순식간에 지혼의 절반을 잃은 초만녕은 신무를 안정시키는 것조차 힘에 겨웠다.

초만녕은 침상 옆에 앉아 천천히 눈을 감았다. 낯빛은 창백하다 못해 새하얬고, 입술에는 핏기조차 남지 않았다. 하지만 마음만은 홀가분하고 편안했다.

마침내 운명의 수레바퀴를 되돌리기 위한 첫발을 내디뎠다.

영혼의 힘을 빌려 아직 깊숙이 뿌리내리지 못한 팔고장한화를 억제하여 묵연이 본심을 잃지 않도록 만들었다.

시간을 거슬러 올라가 마침내 묵연을 지켰다.

초만녕은 한시도 지체할 수 없었다. 묵연이 팔고장한화에 잠식되지 않도록 했으니, 이제 다음 일을 할 차례였다.

배후 인물이 현재 시공의 틈새를 열 수 없다고 해도, 그자의 능력이 어느 정도인지 모르는 상황이라 반드시 신중해야 했다.

초만녕은 장차 재앙이 다시 닥쳤을 때, 전생의 기억을 회복하여 제때 대항하고 싶었다.

그래서 그가 해야 할 두 번째 일은 자신을 찾아가는 것이었다.

홍련수사에 걸어 놓은 모든 금지 주문은 초만녕에게 무용지물이었기에 쉽사리 안으로 들어갔다. 그는 반쯤 열린 창문 앞에

서서 탁자 위에 엎드려 곤히 자는 백의의 남자를 바라보았다.

야유신은 절반 정도 만들어졌고, 옻칠은 되어 있지 않았다.

……인간 세상의 번뇌가 단지 이런 잡귀에 대응하는 것뿐이라면 좋으련만.

초만녕은 이미 반 토막 난 지혼을 이 시공에 사는 자신에게 보냈다.

본래 이 혼백은 그 자신의 것이므로, 잠든 그가 받아들이지 못할 리 없었다. 새하얀 빛이 팔랑팔랑 날아가 '자기' 주변에 따듯한 광채를 드리우더니 이내 천천히 사라졌다. '초만녕'의 손 옆에 있던 설계도가 갑자기 불어 닥친 바람에 날아가 바닥에 떨어졌다.

"훗날 재앙이 또다시 닥쳐도 묵연은 너를 적대시하지 않을 것이다."

그가 창문에 기대서서 낮은 목소리로 안에 있는 사람에게 말했다.

"지금 나는 영핵이 파괴되고 혼백이 분리되었다. 내가 할 수 있는 일은 고작 여기까지일 뿐, 지금 내가 사는 시대를 바꿀 순 없어. 하지만 넌 가능하지."

방 안에 있는 그는 여전히 일어나지 않았다.

"삼혼 중 가장 약한 지혼을 반으로 잘라 한쪽은 너, 다른 한쪽은 묵연에게 주었다. 너희의 일생이 순조롭다면, 절반의 혼백이 너희에게 큰 영향을 주지 않겠지. 하지만 팔고장한화가 계속 뿌리내리거나 인간 세상이 어지러워지면, 나는 이 혼백을 다시 합칠 것이다."

그의 예상이 맞는다면, 혼백이 다시 합쳐지는 순간 묵연 체내의 팔고장한화는 완전히 제거될 것이며 초만녕 역시 지혼 두 개가 하나로 합쳐진 후 전생의 기억을 되찾을 것이다.

초만녕이 말했다.

"이런 짐을 너에게 지워서 미안하다. 가능하다면 나도 네가 다시 떠올리는 건 바라지 않아. 하지만……."

그는 뒷말을 잇지 못하고 낮은 한숨만 토했다.

이후 그는 세 번째 일을 하러 갔다.

바로 최후의 대비책인 회죄대사를 찾아가 자신이 만든 향로를 맡기는 것이었다.

그는 향로 안에 합혼술(合魂術)을 걸어 두었다. 이 비술은 잠재의식 속 가장 강렬한 기억을 흡수해 두었다가 반 토막 난 두 개의 혼백이 다시 합쳐지도록 자극해 줄 것이다.

초만녕은 자신의 가장 강렬한 기억이 무엇인지 알 수 없었다. 너무 많아서 하나만 콕 집을 수 없기 때문이었다. 묵연과의 일전일 수 있고, 묵연에게 패배하여 혈시계가 된 기억일 수도 있으며, 처음 묵연의 몸 아래에 깔려 능욕당했던 일일 수도 있었다.

너무 많았다.

사람은 자신에 대해서 잘 모를 때가 있지 않은가.

그는 회죄대사에게 이 향로를 용혈산 동굴에 잘 봉인하고, 세상에 이상한 일들이 벌어지면 자신과 묵연을 그곳으로 데려가라고 부탁했다.

이 모든 것을 마치자 초만녕에게 허락된 시간도 끝이 났다.

시공은 자가 치유 능력이 있었다. 파괴적인 균열만 아니라면 틈새는 메워질 터였다.

사실 그는 이곳에 남고 싶었다. 아무것도 일어나지 않은 이 안온한 세상에 남고 싶었다.

하지만 그가 속한 곳은 여기가 아니었다. 그는 제 이기심이나 미련 때문에 금지 술법의 도의를 거스를 수 없었다.

그는 떠났다.

강산의 단꿈을 뒤로한 채, 그는 단 한 번도 뒤돌아보지 않았다.

"초 종사님."

그가 속한 시대로 돌아왔다. 초만녕은 뒷산의 틈새에서 빠져나와 영력의 흔적을 지웠다. 이때, 청석 오솔길에서 붉은색 옷을 입은 남자가 걸어오는 모습이 보였다. 묵연을 곁에서 모시는 노복, 유공이었다.

"초 종사님, 어디 계셨습니까? 폐하께서 찾으십니다."

초만녕이 물었다.

"묵연은?"

"홍련수사 안에 계십니다."

노복이 초만녕을 찾으러 갔을 때, 묵연은 눈을 감고 등나무꽃 시렁 아래 앉아 있었다. 초만녕이 문을 열고 들어오자 묵연이 천천히 고개를 돌려 그에게 까딱 손짓했다.

"이리 와."

초만녕은 입을 꾹 다물었다가 늘 그렇듯 무감한 얼굴로 말했다.

"노래가 시원찮았나? 빨리 끝났군."

"시원찮고 자시고 할 것도 없다."

묵연이 말했다.

"매번 그게 그거라 몇 번 듣다 보면 식상하거든."

묵연이 팔을 벌려 초만녕을 품 안으로 끌어당겼다. 묵연은 그에게 어디에 갔었는지 묻지 않았다. 어쨌든 초만녕은 지금껏 자기 말을 잘 들은 적이 없었으니, 계속 홍련수사 안에 있었다면 그게 더 이상한 일이었다.

그가 초만녕을 강제로 제 무릎 위에 앉히더니 품속의 그에게 입을 맞춘 후 목가에 얼굴을 묻었다.

"본좌가 방금 꿈을 꿨어."

"뭐?"

"……꿈에서, 네가 직접 나한테 글을 가르쳐 주더군."

초만녕은 움찔했다. 심장이 빠르게 뛰기 시작했다. 하지만 답선제군은 자기 기억에 빠져 있어 그의 이상한 반응을 알아채지 못했다. 묵연이 계속 말을 이었다. 어조는 담담했지만, 묵연 자신조차 눈치채지 못할 옅은 슬픔이 배어 있었다.

"한 글자를 네다섯 번 썼는데 내가 잘못 썼어. 넌 화를 냈지만, 포기하지 않았다."

묵연이 말했다.

"나중엔 내 손을 잡고 직접 가르쳤는데, 창밖에서 꽃잎이 날아들어 왔어. 내가 보고……."

그는 자기 꿈에 빠져 있던 터라 자신을 더 이상 '본좌'라고 부르지 않았다.

묵연이 말을 끊었다. 표정은 뜻밖에도 어린아이처럼 천진난

만했다.

“꿈속에서 내가 뭘 쓰나 봤더니 견신여오, 전신서안을 쓰더군.”

그가 갑자기 씩 웃었다. 안도의 웃음인지 악랄한 웃음인지 애매모호했다.

“이런 일은 꿈속에서나 볼 수 있지.”

그가 고개를 들었다. 초만녕의 근심 어린 눈동자를 바라보며 서서히 답선군 특유의 냉랭한 모습으로 돌아왔다.

“본좌가 왜 갑자기 널 보러 온 줄 알아?”

“…….”

그의 손이 초만녕의 서늘한 뺨에 닿았다.

“그 꿈에서 네가 무척 아름다웠거든.”

답선군은 담담했다.

“잊을 수 없을 정도로 아름다워서, 진짜 네 얼굴을 보러 온 거야.”

초만녕은 눈을 내리깔았다.

“내가 널 미워하지 않을까 봐 두려워. 난 널 미워해야 하거든.”

묵연이 말했다.

“아니면…….”

갑자기 말문이 막혔다. 아니면?

아니면 내가 날 용서할 방법이 없거든. 앞으로 어떻게 살아야 할지 모르겠거든. 이 넝마가 된 인생을 어떻게 이어 가야 할지 모르겠거든.

그래서 난 반드시 널 미워해야 해. 난 바뀌어서도 안 되고, 너를 향한 증오를 후회해서도 안 돼.

"만녕."

묵연이 눈을 감고 탄식했다.

"이 세상에 결국 너와 나만 남았어."

초만녕은 가슴이 천 갈래, 만 갈래로 찢어지는 듯했다. 그가 뭐라 말을 하려는 순간, 천 길 낭떠러지에서 발을 헛디뎌 아래로 떨어지는 공포감을 느끼며 번쩍 눈을 떴다!

초만녕은 잠에서 깼다. 시야는 온통 칠흑 같았고, 귓가에서는 쿵쿵 심장 소리가 울렸으며, 온몸은 식은땀으로 흥건했다. 심사가 뒤틀려 싸늘하게 굳은 답선제군의 얼굴이 마치 눈앞에 있는 것만 같았다.

온몸이 바들바들 떨리고 조금 숨이 찼다. 거세게 밀어닥친 전생의 기억에 오스스 소름이 돋고 몸서리가 쳐졌다. 기억은 아직도 쉴 새 없이 그의 머릿속으로 꾸역꾸역 밀려들었다.

목울대가 꿈틀댔다. 그는…… 어딨지?

그는 어딨어…….

어째서 아무것도 보이지 않는 거지? 왜 눈앞이 캄캄한 거야?

모든 게 혼란스러웠다. 한참이 지나, 초만녕은 용혈산의 일이 어렴풋하게 생각났다.

그가 천천히 정신을 차리고는 조용히 중얼거렸다.

"묵연……."

이때 갑자기 차갑지만 매끈한 손바닥이 그의 뺨에 닿았다.

그 손이 초만녕의 턱을 들어 올리더니 엄지손가락으로 입술을 매만졌다. 환음술을 쓴 것이 분명한 목소리가 초만녕을 향해 웃음기를 머금은 채 말했다.

"드디어 일어나셨네요. 한참 기다렸어요."

251장 용혈산, 비열한 놈

"드디어 일어나셨네요. 한참 기다렸어요."

조용한 방 안에 기괴하고 비틀린 목소리가 울렸다. 초만녕이 앞을 볼 수 있었다면, 침상 옆에 앉아 방긋 웃으며 자신을 바라보는 사람이 사매라는 걸 알 수 있을 터였다. 그는 마치 거미가 거미줄에 걸린 생령을 보는 것처럼 뚫어지게 초만녕을 바라보고 있었다.

"어때요, 편안히 주무셨나요?"

초만녕은 대답 대신 몸을 움직였다. 영력은 2할도 회복되지 않았고, 양손은 곤선승으로 묶여 있었으며, 눈은 검은색 비단 끈으로 가려져 있었다.

"……."

지금은 당황해 봤자 아무 소용이 없었기에 초만녕은 여느 때와 같이 의연한 모습을 보였다. 초만녕은 자기가 원하는 결말이 무엇인지 잘 알고 있었고, 그래서 태연하게 응수할 생각이었다. 두 생을 통틀어 그를 당황스럽게 만든 사람은 오직 한 사람뿐이었다.

그 사람 말고는 누구도 초만녕을 흔들 수 없었다.

초만녕은 침묵한 채 조각난 기억과 정신을 잃기 전 상황을 천천히 더듬어 보았다. 의식이 널뛰기할 때 주변의 기척이 간헐적으로 들렸었다. 그는 그 조각난 말들을 하나로 모으기 위해 안간힘을 썼다.

이때 육중한 소리와 함께 밀실 문이 열리고, 이어서 남궁류가 들어왔다. 그가 싱싱한 귤 한 무더기를 들고 들어와 주절대기 시작했다.

"친구 형아, 귤 따 왔어요. 아래에 작은 동그라미가 있는 걸로 골랐어요. 이런 귤이 엄청 달거든요……."

그는 말을 하다 침상 위의 초만녕을 발견했다.

"어? 총비 형아, 일어났어요?"

남궁류의 말에 초만녕의 창백한 얼굴이 더욱 가라앉았다.

총비라니…… 초비?

그렇다면 저자가 말하는 친구 형아는…….

사매가 남궁류가 건넨 귤을 받아 들고 미소를 지으며 그의 머리를 쓰다듬었다.

"잘했다. 하지만 형아는 여기 초 귀비와 할 얘기가 있으니 나가서 놀고 있거라."

"저도 여기서 놀면 안 돼요? 제가 귤 까 드릴게요."

"그건 안 돼."

사매가 말했다.

"어른들끼리 할 이야기라 애들은 안 듣는 게 좋거든."

남궁류는 바보처럼 낮게 투덜거린 후 몸을 돌려 밖으로 나갔다.

방 안에 정적이 흘렀다. 두 사람의 숨소리와 '탁탁' 하고 촛불 타는 소리만 간간이 들렸다.

사매가 귤을 하나 골라 능숙하게 껍질을 벗긴 다음 귤 과육에 하얗게 붙어 있는 귤락까지 제거했다. 그러더니 한담하듯 초만녕에게 물었다.

"아까 그 사람 누군지 아시겠어요?"

"……."

"목소리가 낯설지 않을 텐데요."

껍질을 깐 귤 알맹이를 초만녕의 입가에 갖다 댔다.

"드셔 보세요. 교산의 귤은 서상림이 직접 심은 거예요. 이런 쪽으로 솜씨가 뛰어나서 귤이 무척 답니다."

초만녕이 고개를 옆으로 돌렸다.

사매가 유유히 말을 이었다.

"이럴 줄 알았어요. 일어나자마자 또 성질을 부리시네요."

초만녕은 한참 침묵하다가 차갑게 물었다.

"그는?"

"누구요?"

"내가 누굴 말하는지 알 텐데."

사매가 눈썹을 살짝 추켜세웠다.

"묵연에 대해 물으시는 건가요?"

"……."

초만녕이 대답하지 않자 사매가 부드럽게 웃으며 말했다.

"제가 누군지 묻지도 않고 깨자마자 묵연부터 찾다니, 정말 묵연한테 신경 많이 쓰시네요. 반평생 당신을 괴롭힌 사람을 위해 그럴 가치가 있나요?"

눈이 가려진 채 묶여 있던 초만녕이 입술을 힘주어 물었다. 당겨진 턱선에 그의 얼굴이 더 초췌해 보였다.

잠시 지켜보던 사매는 가슴속에서 불길이 치솟는 것 같았지만, 서두르면 될 일도 안 되기에 느긋하게 마음먹기로 했다.

사람은 식사할 때 모름지기 품격이 있어야 한다. 이를 드러내서도, 음식을 흘려서도 안 된다. 답선군처럼 살과 뼈를 한꺼번에 입 안에 털어 넣으면 맛을 음미하기도 전에 빈 밥그릇만 남는다.

그건 굶주린 개의 방식이므로 사명정은 마음에 들지 않았다.

그래서 그는 아랫도리가 뜨거워지긴 했지만, 자기 입맛에 맞게 신선한 즙을 뿌리고 육질의 결을 따라 문지른 다음 노릇노릇하게 구워 한입에 꿀꺽 삼킬 생각이었다.

"그럼 다른 질문이요. 이 귤, 혹시 먹기 싫으신가요?"

사매가 가볍게 웃었다.

"이렇게 고집불통이면서 답선제군 시중은 어떻게 드셨을까."

"치워라."

"먹어 두는 게 좋을 거예요. 요 며칠 물 한 방울도 안 먹어서 입술이 다 부르텄어요."

초만녕이 이를 악물고 물었다.

"묵연은?"

사매가 그를 잠깐 응시하더니 서서히 미소를 지웠다.

"전생이든 현생이든, 기억이 있든 없든, 당신 눈엔 오로지 묵연밖에 없군요, 사……."

'존'까지 나올 뻔했다. 그는 실언한 것을 깨닫고 얼른 입을 닫았다.

하지만 이 말에 초만녕은 움찔했다.

사매가 눈을 가늘게 떴다.

"궁금해서 그러는데, 묵연이 대체 어디가 좋으시죠?"

그가 초만녕을 내려다보았다. 초만녕의 입술에 그나마 남은 핏기마저 천천히 사라졌다.

"묵연은 충동적이고 머리도 나쁘고 생각도 유치하기 이를 데 없어요. 품성도 저급하죠. 대체 묵연의 어디가 마음에 드세요?"

"……."

"얼굴? 영력? 말솜씨?"

오랫동안 욕구를 참았던 터라 말을 할수록 어조가 비릿해졌다.

특히 초만녕이 감정을 억누르려는 듯 입술을 잘근거리기 시작한 후부터 사매는 입 안이 바짝 타들어 갔다.

말투는 갈수록 노골적으로 변했다.

"아니면 잠자리 기술?"

초만녕의 파리한 얼굴에 노기가 서리더니 벌겋게 달아올랐다.

"닥쳐."

사매는 닥칠 마음이 없었다. 가까스로 손에 넣은 남자와 제대로 놀아 보지도 못했는데, 왜 그만둔단 말인가? 그가 히죽거리며 말했다.

“초비, 전생에 당신이 죽고 난 후 묵연이 ‘경정[#13]’이라는 시호를 붙였는데, 알고 계세요?”

초만녕의 얼굴에 나타나는 미세한 표정 변화를 흥미로운 얼굴로 포착하며, 사매의 눈이 갈수록 둥근 선을 그리며 휘어졌다.

“듣기에는 우습지만, 맞는 말이지요. 어쨌든 현생과 전생에서 당신은 깨끗했고, 오직 묵연에게만 더럽혀졌으니까. 하지만 이러면 아무것도 비교할 수 없잖아요.”

사매가 태연자약하게 말을 이었다.

“다른 사람과 안 해 봤으니 묵연이 최곤 줄 알죠.”

그의 손끝이 아래로 미끄러졌다.

코끝, 입술, 턱, 목울대.

초만녕의 몸이 잘게 떨리며 손목에 힘줄이 툭툭 불거졌다. 그는 지금 당장 곤선승을 풀고 빠져나오고 싶었지만, 아무리 해도 몸을 움직일 수가 없었다.

“괜히 힘 빼지 말아요. 밧줄을 푸는 거든, 묵연의 행방을 찾는 거든, 제가 다 도와드릴 테니까.”

그러고는 말머리를 돌렸다.

“하지만 어쨌든 당신은 내 전리품이니까, 일단 저랑 한번 놀아야겠죠?”

“……어쩔 셈이냐?”

사매가 웃었다.

“묵연을 향한 당신의 마음을 조금이라도 돌리고 싶은 거예요. 그놈만 생각하지 말고 저도 좀 생각해 주세요, 네?”

#13 **경정** 卿貞, 정절

"넌 전생에 고화를 쓴 자다. 생각할 것도 없지."

자세히 들으면, 초만녕의 목소리에 묻어나는 질식감과 슬픔을 느낄 수 있었다.

초만녕은 제 감정을 숨기려고 안간힘을 썼지만, 곧 폭발할 듯 위태위태했다.

사매가 피식 웃으며 말했다.

"맞아요, 저예요. 그렇다면 제 진짜 정체는요? 제가 누구일 것 같아요?"

"말하고 싶으면 말하고, 아니면 말아라."

"아, 언제쯤 그 고약한 성질머리 좀 고칠래요?"

사매가 한숨을 내쉬며 말했다.

"이렇게 하죠. 예전에 초 귀비가 그랬죠. '작은 내기는 기분을 낼 수 있지만 큰 내기는 다칠 뿐이다. 하지만 이왕 하는 거 다칠 정도로 크게 하자'라고요. 우리 크게 내기 한판 할래요?"

"……."

"하지만."

사매가 잠깐 쉬고 다시 말했다.

"시작하기 전에 약간 실례 좀 할게요. 당신이 몇 벌 입었는지 알아야 하니까."

초만녕은 대답하지 않았지만, 저도 모르게 턱에 힘이 들어갔다. 이 모습에 사매는 한층 사근사근한 표정으로 그의 옷을 하나씩 셌다. 마지막에 허리띠까지 총 다섯 겹이었다.

"그럼 제가 다섯 번의 기회를 드릴게요. 다섯 번 안에 맞히면 묵연의 행방을 알려 드리죠."

그가 잠시 말을 멈춘 뒤 다시 입을 열었다.

"하지만 답이 틀릴 때마다 옷을 하나씩 벗기겠습니다. 다섯 벌이 전부 벗겨질 동안 초비가 맞히지 못하면……."

그는 말을 끝맺는 대신 빙그레 웃었다. 옅은 분홍빛 혓바닥이 무의식적으로 입술을 핥았다. 그는 조용히 앉아 초만녕이 제 추측을 말하길 기다렸다. 초만녕이 입을 열지 않았으나, 그 역시 급할 것이 없었기에 여유작작한 얼굴로 기다렸다.

그는 한가했고, 있는 건 시간밖에 없었다.

하지만 시간이 아무리 흘러도 초만녕은 아무 대꾸를 하지 않았다. 사매의 눈썹이 쓰윽 올라갔다. 시간이 있다고 인내심까지 있는 것은 아니었다.

"맞혀 봐요."

초만녕이 마침내 한마디 내뱉었다.

"꺼져라."

사매의 안색이 더 어두워졌다.

"……지금 당신은 내 수중에 있어요. 무엇을 할 수 있고 무엇을 할 수 없는지, 본인이 더 잘 알 텐데요."

"……."

"초만녕, 당신은 제게 조건을 내걸 수 없어요. 답선제군은 머리가 나빠서 당신 말에 넘어가 가끔 당신이 하자는 대로 놔뒀겠지만, 저는 다릅니다."

사매가 냉랭하게 말했다.

"당신이 내 손에 있는 이상, 얌전히 구는 게 신상에 좋을 거예요."

그는 또 기다렸으나, 초만녕은 여전히 입을 열지 않았다. 어조가 갈수록 강경해졌다.

“좋게 말할 때 들어요. 계속 말을 하지 않는다고 다른 방법이 없을 것 같아요?”

하얗고 긴 손가락이 초만녕의 허리띠로 뻗어 왔다. 그가 도마 위의 생선을 손질하듯 손가락 끝으로 느긋하게 허리띠를 매만졌다.

“이제 셋을 셀 거예요. 계속 말하지 않으면 결과는 당신 책임이에요.”

사매가 눈을 번뜩였다.

초만녕이 맞히기를 바라는 건지 아닌지, 사매 자신조차 분간할 수 없었다. 하지만 맞히든 못 맞히든 이제 더는 중요하지 않았다. 이미 모든 것을 되돌릴 수 없는 지금, 그는 그저 어떤 방식으로든 자신의 정체를 밝히고 싶을 따름이었다.

반드시 자극적이고 참혹해야 했다. 어쨌든 눈앞의 이 남자는 자신과 두 번의 생에 걸쳐 겨룬 사람이니까. 현재 승자는 자신이었고, 그래서 승리의 열매를 찬찬히 맛보고 싶었다.

“하나.”

승리가 눈앞에 보였다.

“둘.”

초만녕은 어떤 반응을 보일까? 분노? 상심? 공포?

그는 눈이 빠지게 기다리며, 입술을 살짝 벌렸다.

“셋……. 알았어요. 초비의 절개 한번 대단하군요. 이러니 답선군이 푹 빠졌죠.”

사매가 농담 반 진담 반으로 말했다.

"맞히지 않겠다면 좀 더 과격한 방법을 써야겠네요. 당신이……."

"화벽남."

목소리가 살얼음 같았다.

사매의 손가락이 파르르 떨렸다. 초만녕의 허리띠로 뻗어 가던 손이 허공에 멈췄다. 잠시 후 그가 피식 웃으며 말했다.

"반은 맞았어요. 그리고요?"

"……."

여우처럼 간교하고 교활했다. 만약 다른 사람이었다면 옹졸해 보였겠지만, 사매처럼 우아한 사람은 어떤 상황에서도 물에 비친 연꽃 같았다.

초만녕이 최후의 진실은 알 수 없으리라 확신하며, 내심 득의양양하던 참이었다.

"차라리 네가 정말 죽었다면 좋았을걸."

사매의 얼굴에 그려진 미소가 얼어붙었다. 한참 시간이 흘러서야 그가 겨우 입을 뗐다.

"뭐라고 했죠?"

침상에 누워 있는 사람의 목소리는 온기 한 점 없이 너무나 차가웠다.

"지난 생에서 천열이 일어나고 대설이 닥쳤을 때, 차라리 너는 그때 죽었어야 했다."

사매가 그를 뚫어지게 바라보았다. 준비한 말들이 돌연 갈 곳을 잃었다.

그의 손이 허공에 멈춘 채 어디로 가야 할지 몰라 방황했다.

"사명정."

가벼운 탄식이 벌침처럼 넋 나간 사람을 톡 쏘았다.

"맞느냐."

"……."

질문이었지만, 말끝은 조금도 올라가지 않았다.

순간 사매가 눈을 내리깔아 표정을 알 수 없었다. 잠시 뒤에 그가 피식하고 실소를 흘렸다.

"저는 죽지 않았습니다. 사존을 실망시켰군요."

그는 패배를 인정하고 싶지 않았지만, 이미 말투는 한풀 꺾여 있었다.

사매가 말했다.

"전생에서 온 사명정이 맞아요. 사존의 전생이자 답선군이 사는 세상에서 왔죠. 이번 생에서 사존 곁에 함께했던 그 아이와 다른 사람이에요."

잠시 말을 멈췄다.

"약속은 지킵니다. 풀어 드릴게요."

그가 곤선승을 풀고, 초만녕의 눈을 가린 비단 끈 위에 손을 올린 후 살짝 힘을 주어 끌어 내렸다.

사매의 요염한 눈이 흔들림이 없이 초만녕의 봉안을 마주했다.

"사존을 뵙습니다."

초만녕은 이미 마음의 준비를 했지만, 갈수록 기분이 가라앉았다.

"내가 네 사존인 건 아는구나."

사매가 부드럽게 미소 지었다. 초만녕은 이제야 그의 부드러운 미소 속에 날카로운 비수가 숨어 있다는 것을 알았다.

"네, 당연히 알지요. 사존이 제게 우산을 씌워 주신 일도 잊지 않았는걸요."

초만녕은 기력이 쇠해 보였지만, 단호하고 고집스러운 미간은 여전했다. 그가 사매를 한참 노려본 후에 입술을 달싹이더니 이를 갈며 서릿발처럼 차갑게 말했다.

"비열한 놈!"

사매가 웃으며 말했다.

"감사해요."

잠시 후에 물었다.

"언제부터 제 정체를 아셨어요? 전생에서부터?"

초만녕은 입을 꾹 다문 채 날 선 눈으로 그를 노려보았다.

그 눈에는 분노와 원망이 깃들어 있었지만, 그보다는 실망이 더 커 보였다.

사매가 잠시 생각했다.

"아니, 전생일 리 없어요. 전생에 제가 화벽남인 걸 아셨다면, 시공의 틈이 열렸을 때 회죄대사한테 말했을 테니까."

그가 눈썹을 들어 올렸다.

"이번 생이겠네요. 최근인가요? ……용혈산에 있을 때, 저와 묵연의 대화를 대충 들은 거예요?"

"……."

"됐어요, 중요하지 않으니까."

사매가 웃었다.

"어쨌든 사존은 제 손안에 있으니 절대 도망갈 수 없어요."

초만녕은 갈수록 말이 없었다.

사실 세 명의 제자 가운데 가장 알 수 없는 사람이 사매였다. 당시 사매를 제자로 받은 이유는 그가 공손하고 상냥한 성품에 남을 잘 배려하고 선한 마음으로 사람을 대하기 때문이었다. 이는 초만녕도 감탄할 만한 도량이었다. 그 자신은 할 수 없는 일이었기에 더욱 기특하게 여겼고, 그래서 그를 제자로 받았다.

하지만 가끔 어딘가 석연치 않았다. 예컨대, 설정옹의 말로는 전란 중에 고아가 된 사매를 거뒀다고 했지만, 사매가 자기 출신에 관해 얘기할 때 앞뒤가 맞지 않은 경우가 종종 있었다. 마치 거짓말을 한 사람이 시간이 지나 세부적인 내용을 잊어버리는 것과 비슷했다.

또한 사물에 대한 사매의 태도도 가끔 이상했다. 마치 훈련을 잘 받은 맹견처럼, 겉으로는 순해 보이지만 일단 피 냄새를 맡으면 눈빛부터 흉흉하게 빛났다.

하지만 수년간 관찰하는 동안 사매가 의롭지 못한 행동을 한 적은 없었다. 그래서 초만녕도 제 눈에 문제가 있어 아름다운 것을 추한 것으로 잘못 본 것이라 여겼다.

초만녕은 온몸이 날카로운 가시로 덮여 있지만 배는 매끈한 고슴도치 같은 사람이었다.

그는 제자는 물론이고 그에게 잘해 준 모든 사람을 부드러운 배 아래에 품었다.

사매와 관련해서는 믿음과 불신 사이를 갈팡질팡한 적이 있었다. 결정을 보류하며 어느 정도 떠본 적도 있지만, 그는 결국 믿음을 택했다. 그 바람에 칼이 고슴도치의 배를 뚫고 바닥에 뜨거운 피를 흩뿌린 결과를 낳은 셈이다.

사매가 캐물었다.

"예전의 일은 얼마나 생각나세요?"

"……."

다시 물었다.

"수수방관해도 되잖아요? 왜 절 막으신 거예요?"

"……."

전생에 원한이 많았는데, 드디어 물을 수 있게 되었다. 사매는 멈출 생각이 없이 재차 물었다.

"어째서 마지막에 답선제군을 죽이지 않고, 환생할 수 있게 도우신 거냐고요?"

마지막 말에 초만녕이 마침내 눈을 들었다.

"그는 너와 다르니까."

사매가 움찔했다.

"어디가 다른데요? 제 마음이 악독하다 하시면, 양손에 피를 묻힌 묵연은요?"

초만녕이 그를 노려보았다.

"그건 네가 심은 팔고장한화 때문임을 너도 알지 않느냐."

"그게 뭐 어때서요? 제가 심긴 했지만, 그렇다고 그가 살인하지 않은 게 아니잖아요?"

사매가 말했다.

"전생에서 보셨잖아요. 수많은 생때같은 목숨들, 설정옹, 왕부인, 강희, 엽망석…… 이 사람들은 누구 손에 죽었죠?"

그가 느긋하게 손을 올려 길게 뻗은 제 손가락과 윤이 나는 손톱을 바라보았다.

매끄럽고 섬세한 손바닥에는 티끌 하나 묻어 있지 않았다.

사매가 눈을 옆으로 흘기더니 웃으며 물었다.

"설마 저라는 건가요?"

"……."

초만녕은 분노가 솟구쳤지만, 순간 반박할 말이 떠오르지 않았다.

"저는 유풍문을 도륙하고 싶은 적도, 설정옹을 죽이고 싶은 적도 없어요. 그러니 목숨으로 빚을 갚아야 할 사람도 제가 아닌 거죠."

사매가 말했다.

"제가 뭘 했나요? 전 그저 묵연에게 고화를 심었을 뿐이에요. 지금껏 살면서 제 손으로 누구의 목숨을 빼앗은 적도 없고요."

사매가 빙그레 미소 지은 채 말을 이어 나갔다.

"결국 칼을 든 것도, 그 칼로 사람을 찌른 것도 묵연이에요. 팔고장한화는 그에게 어떤 증오도 새롭게 심어 주지 않았어요. 그의 모든 욕망은 묵연 본인의 것이라고요. 고화는 그저 그 욕망을 키웠을 뿐이죠. 그 죄를 저한테 씌우시면 저는 너무 억울합니다."

그가 한 마디 한 마디 할 때마다 초만녕은 속이 뒤집히는 것 같았다. 그가 자기는 억울하다고 말했을 때, 초만녕은 눈을 홱 치켜뜨고 얼음장처럼 차가운 얼굴로 쏘아붙였다.

"뭐가 억울하다는 거냐?"

"그놈이 저지른 일인데, 사존은 어째서 절 원망하시나요?"

"녀석이 원래 어떤 사람인지 너도 잘 알지 않느냐!"
"물론 저야 잘 알죠. 하지만 사존은 잘 모르시는 것 같네요."
결벽이 있는 사매는 귤락이 손가락 사이에 묻어 있는 걸 발견하고 깨끗한 비단 손수건을 꺼내 꼼꼼하게 닦은 후 하나하나 따지고 들었다.
"묵연이 왜 유풍문을 도륙했을까요? 그건 그놈 마음에 증오가 있기 때문이에요. 묵연이 왜 설정옹을 죽였을까요? 그건 그놈 마음에 두려움이 있기 때문이고요. 묵연이 왜 사존을 능욕했을까요? 그건 그놈 마음에 욕정이 있기 때문이에요."
사매가 눈을 들어 초만녕을 흘끔 쳐다보았다.
"묵연은 남이 휘두른 칼에 자비를 베풀지 않아요. 남이 주는 호의를 거절할 줄도, 미인을 보고 자제할 줄도 모르죠. 이 모든 게 그의 본성이에요."
초만녕이 이를 꽉 물고 내뱉었다.
"사명정, 너는 묵연의 순수함과 선함을 지우고 그 마음에 있는 원한과 욕망을 수천수만 배로 키웠다. 그런 네가 묵연이 한 모든 행동이 그의 욕망에서 비롯된 것이라고 하다니, 네가 생각해도 우습지 않으냐? 누구나 원한이 극에 달하면 세상을 망가뜨리고 싶어질 것이다. 네놈은 안 그럴 것 같으냐?"
"누가 그놈에게 원한을 가지라고 했나요? 뼛속까지 야심으로 채우라고 했나요? 욕정을 품으라고 했냐고요?"
사매가 웃었다.
"그의 마음이 갓난아이와 같았다면, 어떤 나쁜 생각도 갖지 않았다면 팔고장한화는 아무 영향도 미치지 못했을 거예요. 그러니 묵연의 마음이 깨끗하지 못한 걸 탓해야죠. 그는 그저 속인에 불과할 뿐이에요."

이 말에 초만녕의 낯빛이 무섭게 변했다. 그가 반박할 말을 꺼내려는데, 사매가 한마디를 덧붙였다.

"사람은 자신의 욕망에 책임을 져야 해요. 이건 논쟁할 거리도 없는 일이죠."

"……."

원래 그와 대화를 하고 싶었던 초만녕은 여기까지 듣자 더 이상 무슨 말을 할 필요도, 할 가치도 없음을 깨달았다. 초만녕이 고개를 옆으로 돌렸다.

사매가 그의 표정을 보며 고개를 절레절레 흔들었다.

"사존은 묵연을 너무 편애하세요."

"……."

"묵연이 무슨 짓을 하든 이유가 있다고 생각하시나 봐요. 다 이해할 수 있고요."

"그럼 내가 누굴 이해해야 하지?"

초만녕이 냉기가 서린 얼굴로 말했다.

"너를?"

"……."

사매가 잠시 침묵하더니 피식 웃었다.

"사존은 그래도 묵연이 좋다는 건가요?"

초만녕의 눈빛은 차가운 호수에 비친 달빛 같았다.

"저는 전생과 이번 생에서 내내 사존과 싸웠어요. 그런데 제가 이겨도 여전히 묵연만 못하다는 거네요?"

초만녕이 냉담하게 말했다.

"네가 뭘로 그 녀석과 비교가 된단 말이냐."

사매가 눈을 가늘게 떴다.

"그 몇 마디가 저에 대한 평가의 전부인가요? 다른 건 없나요?"

초만녕은 바로 대답하지 않았다. 그는 잠시 골똘히 생각한 후 눈썹을 들어 올렸다. 차갑고 고요한 모습이었다.

"있다."

사매가 웃었다.

"뭐지요?"

초만녕이 표정 없는 얼굴로 말했다.

"넌 묵연과 비교할 것도 없이 서상림보다도 못하다. 서상림은 적어도 정이라는 게 있어. 과감하게 행동하고 용감하게 인정했지. 너와는 다르게 말이다, 화벽남."

마지막에 가서는 사명정이라고 부르지도 않았다.

초만녕이 말했다.

"그래서 네가 비열한 놈이라는 거다."

252장 용혈산, 네가 그리웠다

말문이 막힌 사매는 뺨을 한 대 세게 얻어맞은 듯한 수치심에 새하얀 얼굴을 씰룩거렸다. 그가 아랫입술을 꾹 깨물며 말했다.

"정말 제 체면 따윈 조금도 봐주지 않으시는군요."

그러면서 초만녕의 턱을 매만졌다. 초만녕은 뱀이라도 닿은 듯 얼굴을 홱 돌려 버렸다.

눈을 가늘게 뜬 사매의 얼굴이 순간 폭풍우가 몰아칠 듯 위태롭게 변했지만, 결국 물결 하나 일지 않은 호수처럼 평온해졌다.

"이 얘긴 그만해요."

평정심을 되찾은 사매가 예의 온화한 얼굴로 말했다.

"아무튼 사존도 앞뒤가 꽉 막힌 고집불통이네요. 전생에서 사존은 원래 묵연을 죽이려고 하셨죠? 하지만 막판에 차마 죽이지도 못하고, 죽기 직전에는 이미 엉망으로 찢긴 영혼을 그의 심장에 전부 불어넣기까지 했죠."

사매의 말이 맞았다. 그해 곤륜 설원에서 생사를 건 교전이 벌어졌을 때, 초만녕은 마지막에 손끝을 묵연의 이마에 살짝 갖다 댔다. 사실 넘어간 것은 이미 산산조각이 난 자신의 잔혼이었다.

그의 영혼은 결국 흩어졌다. 일부는 과거 묵연의 몸에, 일부는 과거의 자신에게 들어갔고, 나머지는 막연한 희망을 품으며 답선제군에게 주입했다.

초만녕은 고화가 세 번째 단계에 이르렀을 때 어떻게 제거해야 하는지 알지 못했다. 하지만 주술을 건 사람의 영혼이 들어가야 고화의 꽃을 피울 수 있다 하니, 자신의 영혼을 주입하면 무언가 바뀌지 않을까 막연히 기대했을 따름이었다…….

자신에게 남은 건 쓸모없는 몸뚱이뿐이었다. 해야 할 일이나 할 수 있는 일은 이미 다 했다. 늘 단호하고 냉철한 그에게 유일한 약점은 묵미우였다.

그를 구할 수 있다는 한 가닥 희망에, 초만녕은 그를 죽이지 않았다. 대신 갈가리 찢긴 혼백을 내주며 그저 예전의 묵연으로 돌아오기만을 간절히 바랐다.

물론 당시에 그는 그 결정이 얼마나 효과가 있을지 확신할 수 없었다.

그의 마음을 눈치챈 듯 사매가 웃으며 말했다.

"당시 사존이 혼백을 준 것으로 묵연의 심장에 있는 팔고장한화를 제거하진 못했지만, 그의 마음을 교란하기에는 충분했어요. 묵연 마음속에 선과 악이 뒤엉켰고, 결국 반미치광이가 되어 스스로 목숨을 끊었죠."

"……."

초만녕의 표정이 미세하게 변했다. 그가 눈을 들어 올렸다.

교산에서 만난, 심장이 뛰지 않던 답선군을 생각해 보면, 전생의 묵연이 어떤 결말을 맞이했는지 대충 짐작할 수 있었다. 하지만 '스스로 목숨을 끊었다'라는 말을 직접 들으니 가슴이 먹먹해지는 건 어쩔 수 없었다.

사매가 그를 보며 말을 이었다.

"사존은 결국 묵연을 지켜 냈어요. 이유는 모르겠지만, 심지어 그의 혼백은 과거로 환생했고요. 그런데 아직까지 아무리 생각해도 이해 안 되는 게 있어요. 당시에 사존은 폐인이나 다름없었는데, 대체 어떻게 제 계획을 망칠 수 있었던 건가요? 정말 사존은…… 절 놀라게 해요."

그가 부들처럼 보드라운 눈썹을 내려뜨리며 초만녕에게 입이라도 맞출 듯 가깝게 다가왔다.

초만녕은 번쩍 정신이 들어 재빨리 그의 목을 움켜잡았다. 손등의 혈관이 툭 불거졌다.

사매는 표정 변화 없이 대수롭지 않은 얼굴로 초만녕의 손목을 잡았다. 그가 이렇게 나오리라 예상한 듯했다.

그가 웃었다.

"왜요? 절 두 번이고 세 번이고 없애고 싶으세요? 하지만 아쉽네요. 이미 너무 늦었거든요."

말이 끝나자마자 뱀 소리가 '스스' 하고 들리더니 금환사(金環蛇)가 사매의 너른 소매에서 스르르 기어 나와 초만녕의 팔을 콱 물었다.

금환사를 어떻게 훈련시켰는지, 한 번 물리자 통증이 극심했다.

팔에서 힘이 빠졌다. 초만녕은 사매에게 손목을 잡힌 채 처음보다 더 굴욕적인 자세로 침상 기둥에 묶였다.

"염려하지 마세요, 독은 없으니까."

사매가 그의 양손을 묶고 천천히 일어나 앉더니 차갑고 하얀 손끝으로 금환사를 쓰다듬으며 요염한 눈을 옆으로 흘겼다.

"이건 특별히 사존을 위해 키운 뱀이에요. 한번 물리면 온몸의 힘이 다 빠져나가죠. 사존이 워낙 무서워서 저도 어쩔 수 없었어요."

사매가 손을 올리자 미끌미끌한 뱀이 소매 안으로 쏙 들어가 자취를 감췄다.

"전생에서는 할 수 없이 사존을 묵미우 곁에 오래 놔뒀지만, 실은 내키지 않았어요."

그가 일어서서 차분한 손놀림으로 자신의 외투를 벗더니 이어서 겉옷을 벗었다. 그러고는…….

초만녕의 안색이 급변했다. 그는 지금 상황이 구역질이 날 정도로 역겨웠다.

"사명정……!"

사매는 상냥한 미소를 지은 채 초만녕에게 다가갔다.

"비밀 하나 알려 드릴게요. 전생에 두 사람이 혼례를 올릴 때 저도 화벽남으로 연회에 갔었어요."

"!"

"당시 답선군은 제 욕심에 손님들이 사존의 얼굴을 보지 못하도록 붉은 면사포를 씌웠어요. 그러면서 단지 초비를 들인다고만 했죠. 하지만 저는 사존인 걸 알았고, 그날 연회가 끝난 뒤 홍련수사로 갔어요. 이내 답선군이 들어오더군요."

사매의 눈이 번들거렸다.

"그때 묵연은 팔고장한화로 제게 통제당하고 있었지만, 그의 생각과 감정은 제 마음대로 할 수 없었어요. 그래서 그에게 들키지 않도록 몸을 숨긴 채 그 자리를 지켰죠."

초만녕은 가느다랗게 떨었다. 분노 때문이기도 했고, 역겨움 때문이기도 했다.

사매가 자리에 앉더니 길고 서늘한 손을 들어 그의 가슴을 천천히 쓸어내리기 시작했다.

"그거 아세요?"

목소리가 살짝 잠기고, 눈빛은 탐욕스럽게 흔들렸다.

손이 조금씩 아래로 내려가 초만녕의 복부에서 멈추더니 허리띠를 풀기 시작했다.

"그날 밤 묵연이 사존을 자기 몸 아래에 눕히고 미약을 발랐어요. 엄청난 신음을 흘리더군요……. 쯧, 참 나."

사매의 눈가가 붉어졌다. 욕정이었다.

"나는 두 번의 생 동안 내내 목말라 있었는데."

초만녕은 지독한 수치심을 느꼈다. 하지만 전생과 이번 생의 기억이 합쳐지면서 기력을 많이 소진했고 금환사에 물리기까지 했기에, 온몸의 힘이 하나도 없어 저항하기가 쉽지 않았다. 그가 이를 바득바득 갈며 말했다.

"사명정, 제기랄! 당장 꺼지거라!"

사명정이 피식 웃었다.

"그냥 같이 자는 것뿐인데 왜 이렇게 살벌하게 구십니까. 이미 제자한테 당해 봤으면서. 괜히 점잔 떨지 마세요."

"꺼져!"

"제자 한 명에게 당하든 두 명에게 당하든 무슨 차이가 있겠어요."

사매가 천연덕스럽게 말했다.

"전 괜찮은데, 사존도 가만히 즐기는 게 어때요? 제 잠자리 기술도 묵연에 못지않을 겁니다."

"당장 꺼……."

말이 끝나기 전에 문 앞에서 얼음장처럼 차가운 목소리가 들렸다.

"당장 꺼져."

초만녕은 벼락이라도 맞은 듯 고개를 홱 쳐들고 어느새 열려 있는 석문을 바라보았다. 반쯤 열린 밀실 문 바깥에 역광으로 얼굴이 잘 보이지 않는 남자가 검은 맥도를 안고 서 있었다. 기골이 장대한 그는 허리를 꼿꼿이 세운 채 서늘한 분위기를 풍겼다.

사명정의 눈이 가늘어졌다.

"너……? 이렇게 빨리?"

남자가 무거운 발걸음을 내딛자 한기가 휘몰아치고 실내의 등불이 흔들렸다. 불빛이 검은색 가죽 전포(戰袍)를 비췄음에도 서늘한 느낌은 지울 수 없었다. 드디어 그의 모습이 정확히 보였다. 길게 뻗은 다리에 딱 맞는 전투화를 신고, 호리호리한 허리에는 은색 용머리 보호대를 두른 채 순은으로 된 암기(暗器) 통을 차고 있었다. 손목에는 날카로운 정이 박힌 보호대를 차고, 손에는 검은색 용 비늘 장갑을 낀 상태였다.

시선을 위로 올렸다. 준수한 얼굴, 미간 사이로 지나치리만치 흘러넘치는 기개.

답선제군이었다!

그의 몸에서 소름 끼치는 한기와 피비린내가 진동했다. 막 전쟁터에서 돌아온 듯한 모습이었다.

그가 피가 튄 창백한 얼굴을 들어 날카로운 비수와 같은 눈빛으로 침상 위에 있는 두 사람을 노려보았다.

정확히 말하면, 초만녕을 훑고 지나간 후 싸늘한 눈빛을 번뜩이며 사명정을 죽일 듯이 쏘아보았다.

"꺼져."

사명정은 그가 밀실 안으로 들어오자 얼굴을 굳히더니 천천히 몸을 일으켰다.

"고월야에 가서 죽이라는 사람은 다 죽였어?"

"더 죽이고 싶어도 없던데."

두 사람에게 다가가던 답선군이 하얀 이를 드러내며 장갑 끄트머리를 물고 벗겨 내자 매끈한 손이 드러났다. 그가 피에 젖은 장갑을 탁자 위에 던진 뒤 사매를 노려보며 음험하게 말했다.

"적당히 해. 본좌 손에 죽은 원혼 대열에 너 하나쯤 더 늘리는 건 일도 아니니까."

사매의 낯빛이 어두워졌다.

"네가 지금 누구에게 말하고 있는지 알아야 할 거 같은데."

"본좌는 본좌의 기분이 좋은지 나쁜지만 알면 돼."

답선군이 차갑게 말을 이었다.

"너, 침상 잘못 골랐다. 일어나."

"언제부터 네가 나한테 큰소리를 칠 수 있게 됐지?"

답선군이 위험스럽게 말했다.

"본좌는 원래 그랬어."

약간 화가 난 듯 사매의 눈빛이 자잘하게 흔들렸다.

"……난 네 주인이야!"

"그게 뭐? 교산은 본좌의 땅이다. 침상 위에 있는 것도 본좌의 사람이지."

답선군이 눈동자를 내려 사매를 깔보듯 바라보았다. 휘어진 입꼬리에서는 조롱의 기색마저 느껴졌다.

"주인님, 좀 꺼지시지요."

답선제군과 사명정이 날 선 대화를 주고받으며 불꽃을 튀기는 동안, 아직 상황 파악이 안 된 초만녕은 조용히 두 사람을 지켜보았다.

아까 분명 답선군이 죽었다고 했는데, 그렇다면 눈앞의 이자는 누굴까? 바둑돌? 꼭두각시?

게다가 자신이 당시에 억누른 것은 이번 생의 '묵연'에게 심어진 팔고장한화였다. 전생의 답선군은 팔고장한화가 깊게 뿌리 내려 이미 정상으로 돌아올 수 없는 상태였다. 그렇다면 이치로 따졌을 때, 답선군은 정신을 못 차릴 만큼 사매를 깊이 사랑하고 있어야 했다.

하지만 답선군의 어조로 봤을 때 사명정은 안중에도 두지 않는 듯했다.

……더구나 주인이라니, 그건 또 무슨 소리란 말인가?

사매가 답선군을 한참 노려본 후에 비릿한 미소를 띠고는 일어나 옷을 걸쳤다.

초만녕이 모르는 일을 사매는 잘 알고 있었다.

전생에 묵연이 자결하면서 사매는 갑작스레 하수인을 잃었다. 그리하여 그는 묵연의 시체와 시체에 잔류한 식혼을 합쳐 그를 '산 송장'으로 만들었다. 이 산 송장은 진롱기국의 바둑돌과 유사한 것으로, 그의 지시에 따라 움직이며 생전의 모든 의식을 간직하고 있었다.

하지만 생전에 겪은 좌절이 컸던 탓인지, 평생 수많은 천명을 거슬러 몸이 견디지 못한 탓인지, 산 송장이 된 답선군은 사매에 대해 혼란을 겪고 있었다. 사매가 살아 있다고 인식하다가도 어느 때는 사매가 죽었다고 인식했다. 이따금 사매라는 존재마저 잊을 때도 있었다.

그래서 화벽남의 얼굴을 직접 마주해도 답선군은 그가 사매라는 것을 인식하지 못했다. 오히려 단순히 그를 '주인'으로만 여겼다.

더구나 그는 주인의 말을 들으려고 하지 않았다.

"그럼 나도 어쩔 수 없네."

사매가 앞으로 다가가 답선군의 이마를 쿡 찌르며 외쳤다.

"혼산(魂散)!"

그의 외침과 행동에 답선군의 몸이 굳었다. 이어 날카롭던 눈빛이 돌연 풀어지더니 순식간에 초점을 잃었다.

"분명 내가 만든 꼭두각시인데 갈수록 말을 안 듣네. 매번 하라는 건 하지도 않고 기어오르려고 하다니."

사매가 그의 차가운 얼굴을 툭툭 건드리며 말했다.

"뭐, 됐어. 널 탓하지 않아. 넌 본래 온전한 '인간'이 아니니까."

답선군은 아무 반응도 보이지 않았다.

"잠시만 참아."

사매가 말했다.

"며칠 뒤에 그것만 얻으면 널 다시 만들어 줄게. 그땐 너도 고분고분해질 거야."

그때, 답선군이 사매의 지배에서 벗어났다. 그의 회복 속도에 사매의 낯빛이 어두워졌다. 사매는 이렇게 단시간 내에 답선군의 눈동자가 광채를 회복할 것이라고는 전혀 생각하지 못했다. 심지어 이전보다 더 결연하고 서늘했다.

그 섬뜩하고 위압적인 눈빛이 사매에게 떨어졌다. 잠시 후 답선군이 눈을 가늘게 뜨며 콧잔등을 찌푸리고는 먹잇감을 앞에 둔 표범처럼 말했다.

"응? 아직 안 꺼졌어?"

그가 가늘고 긴 손가락으로 불귀의 손잡이를 움켜잡았다.

"왜? 본좌의 과녁이라도 될 건가?"

사매는 답선군의 포악함을 잘 아는 터라 더는 말하지 않았다. '주인'이라고 하지만 그의 목줄을 당길 수 없음을 스스로 잘 알고 있었다.

이 어둠의 제왕이 미쳐 날뛰면 공포 그 자체였다.

사매가 자리를 떴다.

그가 나가고, 답선군은 침상에 있는 초만녕을 한참 바라보았다. 표정은 묘하다 못해 기괴했다. 있는 힘껏 무언가를 억제하는 듯도, 참을 수 없을 만치 갈망하는 듯도 했다.

결국 그가 앉아 손을 뻗어 초만녕의 허리를 잡았다.

"나……."

그가 말을 멈췄다. 뭐라 말해야 좋을지 모르겠는지 입을 꾹 다물었다가 말을 바꿨다.

"너……."

초만녕이 그를 바라보았다. 두 개의 시선이 한참 오갔지만, 여전히 다음 말은 나오지 않았다. 그가 어딘지 씁쓸해 보이는 눈동자를 천천히 깜빡였다.

"본좌가 중요하게 할 말이 있다."

"……말해."

답선군이 잠시 머뭇거리다가 단호하게 말했다.

"사실 별로 중요하지 않군. 관두지."

"……."

잠시 뒤 그가 더 결연한 얼굴로 입을 열었다.

"실은 중요한지 아닌지는 상관없어. 네가 그렇게나 알고 싶어 하니 말해 줘도 괜찮겠지."

"……."

"본좌가 하고 싶은 말은……."

답선군이 길게 숨을 들이마시더니 눈을 감은 채 어색하게 입을 열었다.

"본좌가 하고 싶은 말은, 오랜 세월 동안 아마…… 네가 좀 그리웠던 것도 같다……."

그가 얼른 말을 보탰다.

"많이 보고 싶었던 건 아니고 아주, 아주 조금."

이 말만 했을 뿐인데, 창백하고 수려한 얼굴에 후회막급하는 표정이 떠올랐다.

초만녕은 멍한 얼굴로 그를 바라보았다. 두 번의 생을 거친 영혼과 기억이 교차하는 가운데, 그는 어떤 마음으로 이 남자를 봐야 할지 알 수가 없었다.

하지만 답선군은 그에게 생각할 시간을 그리 많이 주진 않았다.

답선군이 살짝 짜증 난 얼굴로 초만녕의 손에 묶인 밧줄을 풀어 준 후 그를 잡아당겼다. 커다란 손으로 초만녕의 뒷머리를 어루만지더니 다급하고 끈적하게 입술을 찍어 눌렀다.

답선군의 입술은 무척 차가웠지만, 욕망은 불덩이처럼 뜨거웠다.

갑작스럽고 애가 단 입맞춤 속에서 지나간 일이 켜켜이 쌓여갔다.

두 사람이, 파괴된 두 영혼이, 두 번의 생을 사이에 둔 인연이 마침내 입맞춤으로 이어지며 한데 얽혔다.

답선군의 품에 안겨 농밀한 입맞춤을 받는 동안, 초만녕은 머릿속이 복잡해졌다. 아니, 머릿속이 텅 비어 아무것도 생각할 수 없는 것 같기도 했다.

그러다 문득 제 눈언저리가 젖어 있는 것을 깨달았다.

옳고 그름, 선과 악, 그 모든 경계가 흐릿해져 구분할 수 없었다.

하지만 더는 체온이 느껴지지 않는 남자와의 입맞춤 속에서 그는 깨달았다.

답선군은 그를 속이지 않았다.

묵연은 그를 속이지 않았다.

묵연은 정말 그를 그리워했다.

253장 용혈산, 죗값을 치르다

입맞춤이 얼마나 지속되었을까. 이윽고 답선군이 그를 놓아 주었지만, 초만녕이 이제 끝났다고 생각했을 때 다시 입술이 닿았다.

그렇게 수없이 입을 맞춘 후에야 답선군은 흡족한 듯 입술을 핥으며 새까만 눈동자로 초만녕의 얼굴을 응시했다.

"하나도 안 변했군."

묻고 싶은 것도, 생각지 못한 사건도 너무 많았다. 초만녕은 잠시 침묵하다가, 마침내 잔뜩 가라앉은 목소리로 입을 열었다.

"……과거에 있었던 일, 모두 기억하느냐?"

"물론."

"어떻게 죽었는지 기억나느냐?"

답선제군의 표정이 약간 어두워졌다.

"10대 문파가 손을 잡고 포위 공격을 했지. 본좌는 귀찮았다."

"그럼 내가 어떻게 죽었는지는?"

묵연 얼굴에 깃든 스산한 기운이 점점 옅어지더니 잿빛 그늘이 드리워졌다.

"답설궁에서 네가 본좌의 큰일을 방해했잖아. 그래서 본좌는 화가 났고."

초만녕은 또 물었다.

"그럼 네가 어떻게 환생했는지는 기억나느냐?"

"화벽남이 구해 줬다."

"구체적으로 어떻게?"

"그러니까……."

뒷말이 끊긴 채 답선군의 얼굴에 서서히 멍한 기색이 떠올랐다. 하지만 이 증상도 그리 오래 지속되지는 않았다. 그가 눈을 감았다가 다시 떴을 때, 그의 눈동자는 이미 맑아져 있었다.

답선군이 눈살을 찌푸리며 물었다.

"방금 뭐라고?"

초만녕은 입을 다물었다.

사매가 그에게 어떤 짓을 했는지 대충 짐작할 수 있었다. 예로부터 사람 마음이 가장 다루기 어렵다고 했다. 묵연이 죽고 나서 사매는 이 시체의 감정까지 완전히 지배하지 못했고, 뒤죽박죽된 묵연의 기억을 감히 더 헝클어뜨릴 수 없었기에, 묵연이 명령을 따르는 데 영향을 줄 만한 주요 사건 중 일부를 완전히 지워야 했을 것이다.

눈앞에 있는 이 답선제군은 무기로 사용하기 위해 만든 살아 있는 송장에 불과할 터였다.

초만녕은 눈을 감았다. 잠시 후 뭔가 말하려 입을 여는데, 순간 입에서 비릿한 단내가 올라왔다. 그가 심하게 콜록거리기 시작했다.

"묵연……."

그의 입술이 피에 물들어 있었다. 그가 물기 어린 눈을 들어 올렸다.

"다른 사람한테 이용당하지 마라. 너는 이미 죽은 몸의 껍데기일 뿐이야. 하루빨리 편히 잠들어야지. 넌…… 콜록콜록."

눈앞이 점차 캄캄해졌다. 흩어졌던 조각들이 다시 밀려들기 시작했다.

넌 다시 과거로 가서 땅속에 잠들어야 해. 여긴 네가 있을 곳이 아니다.

하지만 이 말을 건넬 힘조차 없던 초만녕은 입술만 움찔거렸을 뿐이다. 의식이 다시 흩어지기 시작했다.

마지막으로 시야에 잡힌 것은 답선군이 미간을 좁히며 뭔가 말하는 모습이었다. 그의 준수하고 창백한 얼굴이 조금 초조해 보였다.

"초만녕."

그의 목소리가 어렴풋하게 들렸다. 전생에서처럼 자신을 부르는 목소리였다.

"만녕……."

초만녕은 눈을 감았다. 또다시 영혼이 융합하는 고통이 엄습했다. 이후에 일어난 일은 그도 알 길이 없었다.

천산 외곽. 숲은 휑하니 을씨년스러웠다.

요 며칠 내내 촉 땅에는 부슬부슬 가랑비가 내렸다. 역참의 격자창에도 푸른곰팡이가 끼었다. 창밖에서는 줄줄이 이어진 물방울이 대나무 잎에서 웅덩이로 뚝뚝 떨어져 잔잔한 물결을 일으켰다.

갑자기 누군가가 물웅덩이를 밟았다. 물 위에 비친 구름과 빛 그림자가 잘게 부서졌다.

묵 종사가 사생지전으로 통하는 구불구불한 산길 앞에 나타났다.

용혈산에서 고초를 겪은 후, 그는 영력을 회복하지 못해 검을 탈 수가 없었다. 하지만 사생지전의 안위가 걱정된 나머지 용혈산을 나와 나흘 밤낮을 한시도 쉬지 않고 달려 도착한 참이었다.

오는 내내, 그는 많은 것들을 생각했다.

자신은 어떻게 환생했을까? 전생의 초만녕은 어째서 용혈산 동굴에 그런 장치를 해 두었을까? 물론 사매도 생각했다.

한참을 생각해도 어느 것 하나 명확한 답을 찾지 못했다.

그는 원래 그다지 똑똑한 사람이 아니었다. 하물며 지금은 심신이 몹시 지치고 근심에 찬 상태라, 침착하게 하나하나 생각할 여력이 없었다. 사매는 확실히 자신을 잘 알았다. 초만녕은 그의 약점이었다. 초만녕이 옛일을 기억해 내면 틀림없이 자신에게 사형선고를 내릴 터. 이 생각에 마음이 뒤숭숭하고 심란했다.

빗줄기가 갈수록 굵어졌다. 묵연은 바람을 맞으며 사생지전의 계단 입구에 섰다. 고개를 들자 자잘한 은빛 눈송이가 얼굴을 스치고 떨어졌다. 눈앞에 노을빛이 찬란한, 산꼭대기까지 구불구불 이어진 돌계단이 보였다.

이 산길은 살아서도, 죽어서도, 슬플 때도, 기쁠 때도 걸었다. 세상 물정 모르던 설익은 애송이 시절부터 죄를 짓고 돌아온 지금까지, 두 번의 생을 살면서 수도 없이 걸었다.

날이 쌀쌀했다. 눈 섞인 비가 묵연의 검은 옷을 적시고, 머리카락을 하얗게 물들였다.

청년은 본디 근심이 없어야 하거늘, 삭풍에 머리가 하얗게 세어 버렸다…….

묵연은 눈을 질끈 감고 기다란 계단을 딛고서 산 위로 올라갔다.

스스로 그물에 걸려든 죄인이 마침내 단심전의 붉은 문을 '끼익' 하고 열었다.

문이 천천히 열렸다. 두 번의 생을 관통하는 광기와 영광, 악몽과 어둠이 모두 이곳에서 비롯됐다.

그는 전생이 생각났다. 스물둘이 된 그해에 그는 단심전의 이름을 무산전으로 바꾸고, 현판을 부쉈다. 먼지가 사방으로 날렸었다. 옛 현판 앞에 선 그는 선군들을 밟고 천하의 지존이 되겠다고 맹세했었다.

지난 생에는 이곳에서 타락했다. 이번 생에는 이곳에서 끝을 맺을 것이다.

단심전 안은 사람들로 빽빽했다. 교산에 서상림을 토벌하러 갈 때보다 이름난 인물들이 더 많이 모였다.

문 열리는 소리가 들리자 그곳에 모인 모든 이들이 일제히 고개를 돌렸다. 문 앞에는 건장한 체구의 검은 옷을 입은 남자가 역광을 받으며 서 있었다. 얼굴색은 창백했고, 흠뻑 젖은 검은 머리칼 몇 가닥이 이마를 덮고 있었다. 그의 등 뒤로 잿빛 하늘에서는 눈비가 부슬부슬 내렸다.

묵연이 이토록 갑작스레 나타나리라고는 아무도 예상하지 못했다.

그는 교산에서 위험을 무릅쓰고 사람들의 평안을 지킨 영웅인가, 고월야에서 악랄하게 사람을 해친 악마인가? 그는 대체 어떤 사람인가?

순간 사방에 정적이 감돌았다. 다들 이곳에 돌아온 남자를 뚫어지게 바라보았다.

묵연을 믿는 사람들은 차가운 빗속을 뚫고 집에 돌아온 강아지를 보듯 불쌍히 여겼지만, 그를 믿지 않는 사람들은 지옥에서 기어 나온 귀신을 보듯 두려워했다.

빗물이 용마루와 푸른 기와를 사정없이 때리며, 계단 앞 돌 틈과 기와에 낀 이끼에 스며들었다.

묵연이 까만 눈동자를 들어 올렸다. 부채 같은 속눈썹 아래로 촉촉한 눈동자가 드러났다. 그가 조그맣게 말을 꺼냈다.

"백부님, 저 왔어요."

"연아! 어찌…… 어찌 너 혼자 왔느냐?"

상석에 앉은 설정옹은 낯빛이 무척 어두웠다. 그가 웬일로 격식을 따지지 않은 차림으로 강철 부채를 아무렇게나 탁자 위에 펼쳐 두고 있었다. 부채 위에서 은은하게 빛나는 '세상 사람은 못났다'라는 글자가 이 촌극을 설명해 주는 듯했다.

"옥형은?"

묵연이 저벅저벅 안으로 들어왔다. 조용히 끓던 기름 솥에 물방울이 떨어져 기름이 파바박 튀듯, 그의 등장에 거의 모든 사람이 뒤로 사사삭 물러났다.

"묵연!"

"이 악마! 무슨 낯짝으로 나타난 것이냐?"

"고월야에서 그 많은 사람을 죽이고, 감히 여기에 나타나?"

묵연은 여기저기서 들려오는 비난을 무시했다. 이곳으로 오는 도중에 얼마 전 고월야에서 발생한 참상을 들어 알고 있었다. 답선군이 얼마나 이성을 잃고 날뛰었는지 안 봐도 뻔했다. 수십 명이 대수겠는가? 수백 명, 수천 명, 수만 명, 천하의 모든 사람이 그에겐 송장이나 다름없는데, 고월야쯤이야 답선제군에겐 아무것도 아닐 것이다.

"이 미친놈……. 네놈도 화벽남과 한패지!"

"여긴 뭐 하러 왔어? 지금 이곳에는 고수들이 다 모여 있다. 천음각 각주도 곧 올 것이야. 네놈의 꾀가 아무리 간사하고 임기응변에 강해도 오늘 이곳을 빠져나갈 수 없을 것이다!"

"묵연, 교활하기 그지없구나! 하루는 정인군자가 되었다가 하루는 천하의 몹쓸 놈이 되었다가. 네놈의 그 간악한 속셈을 이루려고 이리 혼을 쏙 빼놓은 게로구나. 이 악독한 놈!"

주변에서 성토와 힐난이 빗발쳤고, 분노에 휩싸인 사람들이 길길이 날뛰었다. 묵연은 아랑곳하지 않고 계속 앞으로 걸어갔다. 그는 절대 사매라고 부르고 싶지 않은, 그 화벽남의 의도를 어느 정도 짐작하고 있었다.

화벽남은 묵연의 무덤을 판 것이다. 비석에 새겨질 비문까지 정해 주었다. 화벽남의 계획은 명확했고, 이제 묵연이 무덤으로 뛰어들 차례였다.

초만녕이 전생의 기억을 되찾은 순간, 묵미우는 자신을 구제 불능의 죽일 놈으로 규정했다.

모든 게 끝났다.

"네놈이 얼마나 많은 가면을 쓰고 있는지는 모르겠다만, 오늘 이곳에 영웅호걸이 다 모인 이상 네 진짜 얼굴은 다 까발려질 것이다!"

"저놈을 천음각에 압송해 형벌을 내려야 합니다!"

주변이 시끌벅적한 가운데, 가장 귀에 많이 꽂히는 단어는 바로 '천음각'이었다.

화벽남이 천음각까지 끌어들일 줄은 몰랐다. 우연의 일치일까? 아니면 이 역시 일찍부터 짠 음모인 걸까?

천음각은 수진계에서 수천 년을 이어 온, 역사가 유구한 문파이다. 이 문파의 초대 장문은 천신과 인간 사이에서 태어난 아들이었다. 이후 대대로 그 혈족들이 장문 자리를 이어받았다. 세대가 지나면서 천음각주의 몸속에 흐르는 신족 피도 옅어졌지만, 여전히 강력한 영기(靈氣)를 자랑했다. 천음각은 평소 속세에 간여하진 않지만, 속인이 수사를 신봉하듯 수사도 천음각의 공명정대함을 신봉했다.

백 년의 권위도 뒤집기 힘든 마당에, 하물며 천 년을 이어 온 권위였다. 그리하여 전생에 답선군이 천하를 차지했을 때에도 천음각만은 깨끗하게 남겨 두었다. 사매는 똑똑하게도 묵연을 천음각에 넘겨 처리하려는 것이다. 판결에 불복할 사람도, 불복할 수 있는 사람도 없을 터라 이보다 더 좋은 처리 방법은 없었다.

대전 안은 왁자지껄 소란스러웠다. 묵연은 두약이 수놓인 융단을 따라 앞으로 걷다가 발걸음을 멈췄다.

"저는……."

묵연이 입을 떼자 들끓던 소리가 일순 잠잠해졌다. 그를 주시하는 사람들의 눈빛은 대부분 증오와 경계를 담고 있었다.

그들은 목을 길게 빼고 묵연이 변명하고 추태를 부리고 실수하기를 기다렸다. 걸리기만 하면 곧장 달려들어 이 교활한 악마를 갈가리 찢어 죽일 태세였다.

선인인지 악인인지 구별이 안 되고 행동을 예측하기 어려운 자였다. 죽일지언정 절대 놓아줄 수 없었다. 반드시…….

"죗값을 받으러 왔습니다."

주변이 쥐 죽은 듯 조용해졌다. 조금 전보다 더 깊은 정적이 흘렀다.

칼을 갈면서 준비한 결전을 앞두고 사기가 하늘을 찌를 때, 갑자기 적군의 수장이 자결한 것과 비슷한 상황이었다.

당황스러웠다.

"뭐라고?"

한참 후 누군가가 반문했다. 이 악마가 이토록 쉽게 죄를 인정할 리 없다고 생각한 그는 옆에 있는 사람에게 조용히 물었다.

"지금 저놈이 죗값을 받으러 왔다고 한 거야?"

묵연이 눈을 내리깐 채 설정옹과 왕 부인, 사색이 된 설몽 앞에 무릎을 꿇었다. 아롱대는 등불이 수려하지만 초췌한 그의 얼굴을 비췄다.

그는 확실히 의연하게 죽음을 받아들일 생각이었다. 하지만 화벽남의 계획에 순순히 장단 맞춰 줄 마음 따윈 전혀 없었기에, 참회하기 전에 반드시 해야 할 일이 하나 있었다.

그는 남은 힘을 쥐어짜 이제는 지킬 수 없는 사람을 보호할 생각이었다.

묵연이 천천히 입을 열었다. 목소리는 고요히 가라앉아 있었다.

"저는 분명 손에 피를 묻혔습니다. 개인적인 원한 때문에 많은 사람을 죽였습니다. 지난 몇 년 동안 뉘우치고 싶었지만, 죄는 용서받을 방법이 없었습니다. 이 일은 사존…… 아니, 초만녕도 알고 있습니다……. 오늘 저는 모든 선군들 앞에서 죄를 고백하는 것 말고 한 가지 더 말씀드릴 것이 있습니다."

그가 말을 멈췄다. 이후에 꺼낸 말은 비수가 되어 심장에 박혔다.

"저와 초만녕은 이미 사제지간이 아닙니다."

이 말에 사람들은 기함했다.

"이게 무슨 일이야?"

사제가 연을 끊는다고 공표하는 것은 수진계에서 엄청난 추문으로, 사존이든 제자든 체면이 땅에 곤두박질치는 일이었다. 그래서 피 끓는 원한이 있지 않은 이상, 관계가 좋지 않아도 표면적으로는 잘 지내는 척을 했다.

대경실색하여 잠시 넋을 놓고 있던 사람들이 웅성대기 시작했다.
“전에는 잘 지냈잖아? 갑자기 왜? 설마 무슨 속임수를 쓰려는 건 아니겠지?”
“아닌 거 같은데. 교산에서 무슨 일이 있었나?”
“그럴지도……. 초만녕은 제자를 안중에 두지 않는 것 같더라고. 사명정이 화벽남한테 잡혔을 때도 구해 주지 않았잖아? 결국 제자는 눈까지 멀고……. 내가 제자였다고 생각하면 심장이 다 떨리네.”
사람들 목소리가 밀물처럼 밀려들었다.
묵연은 제 할 말을 이어 나갔다.
“초만녕이 제가 저지른 살인과 악행을 용서하지 않은 것도 이유지만, 그것보다는 줄곧 저를 무시하고 냉대하며 제 존엄을 해친 게 가장 큰 이유입니다. 말끝마다 천하니 백성이니 하지만, 제자한테는 늘 박했습니다. 모든 게 위선이지요! 그가 아니었다면 제가 이 지경이 되진 않았을 겁니다.”
너무 아팠다.
말을 멈춘 그의 입술이 파르르 떨렸다. 하지만 반드시 말을 마쳐야 했다. 자신을 갈가리 찢어 버려야 했다.
“저를 괴롭히고 오해했습니다. 저희는 서로 달라 함께할 수 없으며, 그를 사존으로 모셨던 게 수치스럽습니다. 저와 초만녕은 이제 철저한 타인입니다. 앞으로 누구든 저를 그의 제자라고 한다면…….”
그가 눈을 치켜떴다. 답선군의 눈빛이었다.
“역겨울 것 같으니 선군들은 앞으로 입에 담지도 마십시오!”

설정옹은 기절초풍할 것만 같았다.

"연아!"

설몽의 얼굴은 하얗게 질렸다.

"형, 미쳤어? 지금 무슨 소릴 지껄이는지 알기나 해!"

묵연은 설몽과 백부 내외를 볼 수 없어 눈을 질끈 감았다. '형'이라는 말이 날카로운 가시가 되어 그의 심장을 찔렀다.

묵연이 말을 이었다.

"이것 말고도 전할 이야기가 더 있습니다."

"죄를 인정하면 그걸로 그만이지, 무슨 할 말이 그리 많아? 네놈이……."

방금 말한 사람이 제 울분을 다 토해 내기도 전에 선군들의 수장인 강희가 막았다. 그가 묵연을 보며 말했다.

"……계속 말해 봐라."

묵연이 말했다.

"지난날의 죄가 깊고 막중하니 그 죗값은 달게 받겠습니다. 하나 고월야에 있었던 일은 제가 저지른 것이 아닙니다."

지금 단심전에 모여 있는 사람들 대부분은 피맺힌 원수를 갚기 위해 찾아온 이들로, 다들 감정이 한껏 격앙된 상태였다. 그런 와중에 묵연이 고월야의 일을 부정하자 다들 분노가 치밀어 잇달아 목소리를 높였다.

"하! 웃기는군! 명명백백한 사실 앞에서 이런 궤변이 통할 거라 보느냐!"

"맞소! 네놈이 아니면 누구란 말이냐!"

묵연이 대답했다.

"당시 저는 고월야에 없었습니다. 초만녕과 함께 용혈산에 있었지요. 그 일을 벌인 사람은 따로 있습니다. 그리고 그 사람은, 제 예상이 맞는다면 아마도……."

그는 바로 답선제군의 이름을 말하지 않고 잠시 망설였다.

사람들의 분노를 사는 건 두렵지 않았다. 다만 시공생사문의 틈새가 열려 또 다른 묵연이 이곳에 나타났다는 이 황당무계한 말을 저들이 믿어 줄지 의심스러웠다.

"누구요?"

묵연은 입술을 깨물었다. 결국 그는 답선군에 대한 얘기는 잠시 보류하자 마음먹고 그에 대한 대답은 하지 않았다.

"……그건 나중에 말씀드리겠습니다. 어쨌든 그자는 화벽남과 결탁하여 고월야에서 사람을 죽이고 그 죄를 저에게 뒤집어씌웠으며, 화벽남은 초만녕을 데려갔습니다."

이 말이 떨어지자 여론은 둘로 나뉘었다.

한쪽의 목소리는 미약하지만 또렷했다. 대부분 사생지전의 제자들이 다그치는 소리였다.

"옥형 장로님이 왜?"

"장로님을 어디로 데려간 거야?"

다른 한쪽은 묵연의 죄를 묻는 무리였다.

"묵연, 우리가 그 말을 믿으리라 생각하느냐?"

"네놈이 지금 무슨 꿍꿍이인지 모르겠지만, 다른 사람 짓이라니! 내 눈엔 너도 화벽남과 한패로 보인다! 교산에서도 둘이 짜고 연극을 한 게지! 네놈들은 그 많은 사람을 아무렇지 않게 죽이고, 심지어 사형제(師兄弟)의 우애도 저버린 채 사명정까지 해쳤다. 너, 너는 사기꾼이야!"

사매의 이름에 묵연이 천천히 고개를 들어 올렸다. 그가 앉아 있는 설정옹을 보고 다시 설몽을 보더니 입을 뗐다.

"사매는……."

설몽은 제 식구의 일이라 누구보다 더 혼란스러웠다. 그가 앞으로 불쑥 다가왔다.

"사매는? 괜찮은 거야?"

묵연은 그의 눈을 바라볼 수가 없었다.

누군가 망가지는 모습을 보는 것은 한 번으로 족했다.

묵연은 눈을 질끈 감고 어렵사리 말을 꺼냈다.

"사매가 바로 화벽남입니다."

죽음과도 같은 적막이 흘렀다.

한참 후 설몽은 털썩 주저앉아 혼잣말하듯 중얼거렸다.

"무슨 농담을 이렇게 해. 말도 안 돼……."

맞다. 묵연도 제 눈으로 보지 않았다면, 제 귀로 듣지 않았다면 '말도 안 돼'라고 했을 것이다. 사매는 늘 온화했고 아름다웠다. 이들 셋은 함께 수많은 곡절을 겪었다. 그에게는 사매가 인생 최초의 진정한 벗이나 다름없었다.

하지만 그런 친구가 가짜였다. 그저 거울에 비친 꽃이나 물 위에 비친 달빛처럼 허상에 불과했다.

이 얼마나 허망한가.

주변에서 이런저런 말소리가 분분하게 일기 시작했다.

"이건 또 무슨 소리야?"

"미쳤군. 일개 수사가 천하제일 성수라니?"

“사매가 화벽남이라면 교산에서 왜 마디충을 제거해 줬겠어.”

교산에서 사매가 구해 준 사람들은 그를 생명의 은인이라고 생각했기에 무턱대고 삿대질하며 분개했다.

“묵연! 죄를 벗어 보겠다고 이런 황당한 말을 지어내 중상모략을 하다니!”

이때 줄곧 미간을 찌푸린 채 함구하고 있던 강희가 입을 열었다.

“화벽남이 사명정이라는 증거가 있나?”

강희가 물었다.

“화벽남은 우리 문파에서 오랫동안 수련해 왔다. 고월야를 나간 적도 거의 없고. 그가 사명정이라면, 어떻게 동시에 두 곳에 있을 수 있느냐?”

254장 천음각, 부침의 연속

"한린성수는 언제나 검은색 복면을 쓰고 다닙니다. 일 년 내내 연단실을 폐관하고 그 안에서 두문불출하죠. 외부와 접촉도 잘 하지 않습니다. 그러니 자기와 체형이 비슷한 사람을 대역으로 삼으면 남들도 쉽게 눈치채기는 어려울 겁니다."

강희가 미간을 좁혔다.

"네 말은, 고월야의 화벽남이 가짜라는 것이냐?"

"가짜일 때도, 진짜일 때도 있습니다. 발각되지 않으려면 진짜와 가짜가 혼재하는 게 가장 빈틈이 없거든요."

강희가 생각에 골몰했다.

"그렇다면 사명정이 진룡기국을 펼칠 수 있다는 말이 된다. 하나 우리 약학 문파는 영력이 높지 않아 이런 술법을 사용할 가능성이 높지 않아."

"강 장문의 말씀이 맞습니다. 진룡기국은 엄청난 영력을 소모해야 하죠. 그래서 이론에는 정통하지만 법력이 약한 화벽남은 혼자 이걸 펼칠 수 없었습니다. 그래서 어쩔 수 없이 서상림과 공모하여…….”

강희가 고개를 흔들었다.

“아니, 서상림은 일전에 그 배후 인물이 자기 친구라고 했다. 죽을 때조차 그의 정체를 밝히지 않았지. 네 말대로 사매가 화벽남이라면 서상림이 바로 알아봤을 것이다. 자신의 환생진을 깨뜨린 사람이 바로 화벽남인데, 서상림이 끝까지 의리를 지킬 이유가 없지 않느냐?”

묵연이 대답했다.

“서상림은 사매와 화벽남이 동일인인지 몰랐으니까요.”

옆에 있던 현경대사가 수염을 매만지며 말했다.

“두 사람은 사이가 각별했는데 어찌 모를 수 있소이까.”

“서상림은 사매를 지기로 여겼습니다.”

묵연이 말했다.

“하지만 사매는 그와 진심으로 우정을 나눌 생각이 없었어요. 이 바둑판에서 서상림은 그저 중요한 바둑돌에 불과했습니다.”

그가 다시 말을 이었다.

“당시 교산 정전에서 화벽남은 부상을 입어 면사 삿갓이 벗겨졌죠. 그때 보았던 얼굴은 피부가 우그러져 극피동물[#14]처럼 추하기 그지없었습니다. 지금 생각해 보면, 그건 그저 정교하게 제작된 가면이었어요. 서상림은 평생 ‘친구’의 얼굴만 보았을 겁니다. 뒤틀린 화상 흉터가 없는 사매의 얼굴을요. 그러니

#14 극피동물 성게, 불가사리 같은 무척추동물

화벽남과 사매를 연결 지어 생각할 수 없었겠죠. 서상림은 죽을 때까지 자신이 친구에게 배신당하거나 이용당한 사실을 몰랐을 테니, 당연히 배후와 진실을 알리지 못한 겁니다.”

강희가 말했다.

“네 말은, 당시 교산에 동시에 나타난 사명정과 화벽남 중 한 사람이 진룡기국의 바둑돌이다?”

“추측하기론 그렇습니다. 하지만 다른 가능성도 있죠.”

“무엇이냐?”

묵연은 고개를 저었다.

“그건 조금 더 생각한 후에 말씀드리겠습니다.”

현경대사가 말했다.

“방금 묵 시주가 한 말이 맞는다고 칩시다. 그래도 빈승은 한 가지 의문이 남소. 화벽남은 서상림의 환생 법진을 막을 이유가 없소. 혹여 그가 서상림에게 원한이라도 있소? 서상림의 소원대로 라풍화가 환생하면 화벽남이 손해 볼 일이라도 있는 것이오?”

묵연이 한숨을 푹 내쉬었다.

“대사님, 서상림이 진법을 펼치고 결국 어떻게 되었는지 잊으셨습니까?”

늙은 중은 대답 없이 고개를 가로저었다.

묵연이 말했다.

“그날 있었던 천열을 보면, 사매는 서상림에게 진짜 환생술을 가르쳐 주지 않았습니다.”

“아…….”

"사매는 줄곧 서상림을 속여 왔어요. 서상림은 자신이 환생법진을 만들고 있다고 생각했지만, 사실 영력이 부족한 화벽남에게 이용당하고 있었던 거죠."

"그럼 화벽남이 가르쳐 준 것은 무엇이오."

"제1 금지 술법입니다."

묵연은 잠시 고민한 후에 결국 입 밖으로 꺼냈다.

"그가 서상림에게 가르쳐 준 것은, 바로 시공생사문입니다."

"!"

이곳에 있는 사람들 중 교산 전투에 참전한 이라면, 당시 하늘 위로 갈라진 시커먼 구멍과, 그 안에서 정체를 알 수 없는 수사들이 수천 명 떼 지어 나오던 장면을 떠올리지 않을 수 없었다.

그게 시공생사문?

묵연이 말했다.

"이것이 방금 제가 말씀드린 두 번째 가능성입니다. 시공생사문이 존재한다면, 화벽남과 사매는 모두 진짜일 수 있습니다. 단지 그중 하나는 이 시공이 아닌, 또 다른 수진계에서 왔을 것이고요."

쥐 죽은 듯 고요한 가운데, 누군가가 다리를 '탁' 치며 박장대소를 터뜨렸다.

"묵 종사, 아이에게 동화라도 읽어 주는 게요? 신화 속에나 존재하는 금지 술법으로 우리를 겁박하다니. 사명정이 두 명이라…… 하하하하! 웃겨 죽겠네."

"맞아요, 그게 말이나 됩니까? 그건 수천 년 전에 명맥이 끊긴 금지 술법 중 최고봉에 속합니다. 누가 터득이나 할 수 있겠습니까?"

"시공생사문의 가장 중요한 구결은 이미 염제의 신목 속에

봉인된 것으로 전해집니다. 혹여 이런 금지 주술을 연마해도 기껏해야 공간문일 뿐, 시공문에는 도달할 수 없어요. 시공문에 도달한다면, 하나의 시공은 다른 시공과 교차되면서 천하에 큰 혼란을 야기할 겁니다!"

묵연은 그들과 논쟁을 벌이는 대신, 자신의 모든 생각만 담백하게 전달했다. 이것이 묵 종사로서 하는 마지막 자백일 수 있었다. 오늘이 지나면 이 사람들은 그에게 어떤 것도 해명할 기회를 주지 않을지도 몰랐다.

묵연은 죄를 인정한다는 말로 원한을 갚으러 온 사람들부터 진정시켰다. 그는 그저 자신이 추측하거나 알고 있는 사실을 이곳의 모든 사람들에게 알려 주고 싶었다. 지금 저들이 믿든 안 믿든 경종을 울려야 했다. 그래야 훗날 혼란이 발생했을 때, 누군가 자신이 했던 말을 떠올리고 늦더라도 혼란을 잠재울 방도를 찾을 것이다.

"다들 본인이 화벽남이라고 생각해 보십시오. 진롱기국과 시공생사문의 핵심 구결을 알고 있는데, 선천적으로 영력이 부족하고 과감하게 일을 벌일 만한 지위도 없다면 다들 어떻게 하시겠습니까?"

사람들 대부분은 묵연에게 반감을 품었기에 그의 말에 호응하고 싶지 않았다.

반면에 강희는 달랐다. 앞서 있었던 일련의 일로 묵연에게 호의적이었고, 무엇보다 고월야 사건에 대해 그 역시 석연치 않음을 느끼고 있었다. 그가 잠시 생각한 후 대답했다.

"……도와줄 사람을 찾겠지."

"누가 도와줄까요?"

"아무도."

묵연이 말했다.

"네, 맞아요. 분명 아무도 없을 겁니다. 그래서 속일 수밖에 없었던 거예요. 특히 서상림처럼 무언가를 간절히 원하는 사람을 속이는 거죠. 그의 힘을 빌려 자신의 계략을 착실히 완성해 나가는 겁니다."

현경대사가 말했다.

"묵 시주, 정말 당황스럽구려. 그 법진이 다른 것일 수도 있지 않소? 시공생사문은 보통 사람이 터득할 수 있는 게 아니외다. 수천 년 동안 아무도 본 사람이 없소. 무엇보다 가장 중요한 구결이 전해지지 않거늘, 누가 터득할 수 있단 말이오?"

"대사님 말씀이 맞습니다. 나 참, 기가 차서!"

"차라리 복희[#15]께서 강림했다고 하지 그러오? 그게 시공생사문의 틈새 얘기와 별반 차이가 없을 것 같으니!"

"이 무슨 귀신 씻나락 까먹는 소린지. 지어내는 것도 정도껏 해야지."

단심전 안이 시끌시끌했다. 이 와중에 누군가 냉소하며 물었다.

"묵 종사, 구구절절 얘긴 다 들었소. 그런데 설마 이런 장황설을 늘어놓는 이유가, 고월야에서 수많은 영웅을 죽인 범인이 실은 시공생사문을 통해 이 세상으로 온 또 다른 당신이란 말이 하고 싶은 게요?"

"……."

#15 복희 伏羲. 중국 신화에 나오는 인류의 시조

그가 말을 못 하자 대전 안의 몇몇 사람이 크게 웃음을 터뜨렸다.

"대단하군, 대단해. 묵 종사가 위기를 모면해 보겠다고 아무 말이나 막 지어내시네."

"한참 변죽만 울리더니, 결국 죄명을 벗어나 보겠다는 속셈이잖아?"

강희는 이런 언쟁은 딱 질색이었다. 그가 몸을 돌려 소매를 털고는, 군중을 선동하는 몇몇 사람에게 불편한 심기를 드러냈다.

"할 말 있으면 나와서 하시오. 음흉하게 이게 무슨 짓이오?"

현경대사가 합장하며 말했다.

"강 장문, 우리가 음흉한 게 아니라 묵 종사의 말이 너무 터무니없어 그렇소. 아무래도 천음각의 심문을 받은 후 처분을 결정하는 게 좋겠소이다."

"그래요. 천음각 각주가 곧 당도할 겁니다. 그녀가 오면 묵 종사와 함께 보내시죠."

강희가 말을 꺼내기 전에 설정옹이 입을 열었다. 심경은 복잡해 보였지만 말투는 준엄했다.

"연이가 한 말로 충분히 설명이 되었다고 생각합니다. 시공문이 정말 열렸을지도 모르고요. 천음각은 용서할 수 없는 죄를 저지른 수사를 심문하는 곳입니다. 진상을 확실히 조사하기 전엔 연이를 데려갈 수 없소."

"맞습니다!"

사생지전의 제자 한 명이 일어났다.

"교산에서 생사를 넘나들며 일전을 벌였습니다. 묵 사형이 여러분을 구하지 않았다면 다들 이리 무탈하게 서 있겠습니까? 묵 사형이 정말 상하수진계를 무너뜨리고 싶었다면 그때 여러분을 교산에 묶어 놨겠지요!"

현경대사가 움찔했다.

"그건……."

누군가 말했다.

"일리가 있습니다. 당시에 우린 모두 교산 통로에 묶여 있었어요. 묵 종사가 어떻게든 방법을 찾아내 우릴 꺼내 주었죠. 정말 우릴 해치려고 했다면 그때 손을 썼을 겁니다."

이 말도 맞았다. 사람들의 고민이 깊어지면서 순간 주변이 조용해졌다.

하지만 '침묵'이 '동의'를 의미하는 것은 아니었다. 이곳에 있는 대다수 사람들은 부모와 친구를 잃어 비통에 휩싸인 사람들이었다. 게다가 당시 교산에서 간신히 목숨을 구한 생존자들은 이후 고월야에서 묵연의 살인을 직접 보지 않았던가. 당시 상황에 대해 의문을 제기한 매함설을 제외하고, 목격자 전부가 묵연을 흉수로 지목했다. 이런 상황에서 그들이 묵연의 죗값을 물을 기회를 포기하고 신화에서나 나올 법한 시공생사문이니 하는 허황된 말을 쉽사리 믿을 수 있겠는가?

그래서 누군가 금세 반박하고 나섰다.

"하지만 그 부분도 석연치 않습니다. 기억나지 않으십니까? 황산에서 묵 종사는 전반적인 정세나 진롱기국에 대해 대단히 정확히 알고 있었습니다. 사명정이 진롱기국을 썼다고 그가 말하지만, 오히려 이 금지 술법을 가장 많이 알고 있는 사람은 묵 종사 본인인 듯하네요."

"옳소!"

반박의 말이 나오자 몇몇 사람이 금세 그 의견에 호응했다.

"게다가 또 다른 일도 있습니다. 여러분은 이상하다는 생각이 들지 않습니까? 묵연이 어떻게 교산의 결계를 열 수 있었을까요? 남궁 가문의 후예도 아닌데요."

말이 끝나자, 단심전 밖에서 맑고 또렷한 여자의 목소리가 들렸다.

"그건 이상할 게 없습니다. 묵 종사 몸에 남궁가의 피가 흐르니까요."

사람들이 일제히 고개를 돌렸다. 말끔한 은청색 경장(勁裝) 차림에 허리에 '천(天)' 자가 새겨진 은패를 찬 호위 부대가 위풍당당하게 들어왔다. 이들을 이끄는 우두머리는 스물일고여덟 정도로 보이는 여인으로, 맑은 눈동자에 하얀 이가 꽃처럼 아름다운 여인이었다. 심지어 수진계 최고 미인인 송추동에 뒤지지 않는 미모를 지니고 있었다. 다만 아름답긴 했지만, 전체적으로 차갑고 냉랭한 분위기를 풍겼다.

그녀를 보는 순간 대다수는 안색이 변했고, 몇몇 장문의 얼굴에선 경외의 빛이 떠올랐다.

오로지 강희만 별다른 반응을 보이지 않았다. 그가 고개를 끄덕였다.

"목 각주, 드디어 오셨군."

이 경장 차림의 여자는 오랫동안 강호에 모습을 드러내지 않은 천음각 각주 목연리였다.

목연리는 천음각의 수장으로, 상하수진계의 주요 안건을 최종적으로 심문했다. 하지만 천음각이 직접 나서는 안건은 그리 많지 않아 십 년, 이십 년 동안 각주가 모습을 드러내지 않는 경우가 대부분이었다.

자주 밖을 나오지 않아 목연리의 피부는 푸르스름한 혈관이 보일 정도로 투명하고 하얬다. 그녀가 대전 안으로 성큼 걸어 들어와 덤덤하게 말했다.

"늦어서 송구합니다."

현경대사가 물었다.

"약속한 시각보다 늦으셨는데, 혹여 천음각에 다른 일이 있었습니까?"

목연리가 고개를 저었다.

"아닙니다. 천음각은 단 한 번도 증거 없이 사람을 잡은 적이 없습니다. 그래서 이곳에 오기 전에 사생지전의 묵 종사에 관해 신상 조사를 해 왔지요."

그녀가 말을 멈췄다. 동그랗고 탐스러운 눈으로 묵연을 싸늘하게 쳐다보고는 붉은 입술을 살짝 벌렸다.

"조사해 보니 사건이 단순하지 않더군요. 묵 종사의 신분도…… 수년 전 상담에서 있었던 일과 관련이 있었습니다."

사람들의 시선이 분주하게 오가더니 누군가 나서서 물었다.

"어떤 사건입니까?"

묵연의 얼굴은 갈수록 창백해졌고, 손바닥에는 식은땀이 배어났다.

그 일이 지금 까발려질 거라고는 전혀 예상하지 못했다.

목연리는 무릎을 꿇고 있는 남자를 도살자처럼 냉담한 시선으로 바라보았다.

"묵 종사, 쓸데없는 말은 하지 않겠습니다. 당신의 신분, 당신의 속셈을 직접 말하겠습니까? 아니면 제가 증인을 불러올까요?"

"……."

묵연은 눈을 감았다.

그가 막 환생했을 때는 평생 걱정 없이 살기 위해서 몇몇을 죽여 후환을 없애야겠다고 생각했다. 하지만 그때는 그럴 만한 힘도, 기회도 없었다. 하지만 막상 훗날 힘과 기회가 생겼을 땐, 사리사욕을 위해 무고한 목숨을 빼앗고 싶지 않았다.

이미 전생에서 자신은 신분을 속이고 손안에 든 패를 지키기 위해 너무 많은 사람을 죽였었다.

그가 침묵하자 목연리가 말했다.

"보아하니 묵 종사는 자백할 마음이 없는 것 같군요."

그녀의 서늘하고 고결한 얼굴에 감출 수 없는 경멸이 떠올랐다. 그녀가 소매를 털고 몸을 돌려 자리에 모인 이들을 바라보며 매력적인 목소리로 말했다.

"그럼 제가 말하죠. 이 명성이 대단한 대종사는 사생지전에 오기 전에 수십 명을 살해한 살인자입니다. 이 극악무도한 죄인은 진작에 벌을 받았어야 합니다!"

"뭐?"

"문파에 들어오기 전에 수십 명을 죽였다고?"

설몽이 눈을 크게 뜨더니 망연자실한 얼굴로 중얼거렸다.

"형……?"

이 크지도 작지도 않은 목소리가 목연리의 귀로 들어갔다. 그녀가 사생지전의 소주를 힐끗 보며 냉랭하게 말했다.

"형?"

"……."

눈 섞인 비가 갈수록 굵어지고, 묵직한 어둠이 조금씩 하늘을 잠식해 나갔다. 촛불이 환하게 밝혀 주는 대전 안에서 묵연은 중압감에 질식할 것만 같았다.

묵연을 바라보는 목연리의 눈빛은 경멸로 가득 찼지만, 설몽을 보는 눈빛은 냉소로 가득했다. 붉은 노을처럼 아름다운 입술을 반짝이며 그녀가 말했다.

"원수를 형으로 알다니, 설 소주가 정말 불쌍하군요."

설몽이 이 말의 의미를 파악하기도 전에, 하늘이 무너지듯 머릿속에서 쿵쿵 굉음이 울렸다. 그가 맑고 투명한 눈을 부릅뜨고 뒤로 한 걸음 물러나 물었다.

"무…… 무슨 원수?"

그가 온몸을 바들바들 떨었다.

"뭔 헛소리를 하는 겁니까……."

목연리는 설몽을 상관하지 않은 채 몸을 돌렸다.

"묵미우는 설 장문의 조카가 아닙니다. 오히려 원수에 가깝죠."

그녀가 말을 멈췄다. 아름답지만 몰인정한 눈빛을 날카롭게 번뜩이며 설정옹과 왕 부인의 얼굴을 훑고 지나갔다. 공정하면서도 잔인한 말이 그녀의 입에서 나왔다.

"설 장문의 조카는 팔 년 전 묵연의 손에 죽었으니까요!"

255장 천음각, 임강선녀

"뭣이라?"

사람들의 낯빛이 일순 변했다.

오로지 묵연만 눈을 감은 채 호수처럼 고요한 모습이었다.

주변이 웅성대기 시작했다.

"이게 대체 무슨 일이야?"

"상담 사건은 또 뭐야?"

"왜 죽인 거래……?"

목연리가 말했다.

"말하자면 깁니다. 게다가 시간도 오래 지나 내막을 아는 사람이 없어요. 하지만 모든 일은 언젠가 다 밝혀지는 법. 천음각이 몇 차례 조사를 거쳐 증거들을 찾아냈습니다."

웅성거림과 경악이 뒤섞인 공간에서, 목연리는 여유롭게 고개를 돌렸다.

"상담에서 찾은 증인은 데려왔느냐?"

시종이 밖으로 나가 살펴본 후에 대답했다.

"각주님, 대전 밖에서 기다리고 있습니다."

"그럼 첫 번째 증인을 데려와라."

첫 번째 증인이 들어왔다. 나이가 지긋한 늙은 장인이 곱사등을 한 채 벌벌 떨고 있었다. 노인은 대전 안에 북적이는 선군들을 본 순간 쿵, 하고 무릎을 꿇고는 연신 머리를 땅에 쿵쿵 박으며 말했다.

"선군 대인을 뵈옵니다……. 선군 대인을 뵈옵니다……."

목연리가 목소리를 누그러뜨리며 말했다.

"어르신, 이곳까지 오시느라 힘드셨을 겁니다. 긴장하지 마세요. 그저 제가 묻는 말에 대답만 해 주시면 됩니다."

노인이 바들바들 떨며 일어나지 못하자, 무비사의 승려가 다가와 의자를 갖다주고 그를 부축해 앉혔다. 하지만 노인은 여전히 두려운지 엉덩이를 반만 걸치고 몸을 한껏 웅크렸다.

목연리가 입을 열었다.

"먼저 두 가지를 물어볼게요. 어르신은 어디 사람이십니까? 무슨 일을 하시나요?"

노인은 이가 딱딱 부딪치는 입을 겨우 열었다. 사투리가 섞인 말투였다.

"저…… 저는 상담에서 왔습니다. 길에서 등롱을 팔고 있고요……."

백발이 성성한 머리부터 낡아 빠진 신발까지, 다들 호기심 어린 눈으로 그를 살폈다. 이들은 등롱을 파는 노인이 과연 어떤 옛일을 털어놓을지 짐작도 되지 않았다.
목연리가 물었다.
"어르신, 꽃등 장사를 한 지는 얼마나 되셨는지요?"
"반평생 넘게 했으니까…… 한 오십 년은 됐겠네요. 자세히는 잘 모르겠습니다……."
"정말 오래되셨네요. 제가 물으려는 일은 오십 년만큼 오래되진 않았어요."
목연리가 묵연을 가리키며 말했다.
"어르신, 저 사람 혹시 기억하시나요?"
노인이 고개를 들어 묵연을 보았다. 건장하고 준수한 얼굴에 기백이 흘러넘치는 모습을 본 노인은 주눅이 들어 금방 시선을 피했다. 잠시 뒤에 머뭇머뭇하며 그를 슬쩍 훔쳐본 후 곁눈질하며 우물거렸다.
"잘 모르겠습니다."
목연리가 말했다.
"몰라도 이상한 게 아닙니다. 그럼 다시 묻죠. 상담 취옥루 부근에서 꽃등을 팔 때, 좌판 옆에서 어르신이 등롱을 만드는 걸 구경 오는 아이가 있었죠?"
"아……."
노인은 눈빛이 흐리멍덩했지만, 그 일에 대해서는 제법 또렷하게 기억나는 듯했다. 그가 탄식하며 고개를 끄덕였다.
"네, 그 아이요. 거의 매일 밤 찾아왔습죠. 제가 만든 등롱을 좋아했어요. 하지만 너무 가난해서 살 수가 없었지요……. 저는 그때 그 아이와 몇 마디 나눴는데, 아이는 말수도 적고 소심했었습니다."

"그 아이 이름이 뭔지는 아시나요?"

"아, 아마…… 묵…… 묵연아?"

방금까지 노인의 말에 귀를 쫑긋 세우던 사람들이 한꺼번에 시선을 묵연에게 돌렸다.

노인이 옛 기억을 더듬으며 웅얼거렸다.

"이름에 '아'가 있었는지는 잘 모르겠네요. 어쨌든 취옥루에 있던 아이였어요……."

설정옹의 낯빛이 어두워지더니, 그가 말을 끊었다.

"연이는 돌아가신 제 형과 기루의 기생 어미[#16] 사이에서 태어난 아들입니다. 목 각주는 이 어르신을 데려와 진술케 하는 이유가 대체 뭡니까?"

"기생 어미?"

노인이 멈칫하더니 손을 휘휘 저었다.

"아이고, 아니에요. 기생 어미 아들도 성이 '묵'이었지만, 이름이 묵염이었어요. 당시에 유명한 골목대장이었거든요."

노인이 말을 하며, 등이 굽은 채로 고개를 숙이더니 이마에 난 상처를 가리켰다.

"이게 그놈이 벽돌을 들고 내리친 상처예요. 어찌나 성질이 고약한지, 제멋대로인 데다 까불까불했죠."

설정옹의 얼굴빛이 변했다.

"묵…… 염?"

왕 부인이 다급히 물었다.

#16 기생 어미 기생들을 키우고 관리하는 나이 많은 여자

"어르신, 잘못 아신 거 아닌가요? 한 글자 차이니까요. 기생 어멈의 아이가 묵연이었나요, 아니면 묵염이었나요?"

"……묵염이었습니다."

노인이 잠깐 생각하다가 고개를 끄덕이며 쐐기를 박았다.

"틀림없어요. 기억을 못 할 리가 없어요. 묵염이었습니다."

설정옹의 몸이 살짝 앞으로 기울어져 있었는데, 이 말을 듣고 순간 굳어지더니 맥없이 쓰러졌다. 눈빛은 초점을 잃어 멍한 상태였다.

"묵염이라니……."

목연리가 계속 물었다.

"그럼 어르신의 꽃등을 보러 온 아이는 취옥루에서 무엇을 했습니까? 기억하세요?"

"아, 구체적인 건 저도 잘 모릅니다. 어렴풋하지만, 주방에서 음식 만드는 걸 도왔던 거로 기억합니다."

노인이 말했다.

"평판은 그리 좋지 않았어요. 늘 꾀죄죄한 데다 손님 물건을 자주 훔쳤다고 들었습니다."

그가 골똘히 생각한 후 무언가 생각이 났는지 안색이 크게 변했다.

"아, 기억났어요. 그 아이는 정말 싹수가 노랬죠. 크고 나서는 갈수록 삐뚤어졌습니다. 나중에는 한 처녀를 능욕했다가, 그 처녀가 자결했다 들었습니다."

"뭐?"

살쾡이를 태자와 바꿔치기한 것도 기함할 일인데,[#17] 묵연이 예전에 양갓집 규수를 더럽혔다는 말까지 듣자 다들 분노가 극에 달했다.

자식을 둔 수사들은 즉시 분노하며 이를 갈았다.

"세상에…… 위풍당당하신 묵 종사께서 인두겁을 쓴 짐승이었을 줄이야!"

"구역질이 다 나는군!"

"죽여도 시원찮을 놈이네!"

묵연은 아무 말도 하지 않고, 이 노인이 하는 말을 가만히 듣고만 있다 옛 기억에 잠겼다.

전생에 묵연이 수진계의 피비린내 나는 사건을 들추려고 했을 때도 천음각은 막으려고 시도했었다. 당시 목연리에게 붙들려 온 이 노인은 범인으로 묵연을 지목했었다.

당시에 내가 어떻게 했더라?

태평하게 웃었던 것 같다.

그러고는 고개를 돌려 설정옹과 왕 부인을 보고 비틀린 웃음을 지으며 조롱했다.

"그게 왜요? 제가 밉습니까? 절 내치시려고요? 제 사존처럼 그게 뭐냐, 저급하고 구제불능이라고 욕이라도 하실 겁니까?"

그때 묵연은 진롱기국을 몰래 익히고 있었는데, 거의 발각 직전까지도 설정옹은 그를 믿었다. 그러나 이때에 이르고 나서야 설정옹도 분노하며 벌떡 일어나 피를 토하더니 눈을 부릅뜨

#17 살쾡이를 태자와 바꿔치기한 것도 기함할 일인데 송 진종의 비빈인 유비劉妃가 태감과 짜고 이비李妃가 낳은 아이와 껍질을 벗긴 살쾡이를 바꿔치기한 비사가 있다. 이 아이는 무사히 자라 후에 송 인종이 된다.

며 호통쳤다.

"썩을 놈! 이 짐승만도 못한 놈!"

묵연은 그의 말에 하하, 크게 웃었다. 건방지고 통쾌한 웃음이었다.

그는 눈물을 찔끔할 정도로 웃어 댔다.

소녀를 능욕해?

설정옹이 믿었다.

설정옹도 믿다니!

하하하! 어느새 묵연이 쥐어짜듯 웃음을 짓더니 아예 자포자기한 사람처럼 잘생긴 얼굴을 일그러뜨렸다.

"맞아요, 제가 그런 잔인무도한 짓을 저질렀어요. 백부 조카도 제가 죽였고, 그 불쌍한 소녀도 제가 농락해 죽였어요. 왜요? 백부가 하늘을 대신해 정의 실현이라도 하시게요? 나를 죽여서……."

말을 마치기도 전에 명치에서 아릿한 통증이 느껴졌다.

화가 머리끝까지 차오른 설정옹은 묵연의 말이 끝나기도 전에 그에게 달려들었다. 증오와 눈물이 담긴 눈을 흉흉하게 번뜩이며 부채 끝으로 묵연의 가슴을 찌른 것이다.

묵연은 살짝 당황하다가 이내 입꼬리를 살짝 올리며 얕은 미소를 지었다. 그는 고개를 숙인 채 옷이 피로 물드는 것을 지켜보며 한숨을 토했다.

"백부님, 그토록 오랫동안 백부님이라고 불러 드렸는데, 결국엔 저를 믿지 않으시네요."

"닥쳐라!"

묵연이 미소를 지으며 어깨를 들썩거렸다.

"됐어요, 어쨌든 내 몸에는 다른 가문의 피가 흐르니까. 그러니 이 유명무실한 집도, 사생지전도…… 더는 미련을 가질 게 없네요."

피가 사방으로 튀고 얼굴이 피로 얼룩졌다.

묵연은 자기 앞에 쓰러진 설정옹을 보며 머리가 욱신거렸다. 설정옹을 죽이고 싶지 않았는데, 그가 제 화에 못 이겨 달려드는 바람에…… 죽음을 자초한 것이었다. 묵연은 잠시 침묵한 후, 핏줄이 터진 눈동자를 들어 슬픔에 넋이 나간 왕 부인을 싸늘하게 바라보았다. 그는 혀로 입가를 핥고는 백부의 시체를 넘어 백모한테 다가갔다.

숨이 끊기지 않은 설정옹이 그의 옷자락을 꽉 움켜잡았다.

이 중년의 남자는 무척 분노한 듯 보였고, 그보다 슬픔과 괴로움이 더 큰 듯했다.

당시 광기에 휩싸인 묵연은 백부의 눈빛에 담긴 의미를, 눈물이 맺힌 이유를 알지 못했고, 알고 싶지도 않았다.

설정옹이 말했다.

"하지 마라……. 해치지 마……."

"백모님도 봤으니 죽여야죠."

묵연은 차분했고 평온했다.

"하지만 설몽은 없으니까…… 백부가 날 키워 준 은혜를 생각해서 그놈의 목숨은 남겨 둘게요."

왕 부인이 발버둥 친다고 묵연이 눈이나 깜빡하겠는가?

하물며 그녀는 발버둥 칠 힘도 없었다. 그녀는 그저 울기만

했다. 그녀도 남편과 똑같은 말을 내뱉었다.

"짐승만도 못한 놈."

칼이 그녀의 몸을 파고들자 피가 꿀렁꿀렁 흘러나왔다. 그녀는 의식이 점차 사라질 즈음 묵연을 바라보며 중얼거리듯 말했다.

"연아, 어째서……."

그때 묵연도 손을 떨었다. 그렇게 바들바들 떨면서, 결국 백모를 찌른 칼을 뽑았다. 그가 고개를 숙여 자신의 손을 바라보았다. 손은 땀으로 흠뻑 젖어 있었고, 피로 물든 비수가 손에 들려 있었다. 피비린내가 진동했다.

뜨거웠다.

하지만 곧바로 식어 버렸다.

그가 말한 집이나 가족처럼.

그는 처음부터 불안했다.

설몽도, 설정옹도, 왕 부인도 제 가족이 아님을 알고 있었다.

그들의 조카는 제 손에 죽었으니까.

"어처구니없군!"

갑작스러운 고함에 묵연의 회상이 끊겼다.

묵연은 망연자실한 얼굴로 고개를 들었다. 대전 안을 쭉 훑어보다가 설정옹에게 시선이 멈췄다.

설정옹이 말하고 있었다.

"내가 키운 아이오. 그러니 내가 제일 잘 알지. 이 아이가 무고한 소녀를 능멸했을 리 없소이다. 아무 근거도 없이 사람을 함부로 모함하지 마시오!"

"……."

묵연은 멍해졌다. 뭉클함이 울컥하고 올라왔다.

그가 눈썹을 파르르 떨며 눈을 감았다.

달랐다.

두 번의 생은…… 많은 것이 달랐다.

그 노인은 화들짝 놀라 의자 밑으로 털썩 굴러떨어졌다. 그가 바닥에 연신 머리를 조아리며 말했다.

"아니, 아닙니다. 저는 거짓을 고하지 않았습니다요. 선군께선 노여움을 거두어 주십시오. 저는…… 저는 단지…… 정말……."

그는 가련한 장인일 뿐이라 이런 상황이 낯설기만 했다. 일대 문파의 수장에게 질책을 받자 안색이 흙빛으로 바뀌더니 말도 제대로 하지 못했다.

설정옹이 당장에라도 터질 듯한 흉흉한 기운을 풍기며 낮게 일갈했다.

"썩 나가시오."

"……."

"나가라니까!"

노인이 얼른 일어나 나가려는데, 천음각 사람이 그를 잡았다. 노인은 이도 저도 못 한 채 바닥에 털썩 주저앉아 사시나무 떨듯 떨면서 혼잣말을 중얼거렸다.

"아이고, 이게 대체 무슨 일이래……."

목연리가 말했다.

"설 장문은 노기를 가라앉히세요. 어르신도 무서워하지 마시고요. 천음각은 천하의 억울한 누명을 벗겨 주는 일을 사명으로 생각하고 있습니다. 무고한 사람에게 죄를 뒤집어씌워 다치게 하지 않아요."

그녀가 말을 멈추고 노인을 일으켰다.

"어르신, 말씀 마저 하세요."

"전 할 얘기가 없습니다요……."

노인은 심장이 벌렁거려 더는 할 말도 없었다.

"제발 도사님들, 승려님들 저를 좀 놓아주십시오. 저는 정말 더 할 말이 없습니다. 기억도 가물가물하니 좋지 않고요."

이 팽팽한 긴장감 속에서, 줄곧 침묵을 지키던 묵연이 갑자기 설정옹을 보며 머리를 박고 절을 했다.

이 행동의 의미는 말하지 않아도 짐작할 수 있었다. 설정옹과 설몽은 순간 한 마디, 심지어 한 글자도 목구멍 밖으로 낼 수 없었다. 왕 부인이 믿기 힘든 얼굴로 중얼거렸다.

"……연아?"

묵연이 말했다.

"교산에 있을 때, 사생지전으로 돌아와 백부님께 말씀드리려고 했습니다. 하나 일이 이렇게 될 줄은 몰랐네요."

"……."

묵연의 눈빛은 무척이나 평온했다. 평온하다 못해 죽은 듯이 고요했다.

"목 각주께서 오늘 이리 오신 거로 보아, 증인이든 증거든 모두 모으셨으리라 생각합니다. 말하지 못할 것도 없지요. 맞습니다, 저는 사생지전의 둘째 소주가 아닙니다."

그가 숨을 고르고 내뱉은 탄식 섞인 말 한마디가 대전에 깃털처럼 떨어져 웅장하게 울려 퍼졌다.

“저는 유풍문의 72개 성 중, 아홉 번째 성의 성주(城主)인 남궁엄의 아들입니다.”

“뭐?”

사람들이 모두 경악했다.

“여러분 모두 사건의 자초지종을 듣고 싶은 것 아닙니까?”

묵연은 눈을 감았다.

“……그때 취옥루에서 일어난 화재 사건은 제가 불을 지른 게 맞습니다. 수십 명이 저 때문에 목숨을 잃었어요.”

왕 부인이 눈물을 머금고 말했다.

“연아, 어째서…… 어째서…….”

“하지만 상담의 한 두부 점포에서 일하던 소녀의 죽음은.”

여기까지 말한 그가 잠시 침묵을 지켰다.

지난 생에선 아무도 사건의 진상을 들으려고 하지 않았다.

다들 자신에게 화를 내고 욕을 했기에 굳이 해명하고 싶지도 않았다. 어떻게 해도 남들 눈에 비친 자신은 극악무도한 죄를 저지른 파렴치한 악마였으므로, 여기에 피 한 방울 더 묻힌다고 달라질 건 없었다.

그렇지만 이번 생은 달랐다. 그는 말하고 싶었다.

“그 소녀는 제가 해치지 않았습니다.”

단심전이 정적에 휩싸였다. 다들 묵연을 노려보며, 아무도 모르는 해묵은 옛 사건의 전말이 밝혀지기를 기다렸다.

목연리도 수려한 눈썹을 추켜세운 채 물었다.

“그럼 사건에 다른 내막이 있는 건가요?”

"네."

목연리가 대답했다.

"말하세요, 듣고 있을 테니."

묵연은 고개를 저었다.

"두부 점포의 소녀가 요절한 일을 말하기 전에, 중요한 한 사람에 대한 얘기부터 하고 싶습니다."

"누굽니까?"

"영인이요."

말을 하던 묵연의 눈빛이 부드러워졌다. 그가 벌어진 창문 틈 사이로 저 멀리 하늘가를 쳐다보았다.

"……당시 상담에는 비파를 연주하는 두 명의 젊은 여인이 있었습니다. 한 사람은 순풍약이고 다른 한 사람은…… 성은 단, 이름은 의한이었죠."

주변의 많은 사람들이 두 이름을 떠올리며 꿈인 듯 아련한 표정을 지었다.

"……순풍약…… 단의한…… 아! 당시에 1, 2등을 다투던 악선(樂仙) 아니야?"

"맞아요. 두 사람 모두 상담에서 공연했던 거로 기억해요. 사람들이 임강쌍선[#18]이라고 불렀죠."

"풍약의 노래는 봄날처럼 구성지고, 의한의 춤은 흐트러진 꽃과 같다고들 하지."

누군가 수염을 매만지며 탄식했다.

"내가 그때 서른이었는데, 두 사람의 명성은 그야말로 하늘

#18 **임강쌍선** 임강의 두 선녀

을 찔렀소. 하지만 한 곡도 청하기 어려웠지. 공연할 때마다 악방 전체가 물 샐 틈 없이 붐볐다고 하더군."

누군가 말했다.

"두 악선이 그때 실력을 겨루지 않았나요?"

묵연이 말했다.

"네, 맞습니다. 순풍약이 단의한보다 두 살이 적고 이 년 늦게 악방에 들어왔어요. 당시에 그녀는 자부심이 대단했습니다. 단의한과 함께 이름이 거론되는 걸 못마땅하게 생각했어요. 그래서 도전장을 내밀었죠. 단의한과 취옥루에서 연주 세 곡, 춤 세 곡을 선보여 누가 더 기량이 뛰어난지 알아보기로 한 겁니다."

"누가 이겼는가?"

"무승부였습니다."

묵연이 말했다.

"하지만 이때 이후 두 사람은 둘도 없는 친구 사이가 되었어요. 순풍약과 단의한은 같은 악방의 영인은 아니었지만, 언니 동생 하며 자주 왕래했습니다."

누군가 참지 못하고 물었다.

"뭐 이리 쓸데없는 말이 많습니까? 뜬금없이 두 여자 얘기는 왜 꺼내는 거요?"

묵연이 그를 흘끔 쳐다본 후 대답했다.

"단의한은 제 어머니입니다."

256장 천음각, 여인의 절개

"……!"

"뭐?"

당시 단의한이 비파를 들고나오면 대갓집 자제들이 앞다퉈 비단을 주는 바람에, 한 곡조가 끝나면 붉은 비단이 무수히 쌓였다고 한다. 그렇게 당대를 풍미한 악선이 어머니라고?

"어머니는 당시 인연이 닿아 남궁엄을 만났습니다. 남궁엄은 유풍문의 아홉 번째 성의 성주였죠. 그 사람은 시와 곡조에 밝고 말솜씨도 좋았으며 생김새도 준수했습니다."

묵연은 잠시 숨을 고르고 말을 이었다.

"안타깝게도 어머니가 그 사람을 연모하게 되었죠."

설몽이 옆에서 연신 고개를 가로저으며 중얼거렸다.

"어떻게 이런 일이……."

"자신에게 호감을 보이는 미인을 남궁엄이 어찌 거절하겠습니까."

묵연이 말했다.

"하지만 그는 지위도, 신분도 높은 사람이었기에 자기 정체를 일개 악사에게 함부로 발설할 수 없었습니다. 그래서 제 어머니에게 자신을 임기의 장사꾼이라고 속인 뒤 상담에 머물렀어요."

"그래도…… 어쨌든 혼인을 약속했고 밤낮으로 함께했을 텐데, 어머님이 눈치를 못 챘습니까?"

묵연이 냉소했다.

"어머니께서 눈치를 챘더라면 이후의 일들은 일어나지 않았을 겁니다. 남궁엄이 그럴듯하게 거짓말을 한 데다 상담에 머문 기간도 짧아서 눈치챌 수가 없었습니다. 시간이 지나 임기에서 연통이 왔어요. 남궁엄은 그 길로 서둘러 상담을 떠났습니다."

"어머님은 어디로 갔는지 물어보진 않았고요?"

"야반도주를 했습니다. 작별 인사도 하지 않았죠. 수개월을 연인 사이로 지냈지만, 남궁엄이 남긴 것은 약간의 은자와 '염려하지 말거라'라고 적힌 종잇조각이 전부였습니다. 사람은 완전히 증발한 채로요."

이때 여수사가 한숨을 내쉬었다.

"악방의 가희나 극단의 영인들은 사람의 진심을 얻기가 가장 힘들죠. 정말 안타깝네요."

말을 마친 여수사는 이어서 물었다.

"그 뒤에는 어떻게 되었나요? 종사의 어머님은 그 무정한 남자를 찾아갔나요?"

묵연이 고개를 흔들었다.

"제 어머니는 성정이 온화하고 선량하십니다. 다소 유약하기도 했고요. 어머니는 버림받은 괴로움을 홀로 삼킬 뿐 남자를 찾아가지 않습니다……. 하지만 얼마 못 가 아이를 가졌다는 걸 알게 되었죠."

왕 부인이 이 말에 '아' 하고 탄성을 내질렀다. 슬픈 눈으로 묵연을 바라보았지만, 할 말을 찾진 못했다.

"악방은 어머니더러 남으라고 했습니다. 하지만 조건을 달았죠. 아이를 낳지 말라는 거였어요. 아이를 낳은 여자는 춤을 출 때 그다지 아름답지 않으니까요. 그들이 밑지는 장사를 할 리 없잖아요."

묵연은 눈을 감았다.

"어머니는 거절했습니다. 관사 어멈은 풀어 주는 대가로 그녀에게 엄청난 몸값을 요구했죠. 그래서 어머니는 그동안 모은 재산이며 갖가지 보석, 당시에 신고 있던 비단 신발까지 모두 악방에 내주어야 했습니다. 자유의 몸이 된 어머니는 아버지를 찾으러 임기로 갈 생각이셨어요."

왕 부인이 작은 목소리로 말했다.

"무일푼 여인이 어찌 혼자 임기까지 간단 말이니?"

묵연이 말했다.

"도와준 사람이 있어요."

"누구?"

"순풍약이요."

묵연이 말했다.

"순 누님은 어머니가 악방을 떠났다는 소식을 접한 후 한달음에 달려왔어요. 밤새도록 어머니를 쫓아 성을 나온 누님은 자신이 가지고 있던 돈을 모두 어머니한테 주면서 말했죠. 아버지를 찾지 못하면 취옥루에 와서 같이 지내자고요."

현경대사가 탄식을 뱉었다.

"의리가 대단하오. 연약한 여인이라고 얕볼 게 아니군요."

강희가 물었다.

"이후에는? 어머님께서 남궁엄을 찾았는가?"

묵연이 잠시 침묵하더니 비웃음을 날렸다.

"찾았습니다. 남궁엄의 신분과 이름 모두 가짜였지만, 어머니한테는 식은 죽 먹기였어요."

누군가 깜짝 놀라 물었다.

"네? 그런 신통한 능력도 있었습니까?"

"아니요, 그저 우연의 일치였을 뿐입니다."

사람들이 의아한 눈빛으로 저마다 힐끔힐끔 눈치를 보았다.

"그런 우연이 있을 수 있을까요? 유풍문의 성주는 대체로 얼굴을 외부에 잘 안 내비치는데."

"맞습니다. 잘 내비치지 않죠……."

묵연의 얼굴에 안개가 꼈다.

"하지만 혼례와 아이의 만월[#19]에는 유풍문도 성루에서 연회를 열어 축하를 받지 않습니까?"

사람들은 당황했다.

#19 만월 아이가 태어난 후 한 달이 되는 시기. 보통 '만월례'라는 축하연을 연다.

"남궁엄이 받았던 연통이라는 게, 그럼 혼례를 위해 빨리 돌아오라는 거였습니까?"

어떤 사람이 기억을 떠올렸다.

"아, 생각났습니다. 남궁엄이 부인으로 맞이한 사람은 대부호의 여식이었습니다. 아마 어쩔 수 없이 정혼한 가희를 버리고 부잣집 여식과 혼례를 올렸나 봅니다……."

묵연의 눈빛이 금방 차갑게 변했다.

"어쩔 수 없는 게 아니었습니다. 혼례를 독촉받은 것도 아니고요. 그때 그는 오히려 기쁜 소식을 받았거든요. 유풍문의 장문이 보낸 거였죠. 부인이 곧 출산할 예정이니 돌아오라고요."

계속 침묵한 채 듣고만 있던 설정옹의 낯빛이 크게 변했다.

"그렇다는 얘기는 남궁엄이 상담에 왔을 때, 이미 부인이 있었단 말인가?"

"네."

묵연은 난처함에 눈을 아래로 내리깔았다. 이런 민감한 얘기에도 그는 그다지 괴로운 기색 없이 차분하게 말을 이었다.

"당시 남궁엄의 부인이 아이를 가졌는데, 몸이 좋지 않아 유산할 가능성이 컸습니다. 남궁엄은 이 때문에 기분을 전환하러 외출했다가 제 어머니를 만났고, 금방 사랑에 빠졌죠. 그는 미혼이라 속인 채 어머니의 환심을 샀습니다."

누군가 화가 나 발을 동동 구르며 말했다.

"이런 금수만도 못한 놈!"

"안사람이 아이를 가졌는데, 자기는 놀러 나간 것도 모자라 밖에서 아이까지 낳다니, 어찌 이럴 수가!"

"단의한이 정말 된통 당했네. 남궁엄이 그녀를 알아보았는가?"

말하지 않아도 알 수 있었다. 다들 울분을 터뜨렸고, 묵연을 향한 시선에도 약간의 연민이 담겨 있었다. 하지만 묵연은 남들이 자신을 어떻게 보든 개의치 않았다. 그는 어머니에 대한 얘기를 담담히 털어놓았다.

두 번의 생을 사는 내내 가슴에 묻어 둔 이야기였다. 처음으로 사람들 앞에서 밝힌 묵연은 아프기도 했지만, 어딘가 후련한 마음도 들었다.

묵연이 말했다.

"그때 임기에서 제법 큰 규모의 유수석[#20]이 열렸습니다. 다들 유풍문 성주의 아들 탄생을 축하했죠. 어머니는 그 앞까지 가서 화려하게 장식된 각루를 바라보았어요. 남궁엄은 부인을 안고 아래에 있는 백성들한테 인사를 건넨 후 과일과 희병[#21]을 뿌렸죠. 이에 어머니는…… 더는 아버지를 찾지 않았습니다. 하지만 성에 도착했을 때 이미 노잣돈을 다 쓴 터라 상담으로 돌아갈 돈이 없었습니다. 반년이 흘러 임기의 허름한 곳간에서 저를 낳았고요."

강희가 물었다.

"그럼 이후에 상담의 취옥루로 돌아간 것이냐?"

묵연이 고개를 저었다.

"제가 태어났을 때 몸이 굉장히 좋지 않았습니다. 달을 차고 태어난 게 아니어서 날 때부터 몸이 약했죠. 상담으로 돌아갈 수 없었어요. 어머니는 제 병을 고쳐 보려고 성내 의원을 샅샅

#20 유수석 流水席. 자리를 정해 두지 않고 손님이 아무 때나 와서 먹고 가도록 하는 연회 방식
#21 희병 喜餅. 경삿날에 하객에게 주는 월병

이 찾아다녔으나 아무도 어머니를 도와주지 않았습니다……. 어머니는 어쩔 수 없이 저를 안고 남궁엄을 만나러 유풍문으로 갔습니다.”

그해, 가녀린 어머니는 새끼 고양이 같은 신생아를 안고 온갖 고초를 겪은 후 정인 앞에 섰다.

그 남자는 기뻐하기는커녕 질겁하며 당황스러워했고, 심지어 분노하기까지 했다.

그에게는 이미 젊고 아리따운 아내와 귀한 자식이 있었다. 부인은 명성이 자자한 대부호의 여식이었고, 그녀가 낳은 아들은 토실토실하고 사랑스러웠으며, 온 가족이 화목했다. 그의 눈에 비친 단의한은 쥐똥보다 못했다. 자신의 명성에 흠집을 내고 가문의 평화를 깨는 사람으로만 비쳤다.

그녀가 좋은 마음일 리 없다고 생각했다.

그러니 그가 무슨 이유로 두 사람을 인정하겠는가?

그녀가 일을 크게 만들 것을 우려한 남궁엄은 그녀에게 충분한 돈을 쥐여 주며 아이를 데리고 유풍문에서 당장 나가라고 윽박질렀다. 단의한은 마지막 희망을 안고 눈물을 흘리며 말했다.

“아이에게 아직 이름이 없어요. 혹시…….”

남자는 분노에 가득 찬 눈으로 차갑게 말했다.

“썩 꺼지거라! 빨리! 이놈은 내 자식이 아니다. 내 얼굴에 먹칠하는 것도 유분수지. 얼른 꺼져!”

남궁엄은 단의한을 문밖으로 우악스럽게 밀쳐 냈다.

그런데도 그녀는 슬퍼하고 있을 여유가 없었다. 품 안의 어린아이는 울음소리까지 꺼져 갈 지경이었고 손발도 얼음장처럼 찼다. 숨이 간당간당한 새끼 고양이처럼 그녀의 품에 몸을 말고 있었다.

그녀가 아이를 불렀다. 아이가 칠흑 같은 눈동자를 뜨고 멍하니 그녀를 바라보았다. 아이는 지나치게 얌전하고 조용했다.

그녀가 눈물을 참으며 아이를 안고 의원으로 향했다.

의원은 재차 찾아온 그녀를 향해 호통부터 쳤다.

"대체 몇 번을 말하오! 예가 무슨 좋은 일 하는 데인 줄 아시오? 돈도 없이 아이를 진맥해 달라니……."

그녀가 허둥대며 남궁엄에게 받은 돈을 꺼냈다. 품에 있는 아이가 놀랄까 봐 황급히 돈부터 건넨 것이다.

그녀는 애처로운 눈빛을 보내며 연신 고개와 허리를 굽신거렸다.

"돈 여기 있어요. 의원님, 돈 가지고 왔습니다. 제발 제 아이를 구해 주세요. 보세요, 아이가 이렇게 어린데……."

의원도 못된 사람은 아니었다. 다만 앞서 이 여자가 계속 귀찮게 하기도 했고, 아이에게 쓸 고약과 약초 값도 상당했기에 모질게 거절한 것이었다. 그런데 이렇게 충분한 돈을 주었으니 그의 태도도 한층 친절해질 수밖에 없었다.

탕약을 달이고 침과 뜸으로 치료했다.

아이의 병세가 위중했기에 의원에 머물며 치료를 받아야 했다.

묵연의 병세는 좋았다가 나빴다가 들쑥날쑥했다. 그렇게 수개월 동안 투병 생활을 한 끝에 마침내 건강을 회복했다. 이때 단의한에게 남은 돈은 얼마 없었다. 그녀는 의원에게 감사의 인사를 전한 뒤 아이를 안고 나왔다. 이제 막 겨울이 오려고 했기에, 그녀는 아이가 또다시 병에 걸릴까 봐 솜옷과 이불을 만들었다.

이를 다 만들고 나니 수중에 땡전 한 푼 없어 그녀는 상담으로 돌아갈 수 없었다. 하지만 단의한은 버려진 곳간 안에 앉아 손가락을 말아 쥐고 자기를 보며 천진하게 웃음 짓는 아이를 보며 위안과 행복을 느꼈다.

그녀는 만족할 줄 아는 사람이었다.

"네 이름을 뭐라고 부르면 좋을까?"

아이는 옹알옹알 댈 뿐 말을 하지 못했다.

단의한은 모닥불을 피워 놓고 그 옆에서 아이를 안고 놀아주고 있었다.

아이가 웃자 그녀도 따라서 웃었다.

불꽃이 탁탁 타들어 갔다. 낡고 허름한 곳간이지만, 불을 땐 것만으로도 그녀는 따뜻함을 느꼈다. 그녀가 아이의 앙증맞은 얼굴을 쓰다듬고 간지럼을 태우자, 묵연은 작은 발을 차면서 까르르 웃어 댔다.

그녀가 잠시 생각한 뒤 말했다.

"'연'이라고 지어야겠다."

묵연이 손가락을 빨며 까맣고 똘망똘망한 눈동자로 그녀를 바라보았다.

단의한의 얼굴에 쓸쓸함이 묻어났다.

"네 성을 어떻게 지어야 할지 모르겠구나. 남궁씨로 할 수도 없고 이 어미 성을 쓸 수도 없으니. 이 어미는 악방의 어멈이

지어 준 거란다. 내 성을 쓰는 게 이상할 거야……. 그냥 '연'이라고 불러야겠어. 아가야, 어때?"

묵연은 까르르 웃으며 손가락을 잡은 채 고개를 끄덕이지도, 흔들지도 않았다.

"연아, 봄이 오면 집으로 돌아가자꾸나."

단의한은 아이의 부드러운 머리칼을 매만지며 말했다.

"이 어미는 비파를 연주할 수 있어. 춤도 출 수 있고. 그곳에 순풍약이 있는데, 이 어미랑 친자매처럼 지내는 사람이란다. 분명 널 좋아할 거야. 연이가 말 잘 듣고 이모라는 말부터 배워 두면…… 아, 아니다. 걔는 성격이 고약해서 누나라고 부르는 게 좋을 거야. '만나면 순 누나, 안녕하세요'라고 해야 한다. 그래야 사탕을 먹을 수 있어. 알겠니?"

그녀는 아이의 고사리 같은 손가락을 잡고 흐뭇해했다.

"연아, 겨울이 곧 지날 거야. 날이 따뜻해지고 꽃이 피면 우리 집에 돌아가자."

하지만 그 겨울은 너무나 길었다.

게다가 그해에 흉년이 들었다. 하수진계에 잡귀들이 설쳐 대는 바람에 임기는 방위를 강화하고 민간의 출입을 엄하게 금지했다. 이런 이유로 단의한은 상담으로 돌아갈 수 없었다.

그녀는 입에 풀칠하기 위해 가게에서 돈을 벌기 시작했다. 하지만 세상에 비밀은 없다고, 누군가 남궁엄의 부인에게 남편의 여자에 대해 귀띔했다. 이로 인해 얼마 못 가 단의한은 일하는 만두 가게에서 이유도 듣지 못한 채 쫓겨났다.

이후 어느 곳에서도 단의한을 받아 주지 않았다. 임기에서 일할 가게를 찾지 못하자, 그녀는 어쩔 수 없이 어린아이를 데리고 기예를 팔거나 동냥을 하기 시작했다. 그녀가 길거리에서 구성지게 노래를 부르고 있을 때, 남궁엄은 호화로운 옷차림에 수행원을 이끌고 몇 번이나 그녀 앞을 쌩 지나쳤다.

그는 양심의 가책을 느꼈고 그녀를 피하고 싶었다.

사실 그럴 필요가 전혀 없었다. 단의한은 유약한 여인이었지만, 성격이 대쪽 같았다. 그녀는 노래만 부를 뿐 그에게 눈길 한번 주지 않았다. 이런 사람이 길에서 우연히 만난 옛 정인에게 무정하다며 눈물 콧물 짤 리는 더더욱 없었다.

그는 이 비파를 연주하는 여인이 왜 이리 고고한지 이해할 수 없었다.

"얼굴에는 눈물 자국 가득하고, 옷은 남루하나 표정은 자애롭구나. 처음 만나 모르는 사이인데, 왜 이리 뚫어지게 바라보는 것인가?[#22]"

이따금 그녀 앞을 지나는 사람들이 동전을 1닢씩 주기도 했다.

당대 최고라 불린 악선 낭자는 고개를 숙이고 복을 빌어 준 다음 부드럽게 말했다.

"나리, 감사합니다."

이렇게 하루하루가 흘렀지만 하수진계의 재앙은 끊이질 않았다. 임기는 멀리 떨어져 수수방관만 했고, 방어벽은 여전히 높다랬다.

그렇게 오 년이 흘렀다.

#22 얼굴에는 눈물 자국 가득하고, 옷은 남루하나 표정은 자애롭구나. 처음 만나 모르는 사이인데, 왜 이리 뚫어지게 바라보는 것인가? 중국 원 말 · 명 초의 희곡 〈백토기(白兎記)〉에서 인용. 〈백토기〉는 중국 5대 16국 시대 후한을 세운 유지원에 관한 이야기로, 무명 고아의 출세 이야기와 함께 그에게 버려진 조강지처가 겪은 쓰라린 삶에 관한 이야기를 담고 있다.

묵연은 다섯 살이 되었다.

하루는 남궁엄이 부인과 크게 다투고 답답한 마음에 거리를 이리저리 노닐다가 서시장을 돌아다녔다. 날씨가 맑은 날이었다. 그가 뒷짐을 지고 흥에 겨운 얼굴로 장식 가게, 간식 가게 등을 둘러보았다. 그러다가 커다란 고목 아래서 내기 바둑을 두는 노인들을 발견했다.

임기는 안락하고 풍족한 곳이었다. 하수진계에 얼마나 많은 사람이 죽었든 그게 무슨 상관인가? 이들은 이곳에서 백 년을 하루같이 가무를 즐기며 태평하게 사는 사람들이었다.

남궁엄은 다가가 노인들의 내기 바둑을 구경했다.

평상복을 입고 나온 그를 아무도 알아보지 못했다. 남궁엄은 유쾌한 얼굴로 옆에서 온갖 훈수를 두었고, 결국 짜증이 난 노인들이 그를 쫓아냈다.

남궁엄은 자존심도 상하고 기분도 언짢았다. 그는 몇 걸음 더 걸어가 커다란 나무 아래에 멈춰 서서 나뭇가지에 걸려 있는 금실로 수놓은 새장을 바라보았다. 새장 안에는 동박새가 지지배배 울고 있었다.

햇살이 좋았던 덕분인지 그는 한결 기분이 좋아졌다. 남궁엄은 나무 아래에서 생각에 잠겼다. 문득 오 년 전, 상담의 기루에서 만났던 상냥하고 온화한 아가씨가 떠올랐다.

그가 고개를 한쪽으로 기울이고 동박새를 만지며 말했다.

"너, 상담의 곡조를 부를 수 있느냐?"

동박새는 그저 낭랑하게 울기만 할 뿐, 노래를 부를 리가 없었다.

남궁엄은 한숨을 내쉰 후, 수년 전 단의한이 자기 귓가에 수없이 불러 준 곡조를 흥얼거렸다.

불현듯 뒤편에서 청아한 목소리가 들렸다. 누군가 물처럼 맑은 목소리로 읊조리듯 노래를 불렀다.

"너른 들판에 구름이 끼니 삭풍이 서늘하구나. 하늘 가득 차가운 눈꽃이 우물 난간을 덮네.[#23]"

목소리는 진주처럼 곱고 맑았다.

그는 딴 세상에 온 듯 아련함을 느끼며 고개를 획 돌렸다.

지금껏 그녀를 피해 다닌 터라 그는 오랫동안 그녀를 보지 못했다. 이 순간 그는 왁자지껄한 시장통과 오가는 사람들을 사이에 두고, 이 가냘픈 여인을 다시 만났다. 오랫동안 부인에게 말하지 못한, 꿈속에서 본 모습 그대로였다.

그녀를 만났다.

단의한은 바람이 불면 쓰러질 듯 연약해 보이는 아이를 데리고 길가에 서 있었다. 그녀는 시선을 아래에 두고 지난날 사람들이 천금을 주고도 듣기 힘들었던 노래를 불렀다. 이 노래로 길을 지나는 행인의 동정과 몇 푼의 돈만이라도 얻을 수 있기를 바라면서.

그녀는 조용히 노래를 불렀다.

"이 큰길과 작은 길, 이 산의 앞뒤로, 사람이 수천만이 있는데……."

그녀 앞으로 무수히 많은 사람들이 지나다녔지만, 누구도 그녀를 위해 발걸음을 멈추지 않았다.

#23 너른 들판에 구름이 끼니 삭풍이 서늘하구나. 하늘 가득 차가운 눈꽃이 우물 난간을 덮네. 중국 원 말 · 명 초의 희곡 〈백토기(白兎記)〉에서 인용

노래는 듣기 좋았지만, 어쨌든 눈에 보이는 물건이 아니기에 사람들은 굳이 돈을 내려고 하지 않았다.

"……쉽게 떠난 임 다시 만나기 어려워, 산에 올라 굽이치는 강물을 바라보네."

이때 금실을 두르고 취옥이 박힌 신발이 그녀 앞에 나타났다. 뒤이어 저음의 남자 목소리가 그녀가 못다 부른 노래를 불렀다.

"기러기를 수없이 날려 보내도 그대 소식 알 수 없어, 우물가에 앉아 눈물을 흘리며 기다리네."

단의한이 멍한 얼굴로 천천히 눈을 들었다.

남궁엄을 다시 만났다.

그는 오 년 전과 달라진 게 없었다. 여전히 준수하고 근사한 외모에 위풍당당하고 힘이 넘쳤다. 그는 조금도 늙지 않았다. 세월이 그의 얼굴에 아무런 흔적도 남기지 않았다.

단의한은 그의 눈에 비친 자신을 보았다. 오 년 전 곱고 어여뻤던 소녀는 이제 얼굴에서 온갖 고난이 느껴졌고, 아름다운 자태는 빛을 잃어 제가 봐도 정떨어지는 모습이었다.

하지만 그녀를 바라보는 남궁엄의 눈에는 오히려 깊은 정이 깃들어 있었다.

혼례 후 수년이 지나 그의 외도를 전해 들은 부인은 대놓고 말은 못 했지만 여러모로 불쾌한 기분을 내비쳤다. 그녀는 걸핏하면 성질을 부리거나 콧대만 세웠다. 아들 역시 되바라지긴 마찬가지였다. 이런 가운데 단의한을 만나 그녀의 행색을 보자, 죄책감과 안타까움이 들었다.

단의한은 입을 다물고 눈을 내리깔고는 더는 노래를 부르지 않았다.

"어머니?"

옆에서 묵연이 어리둥절한 얼굴로 고개를 돌려 그녀를 보았다.

단의한이 말했다.

"오늘은 이 어미가 좀 피곤하구나. 그만 집에 가자."

묵연이 고개를 끄덕이고는 웃으며 말했다.

"그럼 돌아가서 쉬어요. 저녁밥은 제가 방법을 생각해 볼게요."

모자가 떠나기 위해 발을 돌렸다.

남궁엄이 그녀를 불렀다.

"당신……."

시선이 묵연에게 떨어졌다.

아이는 마르고 왜소했으며, 차림은 걸레짝을 입혀 놓은 듯 남루했다. 하지만 철이 든 데다 생김새도 무척이나 어여뻤다.

남궁엄은 금세 자기 아들임을 알아봤다.

자신의 피붙이였다.

그가 손을 뻗어 묵연의 머리를 쓰다듬었다.

묵연은 그가 누군지도 모른 채 눈을 가느다랗게 뜨고, 남자가 자기 머리를 헝클어뜨리는 걸 가만히 지켜보았다.

"아……."

남궁엄은 단의한이 새끼 고양이 같은 갓난아이를 안고 제집을 찾아왔던 그해가 생각났다.

그때 그녀가 말했었다.

– 아이에게 아직 이름이 없어요.

"네 이름이 뭐니?"

남궁엄이 물었다.

"연이요."

"성은?"

"성은 없어요."

남궁엄은 쓰리고 괴로운 얼굴로 단의한을 힐끗 바라보더니 무엇에 홀렸는지 입을 열었다.

"차라리 당신……."

말을 마치기도 전에 길모퉁이에서 유풍문의 수사 무리가 걸어오는 게 보였다.

넋을 놓고 있던 남궁엄은 번뜩 정신이 들었다.

그는 흠칫하며 현실로 돌아온 듯했다.

그가 다시 단의한의 눈을 보았다.

과거 자신을 바라보며 반달 모양으로 눈웃음을 짓던 눈빛이 지금은 무척이나 담백했다. 어린 소녀의 환상 같은 건 더 이상 찾아볼 수 없었다. 그가 방금 모자에게 알은체를 했을 때조차 그녀는 냉담했다.

단의한은 이 남자를 이미 뼛속까지 간파했다.

남궁엄은 이 상황이 난처하고 창피했다. 그는 자신의 감정을 숨기기 위해 마른기침을 하고는, 주머니 안에 있는 금은보화를 몽땅 꺼내 묵연의 손에 쥐여 주었다.

그러고 나서 묵연의 머리를 토닥이며 말했다.

"네 어머니의 노래가 참 듣기 좋구나. 이 정도는 받을 만한 노래였다."

이때 길고 가느다란 손이 묵연의 손에 들린 돈주머니를 가져갔다.

단의한은 주머니에서 동전 1닢을 꺼내 묵연이 들고 있는 깨진 그릇에 넣고는, 묵직한 금은보화를 모두 남궁엄에게 도로 주었다.

그녀는 다른 말 없이 자신에게 돈을 준 행인을 대하듯, 차분하고 평온한 말투로 그에게 복을 빌어 주었다.

그녀가 공손히 말했다.

"나리, 감사합니다."

말을 마친 그녀가 몸을 돌려 떠났다.

상담의 악선이었던 그녀는 한때 노래와 춤으로 명성이 자자했다. 그녀를 보기 위해 사람들이 거리로 몰려들 때도 그녀는 오만하지 않았다. 비록 지금은 남루한 행색에 고단한 얼굴로 길에서 기예를 팔며 동정을 얻고 있지만, 그런데도 그녀는 비굴하지 않았다.

그날 단의한의 미묘한 태도에서 이상함을 느낀 묵연은, 나중에 말을 빙빙 돌려 가며 수없이 물어본 후에야 출생의 비밀을 알게 되었다.

"내가 이 모든 얘기를 들려주는 건 너한테 거짓말하기 싫어서란다. 하지만 연아, 절대로 그 사람을 미워하면 안 돼."

단의한이 말했다.

"그 사람한테 무언가를 바라서도 안 된다."

그녀가 꼭 기억하라는 듯 머리를 톡톡 두드렸다.

"하수진계의 겁란(劫亂)이 평정되면 임기에서 민간 출입을 허가할 거야. 그때 우리 상담으로 돌아가자꾸나."

묵연이 한참 조용히 있다가 고개를 끄덕이며 말했다.

"그 사람한테 바라지 않을게요. 어머니랑 상담으로 돌아갈게요."

단의한이 방긋 웃으며 말했다.

"손 아우가 날 알아볼지 모르겠네. 너무 못생겨졌어."

묵연이 얼른 말했다.

"어머니, 예뻐요."

"응?"

"어머니가 제일 예뻐요."

단의한은 눈부시게 웃었다. 당대 절세가인의 풍모가 여전히 남아 있었다. 그녀가 아들에게 장난을 치며 말했다.

"말도 어쩜 이리 예쁘게 하니. 앞으로 누구를 부인으로 맞을지 모르겠지만, 말하는 걸 보니 잘해 줄 것 같구나."

묵연은 조금 부끄러운 듯 입술을 다물었다가 잠시 뒤 삐죽삐죽 난 젖니를 드러내며 말했다.

"나중에 크면 선녀처럼 예쁜 아내를 얻어서 어머니랑 같이 살래요."

"아이고, 꿈도 커라. 어느 집안 선녀가 네게 시집오누?"

두 모자는 희희낙락 웃음꽃을 피우며 대화를 이어 갔다. 곳간 안에 장작이 타닥타닥 타면서 실내를 훈훈하게 달궜다. 당시에는 앞으로도 매일 이렇듯 안온한 일상이 이어질 것만 같았다. 장작불과 밤하늘은 가난한 사람에게 환상처럼 아름다운 위안을 선사했다. 그래서 단의한의 시간이 얼마 남지 않았다는 것을, 그때 두 사람은 조금도 예상하지 못했다.

"제가 다섯 살이던 가을이었습니다."

묵연이 말했다.

"중추절이 막 지났지요. 유풍문은 오랜 기간 성문을 봉쇄해 왔기에 임기의 식량이 부족해지기 시작했습니다. 그들은 식량 가격을 조정했어요. 엄밀히 말하면, 가난한 사람에게 식량을 줄이라고 요구하며 부자가 먹을 식량은 빼지 말라는 것이었습니다."

설정옹은 만감이 교차하고 착잡한 심경이었다. 하지만 묵연의 말을 듣고 멍하니 생각에 잠긴 뒤에 고개를 끄덕였다.

"그래, 그때 가격을 조정했던 게 기억나는구나. 이후에 임기에서 굶주린 백성들이 폭동을 일으켰지. 유풍문은 그제야 가격을 원래대로 내렸어. 그게…… 한 일 년 정도 이어 갔으려나?"

강희가 말했다.

"제 기억으로는 반년입니다."

묵연이 눈을 감았다.

"그렇게 길지도 않았어요. 정확히 한 달 하고 닷새였으니까요. 고작 삼십오 일 동안이었어요."

257장 천음각, 모자는 서로 의지하며 살아갔다

누군가 물었다.

"시간이 이렇게나 많이 흘렀는데 어떻게 그렇게 똑똑히 기억합니까?"

어떻게 잊겠는가? 상수진계 강희에게는 별다른 것 없는 평범한 반년이었겠지만, 하수진계 설정옹에게는 감개무량한 한 해였다.

그리고 묵연에게는, 절망으로 치닫고 하루가 일 년 같은 삼십오 일이었다. 죽는 것보다 못했던 나날들, 하루하루 지옥을 헤맸다.

당시 가격 조정령이 떨어져 인심이 흉흉해지면서, 단의한과 묵연은 동냥도 할 수 없게 되었다. 그래서 어쩔 수 없이 시들한 채소 잎이나, 썩고 곰팡이가 핀 쌀이나 밀가루를 줍는 것으로 허기를 달랬다. 그런데 나중에는 배불리 먹지 못하는 사람들이 점점 더 많아져, 채소 잎도 구경할 수 없게 되었다. 이런저런 어려움을 견디지 못한 묵연은 결국 어렵게 단의한에게 말을 꺼냈다.

"어머니, 유풍문에 가서 먹을 걸 얻어 보는 게 어때요?"

단의한이 웅얼거리며 말했다.

"그 사람만큼은 안 된다."

길거리에서 구걸하거나 기예를 팔고 웃는 낯으로 굽실거리는 건 살기 위해 어쩔 수 없이 해야 하는 일이라지만, 남궁엄을 찾아가는 순간 의미가 크게 달라진다.

찢어지게 가난했지만 단의한은 마지막 보루까지 무너뜨리고 싶지 않았다.

단의한이 내키지 않아 하니 묵연도 다시 말을 꺼내지 않았다.

가격 조정령이 내려진 지 구 일째 되던 날, 묵연은 밭에서 무 하나를 훔쳐 왔다. 어린아이라 눈에 잘 띄지 않고, 또 손도 잽싸서 별로 어렵지는 않았다.

단의한은 무를 꽁꽁 감춰 두고, 매일 주먹만큼만 삶아서 둘이서 나눠 먹었다. 끼니를 여덟 번 때우니 무가 썩기 시작했다. 오랫동안 배를 채울 만한 먹을거리를 찾지 못한 단의한은 조금 남은 썩은 무를 반으로 잘라 며칠 더 버텨 보려 했다.

가격 조정령이 내려진 지 이십일 일째 되던 날, 모자는 무를 다 먹어 버렸다. 그 후로는 배고픔을 달랠 말한 음식을 얻지 못했다.

이십오 일째 되던 날.

폭우가 쏟아지니 땅속에서 지렁이가 기어 나왔다. 묵연은 지렁이를 한데 모아, 받아 둔 빗물에 삶아 먹었다.

지렁이를 입에 넣으니 미끈미끈한 느낌이 너무 역겨웠다. 묵연은 삐쩍 마른 작은 벌레를 앞에 두고, 미안하다는 말만 계속해서 중얼거렸다. 허기를 채울 만한 음식을 구하지 못해서 어쩔 수 없었다고, 이 고비만 넘기면 지렁이를 은인으로 모시겠다고 맹세했다. 제발 불쌍히 여겨 더 이상 '은인'을 먹지 않아도 되게 해 달라고 하늘에 빌면서, 이 악몽은 도대체 언제 끝날까 생각했다…….

이십팔 일째 되던 날.

묵연은 열이 났다.

아무리 재능을 타고나고 영기가 뛰어나다고 해도 어린아이가 견디기엔 너무 가혹한 허기였다.

단의한도 진작 기진맥진하여 눈빛이 퀭했다.

그날 묵연이 곤히 잠든 틈을 타, 단의한은 마음을 단단히 먹고 머물고 있던 곳간에서 나와 유풍문으로 향했다. 최소한의 자존심은 지키고 싶었기에 죽는 한이 있더라도 남궁엄에게는 구걸하지 않겠다고 맹세했던 그녀였다.

그런데 아이는 죄가 없지 않은가? 저렇게 어린 아이를 데리고 같이 죽을 수는 없는 노릇이었다.

대청 안의 사람들은 모두 안쓰러워 죽겠다는 얼굴을 하고 있었다. 묵미우의 죄는 차치하고, 지나간 일을 듣고 있노라니 너무 처량하게 느껴졌다.

누군가 한층 누그러진 말투로 탄식하며 물었다.

"어떻게 됐습니까? 얻었습니까?"

"아니요."

묵연이 말했다.

"운이 나쁘게도 남궁엄이 아내와 다투고 있을 때 찾아갔습니다."

그는 잠시 멈추더니 이어서 말했다.

"성주 부인은 어머니를 보자마자 불같이 화를 냈습니다. 성격이 사나운 부인은 어머니에게 먹을 것을 조금도 주지 않았을 뿐더러 매를 때리고 유풍문에서 내쫓았습니다."

"그럼 남궁엄은요?"

"모릅니다."

묵연이 말했다.

"어머니는 그 사람 얘기를 하지 않았습니다."

부인을 말렸을 수도 있었고, 도와주고 싶은 마음은 굴뚝같지만 어쩔 수 없다는 얼굴을 하고 그저 한편에서 지켜봤을 수도 있었다. 그날 도대체 무슨 일이 있었는지 묵연은 알지 못했지만, 어머니가 상처투성이인 몸으로 돌아왔던 것만은 분명했다.

그날, 단의한은 곳간 구석에 웅크리고 앉아 묵연을 꼭 끌어안고 아무 말도 하지 않았다. 그러다 얼마 후 심하게 기침하며 피거품과 위액을 토해 냈다. 비릿하고 시큼한 악취가 곳간을 가득 메웠다.

삼십사 일째 되던 날.

단의한은 숨이 간당간당해서 말도 제대로 하지 못했다. 눈물도 말라 버린 것 같았다.

그날 밤, 단의한은 의식이 몽롱한 상태에서 깨어나 힘을 조금 되찾았다. 조금이나마 따뜻하게 해 주려고 몸을 잔뜩 움츠린 채 옆에 딱 붙어 있는 묵연이 보였다. 그녀는 가느다란 목소리로 부드럽게 말했다.

“연아, 어떻게든 상담으로 돌아가거라.”

“어머니…….”

“상담으로 돌아가 순 누나를 찾아 은혜를 갚아라.”

단의한은 묵연의 머리카락을 쓸어 올리며 말을 이었다.

“임기에 남아서 복수할 생각 하지 말고, 상담으로 돌아가 은혜를 갚아……. 이 엄마 말 잘 들어……. 임기로 떠나오면서 순 누나에게 빚을 많이 졌는데, 이 엄마는 이제 갚지 못할 것 같구나……. 돌아가서 누나 곁을 지키면서 일손을 거들고 기쁘게 해 드려라. 앞으로도 누가 너에게 온정을 베풀거든 가슴 깊이 새기고.”

묵연은 눈물이 그렁그렁한 채 그녀의 여윈 얼굴을 올려다봤다.

단의한의 눈동자는 새까맣다 못해 적자색으로 빛났다.

“꼭 은혜를 갚아야 한다.”

단의한은 죽음의 문턱에서 묵연을 위해 계획을 세웠다.

자신이 죽은 후에 아이가 혹여 불행한 길로 들어설까 봐 반드시, 무슨 수를 써서라도 이 슬픈 땅을 떠나라고 신신당부했다. 사람은 의지할 데가 생기면 허튼 생각을 하거나 원한의 늪에 빠지지 않으니까.

단의한은 묵연에게 은혜를 갚으라고 했다.

복수하지 말라고 했다.

삼십오 일째 되던 날.

말도 안 되는 가격 조정령은 한 달 하고도 닷새 만에 폭동 끝에 폐지되었다.

부유한 사람들에게는 한바탕 촌극에 불과했다. 임기 전체가 발칵 뒤집혀도, 그들은 기지개를 켜며 포근한 이불 속에서 일어나, 시녀가 올린 향긋한 물로 입을 헹구고 이를 닦으며, 가격 조정령이 폐지됐다는 소식을 들어도 푸념 몇 마디 하고 하품을 하며 넘겼을 것이다.

대수롭지 않게.

그러나 묵연에게는 이보다 더 감격스러운 일이 없었다.

더는 배를 곯을까 봐 걱정하지 않아도 되었다. 거리에는 마음씨 고운 사람들이 다시 많아졌다. 묵연은 기름떡 하나와 고기가 몇 점 보이지 않는 희멀건 고기죽 한 그릇을 얻었다.

그는 아까워서 한 모금도 먹지 못하고, 조심조심 두 손으로 죽 그릇을 받쳐 들었다. 위독한 어머니께 드릴 생각뿐이었다.

'고기죽처럼 좋은 음식을 드시면 기력을 되찾으시겠지?'

그는 한시라도 빨리 죽으로 어머니의 목숨을 구하고 싶었지만, 마음처럼 빨리 달릴 수 없었다. 죽 그릇은 옆에 커다랗게 이가 떨어져, 조금이라도 빨리 달리면 흘러넘칠 게 뻔했기 때문이었다.

묵연은 날아갈 것처럼 기쁘면서도 초조한 마음으로 곳간으로 돌아갔다.

"어머니!"

그는 두 손으로 그릇을 받쳐 들고 강아지처럼 꾀죄죄한 머리통으로 허름한 문짝을 밀고 들어갔다. 활짝 웃는 얼굴에는 미래에 대한 동경이 가득했다.

얼마나 좋은가. 고기죽을 얻었으니 어머니도 금방 나을 테고, 꽃이 피는 봄날이면 상담으로 돌아갈 수 있다. 그곳은 태평성세라 배를 곯을 걱정도 없고, 순씨 성을 가진 누나도 있다. 드디어 이곳저곳 떠돌이 삶을 살면서 구걸하지 않아도 되었다.

얼마나 좋을까, 함께 집으로 돌아갈 수 있다면.

'끼익' 하고 문이 열렸다.

"어머니는 누워 있었습니다."

단심전에서 묵연이 조용하고 담백하게 말했다.

사람들은 그의 담담한 태도에 놀라거나, 냉정함에 치를 떨었다.

어찌 된 게 돌아가신 어머니 얘기를 하면서도 저렇게 평온할까, 목소리에 아무런 감정도 없고 눈물마저 없다니.

그러나 얼마나 오매불망 그리워하고 속을 끓여야 상처가 아물고, 지금처럼 전혀 흔들림 없는 표정을 지을 수 있는지 생각하는 사람은 아무도 없었다.

"아무리 불러도 어머니는 깨어나지 않았습니다."

묵연이 말했다.

"끝끝내 눈을 뜨지 못하고, 죽도 먹지 못했습니다."

잠시 침묵이 흘렀다.

왕 부인이 떨리는 소리로 물었다.

"그럼…… 그 후에, 너…… 너 혼자서 상담으로 돌아온 거니?"

묵연이 고개를 가로저었다.

"유풍문으로 찾아갔습니다."

누군가 '아' 하더니 물었다.

"보, 복수하러 갔습니까?"

"어머니는 복수할 생각은 하지 말고 은혜를 갚으라고 하셨습니다."

묵연이 담담하게 말했다.

"복수할 생각은 없었습니다. 그저 어머니를 좋은 곳에 묻어 드리고 싶었을 뿐이에요. 그런데 돈이 한 푼도 없었습니다, 마련할 시간도 없었고요. 그래서 찾아가 돈을 좀 달라고 했습니다."

"줬습니까?"

묵연이 실소를 터뜨리며 말했다.

"아니요."

"안, 안 줬다고요? 당신 말을 들어 보면 남궁엄은 그래도 당신 어머니를 마음에 두고 있었던 것 같은데, 어째서 장례 치를 돈조차 주지 않았단 말입니까……."

"본처 역시 얼마 전 자살해서 죽었기 때문입니다."

"뭐라고요?"

강희가 눈을 가늘게 뜨고 말했다.

"……남궁엄의 아내는 확실히 일찍 세상을 떠났소. 자살이었지……."

"부인이 회임 중일 때도 남편이라는 작자는 다른 여자와 정을 통하고 밖으로만 나돌았습니다. 아이를 낳은 후에도 부부싸움이 끊이질 않아 괴로운 나날을 보내고 있었죠. 어머니가 찾아갔던 그날 마침 부인과 맞닥뜨렸는데, 어머니를 보고는 더욱 격분해서 칼로 남궁엄을 찌르기까지 했다더군요. 화가 난 남궁엄은 아내를 내쫓겠다며 이를 부득부득 갈았습니다."

묵연은 잠시 말을 멈추었다, 계속해서 말했다.

"견딜 수 없었던 부인은 그날 밤 목을 매어 죽었습니다. 사실 어머니보다 며칠 앞서간 셈이죠."

여기까지 들은 사람들은 무슨 말을 하면 좋을지 몰랐다. 풍류가 넘치고 방탕한 공자의 하룻밤 인연이 미인을 죽게 만들고, 그 역시 집과 가족을 모두 잃은 신세가 되었으니, 세상의 이치는 대체로 이런 모양이다.

"제가 갔을 때 남궁엄은 장문의 훈계를 받고 있었습니다. 부인의 가족들도 와 있었는데 임기에서 명성이 자자한 거상이었습니다."

묵연이 말했다.

"남궁엄은 온갖 심한 욕을 들으며 속으로 분노를 억누르고 있었죠. 그런 상황에서 저를 봤으니 기분이 좋을 리가요."

마음이 약한 왕 부인은 묵연이 혈육이 아니라는 걸 알게 되었는데도 가슴이 아파 눈물을 보였다.

"연아……."

묵연은 이 얘기를 더 꺼내고 싶지 않았다.

그때 남궁엄의 표정이며 사람들의 낯짝.

그리고 남궁 부인의 영실.[#24] 영혼을 위해 태우는 종이돈이며 등불, 종이 인형, 산처럼 쌓인 제기,[#25] 비단 조기,[#26] 새까맣고 윤기 나는 금사남목[#27] 관까지, 지나치게 많은 제사 용품들.

#24 영실 靈室, 죽은 이의 영혼을 위해 위패를 두는 빈소
#25 제기 祭器, 제사에 쓰는 그릇
#26 비단 조기 弔旗, 남의 죽음을 슬퍼하는 뜻을 나타내기 위하여 검은 헝겊을 달거나 검은 선을 두른 기
#27 금사남목 金絲楠木, 금실과 같은 광채를 띤 녹나무

수백 명이 양쪽에 꿇어앉아 스스로 목숨을 끊은 그 여자를 위해 밤새 영구를 지키며 애달프게 울었다.

상야등[#28]은 향을 바른 기름을 할짝거리고, 99개의 마음 심(心) 자 모양의 반향이 묵묵히 타고 있었다. 바람이 일어 연기가 흩어지면서 향 가루가 주르르 흘러내렸다.

지나치게 떠들썩한 장면.

그에 반해 그의 어머니는 어땠는가?

상담의 악선 단의한은 벗으면 갈아입을 게 없는 해진 옷 한 벌과 뼈대만 앙상하게 남은 어린 아들이 다였다.

시체를 쌀 거적조차 없었다.

– 타고난 팔자가 그러니 애써 봐야 소용없다.

남궁엄이 분노와 절망이 극에 달해 묵연에게 했던 말이다.

그러고 나서 남자는 장문이 지켜보는 가운데, 장인 장모가 노려보는 가운데, 사생아를 문밖으로 밀쳐 내고 부자 관계를 인정하지 않았다.

남궁 부인은 금박으로 무늬를 새기고 붉게 칠한 채색 관에, 향나무로 만든 염주와 마노로 장식하고, 시체가 썩지 않게 최고급 수의로 감싸고, 비단으로 얼굴을 가린 후 학을 타고 저승으로 갔다.

단의한은 달랑 시신뿐이고 곡을 하는 사람도 한 명밖에 없었다. 삶과 죽음으로 갈라진 모자에게는 아무것도 없었다. 남궁

#28 상야등 常夜燈. 불상이나 신상 앞에 밤낮으로 켜 두는 등불

엄의 말대로라면 그녀는 얇은 널판자 관도 과분했다.

그러니 누가 감히 사람은 죽음 앞에서 모두 평등하다고 말할 수 있겠는가?

운명은 처음부터 공평하지 않았다.

마지막까지도.

누구는 여전히 살결이 옥 같고,

누구는 벌써 썩어서 흙이 되었다.

"연고가 없는 무덤이 마구 널려 있는 공동묘지에 묻었습니다."

묵연은 이 한마디로 어머니의 죽음을 살짝 언급했다.

그는 어떻게 지나가는 군자에게 조금만 태워 달라고 애원했는지, 십사 일 동안 어떻게 썩어서 악취가 진동하는 시체를 성 밖 무덤까지 옮겨 갔는지 자세하게 말하지 않았다.

어떻게 맨손으로 어지러이 널려 있는 돌과 흙 부스러기를 헤집고, 작고 여윈 어머니를 땅에 묻었는지 말하지 않았다.

묵연은 하소연하는 게 익숙하지 않았다.

그는 부득이한 경우가 아니고서는 가슴에 깊이 묻은 어머니 이야기를 꺼내지 않았다.

그는 인생의 처음 십몇 년 동안 온갖 굴욕과 악의, 눈총과 험담을 견뎌야 했다. 마음이 강철처럼 강인하여 남들이 자기를 어떻게 생각하든 전혀 신경 쓰지 않았다. 동정 따위는 필요 없다고 생각했다.

"그러고 나서 상담으로 갔습니다."

그는 더 이상 임기에 머무는 것을 견딜 수 없었다. 그래서 어느 날, 성 밖으로 나가는 도사의 큰 짐수레에 실린 광주리 속에 숨어, 몰래 성을 빠져나왔다.

그는 어머니의 당부대로 상담으로 향했다. 한여름부터 초겨울까지 걷고 또 걸었다. 나중에는 신발이 다 닳아 맨발로 걷는 바람에 발바닥에 굳은살이 두툼하게 박였다.

그렇게 물어물어 겨우 무비사 앞까지 왔을 때, 결국 춥고 배고픈 나머지 풀숲에 털썩 쓰러졌다.

"어머니……."

어린 묵연은 바닥에 엎드린 채, 헝클어진 머리 아래 초점을 잃은 두 눈으로 아득하게 펼쳐진 하늘을 올려다봤다.

그해 들어 첫눈이 내렸다.

"이제 어머니 곁으로 가야 할 것 같아요……. 미안해요…… 더는 버틸 수 없어요……."

눈송이가 하늘하늘 떨어져 부드럽게 얼굴에 내려앉았다.

의식이 몽롱하던 그때, 바스락바스락 발걸음 소리가 들리고, 한 쌍의 손이 풀숲을 갈랐다. 곧이어 맑고 여린 목소리가 들려왔다.

"사존, 어서 와 보세요. 와서 아이 좀 보세요. 왜 이런 겁니까?"

잠시 후, 짚신 한 쌍이 다가오고 남자의 목소리가 들렸다.

"신경 쓰지 말고 먼저 돌아가거라. 내가 살펴보마."

침착하고 차가운 남자의 목소리에는 감정이 많이 담겨 있지 않았다.

묵연은 두려움이 몰려왔다. 그는 본능적으로 소년은 친절한 반면 남자는 쌀쌀맞다는 판단이 섰다. 살아야겠다는 강렬한 욕망에 어디에서 힘이 솟았는지, 그는 간신히 팔을 들어 소년의 옷자락을 잡아당겼다.

미처 말을 하기도 전에 눈물이 왈칵 쏟아졌다.

"밥……."

'너무 배가 고파요. 제발 밥 좀 주세요.'

그에게 옷자락을 잡힌 소년은 바로 회죄대사와 함께 하산하던 초만녕이었다.

"뭐라고?"

묵연은 겨우겨우 얼룩덜룩 더럽혀진 얼굴을 들어, 바들바들 떨며 밥을 퍼먹는 시늉을 하고, 힘겹게 침을 한번 삼켰다. 시야가 몽롱하고 머리가 핑핑 돌면서 귓가에서 윙윙 소리가 났다.

그는 눈물을 펑펑 쏟으며 눈앞의 사람에게 애달프게 구걸했다. 전에 만났던 나리나 도련님들처럼 이 작은 형 역시 자신을 버려두고 떠난다면, 그는 곧바로 숨이 끊어질 것이었다. 정말로 더는 버티기 힘들었다.

"……밥……."

나중에 초만녕은 그에게 쌀죽 한 주전자를 떠먹여 줬다.

쌀죽 한 주전자가 굶어 죽기 직전의 사람을 살린 것이다.

쌀죽을 다 마신 후 묵연은 바로 무비사를 떠났다. 당시에는 머리가 너무 어지러워 '은공(恩公) 형아'의 생김새가 기억나지 않았다. 기억나는 건 살짝 위로 올라간 봉안에 촘촘하고 긴 속눈썹뿐이었다.

무비사에서 상담으로 가는 내내, 묵연은 은공 형아가 벗어 준 외투를 걸쳤다. 그때는 몸집이 작아서, 소년의 옷을 입은 모습이 유난히 둔하고 익살스러웠다. 특히 두건은, 쓰고 있으면 커다란 챙이 얼굴 전체를 가려 버려 여간 우스꽝스러운 게 아니었다.

그런 모습으로 걷고 있노라면, 부족함 없이 넉넉하게 자란 아이들이 부모 곁에 바짝 기대어 비웃곤 했다.

"아버지, 어머니, 저 거지 좀 보세요. 저게 뭐람, 너무 우스워요!"

그래도 묵연은 화나지 않았다.

사람들의 비아냥과 조롱이 뭐가 대수겠는가? 그는 비바람을 막아 주고 조금이나마 온기를 주는 그 외투가 그저 고맙기만 했다.

그것만 걸치고 있으면 눈 오는 날 눈송이가 몸에 떨어지지 않았고, 캄캄한 밤 어둠이 마음속으로 파고들지 않았다.

땅거미가 내리면 그는 불을 피워 놓고, 무릎을 끌어안고 불 옆에서 몸을 녹였다. 그는 외투를 머리에 덮어쓰고 안으로 쏙 들어가, 부드러운 옷단 틈으로 활활 타오르는 불꽃을 바라보았다.

그 외투는 어머니의 품처럼, 은공 형아의 부드러운 봉안처럼 따뜻했다……. 꼬마는 그렇게 몸을 동그랗게 말고 잠이 들곤 했다. 꿈결에 외투에서 나는 은은한 향기를 맡을 수 있었다. 흐드러지게 핀 해당화 나무에 기대어 앉은 느낌이었다…….

지금 돌이켜보면 초만녕의 체취가 기분 좋게 느껴지고, 침상에 그의 숨결만 있으면 더없이 편안한 마음으로 달콤한 잠에 빠져드는 것도 전혀 이상할 게 없었다.

통천탑 아래에서 옥형 장로를 처음 봤을 때, 살짝 떨어뜨린 봉안이 어디서 본 적 있는 것처럼 부드럽게 느껴진 것도 이상할 게 없었다.

모든 게 다 이유가 있었다.

알고 보니 묵연와 초만녕은…… 훨씬 전에 이미 이야기를 나눴고 체온을 나눴으며, 심지어 초만녕의 손바닥을 핥기까지 했다. 오래전에 묵연은 이미 초만녕의 옷에서 나는 꽃향기를 맡았다. 줄곧 찾아다녔던 그 은인은 바로 옆에 있었다.

묵연은 시선을 떨어뜨렸다. 단심전은 썰렁했지만, 그의 마음에는 한 가닥 온기가 피어올랐다.

그건 둘만의 비밀이었다. 묵연은 추억에 잠겨 씁쓸하면서도 행복했다. 그는 그 비밀을 고이 간직한 채 아무에게도 말하지 않았다. 물론 단심전에 모인 이들에게도 들려주지 않았다.

그는 숨을 한번 깊이 들이마시고는 잠시 멈추더니 계속해서 말했다.

"상담에 도착한 후에는 어머니의 유언에 따라 순풍약 누님을 찾아갔습니다."

당시 고작 다섯 살이었던 어린 묵연은 소년 초만녕의 두꺼운 외투로 몸을 감싸고 있었다.

외투의 밑단은 바닥에 질질 끌려 진작 더러워졌다. 꼬마는 새 둥지처럼 헝클어지고 꼬질꼬질한 머리를 쏙 내밀어, 누렇게 뜨고 야윈 얼굴을 쳐들고 낮은 소리로 물었다.

"저기…… 혹시 순풍약 누나 여기에 있나요?"

"순풍약?"

묵연에게 옷자락을 잡힌 기생은 호기심 어린 눈으로 그를 위아래로 훑어보았다.

"악방 명기 말이니? 여기가 기예를 파는 곳이지 몸을 파는 곳은 아니라지만, 순 낭자를 찾는 손님 중에 정말 곡을 들으러 오는 손님이 몇이나 되겠니? 다들 얼굴 보러 오는 거지. 이봐, 동생, 몇 살인데 순 낭자를 찾아?"

묵연은 기생의 말뜻을 알아차리지 못하고 눈을 동그랗게 뜨고 해맑게 올려다봤다.

그런데 상대의 눈에 비친 비웃음이 너무 노골적이어서 문득 부끄러워졌다. 그는 외투 옷깃을 꼭 잡고 얼굴을 붉히며 말했다.

"부탁이에요. 순 누나를 만나게 해 주세요. 제, 제 어머니가……."

"엥? 어머니가 누군데?"

"어머니는 단씨 성에 의 자, 한 자를 써서 단의한입니다……."

"아!"

가기[#29]는 낯빛이 확 변하더니 뒤로 한 걸음 물러서며 손수건으로 입을 막고, 나른하게 뜨고 있던 요염한 눈을 동그랗게 떴다.

"네, 네가 단 악선의 아들이란 말이냐?"

단의한은 한창 명성을 널리 떨치고 있을 때도 위세를 부리지 않았을뿐더러, 종종 여분의 장신구나 돈을 늙고 미모가 퇴색된 데다 가창력도 예전 같지 않은 자매들에게 나눠 주곤 했다. 단의한의 아들이라는 말을 듣자마자 여자는 태도를 싹 바꾸더니, 서둘러 그를 방으로 데려가 베개를 높이 하고 누워 있는 순풍약을 만나게 해 줬다.

#29 가기 歌妓, 노래를 잘 부르는 기생

묵연은 문을 닫고 절을 올린 후, 자초지종을 빠짐없이 순풍약에게 털어놓았다. 그녀는 통탄하며 눈물로 비단옷을 적셨다.

순풍약은 곧장 기생 어미를 찾아가 묵연을 데리고 있겠다고 했다. 기생 어미는 안 된다고 딱 잘라 말했지만 제일 잘나가는 명기의 끈질긴 간청을 뿌리칠 수 없었다. 그녀는 묵연을 꼼꼼히 살펴보고는 잔심부름꾼으로 부려 먹어도 되겠다 싶었는지 마지못해 그러라고 했다. 기생 어미는 거지가 들어오면 부정 탄다며 묵연더러 걸치고 있는 것들을 모두 태워 버리고 깨끗하게 씻으라고 했다.

씻는 건 아무 문제 없었지만, 옷가지를 태워야 한다는 말을 들은 묵연은 울음을 터뜨렸다.

"울긴 왜 우느냐! 발가벗고 다니라는 것도 아니고, 새로 사 준다고 하지 않았어!"

기생 어미는 담뱃대로 묵연의 머리를 툭툭 치며 호통쳤다.

"주제 파악 좀 해라. 먹여 줘, 재워 줘, 덩실덩실 춤을 춰도 모자랄 판에 웬 궁상이야!"

묵연은 순 누나에게 짐이 되고 싶지 않았다. 순풍약은 묵연을 위해 기생 어미에게 온갖 좋은 말을 다 했다.

묵연은 입술을 깨물고 죽을힘을 다해 참았다. 벌겋게 부은 눈을 비비며 불 앞에서 애써 소리 내지 않고 흐느꼈다.

묵연은 도대체 왜 그래야 하는지 이해할 수 없었다. 단지 낡은 옷 한 벌 간직하고 싶을 뿐인데 힘없고 비천해서, 거지라서, 남들에게 불길한 기운을 가져다주지 않기 위해, 폐를 끼치지 않기 위해, 벗기는 대로 가만히 있어야 했다. 발버둥 칠 수도,

싫다고 말할 수도 없고, 심지어 눈물을 흘릴 자격도 없었다.

한때 그에게 온기를 가져다주고 의지가 되어 줬던 옷이었다. 그동안 비바람을 막아 내느라 원래의 색을 떠올리기 어려울 정도로 꼬질꼬질해졌지만, 그에게는 더없이 소중한 보물이었다.

몸을 기댈 곳이 생겼으니 더는 필요 없을지도 모른다. 다시는 입지 않더라도 정성껏 빨아서 반듯하게 접어 상자 안에 넣어 두고 싶었다. 그에게는 낡아 빠진 옷 한 벌이 아니라 친구였다.

그러나 그의 뜻대로 할 수 있는 일은 없었다.

화르륵 하고 불길이 지저분한 외투를 삼켜 버렸다. 상대는 손길 닿는 대로 옷을 불 속에 던지고는 불결하다는 듯 손을 탁탁 털었다. 하지만 묵연에게 있어서 그건 화장이고 장례식이었다.

그는 그 광경을 빤히 쳐다보았다.

불길이 거세게 치솟아 어른어른, 모든 걸 빨아들였다.

– 천천히…… 먹고 더 먹어…….

– 어디서 왔니…….

그때 그 소년의 부드러운 목소리가 귓가에서 맴돌았다. 그건 미천한 그의 인생에 몇 안 되는 호의였다.

그런데 한순간에 모든 게 재가 되어 버렸다.

그렇게 묵연은 취옥루의 기생 어미를 양어머니로 삼고, 그녀를 따라 묵씨 성을 가졌다. 그때부터 그는 주루에서 심부름꾼 아이로 일하면서 마침내 그런대로 편안한 삶을 살게 되었다.

그런데 좋은 때는 오래가지 못했다. 당시 순풍약은 이미 나이가 적지 않았다. 주루의 규정대로라면, 악방은 기루와 다르긴 하지만, 나이가 차도록 돈을 충분히 벌어들이지 못하면 처녀들의 첫날밤은 기생 어미가 귀한 집안의 자제들이나 거상들에게 팔아넘긴다.

순풍약은 걱정하지 않아도 되었다. 그녀는 일찌감치 취옥루를 위해 떼돈을 벌어들였다.

"이제 15만밖에 안 남았어."

순풍약은 빙그레 웃으며 묵연에게 말했다.

"연아, 돈을 충분히 벌면 몸값을 치르고 풀려날 수 있어. 그러면 우리 함께 이곳을 떠나서 잘 살아 보자."

묵연은 음식을 하는 주방에 배치받아 순풍약과 자주 만나지 못했다. 기생 어미는 작정하고 주루 사람들끼리 결탁하지 못하게 했다. 그래서 두 사람은 늘 몰래 만나곤 했다.

순풍약은 손을 뻗어 묵연의 볼을 살짝 꼬집으며 사탕 한 알을 쥐여 줬다.

"쉿, 이거 먹어. 아쉽지만 돈은 줄 수 없어. 들키면 큰일 나. 네 양어머니는 모든 걸 꿰뚫어 보시잖니."

묵연은 젖니가 빠진 이를 훤히 드러내며 씩 웃었다.

"네, 감사합니다."

순풍약이 15만만 더 벌면 풀려난다는 사실을 기생 어미가 모를 리가 없었다.

기생 어미는 겉으로는 괜찮은 척했지만 속으로는 엄청나게 초조했다.

순풍약을 잃으면 취옥루의 수입이 반 토막 날 게 뻔했다. 기생 어미는 순풍약이 떠나기 전에 크게 한탕 해 먹을 속셈으로 속으로 주판알을 부지런히 튕겼다.

당시에 순풍약의 미색에 군침을 흘리는 부잣집 자제들이 많았다. 그들은 경쟁하듯 천문학적인 가격을 제시했다. 평생을 놀고먹을 수 있는 엄청난 돈이었다. 기생 어미는 결국 꾀를 써서 순풍약 몰래 귀신도 부릴 만한 재력을 가진 거상과 계약을 맺었다. 기생 어미와 거상은 음력 정월 대보름날 순풍약에게 미혼약을 섞은 차를 먹이고 방으로 데려가서는…….

그날 묵연은 직접 끓인 탕원을 들고 난각으로 순 누나를 찾아갔다.

문 앞까지 가니 방 안에서 거칠게 헐떡이는 소리가 들려왔다. 깜짝 놀란 묵연이 문을 박차고 들어가니, 용뇌 훈향이 확 풍겨 와 코를 찔렀다. 구역질이 났다.

어둑어둑한 불빛 아래, 돼지처럼 뒤룩뒤룩한 거상 놈이 입가에 군침을 질질 흘리며, 옷섶을 풀어 헤치고 나른하게 순풍약 위에 엎드려 몸을 들썩이며 버둥거렸다.

쨍그랑!

탕원 그릇이 바닥에 떨어져 깨졌다. 어디서 그런 힘이 났는지 묵연은 곧장 쳐들어가 거상 놈을 한바탕 두들겨 패고는 그 뚱뚱보를 눌러 제압하고, 놀라서 눈물범벅이 된 채 어찌할 바를 모르는 순풍약에게 소리쳤다.

"누나, 얼른 도망가세요!"

"그럼 너는……."

"얼른 가세요! 저는 못 가요, 이놈 잡고 있어야죠! 이러다 양

어머니가 오면 우리 둘 다 꼼짝없이 잡힐 거예요. 빨리 가세요! 빨리요! 먼저 가세요, 저도 곧 좇아갈게요!"

순풍약은 그의 은인이었다.

묵연은 그녀가 상담을 멀리 떠나 다시는 돌아오지 않기를 바랐다.

그날, 그는 마침내 영웅 노릇을 한 번 했다.

순풍약은 흐느껴 울며 그에게 읍하고는 주루에서 도망쳤다. 그런데 묵연은 미처 빠져나가지 못했다. 기척을 들은 기생 어미가 곧장 하인들을 데리고 올라왔다. 귀한 손님에게 주먹을 휘두른 것으로도 모자라 주루를 대표하는 명기를 빼돌렸다. 기생 어미는 화가 난 나머지 얼굴이 흉악하게 일그러지고 당장에라도 피를 토할 것 같았다.

기생 어미에게는 아들이 하나 있었는데 묵연과 동갑이었다. 아들놈은 심보가 고약해서 머릿속에는 온통 나쁜 생각밖에 없었다. 화가 단단히 난 어머니를 본 그는 속으로 못된 궁리를 했다. 어린아이가 독한 마음을 먹으면 때로는 어른보다 훨씬 무섭다. 사내아이는 짐승을 처단하는 방법으로 제 어머니의 심기를 건드린 동갑내기를 처벌했다.

그는 하인을 시켜 묵연을 개 우리에 가두게 했다. 우리 안은 너무 좁아서 묵연은 눕지도 서지도 못하고 쪼그리고 있어야 했다. 그들은 개밥 주듯이 그에게 음식 찌꺼기를 던져 주었다. 그렇게 꼬박 칠 일이나 지났다.

칠 일 동안 묵연은 우리에 갇힌 채, 순풍약의 허름한 방에서 지냈다. 방 안에는 용뇌 훈향 냄새와 남자의 비릿한 체액 냄새가 진동했다.

그는 곱사등을 하고 쪼그리고 앉아 있었다.

달짝지근하고 역겨운 그 냄새를 맡고 있노라니 속이 울렁거렸다.

칠 일 내내 고스란히 견뎌야 했다.

그때부터 그는 훈향 냄새만 맡으면 메스껍고 뼛속부터 공포가 배어 나왔다.

258장 천음각, 생지옥

단심전 안의 수사들은 뭐라고 하면 좋을지 몰라 고개를 떨구고 굳은 얼굴로 아무 말도 하지 못했다.

현경대사가 입을 열었다.

"참…… 업보요, 업보."

천음각 각주 목연리가 말했다.

"원한에는 상대가 있고 빚에는 빚쟁이가 있다고, 세상만사 모두 인과응보로 긴밀하게 연결되어 있는 법이지요."

여기까지 말하고 그녀는 갑자기 말머리를 돌렸다.

"그런데 묵 종사, 그런 건 이유가 될 수 없습니다. 고통과 수난을 겪었다고 목숨을 들풀같이 여겨도 되는 건 아니지요."

"그럼요."

화황각의 장로가 한숨을 내뱉으며 말했다.

"묵 선군, 억울함을 당한 건 안타깝지만, 그것도 다 당신이 출신이 천해서인걸요. 모든 게 운명의 농간입니다. 사람은 각자 운명을 타고나는 법인데, 아무리 괴롭힘을 당했기로서니 아무 상관 없는 사람들을 못살게 굴어서야 되겠습니까."

"좋은 일도 많이 하고 고생도 이만저만이 아니었지만, 우리가 알기론 당신은 나중에 사람도 죽였습니다……. 별개의 일이니 다 따져 봐야 할 것입니다."

묵연은 아무 말도 하지 않았다.

강희가 불쑥 물었다.

"그럼 어떻게 따져야 하겠소?"

"그건……."

"누가 시시비비를 제대로 가릴 수 있단 말이오? 소중하지 않은 목숨은 없소. 누가 공정한 잣대가 될 수 있다는 겁니까?"

늘 제멋대로인 강희는 천음각을 천신지기[#30]로 대우하지 않았다.

"묵연을 편들 생각은 없습니다만, 물어나 봅시다. 이곳에서 묵연과 결판을 내고 죗값을 치르게 하겠다고 했는데, 그럼 묵연의 억울함은 어떻게 된단 말이오? 묵연이 받은 불공평한 대우는?"

"……."

얼마 전에 벌어진 유혈 사태에서 피해가 가장 컸던 강희가 묵연 편을 들 줄 몰랐던 사람들은 순간 멍해졌다.

목연리가 담담하게 말했다.

"강 장문, 천음각은 언제나 공정합니다. 저희는 대대손손 칭신법기[#31]를 수호해 왔습니다. 때가 되면 자연히 법기로 묵 공자

#30 천신지기 天神地祇. 하늘의 신령과 땅의 신령
#31 칭신법기 秤神法器. 심판의 신이 만든, 죄의 경중을 판단하고 벌을 정하는 법기

의 시비와 공과를 달아 보고 형을 정할 것입니다. 그러니 염려하지 마세요."

"말을 이상하게 하시는군. 내가 무슨 상관입니까? 내가 왜 걱정을 하겠소?"

강희는 천음각을 못마땅하게 여긴 지 꽤 오래되었다. 약을 연구하는 문파이다 보니 연단술[#32]만 잘 수련하면 범인[#33]의 몸으로도 인간 세상을 마음껏 누빌 수 있다고 믿었다. 그 때문에 고월야는 다른 문파들처럼 천지신명의 후손을 맹목적으로 신봉하지 않았다.

강희는 둥글고 큰 눈을 가늘게 뜨고 쌀쌀맞게 말했다.

"그건 그렇고, 궁금하긴 하군. 당신들이 어떻게 일을 처리할지. 묵연을 심문하면 과거 일에 연루된 사람들을 모두 심문해 봐야 하는 거 아니오? 땅을 모조리 뒤집어엎어서라도, 남궁엄이 구차하게 목숨을 부지하고 있는지 확인해야 하는 거 아닙니까? 상담으로 쫓아가 순 낭자를 겁탈한 부자 놈을 찾아내야 하는 거 아니겠소? 묵연이 사람을 죽였으니 목숨으로 보상하는 게 당연한 도리라면, 개 우리에 갇혀 얻어맞고 헐벗고 배를 곯은 건? 은인이 손님에게 능욕을 당하고, 어머니가 눈을 뻔히 뜨고 굶어 죽은 건 어떻소? 누구에게 따져야 합니까?"

현경대사가 더듬거리며 물었다.

"강 장문, 어째서 죄인을 옹호하십니까?"

"옹호는 아니오만."

#32 연단술 煉丹術. 중국에서 도사가 진사(辰砂)로 황금이나 약을 만들었다는 기술을 이르던 말
#33 범인 凡人. 평범한 사람

강희는 얇은 입술을 들먹이며 해명했다.

"일전에 황산에서 남궁사와 엽망석에게 어떻게 했는지 떠올랐을 뿐이오. 같은 일이 되풀이되는 꼴을 보고 싶지 않소이다."

누군가 끼어들었다.

"상황이 다르지 않습니까? 근본적으로 다른 일입니다."

"뭐가 다르다는 거요?"

강희가 말했다.

"남궁사가 죽고 엽망석이 고월야의 병상에 누워 있으니 이제야 다르다고 하는군. 당시에는 두 사람더러 유풍문의 핏값을 목숨으로 갚으라고 핍박하지 않았소?"

강희는 홱 돌아서서 매의 눈으로 상대를 노려보며 물었다.

"그때는 어땠소이까? 천음각은 어디에 있었소? 공정을 따졌소?"

그때 검보 일로 벽담장은 유풍문과 원수를 맺었었다. 이무심의 제자 견종명이 나섰다.

"강 장문, 말씀이 편파적이시네요. 남궁사는 유풍문의 후손입니다. 원한에는 상대가 있고 빚에는 빚쟁이가 있다고, 유풍문 사람들이 모조리 죽고 없으면 또 모를까, 묵은 빚은 당연히 끝까지 따져야지요. 억울함을 당했는데 어떻게 가만있습니까?"

강희가 코웃음을 치며 말했다.

"그러니까 하는 말이 아니냐. 그것 봐라, 그대도 잘 알고 있군. 뺨을 맞았는데 가만있을 사람은 없겠지."

견종명은 할 말을 잃었다.

"그대도 그렇게 생각하고, 서상림도 그렇게 생각하는데, 묵연도 그렇게 생각할 수 있는 거 아니겠나?"

강희가 소매를 탁 뿌리치며 말했다.

"남의 일은 언제나 쉽게 얘기하는 법이지. 그런데 정작 자기가 불공평하고 잔혹한 대우를 받으면 세상에는 나쁜 놈이 이렇게나 많은데 왜 내가 당해야 하냐고 불평을 늘어놓는단 말이다."

견종명이 말했다.

"강 장문, 그 말씀은 저희가 엽망석과 남궁사를 너무 불공평하고 잔혹하게 대했다는 뜻입니까? 그럼 벽담장 검보 사건은 이대로 그만둬야 한단 말입니까?"

"남궁사도 죽고 없는 마당에 누구에게 더 따지겠다는 거냐?"

견종명이 버럭 화를 냈다.

"그럼 사존께서 억울하게 돌아가셨는데 가만있습니까? 남궁사는 죽었지만 엽망석은 살아 있지 않습니까? 엽망석이 유풍문 암성(暗城) 총령인데 어떻게 검보 사건에 아무런 책임이 없겠습니까?"

적막이 흘렀다.

강희가 성질이 못됐다는 건 모두가 아는 사실이었다. 그런데 견종명이 감히 사람들이 지켜보는 가운데 강희와 맞설 줄이야.

견종명을 한참이나 노려보던 강희가 입을 열었다.

"당시 교산에서 남궁사는 남궁장영과의 싸움에서 중상을 입었지……. 그때 남궁사가 몰래 내게 한 말이 있다."

"……무슨 말을 했습니까?"

강희는 두 눈을 꼭 감았다. 혈전 끝에 남궁장영은 숨이 간당간당 붙어 있는 남궁사에게 칼을 겨눴다. 남궁사는 죽음을 예감한 듯 힘겹게 이 한 마디를 남겼다. 강희는 그 모습이 아직도 눈에 선했다.

“유풍문의 보물을 남김없이 나눠 주어 가난한 백성들을 구제해 주십시오.”

“흠…….”

수사들은 멋쩍어하며 서로를 쳐다봤다. 무비사의 승려들은 시선을 떨어뜨리고 합장하며 낮은 소리로 염불을 외웠다.

견종명은 붉으락푸르락하더니 이를 악물고 말했다.

“남궁사는 이제 없습니다. 시체도 다 사라졌다고요. 그런데 밀실에 숨긴 보물을 무슨 수로 꺼낸단 말입니까? 그러니 마음에도 없는 입에 발린 소리지요.”

강희가 말했다.

“시체도 남기지 않고 죽을 줄은 몰랐겠지. 나는 죽음을 앞두고 남긴 말이 거짓이라고 생각하지 않는다.”

견종명은 뭔가 반박하려는 듯이 입술을 들먹이다가, 결국 아무 말도 하지 않았다.

한참 후에야 그는 다시 입을 열었다.

“강 장문께서 묵미우를 두둔하고 나서는 이유가 그겁니까? 남궁사의 교훈을 받아들여 전철을 밟지 말자?”

“공평하고 공정하게 일을 처리하는 건 본디 어렵다. 애초에 불가능하지. 여러분도 남을 질책할 때 자신을 너무 대단하게 생각하여, 자신이 정의를 대표한다고 착각하지 말기를 바랄 뿐.”

강희는 천지신명의 후손 천음각을 힐끔 보더니 말했다.

“공개 재판하는 자리라고 해서 모두 믿을 만한 건 아니지요.”

여기까지 들은 설정옹이 결국 입을 열었다.

그는 다소 지친 모습이었다. 묵연의 얼굴을 어떻게 봐야 할지 몰라 한참을 망설인 후에야 잠긴 목소리로 말했다.

"강 장문, 지극히 당연한 말씀입니다. 지난 몇 년간 수진계는 정세가 험악하여 파란곡절이 많았습니다. 많든 적든 어리석은 짓을 저지르지 않은 문파가 없었으니 말이오. 그러니 공평과 공정을 논할 자격이 있는 자가 어디 있겠습니까? 휴, 사실……."

설정옹은 한숨을 내쉬며 눈을 감았다.

"사실, 어찌 두 손으로 직접 죽이는 것만이 살인이겠습니까. 당시 유풍문의 가격 조정령도 무고한 백성들의 목숨을 얼마나 많이 앗아 갔습니까. 이 설 아무개는 사십여 년을 살면서 세운 공적도 별로 없고 신선이 되기에도 부족한 몸이지만, 역사에 길이 남기를 바라지는 않소이다. 다만 이 난세에 닥친 고난이 조금이라도 줄었으면 좋겠습니다."

말하는 동안 그의 눈동자는 초점을 잃고 풀어졌다.

사생지전의 존주는 애써 침착한 척했지만, 오랫동안 정성을 다해 키운 아이가 친조카가 아니라는 사실 앞에서 완전히 무너졌다.

설정옹이 웅얼웅얼 말했다.

"아무도 고통받지 않았으면 좋겠습니다. 단 한 사람이라도 말입니다……."

그때 한쪽에 있던 목연리가 냉랭하게 말했다.

"설 장문께선 참 마음씨가 어질고 너그러우십니다. 그런데 이렇게 죄인에게 관용을 베푸는 게 곧 재난 때문에 억울하게 죽은 백성들과 무고하게 말려들어 고통받은 사람들을 존중하지 않는 행위라는 생각은 해 보셨습니까? 천음각은 능력에 한계가 있어 모두의 죄를 일일이 따져 처벌하지는 못하지만, 일벌백계[#34]는 할 수 있습니다. 묵연의 일을 맡게 된 이상 절대 대충 넘어가지 않을 겁니다. 설 장문께서도 이해해 주시리라 믿습니다."

설정옹은 말문이 턱 막혔다.

말을 마치고 목연리는 묵연을 돌아봤다.

"묵 종사. 일대기도 다 털어놨겠다, 동정도 얻을 만큼 얻었겠다, 다른 얘기를 좀 하는 게 어떻습니까?"

묵연이 담담한 눈빛으로 그녀를 바라보며 물었다.

"무슨 얘기 말입니까?"

"조금 전에 두부 점포 아가씨가 능욕을 당하고 살해된 사건은 당신 소행이 아니라고 했죠?"

목연리가 말했다.

"그 말은 믿겠습니다. 그렇지만 결코 책임을 면할 수 없는 죽음이 더 있습니다."

묵연이 두 눈을 꼭 감은 채 말했다.

"각주, 제대로 조사하셨습니까?"

목연리가 냉담하게 말했다.

"그럼 어디 한번 해명해 보세요. 설 장문의 진짜 조카 묵염을 어떻게 죽였는지 말입니다."

그때, 울분에 찬 목소리가 불쑥 끼어들었다.

설몽이 눈물이 그렁그렁해서는 이를 악물고 낮은 소리로 울

#34 일벌백계 —罰百戒. 사람들에게 주의를 주기 위해 본보기로 한 사람을 엄하게 처벌하는 일

부짖었다.
"그만, 그만하세요!"
목연리는 그를 힐끗 보더니 평가하듯이 말했다.
"……비겁하게 회피하려 하다니, 하늘의 총아도 별 볼 일 없군요."
대답 대신 용성이 경고하듯이 굉음을 냈다. 용성이 목연리의 뺨을 아슬아슬하게 스쳐 기둥에 깊숙이 꽂히면서 나무 파편이 사방으로 흩날렸다.
목연리는 피하기는커녕 눈 하나 깜짝하지 않았다. 어여쁜 눈동자가 얼음처럼 차갑게 설몽을 바라보고 있었다.
설몽은 어금니를 꽉 깨물었다. 얼굴의 잔근육들이 바들바들 떨렸다.
"친조카네, 비둘기가 까치집을 차지했네, 바뀌었네…… 언제까지 떠들어 댈 겁니까?"
설몽이 용성을 기둥에서 확 뽑아냈다. 가슴이 거칠게 부풀었다 쪼그라들었다.
그는 아무도 보지 않고 우리에 갇힌 짐승처럼 실성하고 날뛰었다.
"다 지껄였습니까? 구경났습니까? 재미있습니까?"
왕 부인이 낮은 소리로 말렸다.
"몽아……."
설몽은 어머니의 만류에도 아랑곳하지 않고, 눈시울이 시뻘게 진 채 용성을 빼 들고 사방을 쓱 둘러보며 말했다. 자조하는 것 같기도 하고 경멸하는 것 같기도 한 말투였다.

"한 시대의 종사가 살인마로 전락하고, 형제 사이가 완전히 틀어지고, 집안 식구들끼리 원수가 된 걸 보니 속 시원해 죽겠습니까?"

목소리는 고장 난 훈[#35]처럼 갈라지고, 끝소리는 깃털이 떨리듯 떨렸다.

"당신들 정말 공평한 처사를 위해, 진실을 밝히기 위해 모인 게 맞습니까?"

설몽은 잠시 멈추더니 이를 악물고 소리쳤다.

"소란을 틈타 복수하려는 거 아니냐고요!"

강희가 미간을 찌푸리고 불쾌함을 드러냈다.

"설 소주, 추태 좀 그만 부리지."

설몽이 고개를 홱 돌려 그를 매섭게 노려봤다.

"당신이 뭔데 간섭입니까?"

"몽아!"

설정옹이 벌떡 일어나 설몽의 어깨를 잡아당겼다. 손이 닿는 순간 설정옹은 저도 모르게 흠칫했다. 설몽은 버럭 화를 내며 으르렁거렸지만 몸을 후들후들 떨고 있었기 때문이었다.

"듣고 싶지 않습니다."

설몽은 한 글자, 한 글자 딱딱 끊어 가며 증오를 가득 담아 말했다.

"다 거짓입니다. 거짓말이라고요. ……이 사기꾼들!"

설정옹이 말려 보려고 했지만 설몽은 이미 사람들을 밀치고 단심전을 뛰쳐나가 버렸다.

#35 **훈** 壎. 흙을 구워서 만든 고대 악기

처음부터 끝까지 설몽은 묵연에게 눈길을 주지 않았다.

사실 누가 거짓을 고하고 진실이 무엇인지, 설몽은 누구보다 잘 알고 있었다. 그런데 세상에는 머리로는 알지만 마음으로는 받아들이기 힘든 일이 많은 법이다.

초만녕의 죽음을 제외하면, 이십여 년간 설몽은 큰 재난 없이 순탄하게 살았다. 바로 그런 순조로움 때문에 설몽은 지금까지도 천진난만한 아이 같았다. 결코 좋은 건 아니었다. 어린아이처럼 마음이 순수하기도 하지만, 경솔하고 무식하며 충동적이고 예민하기 때문이다.

설정웅은 멀어지는 설몽의 뒷모습을 한참이나 넋 놓고 바라본 후에야 천천히 자리에 앉았다.

그는 이제 젊지 않았다. 반백에 가까웠고, 자세히 보면 흰머리도 꽤 있었다. 진실을 마주할 자신은 없었지만 자리에 앉는 수밖에 없었다.

앉으면 조금이라도 더 침착할 수 있을 것 같았다.

얇은 얼음이 한층 얼어붙은 것처럼 목연리의 얼굴에는 온기가 하나도 없었다. 목연리는 감정 없이 사실만 놓고 옳고 그름을 따졌다.

"묵미우, 직접 말하겠습니까, 아니면 아까처럼 증인을 데려올까요?"

묵연은 차분했다.

마치 사형수처럼 차분했다.

"수고를 끼칠 필요 없습니다."

묵연이 말했다.

"그 일의 증인이 살아 있다면 필시 보고 싶지 않은 얼굴일 테니까요."

묵연이 서서히 고개를 들었다.

희미한 햇빛이 그의 창백한 얼굴을 비췄다.

"제가 직접 말씀드리겠습니다."

목연리가 손짓하자 천음각의 하인이 재빨리 의자를 가져왔다. 목연리는 느긋하게 자리를 잡고 앉아 한 손으로 턱을 괴고 긴긴 이야기를 들을 준비를 했다.

"시작하세요."

묵연은 눈을 감고 잠시 생각에 잠기는 듯하더니 입을 열었다.

"그 일은, 한 장사치와 관련이 있습니다."

"장사치라니요?"

"……수진계에 '소식통'이라는 생업이 있는 건 여러분도 아실 겁니다."

마운 장주는 익히 아는지라 손을 번쩍 들며 말했다.

"맞아요, 맞아요. '소식통'이라면 저희 산장이 잘 압니다. 골목골목을 두루 돌아다니며 항간의 소문을 알아내서 이득을 취하는 사람들입니다."

묵연이 말했다.

"맞습니다. 백부님도 '소식통'에게 죽은 형의 유복자[#36]를 찾아 달라고 부탁하셨죠."

그 일은 설정옹도 기억하고 있었다. 바로 그 '소식통'이 제공한 단서로 묵연을 찾았으니까. 당시 취옥루는 불바다가 되었고

#36 유복자 태어나기 전에 아버지를 잃은 아이

어린 묵연이 유일한 생존자였다. '소식통'은 하늘이 도왔다, 큰 재난 속에서도 죽지 않았으니 반드시 복이 있을 거라며 연신 감탄했다. 설정옹은 감격에 겨운 그 얼굴을 잊을 수 없었다.

"부탁을 받은 '소식통'은 여기저기 알아보고 가닥이 잡히자 곧장 사람을 찾으러 취옥루로 향했습니다. 묵씨 성의 여자를 찾아갔죠."

누군가 궁금해서 물었다.

"그게 누굽니까?"

"설 장문 형님의 부인입니다. 다들 묵 낭자라고 불렀지요. 부잣집 서녀였습니다."

누군가 경악하며 말했다.

"묵 낭자라면, 취옥루 기생 어미의 이름 아닙니까?"

"아까 듣자니 악독한 여자 같던데요."

묵연이 담담하게 말했다.

"날 때부터 악독했던 것은 아닙니다. 어머니께 듣자니 묵 낭자 역시 어머니와 비슷한 처지로, 불쌍한 사람이었다고 합니다. 젊을 때 사랑하는 남자가 있었는데 무척이나 가난하고 이름도 없는 수사였습니다. 남자는 하수진계에 명성 높은 대문파를 세우겠다고 호언장담했고, 묵 낭자는 남자가 야심을 이룰 수 있게 가지고 있던 돈과 장신구를 탈탈 털어 도와줬습니다."

설정옹이 웅얼웅얼 말했다.

"제 형님입니다……."

묵연이 계속해서 말했다.

"떠나면서 남자는 대업을 이루면 반드시 돌아와 삼서육례를 치르고 떠들썩하게 아내로 맞이하겠다고 굳게 맹세했습니다. 사랑을 담은 시도 선물했습니다. '안개 자욱한 강 위, 아름답게 장식한 놀잇배, 미녀의 비파 가락 잔잔하게 울려 퍼지고, 길 떠나는 낭군은 묵묵히 가슴에 새기네.' 이 시는 나중에 소식통이 묵 낭자를 알아보는 증표가 되기도 했죠."

사람들은 늘 이런 남녀 간의 일을 흥미로워했다.

한 여수사가 물었다.

"설마 사생지전의 선대 장문도 남궁엄처럼 아내를 버렸습니까?"

설정옹이 즉각 눈을 둥그렇게 뜨고 큰소리로 꾸짖었다.

"허튼소리! 어찌 내 형님을 그런 사람으로 보는 거요! 형님은 한순간도 묵 낭자를 잊은 적이 없었소."

죽은 형 얘기가 나오자 설정옹은 눈시울을 살짝 붉히며 슬픔을 감추지 못했다.

옆에 있던 선기 장로가 한마디 거들었다.

"말조심하세요. 선대 장문은 불행하게도 문파를 세운 지 얼마 안 되어 격전에서 돌아가셨습니다. 일부러 약조를 어긴 게 아니란 말입니다. 생전에 늘 존주 앞에서 그 낭자 얘기를 꺼내면서, 문파가 안정되면 바로 데리러 가겠다고 했습니다. 남궁엄과는 질적으로 다릅니다."

"확실히 그렇습니다."

묵연이 말했다.

"묵 낭자는 어쨌든 어머니보다는 운이 좋았습니다. 남편이 죽었는데도 잊지 않고 데리러 오는 사람이 있었으니까요. 반면 남궁엄은 멀쩡하게 살아 있으면서 한 번도 저와 어머니의 존재를 인정하지 않았습니다."

"하! 이제 알겠네요! 그것 때문에 질투심에 눈이 멀어 살쾡이를 태자와 바꿔치기하는 것처럼 묵 낭자를 살해하고 취옥루를 불살라 친아들인 척 가장한 거로군요!"

말도 안 되는 악의적인 억측에 묵연은 '대단히 총명한' 그 수사를 한번 보더니 말했다.

"단언컨대 친아들인 척 가장할 마음은 없었습니다."

수사가 떫은 얼굴로 코웃음을 쳤다.

"그럼 어떻게 된 일이란 말입니까? 누가 사생지전의 공자인 척 연기하라고 협박이라도 했습니까?"

대체 어떻게 된 일일까?

사실 많은 일들이 처음에는 우리가 지금 알고 있는 것과 완전히 다르다. 나비의 작은 날갯짓이 바람과 구름을 일으키고, 강산을 변하게 하는 것이리라. 묵연은 저도 모르게 이런 생각이 들었다.

처음부터 설정옹의 조카 행세를 하려 했던 게 아닌 것처럼, 묵 낭자가 처음부터 온갖 나쁜 짓을 일삼는 기생 어미가 아니었던 것처럼, 그녀에게도 온화하고 어질던 젊은 시절이 있었고, 창가에 서서 낭군님이 돌아오기를 손꼽아 기다리던 세월이 있었다. 애가 들어섰다는 걸 알고 기쁜 마음에 아득히 먼 곳에 있는 임에게 서신을 띄웠고, 아버지가 된 남자는 감격스러운 마음이 넘치게 녹아 있는 회신을 보내왔다.

그녀에게도 이런 좋은 시절이 있었다.

첩의 딸이면 어떻고, 사람들이 사랑하는 남자를 이름 없는 졸병이라고 비웃으면 또 어떻고, 혼인하기도 전에 애부터 배면 어떠랴. 언젠가는 사랑하는 임이 약조대로 데리러 올 텐데. 그녀는 한 치의 의심도 없이 그렇게 믿었다.

그런데 세월은 속절없이 흘러가고, 나중에는 사흘에 한 번 오던 서신이 이레에 한 번 오고, 이레에 한 번 오던 서신이 한 달에 한 번 오더니 결국은 연락이 끊기고 말았다.

묵 낭자는 실의에 빠졌다. 부모님을 속이고 시작한 사랑인지라 선뜻 집으로 돌아갈 수도 없었다. 망설임 끝에 그녀는 핏덩이를 안고 돌아갔다. 아버지는 크게 화를 냈고, 정실부인도 온갖 욕설을 퍼부으며 창피를 주었다. 묵 낭자는 홧김에 집을 뛰쳐나왔다. 그렇게 여기저기를 전전하다, 결국 부잣집 규수에서 취옥루의 기생 어미로 전락했다.

세상은 요지경이요, 운명은 용광로라, 어찌할 바를 몰라 하며 들어갔다 나오면 원래의 모습을 완전히 잃을지도 모른다.

묵연이 그랬고, 묵 낭자 역시 그랬다.

소식통이 찾아간 건 그녀가 천진난만한 부잣집 아가씨 노릇을 그만둔 지 십사 년이 되던 해였다.

설정옹의 부탁을 받고 온 소식통은 느긋하게 자리에 앉더니, 접부채를 좌라락 펼치고 웃으며 말했다.

"기생 어미는 어디 갔느냐? 가서 불러오너라."

잠시 후, 기생 어미가 왔다. 그녀는 복숭아색 솜옷에 담황색 어깨걸이를 걸치고, 허리를 살랑살랑 흔들며 다가와서는, 담뱃대로 주렴을 걷어 올리고 방실방실 웃으며 말했다.

"아이고, 공자, 이 새벽에 노래 들으러 오셨어요? 비파가 좋으세요? 아니면 양금[#37]이 좋으세요? 저희 악관이 금석사죽[#38] 중에 못하는 게 없답니다. 오늘 첫 손님이시니, 제가 저렴하게 모시겠습니다."

인생이란 게 참 그렇다. 십사 년 전 사랑하는 남자가 먼 길을 떠날 때, 그녀는 주렴 옆에서 청아하고 아름다운 얼굴에 처량하고 가련한 표정을 담고 멀어져 가는 임의 뒷모습을 끝까지 바라보았다.

십사 년 후, 사랑하는 남자의 아우는 마침내 그녀를 찾아냈고, 세월의 주렴은 아득한 시간이 지나 다시 걷혔다. 그동안 온갖 세상일을 두루 경험한 여자는 빛을 잃어 더 이상 지난날처럼 반짝이지 않았다. 꽃사슴처럼 수줍어하며 얼굴을 붉히던 여자는 오래전에 이미 죽고, 남은 건 취옥루에 들어앉아 담뱃대를 물고 떵떵거리는 중년 부인이었다.

하지만 돈독이 오를 대로 오른 소식통이 그녀의 몰락을 안타까워할 리가 없었다. 그는 여유롭게 부채를 흔들며 말했다.

"노래는 됐고, 사람을 찾으러 왔소이다."

기생 어미는 미소를 싹 거두더니 냉랭하게 말했다.

"사람을 찾으러 오셨다고요? 누구요?"

소식통이 느릿느릿 말했다.

"안개 자욱한 강 위, 아름답게 장식한 놀잇배, 미녀의 비파 가락 잔잔하게 울려 퍼지고, 길 떠나는 낭군은 묵묵히 가슴에 새기네."

#37 **양금** 洋琴. 채로 줄을 쳐서 소리를 내는 현악기의 하나
#38 **금석사죽** 金石絲竹. 옛날의 중요한 네 가지 악기. 즉 종, 경쇠, 현악기류, 관악기류를 가리킴

앞 구절까지 들었을 뿐인데 기생 어미는 대뜸 낯빛이 달라졌다. 소식통이 뒤 구절까지 읊자 여자는 얼굴이 새하얗게 질려 입술을 파르르 떨었다. 가느다랗게 다듬은, 퍽 쌀쌀맞아 보이는 눈썹이 톡톡 실룩거렸다. 여자는 손수건으로 놀란 가슴을 한참이나 누르고 있더니 그제야 달달 떨며 물었다.

"당, 당신 대체…… 누구예요?"

소식통이 웃으며 대답했다.

"내 짐작이 맞으면, 드디어 설 도사님이 부탁한 사람을 찾은 것 같소. 묵 낭자, 그동안 잘 지냈소?"

묵 낭자는 다리의 힘이 풀려 휘청휘청하더니 오동나무 둥근 걸상에 털썩 주저앉았다. 그녀는 가쁜 숨을 몰아쉬며 붉으락푸르락하더니 대청에 소식통만 남겨 놓고 하인들을 모두 물러가게 했다. 그녀는 황홀함과 슬픔, 처량함, 온갖 감정이 복잡하게 뒤섞인 눈으로 장사치의 얼굴을 뚫어져라 쳐다봤다.

소식통은 담담한 표정으로 주전자를 들어 뜨뜻미지근한 찻물을 가득 따라 건네며 말했다.

"우선 차부터 좀 마시오."

묵 낭자는 바들바들 떨리는 손으로 찻잔을 들어 한 모금 마셨다. 다시 한 모금, 차를 다 마시고도 빈 찻잔을 몇 번이나 입에 갖다 대고 나서야 그녀는 고개를 들고 물었다.

"설…… 설 낭군이 보냈어요?"

소식통이 탄식하며 대답했다.

"솔직히 말하면, 낭자가 그리워하는 설 선군은 오래전에 이미 세상을 떠났소."

"네?"

"선군의 아우가 형님의 연인을 찾아 달라고 부탁했소. 당시 형제는 하수진계에서 문파를 세워 돈깨나 만졌고, 정처 없이 떠도는 나그네 신세에서 벗어났소. 설립 초기에는 이런저런 일로 바빠서 도저히 몸을 뺄 수 없었소. 그러다가 한번은 귀신과 싸우게 되었는데, 불행하게도 그만……."

묵 낭자는 소식통의 말을 다 듣기도 전에 얼굴을 가리고 펑펑 울었다.

소식통이 한참을 타이르며 위로하고 나서야 그녀는 겨우 흐느낌을 멈췄다.

"설 선군이 돌아가시기 전에 아우에게 당신 얘기를 많이 했나 보오. 그 아우란 사람이 지난 몇 해 동안 계속해서 당신 행방을 찾았소."

묵 낭자는 믿을 수 없다는 듯이 소식통의 손을 확 잡으며 말했다.

"아까 그 시, 다시, 다시 한번 읊어 주세요! 그 사람이 죽었다는 게 도저히, 도저히 믿기지 않아서 그래요……."

이번 거래의 성패를 좌우하는 구절이라 소식통은 막힘없이 달달 외웠다.

"안개 자욱한 강 위, 아름답게 장식한 놀잇배, 미녀의 비파 가락 잔잔하게 울려 퍼지고, 길 떠나는 낭군은 묵묵히 가슴에 새기네."

묵 낭자는 '아' 하고 낮은 소리로 외마디 비명을 지르더니, 다시 눈물이 그렁그렁해서 말했다.

"그 사람이, 그 사람이 그동안 저를 찾지 않은 게 그것 때문이었다니……. 전 또 마음이 변한 줄 알고…… 원망도 많이 했는데……."

소식통이 한탄하며 물었다.

"일이 그렇게 되었으니 너무 상심하지 마오. 아 참, 아들이 하나 있다고 들었소만?"

"네…… 네, 네네!"

묵 낭자는 흐느껴 울며 위층 난각에 대고 소리쳤다.

"염아, 염아…… 묵염! 어서, 어서 내려와라!"

그런데 난각 문을 열고 나온 사람은 묵염이 아니라 바람만 불어도 쓰러질 것 같은 아이였다.

아이는 빨랫감을 잔뜩 안고 옷가지 틈으로 작고 여윈 얼굴을 빼꼼 내밀었다. 볼에는 퍼렇게 멍이 들고 어딘가 겁에 질린 모습이었다.

소식통이 머뭇거리며 물었다.

"이 아이가…… 아드님이오?"

"아, 아닙니다, 아니에요."

묵 낭자가 눈물을 닦으며 말했다.

"잡일 하는 심부름꾼 아이예요."

소식통이 한숨을 후 내쉬더니 활짝 웃으며 말했다.

"오, 그렇소?"

묵 낭자가 아이를 돌아보며 물었다.

"묵연, 염이 어디 갔니?"

259장 천음각, 죄명을 뒤집어쓰다

무비사의 현경대사가 여기까지 듣고는 한숨을 푹 내쉬면서 말했다.

"아미타불, 묵 공자는 역시나 설 장문의 친조카가 아니네요. 정말 악연입니다."

다른 누군가가 반응했다.

"아…… 그 아이였군요?"

옆에 있던 수사가 궁금해서 되물었다.

"그 아이라니요?"

"아까 언급했던 그 아이 말입니다. 묵 종사를 개 우리에 가두자고 했던."

그 수사가 말했다.

"묵 종사와 동갑에 묵 낭자의 아들이니."

그는 잠시 생각에 잠기는 듯하더니 문득 뭔가를 깨달았는지 이마를 '탁' 치며 말했다.

"알 것 같네요. 그 모자를 해하고 조카 자리를 차지한 건 탐욕 때문이 아니라 원한 때문이었군요!"

일리 있는 분석이라 여긴 사람들은 하나둘 묵연에게 경멸과 연민의 눈빛을 보냈다.

"그거 말 되네요."

"아이고, 미운 사람은 불쌍한 데가 있는 법이라더니."

여기저기서 탄식이 터져 나왔다. 목연리가 목청을 가다듬자 주위는 삽시간에 조용해졌다.

"묵 종사, 듣자니 취옥루에서 지내는 동안 늘 배불리 먹지 못하고 온갖 학대를 받았다고 하던데. 기생 어미도 때리지 않으면 욕을 퍼붓고. 맞습니까?"

묵연이 담담하게 대답했다.

"……네."

"기생 어미의 아들이 당신을 개 우리에 가뒀던 그 아이 맞습니까?"

"맞습니다."

조금 전의 짐작이 하나하나 사실로 판명되자 사람들의 탄식은 더욱 거세졌다.

"그것 보세요, 역시 원한 때문에 살기를 품은 게 맞네요. 그 모자가 얼마나 미웠을까."

틀린 말은 아니었다. 어떻게 미워하지 않을 수 있겠는가? 둘은 동갑이었지만 묵염은 묵연보다 훨씬 건장했다. 게다가 묵염은 기생 어미의 아들이라 아무도 감히 건드리지 못했다. 아들놈은 어려서부터 흉악하고 비열했는데, 걸핏하면 묵연에게 화풀이를 하기 일쑤였고, 사고를 쳐도 꼭 묵연에게 뒤집어씌우곤 했다. 그는 온갖 나쁜 짓을 저지르고 묵연이 대신 벌받게 했다.

정직한 묵연은 억울함을 당해도 감히 묵염에게 복수하지 못했다.

그때 묵연에게 주어진 거라고는 하루에 유선병 하나가 전부였다. 함부로 대들다가는 마지막 한 입마저 뺏길지도 몰랐다. 그러다 보니 매를 맞아도, 누명을 써도, 그는 찍소리도 하지 못했다. 정말 못 견딜 것 같으면 밤이 깊어 인적이 드물 때 곳간에 웅크리고 앉아 눈물을 흘리곤 했다.

혹시라도 잠을 깨우면 또 한바탕 두들겨 맞아야 했기 때문에 감히 소리도 내지 못했다.

목연리가 물었다.

"그들이 원망스러웠습니까?"

묵연은 눈꺼풀을 들어 올려 쌀쌀한 눈빛으로 그녀를 바라보며 말했다.

"……물론입니다."

"그런데 여태 묵 낭자의 성을 따르고 있네요. 그렇게 증오하면서 바꿀 생각은 하지 않았습니까?"

묵연이 말했다.

"묵씨 성은 취옥루의 성입니다. 그곳에서 몸을 판 하인들은 모두 묵씨 성을 따랐습니다. 우리는 묵 낭자를 '어머니'나 '엄마'라 불렀어요. 다들 그렇게 부르니 저도 입에 배어 바꿀 생각을 못 했습니다."

"모두에게 그렇게 못되게 굴었습니까?"

"……아니요."

묵연이 말했다.

"처음부터 저를 탐탁지 않아 했습니다. 그러다가 제가 누님을 놓아주니 더더욱 미워하더군요."

"어느 정도로 미워했습니까?"

사실 대답하기 하나도 어렵지 않은 질문이었다. 취옥루에 있는 오랜 세월 동안 묵연은 섣달 그믐날 밤에만 겨우 고기 한 점을 먹을 수 있었는데, 그마저도 손님이 뜯다 남긴 비계였다. 그 밖에는 하루에 유선병 하나가 다였다. 가장 더럽고 힘든 일을 도맡았고 자칫하면 채찍 세례를 받아야 했다.

그러나 묵연은 더는 얘기하고 싶지 않았다.

"그 얘기는 하고 싶지 않습니다."

"좋아요. 크게 문제될 게 없으니 다른 얘기 합시다."

목연리가 또 물었다.

"묵 낭자가 하도 못살게 굴어서 묵염의 행방을 물었을 때 거짓말을 했습니까? 그때 속으로 이미 계획을 세웠습니까?"

"아니요."

어떻게 감히 거짓을 고하겠는가? 묵연의 파리 목숨과 옷가지, 입에 풀칠할 먹거리가 모두 기생 어미의 손에 달렸는데. 당시 기생 어미가 추궁하니 어린 묵연은 매질에 버릇이 든 개처럼 움찔하며 기어들어 가는 소리로 대답했다.

"묵염 공자는 서당에 갔습니다……."

자기 아들을 잘 아는 묵 낭자는 속으로 생각했다.

'그럴 리가? 글공부라면 질색하는 놈이니 보나 마나 어디에서 정신없이 놀고 있겠지.'

그런데 소식통이 바로 옆에 있는지라 묵 낭자는 헛기침을 한 번 하고 고개를 끄덕이며 말했다.

"아이고, 제 아들이 이렇게 철들고, 뭐든 열심히 한답니다. 보세요, 또 글공부하러 가고 없네요."

소식통은 껄껄 웃으며 맞장구를 쳤다.

"부지런하고 배우기를 즐겨 하니 좋은 거 아니겠소. 이렇게 함세. 내 사생지전의 존주께 서신을 넣으리다. 어차피 곧 있으면 삼촌과 조카가 만나게 될 테니 급할 것 없소."

감격한 묵 낭자는 자리에서 일어나 털썩 꿇어앉았다.

"나리, 고맙습니다. 앞으로 부귀영화를 누리게 되면 나리의 이 은혜 잊지 않고 보답하겠습니다."

소식통이 떠난 후 묵 낭자는 한참이나 그 자리에 멍하니 앉아, 끝없는 사색에 빠져 울고 웃기를 반복했다.

그렇게 한나절이나 넋을 놓고 있다, 겁을 먹고 구석에 꼼짝 않고 서서 자신을 바라보는 묵연이 눈에 들어왔다.

단의한에게서 과거의 자기 모습이 보여서 그랬는지, 묵연이 겁도 없이 돈줄을 빼돌려서 그랬는지, 아니면 다른 무엇 때문이든, 묵연이 기억하는 것처럼 그녀는 어린 묵연을 몹시도 미워했다. 게다가 날이 갈수록 미움은 더 커졌다.

제정신으로 돌아온 묵 낭자가 묵연을 흘기며 호통쳤다.

"뭘 봐?"

어린 묵연은 재빨리 가늘고 긴 속눈썹을 떨어뜨리며 말했다.

"죄송합니다."

"입으로는 죄송하다고 하면서 속으로는 이렇게 울었다 웃었다 하는 내가 한심하다고 생각하지?"

"……."

숨죽이고 얌전하게 고개를 떨구고 있는 묵연을 본 묵 낭자는 그를 위아래로 훑어보더니 성가시다는 듯이 말했다.

"됐다, 네가 뭘 알겠니? 길러 준 은혜도 모르고 뒤통수나 치는 개자식."

개자식이라고 불리는 것에 익숙해진 묵연은 고개를 푹 숙이고 아무 말도 하지 않았다.

"여기서 알짱거리지 말고 가서 묵염이나 찾아와. 오늘은 기분이 좋아서 봐준다. 나를 속일 생각은 하지 마. 서당에 안 갔다는 거 안다. 가서 데려와, 긴히 할 얘기가 있으니까. 얼른."

묵염을 찾아오라는 말에 묵연은 저도 모르게 몸을 부르르 떨었다. 그는 얌전하게 고개를 끄덕이고는 나지막이 대답했다.

"네, 어머니."

"앞으로는 어머니라고 부르지 마."

묵 낭자는 코를 찡그리고 말했다.

"좀 있으면 이 취옥루를…… 됐다, 잔말 말고 얼른 가서 데려와."

해 질 무렵, 묵연은 조마조마한 마음으로 기생 어미의 분부에 따라 취옥루 근처를 돌아다니며 묵염을 찾았다.

빨리 찾아내고 싶은 건지, 천천히 나타나길 바라는 건지, 묵연은 마음이 헷갈렸다. 찾아내면 묵염이 흥을 깼다며 한바탕 욕지거리를 퍼부을 게 뻔하고, 혼자 돌아가면 묵 낭자가 밥만 축내는 식충이라고 온갖 비난을 퍼부을 게 분명했기 때문이었다.

묵연은 핏빛 석양 아래에서 힘없이 걷고 또 걸었다.

그때까지만 해도 묵연은 자신이 묵염과 뒤바뀔 운명이라는 걸 알지 못했다.

그는 구석구석 착실하게 찾아다녔다.

강변, 도박판, 기생집, 닭 싸움장……. 묵염이 자주 가는 곳을 하나하나 샅샅이 뒤졌지만 찾지 못하고 놀림만 당하다 쫓겨났다.

수소문 끝에, 묵염이 오후에 어중이떠중이들과 함께 커다란 마대 자루를 들고 교외에 있는 방앗간으로 갔다는 걸 알아낸 묵연은 별생각 없이 서둘러 방앗간으로 갔다.

오래전에 폐기된 방앗간은 주변이 온통 무덤이라 인적이 드물었다. 묵연은 내내 종종걸음으로 서둘러 방앗간에 도착했다. 미처 들어가기도 전에 안에서 술렁이는 소리가 들려오더니, 옷차림이 흐트러진 소년들이 우르르 걸어 나왔다. 앞장선 사람은 다름 아닌 묵염이었다. 그는 고개를 숙이고 허리띠를 묶고 있었다.

묵연이 서둘러 다가서며 말했다.

"공자, 어머니께서 모셔 오라 하셨어요. 하실 말씀이……."

소년들은 하나같이 큰 재앙이 들이닥친 것처럼 잔뜩 겁을 먹은 표정이었고, 몇몇은 놀라서 눈물까지 흘리며 한쪽에 웅크리고 서서 덜덜 떨고 있었다.

묵연은 잠시 멍해졌다. 여러 해 동안 온갖 괴롭힘을 당하면서 경각심이 생긴 묵연은 자신을 노려보는 묵염의 시뻘건 눈을 보고 그대로 걸음아 날 살려라, 도망쳤다.

반응이 빠른 묵염이 냉큼 소리쳤다.

"잡아!"

묵연은 무리의 상대가 못 되었다. 몇 걸음 못 가 놈들에게 붙잡혀 묵염 앞으로 끌려갔다.

누군가 나지막이 말했다.

"어떡하지, 염아, 큰일 났어."

"이 녀석이 본 이상 도망칠 수도 없고."

"아니면 이 자식까지 마저……."

무슨 말을 하는지 도무지 알 수 없었지만 소년들의 앳된 얼굴이 흉악하게 일그러졌다는 건 알 수 있었다. 그 얼굴들이 '악마'라는 두 글자에 대한 묵연의 첫인상이었다.

묵염은 눈을 가늘게 뜨고 묵연을 노려봤다. 그는 무리에서 가장 침착하고 가장 음흉한 놈이었다.

묵염이 잠시 생각하더니 말했다.

"죽이지 마."

묵연은 온몸이 오싹해서 고개를 번쩍 들었다.

'죽인다고?'

묵연은 그들이 자신을 때리고 욕하고 모욕을 주긴 했어도, 열네다섯 되는 소년들의 입에서 '죽인다'는 말이 나올 줄은 상상도 못 했다.

그는 순간 멍해지면서 아무런 반응도 하지 못했다.

그때 묵염이 입을 열었다.

"이 자식을 방앗간에 가둬."

"……."

무리는 서로 쳐다볼 뿐 어찌할 바를 몰랐다. 그러다 탐욕스럽게 생긴 한 소년이 맨 먼저 제정신으로 돌아왔다. 그는 콧물을 질질 흘리며 두 뺨이 시뻘게져서는 째지는 듯한 소리로 외쳤다.

"좋아, 아주 좋아! 좋은 생각이야!"

그러더니 하나둘 묵염의 의중을 알아차리고 환호했다.

"아하! 무슨 뜻인지 알겠다! 역시 묵염이 최고야!"

철천지원수를 보듯이 묵연을 노려보던 무리가 갑자기 굶어 죽기 직전의 이리 떼가 토실토실한 새끼 양을 보듯이 빤히 봤다.

무리는 다짜고짜 묵연을 방앗간에 밀어 넣고 문을 잠가 버렸다.

손이 가는 대로 마구 두드리며 발버둥 쳤지만 굳게 닫힌 문은 꿈쩍도 하지 않았다. 방앗간은 창문도 없어서 희미한 석양빛이 허름한 널빤지 사이를 비집고 들어올 뿐, 사방이 온통 컴컴했다.

"내보내 주세요! 저 좀 꺼내 주세요!"

밖에서 누군가 고래고래 소리 질렀다.

"관청에 신고해, 얼른 관청에 신고해!"

"빨리, 서둘러! 여기서 지키고 있을 테니까 걸음이 빠른 사람이 가서 관청에 신고해!"

한참을 두드리고 소리 질러 봤지만 문이 열리지 않자 묵연은 포기하고 멍하니 돌아섰다. 어슴푸레한 노을빛을 빌어 주위를 둘러보니, 방 안에 누군가 누워 있었다.

여자아이였다.

어딘가 낯이 익어 곰곰이 생각해 보니 동쪽 시장에 있는 두부 점포의 여식인 것 같았다. 최근 묵염은 종종 그 여자에게 치근거리곤 했다.

갈기갈기 찢긴 옷 속에 가녀리고 풋풋한 알몸이 손발을 나란히 벌리고 덩그러니 누워 있었다. 몸 구석구석에 얼룩덜룩 멍이 들고, 소중한 그곳은 더욱 쑥대밭이 되어 있었다…….

밖에 있는 짐승만도 못한 놈들에게 능욕을 당하다 숨이 끊어진 것이었다. 멀건 눈을 휘둥그렇게 뜨고 묵연이 있는 문 쪽을 바라보는 여자아이의 얼굴에는 눈물 자국이 그대로 남아 있었다.

너무 놀라 잠시 멍해 있던 묵연은 이내 제정신으로 돌아와 비명을 꽥 지르며 털썩 주저앉았다. 그제야 밖에 있는 놈들이 무슨 짓을 저질렀는지, 뭘 하려는 건지 알 것 같았다.

몇 번이고 호의를 보였지만 거절당하자 묵염이 흑심을 품은 것이었다. 여자네 집안이 별 볼 일 없어서 만만한 상대라는 걸 알고, 친구들을 불러 모아 여자를 방앗간으로 꾀어내서는 돌아가며 더럽혔다. 개새끼들은 여위고 허약한 여자를 거칠게 덮쳤고, 결국 재미 좀 볼까 할 때 여자가 숨을 거뒀다.

묵연이 중얼거렸다.

"아니야…… 아니야!"

그는 돌아서 미친 듯이 문짝을 두드렸다.

"문 열어! 문 열라고! 나 아니야! 당장 문 열어!"

그의 애원을 듣기라도 한 것처럼 방앗간 문이 확 열렸다.

뛰쳐나가려는 그때, 소년들이 우르르 달려들어 그를 제압했다.

악랄한 묵염이 앞장서서 말했다.

"깜빡할 뻔했네. 할 거면 그럴듯하게 해야지."

그는 친구 놈에게 묵연의 옷을 벗기고 여자의 피와 체액을 묻히라고 지시했다.

묵연은 울면서 힘껏 버둥거렸지만 혼자 힘으로는 무리의 살겠다는 집념을 당해 낼 수 없었다. 그들은 짐승처럼 눈에서 시커먼 빛을 내뿜으며, 아무리 울며불며 애걸복걸해도 귓등으로도 듣지 않았다. 심지어 묵연에게 손을 물린 한 놈은 실성한 듯 뺨을 연거푸 후려갈기며 매섭게 소리 질렀다.

"제기랄, 입 닥쳐, 살인자 새끼! 강간범 새끼! 증인이 이렇게 수두룩한데 어디서 발뺌이야?"

"아니야…… 나 아니야! 나 아니라고……."

아무리 반항한들 어쩌겠는가? 소년들에게 쥐어 뜯겨 온몸이 멍투성이가 된 묵연은 도로 죽은 여자와 함께 방앗간에 갇혔다. 소년들은 적반하장으로 곧장 관청에 신고했다.

입이 있어도 변명할 길이 없게 된 묵연은 관아에 끌려가 곤장 서른 대를 맞았다. 그렇게 피부가 찢기고 터져 피범벅이 된 채 감옥에 갇혀 최종 판결을 기다렸다.

같은 방 죄인들은 하나같이 그를 비웃고 욕했다. 딸을 가진 죄인들은 그가 저지른 추악한 짓거리를 듣더니 뭇매를 퍼부었고, 심지어 그를 능욕하려고 달려드는 사람도 있었다. 그나마 옥을 지키는 간수가 일을 크게 만들고 싶지 않아 말려서 그만뒀다.

그날 밤, 묵 낭자가 찾아왔다. 자초지종을 잘 알고 있는 그녀는 못난 아들이 원망스러웠다.

그렇지만 그러한들 어떠하랴?

어미는 제 새끼 편을 들기 마련이다.

혹여나 어느 책임감 있는 관청 심부름꾼이 상세히 조사해서 아들 묵염에게 불똥이 튀기라도 하면 그들 모자의 벼락출세는 물 건너갈 터였다. 소식통이 서신까지 보냈으니 사생지전에서 곧 사람을 보내올 테고, 그 전에 절대 무슨 일이 생겨서는 안 되었다. 머리가 희끗희끗해질 때까지 오랜 세월을 기다린 중요한 일이었다.

부귀영화도, 높은 지위도, 그들 모자가 누려야 마땅한 것이었다.

묵 낭자는 일이 틀어지는 꼴을 넋 놓고 볼 수 없었다.

그래서 묵 낭자는 달밤에 달려와 간수와 관청 심부름꾼들에게 뒷돈을 두둑하게 챙겨 주었다. 그리고 모른 척 넘어가 달라고 사정하면서, 모든 죄를 묵연에게 뒤집어씌워 달라고 부탁했다.

양심에 찔린 묵 낭자는 뇌물을 찔러 주고 나서 묵연을 보러 감옥으로 찾아왔다. 홍소육도 한 그릇 가져왔다.

"독 들지 않았다. 설마하니 내가 너를 해치겠니."

묵연은 구석에 웅크리고 앉아 그녀를 바라봤다. 새까만 눈동자에 고단함과 무력함, 슬픔과 고통이 뒤섞여 있었다. 딱 도살장으로 끌려가는 짐승의 표정이었다.

두렵고 서러운 표정.

절망 후의 온순함 같은 것도 있었다.

묵 낭자는 문득 가슴이 저렸다.

자신도 그런 감정이 드는 게 놀랍고 무서웠다. 그녀는 벌떡 일어나서 마음을 모질게 먹고 낮은 소리로 말했다.

“어차피 너는 아비 어미도 없으니 죽어도 슬퍼할 사람이 없지 않니. 그동안 먹여 주고 재워 주고 했으니, 은혜 갚을 때도 됐지.”

묵연은 아무 말도 하지 않았다. 그렇다고 수긍하지도 않고 아니라고 반발하지도 않았다.

묵 낭자가 이를 악물고 말했다.

“홍소육은 마지막 선물이라고 생각해라. 그거라도 먹고 저승에서 원망하지 말거라……. 나도 어쩔 수 없으니까.”

이 한마디를 던지고 묵 낭자는 치맛자락을 휘날리며 돌아서 가 버렸다.

묵연은 평생 홍소육을 먹어 본 적이 없었다.

눈앞에 놓여 있었지만 잠시 빤히 보다가 결국 먹지 않았다. 그릇을 엎어 놓으니 육즙이 사방으로 주르르 흘렀다. 그걸 보니 여자의 아랫도리에서 줄줄 흐르던 피가 떠올랐다. 문득 극심한 메스꺼움이 몰려와, 돌아서 벽을 잡고 마구 구역질을 했다.

아무것도 토해 내지 못했다.

하루에 유선병 하나만 주어지는 신세였다.

유선병은 진작 소화되고 없고 시큼한 위액만 올라왔다.

그날 밤 묵연은 밤새 잠을 이루지 못했다. 온몸에 피딱지가 앉아 점점 딱딱해지더니 조금만 움직여도 녹 가루처럼 우수수 떨어졌다.

그는 감옥에 갇힌 다른 죄인들과 말을 섞지 않았다. 아무도 그가 무슨 생각을 하는지, 죽었는지 살았는지 알지 못했다.

묵연은 몸을 동그랗게 말고 생각하고 또 생각했다. 많은 걸 깨닫게 되었다.

깜깜하고 더러운, 시큼한 악취와 홍소육의 향기가 풍기는 손바닥만 한 감옥에서 착실한 묵연은 죽었다. 그리고 수진계를 두려움에 떨게 했던 답선제군이 살아났다. 모든 게 원래 모습으로 돌아갔다.

그가 후에 저지른 온갖 악행은 그때부터 시작되었다.

260장 천음각, 연극은 막을 내렸다

상담의 감옥은 오래되어 허술했다. 다음 날 새벽, 묵연은 같은 방 죄인이 심문받는 기회를 틈타 몰래 도망쳤다. 자유를 되찾은 묵연은 곧장 취옥루로 갔다.

뒷마당에 들어서자마자 검은색 장포를 입고 의기양양해서 곡식 건조장에 서 있는 묵염을 발견했다.

여태까지 사고 칠 때마다 묵연이 수습해 줬으니 이번에도 무사할 거라고 안심하고 있는 것 같았다.

– 어차피 너는 아비 어미도 없으니 죽어도 슬퍼할 사람이 없지 않느냐. 그동안 먹여 주고 재워 주고 했으니, 은혜 갚을 때도 됐지.

그들이 죄 없는 사람을 사형장으로 끌고 간 이유였다.

허울은 좋았다.

묵연은 그늘에 숨어, 근심 걱정 없이 홀가분해하는 묵염을 지켜봤다.

그래, 아껴 주고 사랑해 주는 사람이 있다는 건, 지극정성으로 보살펴 주는 어머니가 있다는 건 저런 거구나.

하늘이 무너져도 막아 주는구나.

죽어도 아쉬울 게 없는 사람은 자신밖에 없었다.

묵연은 그렇게 한참을 지켜봤다.

묵염은 벌써 장포를 사 입고 수사의 차림을 하고 있었다. 어머니인 묵 낭자가 취옥루를 처분하기만 하면 곧장 하수진계로 가서 도련님의 삶을 누릴 심산이었다. 한창 마당에서 칼을 휘두르며 허세를 부리고 있었다. 묵연에게 죄를 뒤집어씌웠던 무리가 옆에서 그 모습을 지켜보며 호들갑을 떨었다.

"우리 염이 칼 솜씨 대단하네!"

"정말 기개가 넘치는구나. 틀림없이 하수진계를 평정하는 검술의 달인이 될 거야!"

"사생지전 요즘 꽤 잘나가는 모양이던데, 이제 떵떵거리고 살 일만 남았네! 우릴 잊으면 안 된다, 알았지?"

"누가 아니래."

누군가 맞장구를 쳤다.

"염아, 네가 우리를 잊으면 안 되지. 우리 불알친구잖아. 좋은 일 궂은일 가리지 않고 너 대신 떠안았잖아. 두부 점포 그것도……."

벌써 뭐라도 된 것처럼 구는 묵염이 소녀를 강간한 오점을 들춰내는 꼴을 두고 볼 리가 없었다. 그 말을 들은 묵염은 바로 칼을 상대의 목에 들이대고 버럭 화를 냈다.

"두부 점포 여자는 묵연이 죽였다, 내 두 눈으로 똑똑히 봤다, 그놈이 양심이라곤 털끝만치도 없이 여자를 겁탈했다, 몇 번을 말해야 기억할 거냐!"

상대는 몸을 부들부들 떨며 황급히 사과했다.

"그래, 그래…… 내가 이렇게 기억력이 안 좋다니까! 내가 말실수했어!"

옆에서 다들 묵염의 화를 풀어 주려고 설설 기었다.

"묵연 그 자식, 사람의 탈을 쓴 흉악한 새끼, 개돼지만도 못한 새끼!"

"맞아, 맞아, 맞아. 민가의 여자를 겁탈한 것으로도 모자라 죽이기까지 했어. 우리 다 봤어. 그놈의 악마 같은 낯짝을 평생 잊지 못할 거야."

소년들은 저마다 한마디씩 거들며 점점 더 심한 거짓말을 했다. 거짓말을 많이 하다 보면 어느 순간 그것을 진짜라고 믿게 된다. 그들은 말을 하면 할수록 당당해졌고, 자기들의 죄를 깨끗하게 털어 냈다. 묵염은 껄껄 웃더니 휙휙 칼을 휘둘러 곡식 건조장의 허수아비를 쓰러뜨리고, 칼끝으로 허수아비를 겨누며 패기만만하게 말했다.

"검술의 달인이 되어 악마를 제거하고 악을…… 악을 뭐였더라……."

묵염은 글공부를 싫어해 수업에 빠지기 일쑤였다. 머리에 든 게 없으니 그만 말문이 막히고 말았다.

옆에 있던 소년이 냉큼 이어받았다.

"악을 징벌하고 선을 찬양하며 정의를 바로잡겠노라! 천하를 구제하고 이 땅을 깨끗하게 하리라!"

묵염이 코웃음 치며 경멸하듯 말했다.

"나도 알거든."

아첨하려다가 도리어 심기를 건드려 버린 소년은 난처해하며 아무 말도 하지 못했다.

묵염이 계속해서 칼을 휘두르며 말했다.

"이 땅을 깨끗하게 하려면 힘을 갖춰야지, 혓바닥만 나불거릴 게 아니라. 앞으로 묵연같이 음란한 색마를 만나면 나는 단칼에 놈의 머리통을 날려 보낼 수 있지만, 너는 뭘 할 수 있는데? 시로 응수하게? 하하하하."

묵염이 낄낄거리던 그때, 갑자기 사립문[#39] 쪽에서 경쾌한 박수 소리가 들려왔다.

"묵염 공자, 역시 사생지전의 소주다워……. 위엄이 장난 아니네."

"!"

묵염은 칼을 가슴팍으로 쑥 내리며 낯빛이 확 어두워져서는 성난 목소리로 으르렁거렸다.

"묵연?"

어마어마하게 큰 구름 덩어리가 유유히 흘러가며 뜨겁게 타오르는 해를 가리고 건조장에 거대한 그림자를 드리웠다.

어떻게 올라갔는지 날렵한 차림의 묵연이 독수리처럼 땔감 무더기 위에 우뚝 서서 천천히 고개를 들었다.

#39 **사립문** 나뭇가지를 엮어서 만든 문짝

그는 얼굴이 수척해졌지만, 자세히 보면 여전히 이목구비가 상당히 빼어나고 단정했다. 눈빛이 형형하게 빛나고 미간에는 흉물스러운 채찍 자국이 남아 있었다. 막 감옥에서 나와 피 얼룩도 미처 닦지 못한 것 같았다. 묵염은 그 얼굴이 익숙하면서도 낯설게 느껴졌다.

눈앞의 사람은 분명 묵연인데 어딘가 달라 보였다.

묵연은 눈을 찡그리고 빙그레 웃으며 손안의 큰 칼을 만지작거렸다. 움푹 팬 두 보조개는 거칠고 사나운 파도가 일렁이는 연못 같았다. 더없이 다정하고 온순하면서도 소름 끼치게 하는 모습이었다.

"……정의를 바로잡고 이 땅을 깨끗하게 만들겠다고? 묵염 공자, 장차 검술의 달인이 될 우리 사생지전 소주. 네가 언제부터 그런 포부를 품었다고, 아이고 배야, 하하하하."

묵연은 갈수록 호탕하게 웃었다. 얼굴이 점점 흉악하게 일그러졌다.

곳간에서 불을 피우던 아이는 늘 고분고분하고 조용했으며 온갖 괴롭힘에도 끝내 불만을 털어놓지 않았다. 그런데 하룻밤 사이에 고치를 부수고 나온 나방처럼 거리낌 없고 오만한 모습으로 변했다.

묵연은 웃음이 없는 사람이었다. 어쩌다 웃을 때도 입술을 오므리고 쭈뼛쭈뼛했다.

그런 그가 견디다 못해 완전히 실성하고 만 것이다.

소년들은 겁을 먹고 하나둘 뒤로 물러섰고, 묵염은 손을 바들바들 떨었다. 그는 침을 한번 삼키더니 눈 딱 감고 소리쳤다.

"묵연, 네놈이 간덩이가 부었구나. 감히 탈옥하다니. 내 지금 당장 백성을 위해 네놈을 제거하고, 관청을 대신해 네놈의 하찮은 목숨을 처단해야겠어!"

"좋지."

묵연이 포악하게 웃더니, 눈동자에 칼 빛이 번쩍 스치며 무섭게 돌진해 왔다.

"잘됐네, 나도 이렇게는 살고 싶지 않아. 재주껏 내 모가지를 따 봐. 네가 못 따면……."

말을 마치기도 전에 묵연은 벌써 저만치 스쳐 지나가 칼을 거둬들였다. 묵염 손에 들려 있던 칼이 쨍강 떨어지고, 두 눈을 휘둥그렇게 뜬 채 머리가 바닥에 툭 떨어져 데구루루 굴러갔다.

시뻘건 피가 콸콸 뿜어져 나와 순식간에 주위를 물들였다!

머리가 잘려 나간 몸통은 휘청휘청하며 잠시 버티더니, 이내 쿵 하고 맥없이 꼬꾸라졌다.

순식간에 물 뿌린 듯이 조용해졌다.

묵연은 얼굴에 피를 잔뜩 뒤집어썼다. 너덜너덜한 헝겊 옷이 피비린내 섞인 바람에 흔들거리는 미역처럼 펄럭거렸다.

다시 고개를 들었을 때는 웃음은 끊어지고, 눈에는 벌겋게 핏발이 서 있었다. 묵연은 입가에 묻은 피를 쓱 핥더니 온화한 목소리로 끝을 맺지 못한 말을 마저 했다.

"그때는 내가 딸 테니까."

소년들은 너무 놀라 뻣뻣하게 굳은 채 숨을 죽이고 있었다.

묵연이 눈을 들어 올려 싸늘한 눈빛으로 말했다.

"네놈들 잘났잖아? 모함 잘하잖아? 싸움 잘하잖아! 악을 징벌하고 선을 찬양하겠다? 좋아! 그럼 어디 다 같이 덤벼 봐!"

소년들은 달려들기는커녕 다리를 후들후들 떨고, 혼비백산하며 쩔쩔맸다. 그들은 믿을 수 없다는 얼굴을 하고 있었다. 이 사람이 정말 묵연이라고? 하라는 대로 다 하고, 아무리 못살게 굴어도 찍소리도 못 내던 묵연이라고?

묵연은 하늘을 올려다보며 한숨을 푹 쉬더니 칼을 질질 끌고 한 걸음 한 걸음 다가갔다. 칼끝에서 핏방울이 뚝뚝 떨어지면서 바닥에 긴 선을 만들었다.

"왜들 갑자기 겸손해졌을까."

묵연은 빙긋 웃더니 칼날을 확 세우고 입꼬리를 쓱 올렸다.

"정 그렇다면 어쩔 수 없지. 내가 먼저 손쓰는 수밖에."

삽시간에 도처에 피가 질퍼덕하고, 피비린내가 코를 찔렀다.

그야말로 아수라장이 펼쳐졌다.

어느덧 시간이 늦어, 취옥루는 가게 문을 닫았고 대부분의 사람은 잠을 자고 있었다. 묵연은 뒷마당에서 소년들을 모조리 죽인 후, 곧장 곁채로 쳐들어가 나머지 사람들의 숨통도 하나하나 끊어 놓았다. 누군가는 단잠에 빠진 채로 목이 잘렸고, 누군가는 잠결에 번쩍이는 칼 빛을 보자마자 천지가 뒤바뀌는 걸 느꼈다.

모두가 알아차렸을 때는 이미 늦었다. 묵연은 사방에 불을 피워 취옥루를 불바다로 만들어 버렸다. 하인들은 처절하게 울부짖으며 대성통곡하면서도 아무도 뛰어들어 구하려 하지 않았다.

묵연은 죽이는 것으로는 성에 차지 않아 마지막 몇 사람은 남겨 놓았다. 그는 활활 타오르는 불길 속에서 느긋하게 대청 한복판에 자리를 잡고 앉아 흉악한 미소를 지으며, 다리가 잘려 나가 꼼짝 못 하는 사람들을 구경했다. 양어머니 묵 낭자도 그 속에 있었다. 눈물 콧물로 범벅이 되어 구더기처럼 몸부림치고 꿈틀거리는 사람들을 지켜보는 묵연의 얼굴이 맹렬한 불길과 짙은 연기 속에서 점점 희미해져 갔다.

묵연은 무릎에 가로로 놓아뒀던 칼을 들어 칼끝으로 탁자 위의 싱싱한 포도 한 송이를 가져다가 손바닥에 얹었다. 그리고 천천히 꼭지를 따고 껍질을 벗겨 한 알, 한 알 입 속에 집어넣고 와그작와그작 씹었다.

그러더니 활짝 웃으며 감탄했다.

"와! 진짜 맛있네요. 그러고 보니 이 나이 먹도록 서역[#40]의 포도를 한 번도 못 먹어 봤어요. 당신들은 매일 이 맛있는 걸 먹었겠군요."

그는 고개를 숙이고 한참을 멍하니 있더니 히죽 웃으며 말했다.

"부럽네요."

불에 탄 대들보가 맥없이 툭 떨어졌다. 불꽃이 사방으로 튀고 불길이 더 맹렬해졌다. 모두가 목 놓아 우는 그때, 묵연은 다리를 꼬고 앉아 턱을 괴고 포도 한 송이를 마지막 한 알까지 열심히 먹었다. 하늘이 무너져도 자기와는 상관없는 일이라는 듯이.

"이제 우리 아무도 못 빠져나가겠다."

포도를 다 먹은 묵연은 이번에는 잘 익은 복숭아 하나를 골

#40 서역 西域. 중국의 서쪽에 있던 여러 나라를 통틀어 이르는 말

라잡아 먹으며 말했다.

"그러지 말고 다 같이 여기 앉아서 수다나 떠는 게 어때요?"

묵 낭자가 고래고래 소리를 질렀다.

"누가 너 같은 놈이랑 말 섞는대? 나쁜 새끼! 개돼지만도 못한 새끼!"

"싫어요?"

묵연이 복숭아 껍질을 퉤 뱉으며 씩 웃었다.

"싫으면 말고. 그럼 이제 본론으로 들어가 볼까요? 어제 어머니도 말씀하셨듯이, 지난 십 년 동안 여러분이 저를 받아 주고 잘 보살펴 주셨으니 마땅히 보답해야지요. 그러니 여러분이 가시는 길은 제가 모시겠습니다."

그가 자리에서 벌떡 일어나더니 사람들을 에워싸고 그들 뒤를 한 바퀴 빙 돌았다. 그러고는 제법 그럴싸하게 반절을 올리고 해맑게 말했다.

"그렇다고 황천길 건널 때 너무 서두르지는 마시고, 저를 꼭 좀 기다려 주세요."

서로 부둥켜안고 엉엉 우는 사람들 틈에서 묵 낭자가 자지러지게 소리쳤다.

"묵연! 너 이 개자식! 순풍약 그것이 네놈을 거둬들이자고 했을 때 마음 약해져서 받아 주는 게 아니었는데! 화근을 남기는 게 아니었는데! 급살 맞을 놈! 변태 새끼! 짐승 새끼!"

"당신의 그 더러운 입에 순 누님을 올리지 말아요."

묵연이 담담하게 말했다.

"어머니 유언에 따라 순 누님에게 신세를 갚겠다는 일념으로 무비사에서 이곳까지 걸어왔어요. 어머니가 세상을 떠났다는 걸 알고 누님은 꼬박 일 년을 모은 돈을 몽땅 당신에게 넘겼어요. 그러면서 오갈 데 없는 저를 거둬 달라고 통사정했죠. 순 누님은 제 생명의 은인이에요. 그런데 당신은요? 당신이 뭐데요?"

"허락하지 말았어야 했는데! 고작 일 년 치 품삯? 네놈이 나중에 나 몰래 그것을 풀어 줬잖아! 우리 취옥루에서 제일 잘나가는 애를! 그것이 노래 한 곡으로 얼마를 벌어들이는지 알아? 그런 애를 감히…… 감히 네가……."

묵연이 끼어들었다.

"누님은 어머니의 은인이자 제 은인이에요. 취옥루에서 지내기는 해도 기예만 팔지 몸은 팔지 않았단 말이에요. 당신이 부자 놈의 돈을 받고 강제로 손님을 받게 하는데 제가 어떻게 손 놓고 가만히 있겠어요?"

그가 차갑게 말했다.

"당신이 아무리 저를 미워하고 괴롭혀도 한 번도 반항하지 않았어요. 전에 어머니가 그랬거든요. 입에 풀칠이라도 하게 해 주는 사람은 절대 나쁜 사람이 아니라고."

묵연이 눈을 꾹 감고 말을 이었다.

"그래서 기를 쓰고 참았어요……."

"퉤! 뻔뻔하기는! 배은망덕한 놈 같으니라고. 거지새끼 같은 너를 받아 주고 먹이고 재워 준 사람이 누군데? 나라고! 짐승 새끼, 개잡놈 새끼!"

"……오호, 참 공교롭네요. 개잡놈 새끼?"

묵연은 거센 불길 속에서 껄껄 웃으며 비아냥거렸다.

"저승에서 당신 아들이 그 소리를 들으면 자기를 부르는 줄 알겠어요."

묵연은 가까이 다가가 분과 연지를 덕지덕지 처바른 기생 어미의 낯짝을 꽉 잡았다.

"그런데 말이에요, 어머니. 그 말을 들으니까 좋은 생각이 떠오르네요. 그동안 먹여 주고 재워 줘서 정말 고맙습니다. 그러니 첫 번째로 보내 드리죠."

"너!"

"그 전에, 놀이로 흥을 돋우는 게 어때요?"

묵연이 흥미진진하게 말했다.

"장님 그림 맞히기, 어때요?"

묵연은 나무토막 하나를 주워 불을 붙였다. 그러고는 나무토막을 기생 어미의 눈에 갖다 대고 해 모양을 느릿느릿 그렸다. 나무토막이 지나간 자리는 살이 불에 타 눌어붙었다. 처량하게 비명을 지르는 기생 어미를 보며, 묵연은 흐뭇해하며 말했다.

"어머니, 제가 뭘 그렸는지 한번 맞혀 보세요. 못 맞히면 지는 거예요. 그럼 다른 걸 그릴 거예요."

그날 살아남은 몇 사람은 모두 숨이 끊어질 때까지 묵연에게 고문을 당했다.

그는 장장 십 년 동안 꾹꾹 눌러 담아 두었던 악랄함과 고달픔을 한꺼번에 대갚음해 줬다. 취옥루는 시체가 나뒹굴고 온통 초토화됐다.

마지막에 그는 시체들과 함께 불 속에 누워 흔들흔들 곧 무너질 것 같은 누각을 바라보며 한 입 한 입 과자며 과일을 입에

쑤셔 넣었다.

"맛있다."

잠시 넋 놓고 먹던 묵연은 문득 쓴웃음을 지었다. 속눈썹을 말아 올리자 눈물이 볼을 타고 줄줄 흘러내렸다. 그는 손을 들어 눈을 가리고 울다가 웃다가 하며 중얼거렸다.

"아쉽게도 이제 다시는 못 먹겠네……."

취옥루의 붉은 현판이 대청 앞에 떨어져 산산조각 났다. 시꺼먼 연기가 뭉게뭉게 피어오르고, 화려한 누각이 마침내 와르르 무너졌다.

이곳은 한때 음악이 있고 맛있는 술이 있는 태평성세였다.

지금은 지난날의 화려함을 잃고 거센 불길 속에서 잿더미가 되어 가고 있었다. 남녀 간의 사랑은 물론, 은혜며 원한은 툭툭 무너져 내리는 기둥과 함께 불타 버렸다. 활활 타오르는 맹렬한 불길 속에서 취옥루 최고의 악기[#41]들의 노랫소리가 나무 틈에서, 기왓장 사이에서 유유히 흘러나왔다.

– 꽃처럼 아름다운 여자여.

단의한이 선창을 하고,

– 속절없는 세월에 시들었구나…….

순풍약이 이어받았다.

한때 상담을 주름잡던 취옥루는 아득하게 울려 퍼지는 몽환적인 음악 소리와 함께 사라졌다. 막이 내리고, 음악이 멈췄다. 길었던 연극이 불바다 속에서 찬란하고도 엄숙하게 끝이 났다.

#41 악기 樂妓. 노래를 잘 부르는 기생

261장 천음각, 옛꿈의 재연

묵연의 자백이 끝나자 단심전 안은 물 뿌린 듯 조용해졌다.

누가 옳고 누가 그른가?

각자 판단이 섰지만 아무도 터놓고 말하지 못했다.

묵연은 설정옹 일가와 눈을 마주치지 않고, 속눈썹을 떨어뜨리고 한참을 가만히 있었다.

"그때 저는 이대로 불에 타 죽겠구나, 생각했습니다. 그런데 깨어나 보니 사생지전이었습니다. 침상 머리에 앉아 있던 소식통이 제가 깨어난 걸 보더니 제 어깨를 잡고 말하더군요, 제가 사생지전의 공자라고."

그가 잠시 멈추더니 조롱하듯 웃으며 말했다.

"백부님의 조카라고."

묵연은 태연하게 단심전 바닥에 화려하게 수놓인 두약을 바라봤다.

"수고비를 못 받을까 봐 걱정됐던 모양입니다. 백부님이 불구덩이에서 막 구해 낸 저를 보며, 이 아이가 내가 찾는 아이가 맞느냐고 묻자 소식통은 고개를 끄덕였습니다."

묵연은 담담하게 말했다.

"그 끄덕임이 제 운명을 바꿨습니다."

현경대사가 탄식하며 말했다.

"아미타불. 묵 시주, 마음이 편하던가요? 그동안 한 번도 설존주께 사실을 털어놔야겠다는 생각은 해 본 적 없습니까?"

"당연히 했지요. 깨어나서 한동안은 마음이 너무 불안해서 다 말하고 싶었습니다."

묵연은 지난 세월을 떠올렸는지 눈빛이 몽롱했다.

"그런데 백부님은…… 제가 깨어났다는 소식을 듣자마자 바로 달려왔고, 백모님은 친히 국수까지 삶아 주셨습니다. 국물에는 수란도 세 개나 들어 있고, 국수 위에는 다진 고기도 잔뜩 얹어져 있었습니다. 소화가 안 될까 봐 넘기기 좋게 잘게 다졌다고 하셨습니다. 설몽도 꽃떡을 들고 저를 보러 왔습니다."

묵연은 천천히 눈을 감았다.

"국수와 꽃떡을 먹고 나니 아무래도 입이 안 떨어지는 겁니다. 그렇게 잘해 주는데…… 취옥루의 불을 내가 질렀다고, 당신 조카와 형수를 내가 죽였다고…… 솔직하게 말했더라면 어떻게 됐을까요?"

묵연이 나지막이 말했다.

"그런 말은 도저히 할 수 없었습니다. 내내 목구멍에서 맴돌았지만 시간이 지날수록…… 어떻게 말하면 좋을지 모르겠더군요."

현경대사가 가볍게 한숨을 내쉬었다.

"휴……."

"묵염은 게으르고 경솔한 아이였습니다. 처음에는 백부님이 그 아이에 대해 잘 아는지 모르는지 가늠이 되지 않아, 일거수 일투족을 흉내 내며 묵염처럼 행동했습니다. 그런데 나중에 보니 백부님은 묵염에 대해 잘 모르시더군요. 그때부터는 묵염을 따라 하는 일을 그만뒀습니다."

묵연은 잠시 멈추더니 계속해서 천천히 말했다.

"……묵염 일가와 저는 철천지원수인데, 결국 그들의 친척들을 차지하고 만 겁니다."

사생지전 사람들은 안절부절못했다. 묵연과 알고 지냈던 제자들과 장로들은 만감이 교차하여 멍하니 서 있었다. 설정옹과 왕 부인은 말없이 묵연을 바라보았다.

세상 물정 모르는 아이에서 일대종사로 성장하는 과정을 두 사람은 똑똑히 지켜봤다.

그런데 이제 와서 이 모든 게 처음부터 잘못 끼워진 단추라니.

묵연은 그들의 조카가 아닐뿐더러 그들에게 목숨을 빚진 원수였다.

무슨 말을 해야 할까?

어떻게 해야 할까?

설정옹도, 왕 부인도 어찌하면 좋을지 몰랐다.

그들은 '묵염'을 본 적이 없었다. 죽은 형에 대한 그리움은 묵연이라는 이 아이를 통해 달랬다. 그들은 '묵염'이 누구인지 모르지만 묵연의 머리를 어루만져 보았고, 손을 잡아 봤으며, '백부님', '백모님'이라고 불렀다.

설정옹은 마음이 뒤숭숭했다.

그때 목연리의 목소리가 모두의 침묵을 깼다.

"묵연, 당신은 불쌍하기는 하지만 숱한 죄를 지었습니다. 결코 용서받지 못할 겁니다. 당신이 몇 가지 죄를 지었는지 압니까?"

늘 천음각을 별로 좋아하지 않았던 묵연은 눈을 감고 대답하지 않았다.

목연리가 묵연을 흘겨보며 맑고 또렷한 목소리로 말했다.

"당신은 백성들을 마구잡이로 죽이고, 취옥루에 불을 질렀습니다. 신분을 빼앗아 공자 행세도 했고요. 교산에서는 자기 몸에 남궁 집안의 피가 흐른다는 걸 뻔히 알면서도 냉정하게 수수방관했습니다. 정말 속내를 알 수가 없네요. 그뿐입니까, 고월야 사람들을 거리낌 없이 마구 죽여 대청을 피바다로 만들었습니다. 당신이 바라는 게 도대체 뭡니까?"

"다시 한번 말하지만, 고월야 사람들은 제가 죽인 게 아닙니다. 시공생사문이 열려 두 세상이 뒤섞인 겁니다. 그 사람은 제가 아니었습니다."

"시공생사문은 제1 금지 술법이라 수천 년 동안 열리지 않았습니다. 핑계가 너무 황당하다는 생각이 들지 않습니까?"

목연리가 쌀쌀맞게 말했다.

"남궁 집안의 후손답게 야심이 팽배하여 상하수진계를 바꿔 놓으려 했던 건 아니고요?"

"목 각주, 말씀이 과하군."

강희는 듣기 거북하여 미간을 찌푸리며 말했다.

"내가 보기에 묵연은 상하수진계를 바꿔 놓으려는 의도가 전혀 없었소. 정말 그럴 생각이었다면 교산에서 손을 썼겠지요. 마음만 먹으면 10대 문파를 한꺼번에 처리할 수 있었을 테니 말이오. 아직 풀리지 않은 의혹들이 많으니 모든 게 밝혀지기 전에는 말씀 삼가시지요."

목연리가 그를 노려보며 말했다.

"강 장문, 역성들 필요 없습니다. 수진계를 쑥대밭으로 만들 생각이 없었다고 해도, 다른 죄가 많아서 천음각의 심판을 받기 충분하니까요."

목연리가 말을 마치고는 손을 들어 뒤에 있는 수행원들에게 지시를 내렸다.

"묵연을 끌고 가."

"잠깐만!"

목연리가 설정옹을 곁눈으로 보며 말했다.

"설 존주, 하실 말씀이라도?"

설정옹은 얼굴이 붉으락푸르락했다. 왜 목연리를 불러 세웠는지 자신도 알 수 없었다. 그 오랜 세월 동안 설정옹은 묵연을 친자식처럼 생각하고 키우면서 그를 감싸는 게 몸에 배었다.

이대로 천음각에서 끌고 가게 놔둘 수는 없었다.

그런데 무슨 말을 해야 한단 말인가? 말리기라도 해야 한단 말인가?

설정옹은 두 눈을 꼭 감았다. 입술이 미세하게 떨렸다. 춥고 마음이 허전했다. 중요한 뭔가가 뭉텅 빠져나간 것 같았다.

그는 좌절하며 손으로 얼굴을 감쌌다. 늘 기력이 정정하던 그가 쇠약한 노인의 모습을 보였다.

"설 존주, 조카와 작별 인사를 나누려는 겁니까?"

인정이 박한 목연리는 무심코 '조카'라고 했다. 그 말에 설정옹은 더욱 부들부들 떨었다.

"저……."

설정옹이 목이 메어 불렀다.

"연아…… 묵연……."

설정옹은 심지어 묵연을 뭐라고 부르면 좋을지 몰랐다.

묵연은 설정옹을 더 난처하게 하고 싶지 않았다. 그는 눈을 한번 질끈 감더니, 설정옹 앞으로 다가가 털썩 무릎을 꿇고 절을 올렸다.

공경하는 마음을 담아 정성스럽게.

누군가 툴툴거렸다.

"잡혀가기 싫어서 꾸물거리는 거네."

"마음에도 없는 행동 하기는……."

묵연은 사람들이 수군대는 소리에 아랑곳하지 않고, 큰절을 마치고 일어나 떠날 채비를 했다.

그때, 설몽이 갑자기 단심전으로 쳐들어왔다. 용성에서 검붉은 피가 뚝뚝 떨어졌다.

"밖에……."

"무슨 일이냐?"

"밖에 진롱기국 바둑돌 떼가 몰려오고 있습니다. 교산에서 희생된 유풍문의 수사들도 잔뜩 섞여 있습니다!"

사람들이 경악하며 뛰쳐나갔다. 어검 비행을 한 수사들이 옷소매를 펄럭이며 사생지전으로 날아오고 있었다. 무리 중 절반은 같은 양식의 검은색 장포를 맞춰 입고 복면을 했다. 나머지 절반은 학위를 입고 비단 띠로 눈을 가렸는데, 다름 아닌 유풍문 영웅묘의 시체 떼였다.

"이, 이게 어떻게 된 일입니까?"

"남궁사가 시체들을 모두 묻었다고 하지 않았습니까? 어떻게 다시 나온 겁니까? 누가 금제를 풀어 준 겁니까!"

그 말을 들으니 떠오르는 게 있었다.

누군가가 금제를 풀었다. 남궁 집안의 금제를 풀 수 있는 사람이 또 누가 있겠는가?

사람들의 성난 눈빛이 일제히 묵연에게 쏠렸다.

묵연은 배후자가 누군지 알고 있었지만, 이미 입이 백 개라도 해명할 방법이 없는 처지가 되었다. 그보다 더 미치고 팔짝 뛸 노릇은, 영력을 깡그리 소모해 버려 바둑돌의 침범을 막을 수도 없다는 것이었다. 수천 수백 명의 시체 군단이 강림하는 그 광경을, 눈을 뻔히 뜨고 지켜보는 것 외에 달리 방법이 없었다.

사생지전은 전생과 똑같은 끝을 맞이할 것이다.

순식간에 피바다가 될 것이다.

사매가 말한 '깜짝 선물'이 아직 남아 있었다…….

"우선 싸웁시다!"

"이 바둑돌들을 물리칩시다! 물리치고 다시 봅시다!"

사람들은 너도나도 대전 밖으로 뛰쳐나갔다. 그런데 이런 이변을 전혀 예상하지 못한 데다, 진롱 바둑돌들이 아무런 조짐도 없이 맹렬한 기세로 쳐들어오는 바람에 다들 갈팡질팡했다.

묵연은 단심전 앞에 서서 바둑돌들이 낙하하는 모습을 지켜봤다. 사생지전 제자들과 엉겨 붙어 싸우는 걸 보니 바둑돌들은 술법이 수사들과 비등비등했다.

은남색 경갑 무리와 검은색 장포 무리가 한데 뒤엉켜 싸웠다.

묵연은 옥 계단을 밟고 서서 그 모습을 멍하니 바라봤다. 관자놀이가 지끈지끈 아팠다. 눈앞에 펼쳐진 광경은, 전생의 기억이 재연된 게 아닐까 의심이 들 정도로 똑같았다.

전생에 그는 시체 반, 살아 있는 사람 반으로 이루어진 바둑돌 부대를 조종하여, 감히 그의 말을 거역하는 사생지전 사람들을 모조리 죽여 버렸었다.

그때부터 그는 사람을 풀을 베듯 죽이기 시작했다.

그때도 그는 지금처럼 단심전 앞에 서 있었다. 문파를 배신한 제자 묵미우는 죽어라 싸우는 이들을 흐뭇하게 내려다보았다. 발 옆에는 아직 식지 않은 설정옹과 왕 부인의 시체가 누워 있었다.

– 사생지전부터 시작해서 너희들의 피로 길을 쫙 깔아 보거라.

전생에 지껄였던 미친 소리가 귓가에서 맴돌고, 눈꺼풀이 툭툭 뛰었다. 묵연이 설몽에게 소리쳤다.

"그만해, 이길 수 없어! 얼른 도망가! 다들 얼른 도망가세요!"

난리 통에 설몽은 그와 너무 멀리 떨어져 있어 그 소리를 듣지 못했다.

주위를 쭉 훑어보니 칼 부딪치는 소리가 요란하고, 엉겨 붙어 싸우는 사람들로 난장판이 되었다.

강희가 한창 바둑돌 한 무리와 격투를 벌이고 있었다. 그 모습을 보고 있노라니, 전생에 강희가 자신의 칼을 맞고 쓰러지던 장면이 떠올랐다.

– 당장 본좌 앞에 무릎 꿇거라.

– 싫다.

– 본좌를 제군으로 인정하지 않는 거냐?

– 그렇다.

칼 빛이 번쩍하고, 핏방울이 사방으로 흩뿌려졌다.

이길 수 없다…….

답설궁 궁주가 시선을 떨어뜨리고 훈을 불고 있었다. 고막을 찌르는 소리가 하늘 높이 울려 퍼지고, 바둑돌들이 정신이 혼미한 채 휘청거렸다. 그 모습을 보고 있노라니 전생에 답설궁 궁주의 열 손가락이 모조리 잘려 나갔던 게 떠올랐다.

– 언제까지 발악할 셈이냐?

– 내 무능하여 답설궁을 지키지는 못하지만, 궁주의 책임을 다하고 절대로 도망치지 않겠다.

훈은 처참하게 망가지고, 마지막 연주가 되고 말았다.

이길 수 없다.

왕 부인과 설정옹이 힘을 합쳐 적을 쳐 내고 있었다. 그 모습을 보고 있노라니 전생에 죽어서도 눈을 감지 못했던 두 사람의 얼굴이 떠올랐다. 눈동자에는 슬픔과 분노가 고여 있었다.

원망 서린 눈으로 두 번의 생을 뚫고 그를 빤히 노려봤다.

춥다.

너무 춥다.

묵연의 온몸이 근육까지 바들바들 떨리고, 손끝은 얼음처럼 차가워졌다. 사매가 이렇게까지…… 사매가 이렇게까지 하다니!

묵연은 초만녕을 데려가기 전에 사매가 했던 협박을 가볍게 여겨서는 안 되겠다는 생각에 의연하게 사생지전으로 돌아왔던 거였다. 지금 생각하니 등골이 오싹했다.

만약 그날 일시적인 충동으로 사매의 협박을 무시하고 초만녕을 찾아갔더라면 어떻게 됐을까?

수진계 영웅호걸의 절반이 이곳에 있는데, 이 사람들이 영문도 모른 채 사생지전에서 죽어 버리면 어떻게 되는 걸까?

사매는 모든 일을 한 단계, 한 단계 긴밀하게 연결되도록 배치하여 숨 돌릴 틈조차 주지 않았다. 묵연은 산과 들을 가득 덮은 진롱기국을…… 죽음도 고통도 두려워하지 않는 바둑돌들을…… 시체가 산을 이루고 피가 바다같이 흐르는 참혹한 광경을…… 온갖 잡귀신들을…… 그저 멍하니 바라봤다.

이대로 나가서는 안 된다. 이대로 나가서는 안 돼!

사매는 '깜짝 선물'을 준비했다고 했다. 아무 이유 없이 이렇게 배치하지는 않았을 것이다. 이렇게 환생해서 돌아왔으니, 고분고분해졌으니, 틀림없이 방법이 있을 것이다! 전생의 사태가 재연되는 걸 지켜볼 수 없다. 사생지전이 이대로 멸망하고 백부, 백모가 또 한 번 눈앞에서 죽어 가는 걸 지켜볼 수 없다!

과거가 되풀이되면 자신을 어떻게 마주할까……. 초만녕의 얼굴은 또 어떻게 볼까?

문득 제정신으로 돌아온 묵연은 사람들을 가르고 백부, 백모에게로 뛰어갔다.

"그만하세요! 우선 여기를 떠나세요, 철수하세요, 그만 싸우세요! 이길 수 없는 싸움이에요!"

그는 갈라진 목소리로 노발대발하며 울부짖었다. 묵연은 바다에 빠진 사람처럼 온 힘을 다해 저편으로 발버둥 쳐 갔다. 그는 시체가 산 사람에게 덮쳐들듯, 나방이 불에 날아들듯, 한 생에서 다른 생으로 넘어가듯 필사적으로 달려들었다.

"그만해요! 어서요, 다들 어서 떠나세요! 못 이겨요!"

이길 수 없어요.

당신들이 죽는 모습을 제 두 눈으로 똑똑히 봤다고요.

제발 떠나요.

그때, 서슬 푸른 칼날이 앞길을 가로막았다.

돌아보니 목연리가 냉랭하게 노려보고 있었다.

"혼잡한 틈을 타서 도망치려는 속셈입니까?"

묵연이 버럭 소리 질렀다.

"비켜!"

"당신은 수진계의 중죄인이에요. 마땅히……."

말을 마치기도 전에 등 뒤가 서늘해서 돌아보니, 복면한 바둑돌이 칼을 빼 들어 그녀를 힘껏 내리찍었다. 목연리가 재빨리 뒤돌아 맞받아쳤다. 두 눈은 살의로 번득였다.

"묵연! 역시 당신이 뒤에서 술수를 부리는 거군요!"

그녀의 목소리는 맑고 또렷하여 귀에 쏙쏙 박혔다.

그 말을 들은 주변 수사들이 곁눈으로 보니, 아니나 다를까 바둑돌은 목연리와 맹렬하게 공격을 주고받으면서도 묵연은 털끝도 건드리지 않았다.

그제야 사람들은 거의 모든 바둑돌이 한패인 듯 묵연을 피해 다니며 건드리지 않는다는 것을 알아챘다.

누군가 버럭 화를 내며 호통쳤다.

"역시 묵연 이 개자식 짓이네요!"

"이 바둑돌들과 한패예요!"

화가 치밀어 일그러진 얼굴들, 묵연이 한패라는 말에 일기 시작한 낮은 웅성거림에 쫑긋 세워진 수백 쌍의 귀들, 바둑돌을 쳐 내느라 시뻘겋게 핏발이 선 눈들이 묵연을 향했다.

겹쳐졌다, 반복되었다.

그들 눈에 묵연은 또다시 사람을 죽여도 눈 하나 깜짝 않는 악마가 되어 있었다. 또다시 선군들을 짓밟고 천하를 쥐락펴락하던 제군이 되어 있었다. 온갖 계율을 파괴하고 속세를 하찮게 여기던 미치광이가 되어 있었다.

누군가 성난 목소리로 외쳤다.

"잡아!"

"도망가지 못하게 잘 지켜요!"

"언제까지 양의 가죽을 쓰는지 두고 보자고!"

머릿속에서 윙윙 소리가 났다. 그때와 같은 분노, 그때와 같은 비난, 그때와 같은 도륙.

전생과 너무 비슷했다. 초만녕과 생사를 걸고 펼쳤던 결전이 떠올랐다.

그날도 오늘처럼 묵연은 손에 바둑돌을 쥐고 산 사람, 죽은 사람, 온갖 짐승들로 이루어진 바둑돌 부대를 조종했다. 바둑돌들은 먹물을 쏟아놓은 것처럼, 산봉우리에 뒤덮인 흰 눈처럼 사생지전을 휩쓸었다.

그는 높이 앉아 눈을 내리깔고 엷게 웃으며 천지가 뒤집히는 모습을 날이 어둑어둑해질 때까지 지켜봤다.

나중에 그를 막아선 건 초만녕이었다.

초만녕은 그의 백만 바둑돌들과 끝까지 완강하게 싸웠다. 무기도 천문에서 구가로 바뀌고, 다시 구가에서 회사로 바뀌었다.

회사.

묵연은 맨 마지막에 회사를 소환할 때 초만녕의 서글프고 매섭고 고통스러운 눈동자를 영원히 잊을 수 없었다.

"듣자니 이건 사람을 죽일 때 쓰는 무기라면서요? 오늘 드디어 구경하네요."

초만녕이 물었다.

"묵연, 어떻게 해야 그만둘 셈이냐?"

그는 환하게 웃으며 대답했다.

"이제 못 그만둬요, 사존. 벌써 피를 묻혔어요. 이 손으로 백부님, 백모님을 죽이고 동문 형제들의 숨통을 끊어 놨어요…… . 이제 당신 머리만 제물로 바치면 저는 전무후무한 맹주가 되는 겁니다. 아무도 저를 막을 수 없어요.”

초만녕의 얼굴은 고통과 슬픔으로 일그러졌다.

그 얼굴은 오히려 묵연을 복수심에 불타오르게 했다. 묵연은 어금니를 악물고 한 글자, 한 글자 뱉어 냈다.

“당신만 죽이면, 이 세상에는 제가 죽이지 못할 사람이 없어요.”

262장 천음각, 제군이 그를 따르다

한때 사제지간이었던 두 사람은 그렇게 사이가 틀어져 원수가 되었다.

최고의 접전이었다.

결국 초만녕은 영핵이 약해져서 천지를 삼킬 듯한 묵연의 기백을, 그의 혈기 왕성함과 악랄함을 이기지 못했다.

“발악해 봤자 소용없어요.”

젊은 악마는 싸울수록 기세가 드높아졌다. 그는 입을 옆으로 찢어 벌리고 오만하게 웃었다. 불귀와 회사가 거세게 부딪치며 격렬한 승부를 펼쳤다.

금색의 빛줄기가 밝아졌다 어두워졌다 했다.

어슴푸레한 불꽃이 사존과 제자의 눈동자에 가득 비쳤다.

묵연은 초만녕의 창백한 얼굴을 힐끔 쳐다보고는, 눈동자를 되록 굴려 조롱하는 눈빛으로 회사를 바라봤다. 영력이 흩어져

가고 있었다.

"영력이 소진됐어요. 계속해서 싸우다간 영핵이 파괴될 겁니다. 사존, 당신은 그리도 오만하니 죽어도 범인은 되고 싶지 않죠? 그렇죠?"

초만녕은 이를 악물고 대답하지 않았다. 입술은 어느새 핏기 없이 파리해졌다.

결국 회사의 빛이 완전히 사라졌다. 묵연은 초만녕의 영력이 다한 걸 알고 마음껏 웃어 댔다. 그 웃음소리는 독수리의 울음소리처럼 음산했다.

"이제 뭐로 저항하실 건가요? 만야옥형…… 고고하신 우리 사존?"

초만녕은 검을 짚고 무릎을 반쯤 꿇었다. 새하얀 옷에는 핏자국이 얼룩덜룩 물들어 있었다.

그는 천천히 눈을 들어 올렸다. 증오하는 마음에 휩싸인 묵연은 그의 단호함만 보았을 뿐, 단호함 뒤에 숨겨진 슬픔은 보지 못했다.

몇 년 후, 답선군은 맹독을 마셔 자살하면서 저도 모르게 그때의 격전을 떠올렸다.

문득 당시 초만녕은 죽을 각오를 하고 자신을 제지했다는 생각이 들었다…….

중생을 먼저 생각하고 자신은 마지막에 두었던 것이다.

묵연은 초만녕을 말만 번지르르한 위선적이고 비열한 사람이라고 욕했었다.

그런데 알고 보니 말한 것은 반드시 실천하는 사람이었다.

"선한 것을 생각하거라."

사존이 말했다.

"악을 품지 말고."

금빛이 스쳤다.

초만녕의 눈빛은 차분했다. 그때, 갑자기 초만녕의 손바닥에서 눈부신 금빛이 활활 타올랐다. 북두선존, 수진계에 가족도 친구도 없이 혼자인 그 남자는 영핵을 희생하는 대가를 치르고, 다시금 신무 세 개를 소환했다.

구가, 천문, 회사.

타협이란 걸 모르는 사람. 그렇게 해서 얻는 게 뭐라고.

초만녕은 영핵의 힘으로 묵연이 만들어 낸 위세 웅대한 정예부대를 모조리 진압했다. 검은 돌, 흰 돌 할 것 없이 휘몰아치는 신무의 빛줄기를 맞고 재가 되어 흩어졌다.

이상하게도 그때 묵연은 초만녕의 바로 앞에 있었는데, 완강하게 저항하는 그를 제지하지 않았다.

묵연은 그저 의아하고 궁금한 눈빛으로 그 모습을 지켜봤다.

눈앞의 매정한 사람이 입에 달고 사는 '중생'을 위해 어디까지 하는지 보고 싶을 뿐이었다.

그저 그렇게 쭉 지켜봤다.

초만녕이 영력을 마지막 한 방울까지 쥐어짜는 모습을.

거센 파도가 잠잠해지고, 해를 가리고 있던 뱁새 떼가 흩어졌다.

산 사람들은 하나둘 정신이 돌아오고, 시체들은 다시 눈을 감고 영면에 들어갔다.

묵연은 그저 멍하니 바라봤다.

북두선존의 영핵이 산산조각 나고, 초만녕의 광채가 사방에 흩뿌려지고, 사존이 자신의 눈앞에서 와르르 무너져 먼지가 되는 모습을.

당시 묵연은 무표정하게 고개를 갸웃했다. 어머니가 숨을 거두기 전에 했던 당부가 귓가에 맴돌았다. 심성이 고운 여자는 그의 볼을 살살 어루만지며 말했다.

– 은혜를 갚거라, 복수할 생각 하지 말고.

수년이 지나 다시 그 익숙한 구절을 들었다. 초만녕은 자기 손으로 영핵을 파괴하기 전에 이렇게 말했다.

"선한 것을 생각하거라, 악을 품지 말고."

그런데 묵연은 그렇게 하지 못했다.

마음속에 무궁무진한 원한이 똬리를 틀고 있었다. 오직 핏물만이 숨통을 트이게 해 줄 것 같았다.

그는 사생지전을 멸망시키고 유풍문을 도륙했으며 백부, 백모를 죽이고 수많은 장문들의 목숨을 앗아 갔다. 바다를 벌겋게 물들이고 백골이 산을 뒤덮게 했다.

그러다 봉기군이 산을 포위하자 통천탑 앞에서 스스로 목숨을 끊었다.

모두 그가 직접 겪은 일들이고, 천인공노할 죄들도 그가 저지른 것들이다. 듣기만 해도 소름 돋는 참혹한 사건에서 그는 가해자였다. 불귀에는 수천 명의 피가 묻었고, 진롱기국은 수만 명의 숨통을 끊어 놓았다.

모두 다 그가 한 짓이었다.

묵연은 머리가 핑핑 돌고 숨이 가빴다.

그때, 가벼운 신음이 그를 기억의 수렁에서 끄집어냈다.

정신을 차리고 보니, 목연리가 바둑돌이 휘두른 칼에 어깨를 맞았다. 그녀의 뜨거운 피가 묵연의 얼굴을 뒤덮었다.

"각주!"

"각주, 조심하세요!"

천음각 사람들이 우르르 몰려와 목연리를 에워싸고 보호했다.

목연리는 한숨을 한번 내뱉더니 이를 악물고 말했다.

"괜찮다."

그때 목연리를 찌른 바둑돌이 장검을 거둬들이고, 모두가 지켜보는 가운데 묵연 앞에 털썩 꿇어앉았다. 그는 복면한 얼굴을 숙이고 말했다.

"제가 제대로 보호하지 못하고 주인님께 폐를 끼쳤습니다. 죽을죄를 지었습니다."

모두가 경악했다.

"묵연이 바둑돌을 조종하고 있습니다!"

"바둑돌이 묵연을 주인님이라고 불렀습니다!"

묵연이 말했다.

"아니…… 아닙니다……."

그런데 누가 믿어 주겠는가?

누가 그 말을 믿어 주겠는가?

절망에 빠진 묵연은 고개를 가로저으며 뒷걸음질 쳤다. 그는 원한과 의심으로 얼룩진 얼굴들을 넋 놓고 바라봤다.

아니야.

그의 눈은 설몽을 찾았다. 그런데 설몽은 너무 멀리 있어 이쪽 상황을 전혀 모르고 있었다. 이어서 그는 왕 부인과 설정옹을 찾았다.

그들은 굳은 얼굴로 한쪽에서 상황을 지켜보고 있었다.

묵연은 뭔가를 말하려는 듯 입술을 벙긋벙긋했다. 그런데 해명의 여지가 남아 있지 않았다.

그때 바둑돌들이 왕 부인에게 우르르 달려들었다. 묵연이 놀라 소리쳤다.

"백모님! 조심하세요!"

사람들이 놀라서 돌아봤다. 설정옹은 냉큼 정신을 차렸지만 바둑돌에 둘러싸여 있어 부인 곁으로 돌아갈 수 없었다.

"백모님!"

"어머니!"

펑!

강희가 사람들을 가르고 뛰쳐나가, 설황을 휙휙 휘둘러 왕 부인 옆으로 바짝 다가온 바둑돌들을 날려 보냈다.

왕 부인이 깜짝 놀라며 말했다.

"사제……."

"……."

강희가 돌아보며 쌀쌀맞게 한마디를 툭 던졌다.

"눈을 어디에 달고 다니는 겁니까?"

이때 현경대사가 하늘가에 갑자기 새까만 구름이 잔뜩 뒤덮이고 서서히 사생지전 쪽으로 흘러오는 걸 발견했다. 처음에는 제대로 보지 못했는데, 자세히 보니 도저히 믿을 수 없는 광경이었다.

주변 사람들이 하나둘 세차게 몰려오는 검은 구름을 알아차리고 나서야 현경대사는 그것의 정체를 확인하고, 수염을 휘날리며 큰 소리로 외쳤다.

"이럴 수가? 바둑돌이 대체 얼마나 많은 거야!"

검은색 바둑돌이 파도처럼 끝도 없이 밀려왔다.

일부는 시체였고 일부는 살아 있는 사람이었다. 그들은 하나같이 어떤 법술에 의해 얼굴이 훼손되고 혀가 뽑혔는데, 설사 제정신으로 돌아온다고 해도 말을 할 수 없는 상태였다.

그리고 그들 뒤에는, 진룡기국의 조종을 받는 짐승 떼가 뒤따랐다.

"묵미우!"

"묵연……."

묵연을 노려보는 사람들의 눈에는 분노를 넘어선 두려움이 보였다. 그에게 바짝 접근했던 사람들이 겁을 먹고 몇 걸음 물러섰다.

"미친놈……. 묵연, 미쳤어?"

"도대체 바둑돌을 얼마나 만든 거야?"

묵연은 입만 벙긋할 뿐 아무 말도 하지 못했다.

말하고 싶었다. 아니라고, 내가 아니라고.

그런데 그가 아니면 누구겠는가?

시공생사문이 다시 열리고, 답선군이 백만 대군을 거느리고 세상에 강림했다.

그가 답선군과 다를 게 뭐란 말인가?

둘은 같은 기억을 가지고 있었고, 같은 술법을 부렸다. 답선군의 진롱기국은 묵 종사도 능하다. 답선군이 만든 바둑돌은 특별히 따로 명령을 내리지 않으면 묵 종사를 주인으로 인식한다.

그러니 친척과 아무 죄도 없는 백성을 죽이고 금지 술법을 연마한 것도,

수천수만의 바둑돌을 만든 것도,

속세를 뒤집어 놓고 중생을 짐승처럼 능멸한 것도,

모두 그가 저지른 짓이 맞았다. 절대 누명이 아니었다.

점점 더 많은 바둑돌이 밀어닥쳐 끝이 보이지 않았다. 그들은 먹물이 종이에 신속하게 번지듯 조금씩 조금씩 다가왔다.

누군가 당황해서 소리쳤다.

"어쩌면 좋아요!"

목연리가 성난 목소리로 호통쳤다.

"묵연! 이래도 교활하게 궤변만 늘어놓을 겁니까? 이게 다 당신이 꾸민 일이지 않습니까! 천음각에서 하루빨리 개입하여 싹을 자르지 못한 게 한스러울 뿐입니다!"

검은 구름이 해를 가려 하늘이 캄캄해졌다.

피비린내 나는 바람이 으스스하게 불어오고, 수만 바둑돌이 거대한 종경[#42]처럼 하늘에 걸려 있었다. 언제 우르르 떨어져 온 천하를 뒤흔들지 몰랐지만, 막을 힘이 없었다.

#42 종경 종(鐘)과 경(磬). 고대 악기

묵연은 얼굴을 찌푸리고 하늘을 올려다보았다.

사람들도 꼼짝없이 당하고 싶지 않았다. 그들은 어검으로 날아오르거나, 땅에 있는 바둑돌과 뒤엉켜 싸웠다. 훨씬 격렬한 전투가 벌어졌다. 도처에 피가 낭자하고 비명이 울려 퍼졌다.

머리가 굴러떨어졌다.

창자가 밖으로 흘러나왔다.

그런데도 하늘가에선 검은 파도가 끝도 없이 밀려왔다. 등골을 오싹하게 하는 광경이었다.

그때 갑자기 저 멀리서 설몽이 울부짖는 소리가 들려왔다.

"아버지! 어머니!"

묵연이 고개를 홱 돌려 보니, 설정옹과 강희는 벌써 피투성이가 되어 있었다. 시뻘건 피가 사방으로 튀어 그들이 다쳐서 흘린 건지, 바둑돌을 물리치다 묻은 건지 구분할 수 없을 지경이었다.

설몽은 바둑돌들을 쳐 내며 필사적으로 부모님 쪽으로 달려갔다. 그러나 혼자 힘으로는 역부족이었다.

"설몽!"

묵연은 그를 도와주고 싶었다. 그런데 설몽은 쭈뼛쭈뼛하며 그를 피했다.

유풍문의 죽은 도사 하나가 칼을 빼 들어 설몽의 어깨를 푹 찔렀다. 피가 콸콸 뿜어져 나와 순식간에 경갑을 흥건하게 적셨다.

"설몽…… 설몽!"

묵연은 애간장을 태우며 설몽에게 달려갔다. 그런데 혼전 속에 그들은 너무 멀리 떨어져 있었다. 갈 수 없었다……. 갈 수 없었다…….

상처를 입은 설몽 쪽으로 더 많은 바둑돌들이 몰려갔다. 눈 깜짝할 사이에 설몽은 사람을 죽이려고 눈을 붉힌 꼭두각시 무리에 집어삼켜지고 말았다.

"몽아!"

"몽아!"

처절한 비명이 들려왔다.

왕 부인과 설정옹의 목소리였다.

그 애달픈 울부짖음은 묵연의 온몸을 산산조각 냈다.

두피까지 찌릿찌릿했다.

설몽…….

안 돼.

이럴 수는 없어.

방법이 있을 거야, 반드시 방법이 있을 거야!

화벽남이 그를 이곳에 보내고, 일이 이렇게 흘러온 건, 사생지전의 파멸을 지켜보게 하기 위한 게 아닐 것이다. 화벽남이 그에게 원하는 게 뭘까?

대체 뭘 원하는 걸까? 화벽남은 대체 그가 어떻게 하기를 바라는 걸까? '깜짝 선물'을 준 이유가 뭘까? 어떻게 해야 이 모든 걸 끝내고, 그에게서 도망칠까…….

문득,

묵연은 깨달았다. 드디어 알았다.

잠시 멍해지더니 심장이 쿵쾅쿵쾅 뛰었다.

마침내 알아냈다.

화벽남이 이렇게까지 하는 건 그의 신세를 망치려는 것뿐만 이 아니다. 그가 다시 돌아올 수 없게 하려는 것이다……. 묵연은 그제야 알 것 같았다.

당시 교산에서 남궁사가 했던 일.

전생에 초만녕이 대결 끝에 했던 결정.

묵연은 영력이 소진됐지만…… 영핵은 남아 있었다.

그는 가슴에서 힘차게 흐르는 영핵을 분명하게 느낄 수 있었다.

전생의 답선군의 그 흉악하고 광적인 냉소가 다시금 눈앞에 떠올랐다.

– 영력이 소진됐어요. 계속해서 싸우다간 영핵이 파괴될 겁니다. 사존, 당신은 그리도 오만하니 죽어도 범인은 되고 싶지 않죠? 그렇죠?

어떻게 해야 할지 알 것 같았다.

눈시울이 뜨거워졌다. 격전이 벌어지고 있는 이곳에서, 묵연은 문득 평온해졌다.

전생에 초만녕은 도의를 위해 몸을 바치고, 중생을 먼저 생각하고 자신은 마지막에 두라고 했던 말이 빈말이 아니었음을 죽음으로 증명했다.

전생에 영핵을 소진하기 전 초만녕의 창백한 얼굴이 떠올랐다.

그때 사존은 자기가 틀림없이 죽을 거라고 생각하고 마지막으로 묵연에게 이렇게 말했었다.

– 선한 것을 생각하거라, 악을 품지 말고.

갑자기 땅이 요란하게 흔들렸다.
"왜 이러죠?"
"어떻게 된 거지?"
사람들은 어리둥절해서 피하는 한편, 서둘러 진원을 찾았다.
더 찾을 필요도 없었다.
묵연의 발밑에서 갑자기 불길이 이글이글 끓어올랐다. 진짜 불길은 아니었다. 불의 속성인 영핵이 소진되면서 강력한 영류가 흘러나와 묵연을 안에 가둔 것이다.
묵미우.
전생의 답선제군, 오늘날의 종사.
그는…… 큰 재난을 막기 위해…… 놀랍게도…….
자기 영핵을 파괴해 버렸다!
남궁사와 초만녕이 그랬던 것처럼, 그 역시 영핵을 파괴하여 순식간에 영력을 최대로 끌어모았다. 두 눈이 불길에 시뻘겋게 물들었다. 잘생긴 얼굴에는 고통스러운 기색이 별로 없었다.
이 순간, 그는 누구일까?
모두가 욕하는 답선제군이 되지 않을 수 있을까?
할 수만 있다면, 그는 초만녕이 되고 싶었다.
영핵이 가슴에서 천천히 찢기고, 녹았다.
불길은 점점 더 맹렬해져, 구름을 뚫고 하늘을 온통 훤하게 비췄다.

그 순간, 그는 어린 시절의 순수하고 깨끗했던 꿈들이 마음 속에 하늘하늘 내려앉는 것 같았다. 활활 타오르는 불길 속에서 그는 단의한을 보았고, 초만녕을 보았다.

곳간에서 그의 볼을 어루만지며 '은혜를 갚거라, 복수할 생각하지 말고'라고 말하는 어머니를 보았다.

쌀죽을 받쳐 들고 조심스럽게 먹여 주며 '천천히, 천천히, 먹고 더 먹어'라고 말하는 무비사의 그 소년을 보았다.

두 번의 생 모두, 그는 좋은 사람이 되고 싶었다.

전생에는 그러질 못했다.

이번 생에는 전생을 돌아보며 가슴에 손을 얹고 십 년 가까이 반성했다.

밤낮으로 애를 태우며 고민해도 어떻게 보상하면 좋을지 방법이 떠오르지 않았다.

그에게도 한때는 천하의 가난한 사람들을 구제하고 싶은 꿈이 있었다고 말한다면, 믿어 주는 사람이 있을까?

아마 조롱하고 욕하고 비웃겠지.

그는 묵미우니까, 답선제군이니까.

숱한 잘못을 저지르고 사람도 죽였다. 이제 와서 어떤 식으로 보상하든 아무 쓸모도 없을 것이다.

뭘 해도 잘못했다고 할 것이다.

아무도 그를 용서해 주지 않을 것이다.

오직 이 불길 속에서만, 도의를 위해 스스로 영핵을 파괴하여 죽는 이 순간에만, 전생에 초만녕이 갔던 길을 걷는 이 순간에만, 그는 아주 조금이라도 위안을 얻을 수 있었다.

비로소 묵연은 조심스럽게 말할 수 있었다.

"할 수만 있다면 저도 초만녕이 되고 싶어요."

부디, 이 소원을 듣고 저를 비웃지 말아 주세요.

저를 비난하지 말아 주세요.

저는 어리석은 사람이었어요. 오랜 시간 동안 곁에 아무도 없었어요.

두 번의 생을 거쳐 이십 년이라는 세월 동안 잘못된 길을 걸었어요.

너무 어리석었어요. 왜 끝이 안 보이는 어둠에 빠져들었는지, 어쩌다가 이 지경이 됐는지 몰랐어요. 돌이켜보면 모든 게 잘못됐어요.

어머니를 못 찾겠어요.

사존도 보이지 않아요.

제발, 지옥은 너무 추워요.

돌아가게 해 주세요…….

집으로 돌아가고 싶어요.

263장 천음각, 사매가 둘

초가 다 타고 어둠만 남았다.

불이 꺼지고 잿더미만 남았다.

그러나 어둠도 한때는 밝았고 잿더미도 한때는 뜨거웠다. 그에게도 밝고 뜨거웠던 시절이 있었다. 지금 이 순간에는 아무도 모르고, 아무도 그 얘기를 꺼내지 않을 것이다.

묵연은 마지막 영력까지 남김없이 쏟아 냈다.

그는 뱁새 떼가 흩어지고, 저승 병사들이 땅속으로 사라지는 모습을 지켜봤다. 산 사람들이 더 이상 조종당하지 않고, 바둑돌들이 모조리 갈라 터지는 모습을, 당장에라도 사생지전을 삼킬 것 같았던 시커먼 파도가 물러나고, 생지옥이 막을 내리는 모습을, 그저 멍하니 지켜봤다.

사람들은 그의 죄가 너무 커서 도저히 용서할 수 없다고 했다. 자신도 그렇게 생각했다. 그런데 그 악마가 마침내 하늘의 신령과 같은 일을 한 것이다. 그에게 초만녕은 촛불과 같았다. 그는 그 빛을 좇아 맹목적으로 한 걸음 한 걸음 나아갔다.

"형!"

"연아!"

누군가 부르는 소리가 희미하게 들려왔다. 곁눈으로 보니 설몽이 비틀거리며 뛰어오고, 설정옹과 왕 부인이 사람들을 가르며 달려왔다.

그들이 부르는 소리를 들으니 마음이 훈훈해졌다. 그는 입꼬리를 씩 올렸다. 웃고 싶었지만 뜨거운 눈물이 피범벅이 된 볼을 타고 줄줄 흘러내렸다.

'미안해요, 제가 잘못했어요'라고 말하고 싶었다.

그런데 목구멍이 꽉 막혀 말이 나오지 않았다. 결국 애원하듯 말했다.

"저를 원망하지 말아 주세요."

저는 정말…….

정말 당신들이 좋아요.

백부님도, 백모님도, 사생지전도, 제가 그간 도둑질해 온 온정과 가족들을 모두 너무 좋아했어요.

백부님, 백모님, 설몽.

저를 미워하지 말아 주세요.

백만 부대가 물러가자마자 묵연은 그대로 쓰러지면서 온몸에 흙먼지를 뒤집어썼다.

전생에 초만녕이 중상을 입고 정신을 잃었을 때는, 흰옷이 더러운 피로 물들었지만 사람은 깨끗했다. 그는 묵연과 달랐다. 묵연은 늘 더러웠다.

의식을 잃어 갈 때쯤, 왕 부인이 부드럽고 따뜻한 팔로 그를 감싸 안고 애처롭게 부르는 게 느껴졌다.

"연아."

설정옹이 큰 소리로 목연리와 언쟁을 벌이는 게 들렸다.

"간교한 술수라니? 무슨 간교한 술수가 더 있다는 말입니까! 묵연이 바둑돌들을 소환했다면, 왜 그들을 물리치려고 이렇게까지 하겠소!"

설정옹이 고래고래 호통치는 소리가 들렸다.

"건드리지 마! 털끝 하나 건드리지 마! 끌고 가지 말라고!"

소란스러웠다.

묵연은 해명하고 싶고 당부하고 싶은 말이 많았다. 그런데 너무 지치고 힘들었다.

그는 맥없이 눈을 감았다.

교산.

장명등[#43]이 선현당 안을 은은하게 밝히고 있었다. 경유[#44]를 달여 만든 양초는 족히 어른 손목만 했다. 이곳은 빛이 들지 않아, 쉬지 않고 흐르는 촛농만이 시간이 흐르고 있음을 보여 줬다.

사매가 북극여우 털이 달린 비단 장포를 걸치고 높이 앉아, 관자놀이를 지그시 누르며 눈을 감고 정신을 수양하고 있었다.

그곳은 본래 서상림의 자리였다. 당시 사매는 서상림이 바둑돌로 극락과 지옥을 만들어 내며 제 스승이 인간 세상으로 돌

#43 장명등 長明燈. 불상이나 신상 앞에 밤낮으로 켜 두는 등불
#44 경유 고래의 지방 조직이나 뼈에서 얻는 기름

아오기를 간절히 바라는 모습을 지켜봤다.

참 흥미로운 사람이라고 생각했다. 그렇지만 아쉽게도 오래 남겨 둘 수는 없었다.

사매 앞에는 도술을 부린, 춤추는 용과 뱀이 그려진 비단 쪼가리가 하나 펼쳐져 있었다. 그 위에는 여러 가지 색깔의 작은 점들이 꿈틀대고 있었다.

전생에 답선군이 진롱기국을 만들 때 함께 만든 것으로, 일종의 '모래판'이었다. 검은색 점은 검은색 바둑돌, 은색 점은 흰색 바둑돌, 빨간색 점은 전사한 바둑돌을 의미하고, 비단 위의 작은 사각형은 적의 세력을 상징했다. 이 모래판만 있으면 천 리 밖에서도 전세를 한눈에 파악할 수 있었다.

사매는 비단을 탁자 위에 펼쳐 놓긴 했지만 찬찬히 훑어보지는 않았다. 묵연이 어떤 선택을 할지 잘 알고 있었다. 이 천 쪼가리는 그냥 재미 삼아 펼쳐 놨을 뿐이었다. 답선군이라면 곤경에서 벗어날 방법이 무궁무진하겠지만, 묵 종사가 갈 수 있는 길은 하나뿐이었다. 그러니 굳이 볼 필요가 없었다.

얼마나 지났을까. 선현당 문이 갑자기 활짝 열리고, 대청 안에 가벼운 발걸음 소리가 울려 퍼졌다. 사매는 고개도 들지 않고 담담하게 물었다.

"왔어?"

겨우 사람을 알아볼 만큼의 빛이 드는 벽돌 위에 의문의 남자가 서 있었다.

남자는 새하얀 삿갓을 쓰고 있었는데 챙을 턱 끝까지 내려 얼굴을 알아볼 수 없었다. 대청 한복판에 우뚝 서 있는 남자의 자태는 한 송이 연꽃 같았다.
남자가 입을 열었다. 목소리는 청아하지만 음울한 말투였다.
"움직임을 살펴보니 묵연이 답선군이 만들어 낸 바둑돌을 모조리 쳐 냈어."
사매는 눈 하나 깜짝 안 하고 태연하게 '응' 하더니 말했다.
"그래야지, 다른 선택지가 없잖아."
의문의 남자가 계속해서 말했다.
"……답선군의 몸이 더 버티지 못해 그가 조종하고 있는 바둑돌이 너를 반격하기 시작했는데, 묵연이 영핵의 힘으로 바둑돌들을 몽땅 제거했으니 너도 순조롭게 벗어났어. 잘된 일이지."
사매가 웃으며 말했다.
"오호? 지금 나를 걱정하는 거야?"
남자는 한참이나 대답이 없더니 말했다.
"이제 어떻게 할 생각이야?"
"계획대로 해야지."
사매가 드디어 움직였다. 그는 기지개를 길게 켜더니 활짝 웃으며 말했다.
"미리 말했잖아."
"……네가 얼마나 주도면밀한지는 나도 알아. 그런데 이건 알아 둬. 묵연이 이렇게 큰 대가를 치르고 기승을 부리는 바둑돌을 물리쳤는데, 각 문파 수사들이 바보도 아니고 어떻게 의심을 하지 않을 수 있겠어."
사매가 빙그레 웃더니 말했다.
"네 말 무슨 뜻인지 알아. 수진계에 큰 재난이 닥치는 걸 막겠다고 제 손으로 영핵을 파괴했지. 정말 영웅 났네."

"수진계 수사들이 저들의 영웅을 심문할 거라고 생각해?"

사매는 바로 대답하지 않았다. 그는 여전히 미소를 머금은 채 깍지 낀 손으로 턱을 괴고 상냥하게 물었다.

"묵연이 한 일 말이야, 전생의 초만녕과 닮지 않았어?"

남자가 잠시 침묵하더니 말했다.

"……닮았어. 거의 재연 수준이야."

"그래, 좋아. 다시 물을게. 전생에 초만녕이 답선군에게 연금되었을 때, 수진계에 진심으로 그를 걱정하고 기억하는 사람이 몇이나 있었어?"

"……."

남자가 대답이 없자 사매는 알 수 없는 웃음을 지으며 말했다.

"거의 없었지? 내가 말했잖아. 당시 설몽이 여기저기 뛰어다니며 도움을 청했을 때, 처음에는 그래도 동정의 눈물을 보이며 도와주겠노라 약조했던 사람이 몇 명 있었어. 그런데 나중에는? 답선군의 위세에 눌려 하나같이 입에 발린 소리만 해 댔지. 게다가 시간이 지날수록 처음의 감동도 퇴색되어, 점점 설몽을 귀찮게 여기기까지 했어. 설몽이 다시 설득하러 가니 사람들이 뭐라 했는지 알아? 갇혀 있은 지 오래되어 이미 죽었을지도 모른다고, 생사불명인 사람을 구하자고 어떻게 무고한 목숨을 희생하겠냐고 하더라니까."

의문의 남자가 고개를 설레설레 저으며 말했다.

"초만녕은 행방불명이었지만, 지금의 묵연은 멀쩡하게 저들 앞에 있어. 아무리 모진 사람이라도 수진계를 위해 피 흘린 사람을 해하지는 않을 거야."

그의 반박을 들은 사매는 탄식하며 말했다.

"너도 참, 나보다 고작 몇 년을 덜 살았는데 어쩜 이렇게 순진하니."

그는 말하면서 탁자에 놓여 있던 비단을 거둬들였다. 비단 위 바둑돌들이 모두 빨간색으로 변해 있었다. 실패했다는 의미였다. 그는 아랑곳하지 않고 비단을 건곤낭에 도로 넣었다.

"자기 이익과 연관되지 않은 일에는 얼마든지 고상 떨 수 있어. 그런데 자기에게 피해가 오는 순간, 사람은 짐승의 본성을 드러내기 마련이야."

사매는 가느다란 손가락으로 건곤낭에 매듭을 묶고, 고개를 들었다.

"지금 저들의 눈에 묵연은, 누명을 쓴 좋은 사람일 수도 있고 교활하고 간사한 꾀가 많은 나쁜 놈일 수도 있어. 실수로 좋은 사람을 다치게 하는 건 안타깝지만, 나쁜 놈을 놓아줬다가는 수진계에 피바람을 몰고 올 수 있지."

"……."

상대가 말없이 듣기만 하자 사매가 말을 이었다.

"그러니 영핵을 희생해 수진계에 닥칠 재난을 막았다고 해도 의심은 남아 있을 거야. 사람은 본래 의심이 많은 법이거든. 자기를 해칠 것 같은 존재는 싹을 잘라 버리지. 지금처럼 작은 변수는 최종 결과에 영향을 미치지 않아."

의문의 남자가 물었다.

"그래서, 천음각에서 묵연을 체포할 거다?"

사매가 빙긋 웃으며 말했다.

"천음각은 우리 편이야. 계획에 있는 일이니 당연히 그렇게 될 거고. 이제 묵연의 영핵 파편을 손에 넣을 방법만 찾으면 답선군을 쥐고 흔들 수 있어. 그놈의 힘까지 얻으면 못 하는 일이 없게 될 거야."

의문의 남자는 바로 반박하지 않고 한참을 가만히 있더니 입을 열었다.

"다른 세상에서 넌 십 년 가까이 묵연을 조종했잖아. 그렇게 해서 이룬 게 뭐야?"

사매는 남자의 힐난하는 듯한 말투에 뜨끔했는지, 흠칫하며 낯빛이 점점 어두워졌다. 한참 만에야 그는 눈을 가늘게 뜨고 물었다.

"질문의 의도가 뭐야? 나를 의심하는 거야?"

"……아니, 의심하지 않아."

남자가 한숨을 쉬며 말했다.

"우린 지향하는 바가 같아. 이 세상에 나보다 너를 더 잘 아는 사람은 없을 거야."

사매의 싸늘한 표정은 그제야 조금 부드러워졌지만, 예쁜 눈동자는 여전히 계단 아래에 서 있는 남자의 얼굴을 쏘아보고 있었다. 남자가 한 말이 어디까지가 진심인지 엿보려는 것 같았다. 한참 후, 그는 얇은 입술을 한번 오므리더니 말했다.

"알면 됐어. 내가 하는 모든 일은 우리가 가져야 마땅한 것들을 찾아오기 위한 거야. 그러니 희생이 따를 수밖에 없어."

"응."

"네 말이 맞아. 나를 제일 잘 아는 사람은 너야."

사매가 나지막이 말했다.

"두 세상에서 나는 늘 신중하고 마음 졸이면서 살아야 했어. 의지할 사람은 너뿐이야."

"……."

"나를 실망시키지 마."

사매의 말은 나비처럼 공중에서 유유히 맴돌았다. 잠시 어색하고도 미묘한 침묵이 흐르고, 이윽고 의문의 남자가 온화한 말투로 물었다.

"물어보고 싶은 게 있어."

"뭔데?"

교산 밖에는 먹구름이 몰려오고, 거센 바람이 일어 풀과 나무를 쓰러뜨렸다. 윙윙 부는 바람 소리는 의지할 곳을 잃고 떠돌아다니는 사람들의 처절한 울음소리 같았다.

남자가 말했다.

"전생에 우리 일을 위해 뭘 얼마나 희생시켰는지 알고 싶어. 솔직하게 말해 줘."

뜬금없는 질문에 사매는 미간을 잔뜩 찌푸리고 고요하게 남자를 바라보며 말했다.

"전에 다 얘기했잖아. 무고한 사람들이 조금 죽을 거야. 이상할 것 없어. 우리가 전에 유린당한 걸 생각하면……."

"그 조금이 얼만데?"

남자의 부드럽지만 단호한 목소리가 사매의 말을 잘랐다. 사매는 순간 말문이 턱 막혔다.

그의 얼굴이 눈에 띄게 어두워졌다. 예사로운 일이 아니었다. 사매는 희로애락을 겉으로 드러내는 사람이 아니었다. 그런데 의문의 남자 앞에서는 흉악한 모습을 숨김없이 보이고 있었다. 자신의 살기 어린 얼굴을 상대 남자는 볼 수 없다는 듯이.

"조금이 조금이지 얼마는 무슨 얼마야. 무고하게 죽은 사람들의 명부라도 만들어서 보여 줘?"

남자가 옅게 웃으며 나지막이 말했다.

"됐어, 너도 알잖아. 만들어 줘도 못 보는 거."

"……."

"그동안 네가 하라는 대로 다 했어. 네가 나를 찾아와 전생의 진실을 알려 준 후로, 지난 몇 년 동안 줄곧 네 일을 도왔어. 너는 고월야에 숨어 있고 나는 사생지전에서 네 지시에 따랐지."

남자가 말했다.

"이해가 안 될 때도 있었고 곤혹스러울 때도 있었지만, 네 생각이 곧 내 생각이고 네 목표가 곧 내 목표라는 마음으로, 우리의 대업을 이루기 위해 목숨 따윈 신경 안 쓴 지 오래야. 너도 나와 같을 줄 알았어. 그래서 우리가 성공할 수만 있다면 내가 조금 희생하는 건 아무것도 아니라고 생각했어."

사매가 벌떡 일어나 왔다 갔다 하더니 물었다.

"무슨 뜻이야? 목숨 따윈 신경 안 쓴 지 오래라고? 그럼 나는 구차하게 안일함만 추구했다는 거야?"

그는 소매를 탁 뿌리치고 흰옷 차림의 남자를 매섭게 노려봤다.

"내가 어떤 사람인지 그렇게 잘 알면 그런 말을 하지 말아야지."

"알아."

의문의 남자가 말했다.

"그런데 넌 전생에 죽은 체하고 화벽남의 신분으로 배후에 숨어, 묵연 몸속의 독충을 조종했지. 십 년이나."

"팔 년이야."

사매가 끼어들었다.

"나중에 초만녕이 제 지혼을 반으로 나눠 그놈 몸에 주입하는 바람에 본성을 어느 정도 되찾았어. 팔 년 뒤에 자살했으니, 십 년까진 아니야."

"그래, 팔 년."

남자가 말했다.

"그 팔 년 동안 넌 묵연 마음속의 불씨를 키워 이런저런 죄를 짓게 했지. 그런데 우리 목표와는 점점 빗나갔어. 그런데도 넌 지켜보기만 했을 뿐이지. 왜 막지 않았어?"

사매는 분노가 극에 달해 하하 웃더니 말했다.

"팔고장한화 한 송이 만드는 게 얼마나 힘든지 알아?"

"……알아."

"독충에 중독됐던 사람은 한번 해독되면 다시 효과가 먹히지 않는 것도?"

"알아."

사매는 웃음을 싹 거두고 두 눈을 번득이며 말했다.

"알면서 왜 물어? 너라면 어떻게 할 건데?"

남자는 한참이나 침묵을 지키더니 한숨을 쉬며 말했다.

"네가 나 대신 선택했잖아."

사매는 할 말을 잃었다.

남자가 이어서 말했다.

"난 한 번도 그런 일을 직접 해 본 적도 없고, 네가 갔던 길을 걸었던 적도 없어. 그래, 어쩌면 나도 같은 상황을 마주한다면 너랑 똑같은 결정을 하겠지. 그런데 나는……."

사매는 눈을 가늘게 뜨고 한 걸음 한 걸음 긴 계단에서 내려와 남자 앞에 섰다.

"그런데 뭐?"

"……그런데 나는 양심의 가책을 느껴."

사방이 쥐 죽은 듯이 고요해졌다.

사매가 남자의 옷깃을 와락 움켜잡았다.

그가 이를 부득부득 갈며 소리쳤다.

"양심의 가책을 느낀다? 너랑 나랑 뭐가 다른데? 지난 일 중에 우리 둘이 함께 모의하지 않은 일이 하나라도 있어? 다 동의했잖아. 너도 사악하고 악랄하잖아? 그런데 이제 와서 양심의 가책을 느낀다고? 왜?"

"……."

"서상림은 너를 벗으로 생각했는데, 너는 가짜 환생술을 가르쳐 우리 대신 시공생사문을 열게 해서? 그래서 마음이 켕겨?"

남자가 낮은 소리로 대답했다.

"그는 죽을 때까지 나를 배신하지 않았어."

사매가 흠칫했다. 눈에는 곤혹스러움과 분노가 스쳤다.

"그래그래, 어쩐지 내키지 않아 하더라니. 그래서? 바둑돌을 보니 마음이 약해졌어? 자책감이 들어?"

남자가 차분하게 말했다.

"그럼 너는 자책감이 하나도 안 들어?"

"너……."

사매는 이를 악물고 광기와 조롱 어린 눈으로 상대를 한참이나 매섭게 노려봤다. 엄청난 우스갯소리를 들었다는 듯이, 치를 떨게 하는 반역자를 보듯이.

문득, 그는 지극히 악독한 말이 떠올랐는지 입가에 한 가닥 냉소를 띠었다. 그러고는 서슴없이 남자에게 독침을 쐈다.

"좋아, 아주 좋아. 말 한번 번지르르하네. 좀 솔직해져. 자책감은 핑계고, 그저 안타까울 뿐인 거지?"

상대의 망연한 표정을 보며, 사매의 눈에 어린 광기와 조롱이 점점 더 강렬해졌다. 그는 먹이를 노리는 독수리처럼 주위를 맴돌며 먹이가 숨이 끊어지길 기다렸다가 와락 덮쳤다.

"이렇게 갑자기 내게 죄를 묻는 이유를 난 알아. 넌 아마 바둑돌들을 보고 후회한다고 생각하겠지. 서상림의 죽음을 보고 마음이 흔들렸다고 생각하겠지. 그런데 난 알아, 네가 어떤 사람인지 잘 알아. 넌 절대 자책감 따위를 느낄 위인이 아니야. 너도 나처럼 냉혹하고 무정한 사람이야."

독수리 날개가 죽음의 그림자를 드리웠다. 점점 더 가까이, 점점 더 음산하게.

"넌 참회하고 있는 게 아니야. 자신을 속이지 마."

사매가 오만하면서도 격식을 갖추고 웃었다.

남의 정곡을 찌를 때 사명정은 항상 우아하고 여유로웠다.

그는 한 음절, 한 음절 딱딱 끊어 가며 말을 이었다.

"내가 보기에 너는 네 눈을 안타까워할 뿐이야."

말을 마치고 사매는 허리춤에서 비수를 홱 꺼내 들고, 칼자루로 남자의 새하얀 삿갓 챙을 조금씩 조금씩, 그리고 갑자기 훅 위로 젖혔다.

삿갓이 바닥에 떨어지고, 가히 경국지색이라 할 만한 얼굴이 드러났다.

빼어난 자태와 수려한 이목구비.

두 사람은 놀랍게도 똑같은 얼굴을 하고 있었다!

다만 삿갓을 쓴 사매는 눈이 멀어 새하얀 띠를 두르고 있었다. 앞머리 몇 가닥이 띠 위로 흘러내렸다.

사매는 삿갓이 벗겨진 남자를 보며 차가운 미소를 지었다.

"사명정, 너 자신을 똑똑히 봐. 너는 네가 나보다 더 많이 희생한 게 억울한 거야. 당시 교산의 상황은 최악으로 치달았어. 초만녕의 마음을 어지럽히기 위해서는 미리 상의해 둔 최후의 패를 꺼내야만 했어. 보는 눈이 많아서 하는 척만 할 수 없었다고. 결국 너는 두 눈을 잃었지만 나는 멀쩡했어. 그게 분하고 질투 났던 거야."

"……질투할 거였다면 처음부터 너의 계획을 받아들이지도 않았을 거야. 나를 희생하는 최악의 상황을 염두에 두지도 않았겠지. 꿈을 이루기 위해 우리 둘 중에 누가 살아남는지는 상관없어. 그런데 내가 왜……."

말이 채 끝나기도 전에 사매가 소리쳤다.

"누구야?"

비수가 조금도 빗나가지 않고 정확히 기둥에 날아가 꽂혔다.

사매가 돌아보며 음침한 표정으로 말했다.

"나와."

황소월이 덥수룩하고 땟자국이 지저분한 꼴로 엉금엉금 걸어 나왔다.

그날 황소월은 사람들을 배반하고 교산의 보물을 찾으러 들어갔다가 기관을 잘못 건드려 밀실에 갇히게 되었다. 유풍문 밀실 안에는 금은보화며 검보 비적[#45] 등 없는 게 없었지만, 음식은 부족했다.

강동당 무리는 그 속에 갇혀 서로 죽이고 죽는 살육을 벌였고, 사람이 사람을 잡아먹는 지경에 이르렀다. 그리고 결국 황소월 혼자 남았다.

그는 마지막 남은 제자까지 잡아먹고 허우적거리다가 겨우 밀실에서 빠져나왔다. 그런데 이렇게 기괴한 상황과 맞닥뜨릴 줄이야.

'내가 지금 뭘 본 거지? 왜 사명정이 둘이지?'

황소월은 아무리 생각해도 알 수 없었다.

그의 머리로는 기껏해야 쌍둥이라고 짐작할 뿐, 시공생사문 때문에 같은 세상에 사매가 두 명 나타났으리라고는 상상도 못 했다.

그런데 두 사람의 대화는 들을수록 이상하고 수상쩍었다. 교활하고 간사한 황소월은 어딘가 이상하다는 걸 눈치채고 도망치려고 했다. 그런데 눈과 귀가 밝은 사매에게 딱 걸린 것이다.

사매가 얼굴을 찡그리며 말했다.

"누군가 했더니 늙다리 쥐새끼네."

#45 비적 秘籍. 진귀한 책

그의 시선이 황소월의 장포에 꽂혔다.

"피? ……교산에는 동물이 없는데 웬 피?"

그는 잠시 조용히 생각하더니 이내 알아차리고 경멸하듯 말했다.

"사람 피?"

황소월은 살기를 느끼고 그대로 줄행랑을 놓았다.

"뛰어 봤자 벼룩이지."

사매는 옷자락을 휘날리며 연처럼 가볍게 날아올라 황소월 앞에 사뿐히 착지했다.

황소월을 노려보는 눈빛이 얼음처럼 차가웠다.

"이봐, 늙은이. 내가 제일 싫어하는 게 뭔지 알아? 바로 사람이 사람을 잡아 처먹는 거야."

황소월이 들은 마지막 한마디였다.

대전 안은 피비린내가 진동했다. 사매는 바닥에 쓰러진 황소월의 가슴에서 핏물이 콸콸 흘러나오는 모습을 보며 역겹다는 듯이 미간을 찡그렸다.

그는 손에 묻은 피를 닦아 내며 말했다.

"더러운 놈."

사매는 고개를 돌려 또 다른 사매를 힐끔 봤다.

그는 한결 누그러진 말투로 말했다.

"두 번의 생을 살면서 보니까 황소월 같은 짐승 새끼가 정말 많더라. 너도 봤지? 수진계의 패는 진작에 다시 섞였어야 했어. 그리고 걱정하지 마. 내가 말했잖아. 절대 네 희생을 헛되게 하지 않을게. 일이 끝나면 방법을 찾아 네 눈을 치료해 줄게."

"……."

상대가 아무 말이 없자 사매는 눈을 되록되록 굴리며 담담하게 말했다.

"억지 그만 부려……. 알았어, 약속할게. 정말 어쩔 수 없는 상황이 아니면 무고한 사람들이 다치지 않게 할게. 이제 마음이 놓여? 됐어?"

그제야 흰옷을 입은 사매는 내내 꼿꼿하게 펴고 있던 등에서 천천히 힘을 뺐다. 그는 입을 벙긋벙긋하며 또 다른 자기에게 뭔가를 더 말하려는 것 같았다. 그런데 이번 소동 때문에 전생에서 온 사매는 기분이 극도로 나빠진 상태라, 뒤도 안 돌아보고 선현당 대전을 성큼성큼 걸어 나갔다.

264장 천음각, 임을 따뜻하게

교산 산기슭에는 덩굴에 뒤덮여 그윽하고 외진 오솔길이 하나 있었다. 오솔길을 따라 올라가면 남궁 가문이 제사를 지낼 때 쉬어 가는 청담궁이 나왔다. 크지는 않지만 통로가 구불구불 늘어져 있어 걸음을 옮길 때마다 새로운 풍경이 펼쳐졌다. 정원에는 밤이면 형광을 내는 용혈화가 있는데, 지금은 꽃 피는 시기가 지나 몇 군데에만 활짝 피어 있었다. 멀리서 보면 별이 흩뿌려진 것 같았다.

꽃밭으로 더 들어가면 온천이 하나 있었다. 사매는 옷을 벗고 옥처럼 새하얀 발로 언덕을 밟고 서서, 물에 비친 자신의 모습을 바라봤다.

온천물은 뜨거웠지만 사매의 눈빛은 차가웠다.

그는 손을 뻗어 천천히 가슴팍을 쓰다듬었다.

금지 술법을 수련하다 반격당하는 바람에 가슴에는 손바닥만

한 짓무른 상처가 나 있었다. 그런데 지금은 걱정할 필요가 없었다. 모든 게 계획대로 흘러가고 있었고, 다 좋아질 터였다.

사매는 물속으로 들어갔다. 교산의 온천에는 마룡의 숨결이 녹아 있어, 몸을 담그고 있으면 무척 상쾌했다. 그가 가장자리에 기대어 눈을 감았다.

문득, 멀지 않은 곳에서 바스락바스락 인기척이 들려왔다. 사매는 눈을 뜨지 않고 담담하게 물었다.

"누구냐?"

남궁류가 관목 숲에서 튀어나왔다. 머리에는 용혈화 한 송이를 꽂고 있었다.

그가 사매를 보더니 활짝 웃으며 말했다.

"친구 형아, 목욕해요? 제가 뭐 도와드릴 거 있어요?"

사매가 성가시다는 듯 짧게 대답했다.

"없다."

남궁류가 뻘쭘해하며 머리를 긁적이며 말했다.

"그럼, 그럼 전 여기 있지 않고 그만 가 볼게요. 형아는 발가벗었는데 저는 옷을 입고 있으니, 형아가 손해잖아요."

뜨겁게 피어오른 안개 속에서 사매가 씩 웃었다. 온천에 촉촉이 젖은 얼굴이 더욱 맑고 깨끗했다. 그 얼굴은 초겨울 강남의 살얼음같이 투명하게 반짝이면서도, 뼛속까지 파고들 것처럼 차가웠다.

그는 요염한 눈을 번쩍 뜨고 웃는 듯 마는 듯 한 얼굴로 남궁류를 힐끔 보더니 물었다.

"왜 손해지?"

남궁류는 거리낌 없이 솔직하게 대답했다.

"형아는 잘생겼잖아요."

"오…… 꼬맹이가 미추[#46]를 가려 알아볼 줄도 알아?"

낭궁류가 뾰로통해져서 말했다.

"저 벌써 다섯 살이에요. 꼬맹이 아니라고요."

사매가 흥미롭다는 듯이 더 활짝 웃으며 말했다.

"그래, 형아가 잘못했네. 이리 와서 대답해 봐. 나와 답선군 중에 누가 더 좋아?"

"당연히 친구 형아죠."

남궁류가 별로 생각하지도 않고 냉큼 대답했다.

"그런데 답선군이 누구예요? 전 모르는 사람 같은데요."

"그럼 다시 물을게."

사매가 말했다.

"나와 묵연…… 기억나지? 전에 인사했잖아."

남궁류가 손가락을 입에 물고 잠깐 생각하더니 고개를 끄덕였다.

"나와 묵연 중에 누가 더 좋아? 더 친한 사람 고르지 말고. 네가 미추를 구분하는 기준을 알고 싶은 거야."

이번에는 바로 대답하지 않았다. 남궁류는 고개를 갸웃하며 자못 진지하게 생각한 후에야 입을 열었다.

"그래도 친구 형아가 더 좋아요."

그 말에 기분이 좋아진 사매가 또 물었다.

"그래? 그럼 어디 한번 들어나 보자. 묵연은 어디가 싫어?"

#46 **미추** 아름다움과 추함

"……모르겠어요."
"그런데 왜 내가 더 좋아?"
남궁류가 억울하다는 듯이 말했다.
"저도 몰라요……. 잘생긴 걸 어떡해요."
사매는 잠시 생각에 잠기더니, 온천의 깊은 곳에서 안개가 옅은 쪽으로 옮겨 왔다. 두 팔을 교차해 겹치고는 못가에 엎드려, 곡선이 부드럽고 아름다운 등을 드러내며 빙그레 웃으면서 말했다.
"이쪽으로 와 봐."
사매가 남궁류에게 손짓했다. 남궁류가 가까이 다가오자마자 사매가 벌떡 일어섰다.
"아악."
그 모습이 너무 우스워 사매가 물었다.
"소리는 왜 질러? 둘 다 남자인데, 부끄러울 게 뭐 있다고?"
남궁류가 손으로 눈을 마구 비비며 투덜거렸다.
"누가 부끄럽대요, 눈에 물 들어갔잖아요."
사매는 눈이고 뭐고 신경 쓰지 않고, 남궁류의 손목을 확 낚아채 자신을 똑바로 보게 했다. 가슴팍의 흉측한 상처가 남궁류의 눈앞에 완전히 드러났다.
"이거 봐. 무서워?"
상처는 짓무르다 못해 누런 고름까지 흘러나왔다. 남궁류는 보자마자 역겨운 듯 고개를 홱 돌렸다. 아이는 거짓말을 못 한다고, 남궁류가 거리낌 없이 말했다.
"윽, 너무 메스꺼워요."

사매는 여전히 웃는 얼굴이었지만, 눈빛은 한결 차가워졌다.

"아직도 내가 잘생겨 보여?"

"……."

남궁류는 사매의 억압에서 벗어나려고 애를 썼지만 그의 힘을 당해 내지 못했다. 결국 남궁류는 겁을 먹고 눈물이 그렁그렁해져서는, 움츠러들며 애원했다.

"형, 형아, 이거 놔요. 이러는 거 싫어요."

"똑똑히 봐."

"싫어요, 아야!"

사매가 너무 꽉 잡는 바람에 콰직 소리와 함께 남궁류의 손목이 탈골되었다. 사매의 눈에는 분노인지 승부욕인지 모를 빛이 이글거렸다. 그가 고집스레 다그쳤다.

"조금 전에는 잘생겼다며? 왜, 고작 이 손바닥만 한 상처 때문에 못생겨 보여?"

"그게 아니라……!"

"제아무리 미인이라도 약간의 흠집만 있으면 역겨워지는 거야?"

사매가 바싹 다가가 따졌다.

"지난날의 그리움은 보기만 해도 싫증이 나는 증오로 변하고, 과거의 동경은 목구멍의 가시가 되느냐고!"

남궁류는 결국 참지 못하고 엉엉 울음을 터뜨렸다.

"무슨 말을 하는 거예요. 하나도 못 알아듣겠어요! 이거 놔요, 저 갈래요."

남궁류가 큰 소리로 떼쓰는 바람에 가뜩이나 짜증이 솟구치고 우울했던 사매는 기분이 더욱 나빠졌다. 눈동자에 시커먼 구름이 일렁였다. 그는 대뜸 손을 뻗어 남궁류의 뺨을 후려갈겼다.

그러고는 남궁류를 놓으며 쌀쌀맞게 말했다.

“쓸모없는 놈, 꺼져.”

남궁류가 울며 달아나자 사매는 다시 온천의 깊은 곳으로 들어갔다. 주위는 여전히 경치가 아름답고 용혈화의 은은한 향기가 가득 차 있었다. 그러나 처음의 흥은 다 깨져 없어지고, 끝없는 분노만이 들끓었다.

사매는 대뜸 수면을 탁 내리쳤다. 물방울이 사방으로 튀더니 이내 다시 잠잠해졌다.

물보라가 사라지고, 얼굴은 여전히 부드럽지만 가슴에 상처가 난 그림자가 다시 나타났다.

분노와 함께 망연하고 무기력한 기분이 덮쳐 왔다. 그는 다시 온천의 가장자리로 돌아가 속눈썹을 들어 하늘을 올려다봤다.

“사람은 누구나 다 변하지.”

사매가 중얼거렸다.

씨앗에서 싹이 트고, 여린 싹이 초록으로 변하고, 꽃이 피고 지고, 결국엔 진흙이 되는 것처럼. 시간은 보이지도 않고 손에 잡히지도 않는다. 그러나 우리는 시간의 단련 속에 날카로운 발톱이 생기기도 하고 둥글둥글해지기도 한다.

“모두가 변하기 마련이니까…….”

사매는 지친 듯 온천물로 얼굴을 적셨다.

전생과 이번 생을 비교해 보면 알 수 있다. 그런데 언제부터 영원히 돌아갈 수 없는 이 갈림길에 선 걸까?

목욕을 마친 후 사매는 먹물을 풀어놓은 것처럼 새까만 머리카락을 대충 말아 올리고, 꽃향기 그윽한 오솔길을 따라 교산의 밀실로 돌아왔다. 한참을 문 앞에 멍하니 서 있다가 결국 문을 밀고 들어갔다.

밤이 깊어 밀실 안은 등불 하나만 켜 두고 모두 꺼져 있었다.

사매는 인기척을 내지 않고 조용히 안으로 들어갔다. 목욕 직후에 나는 은은한 비누 향만 조금 풍겼을 뿐이었다. 그런데 바로 그 향기가 침상에 누워 있는 남자를 놀라게 했다.

답선군의 잠긴 목소리가 들려왔다.

"누구야?"

사매가 음울한 목소리로 대답했다.

"……나야."

휘장 안에 잠시 침묵이 흘렀다. 그러다 돌아누우면서 옷감이 부스럭거리는 소리가 들려오고, 이어서 답선군의 조소 어린 목소리가 들려왔다.

"……이봐, 주인. 주인님은 고상하기도 하시지. 오밤중에 잠은 안 자고 본좌의 침실에서 뭘 엿들으려는 거야? ……덥지도 않아?"

사매의 표정이 더욱 차가워졌다.

"적당히 해. 그러다 죽어 버리는 날에는 우리 모두 끝이야."

답선군이 고단한 듯 나른한 목소리로 느릿느릿 말했다.

"걱정 붙들어 매. 내 잠자리 취향이 그렇게 변태적이지는 않으니까. 기본에만 충실했지, 쓸데없는 말을 늘어놓거나 뱀을 풀어 물게 하거나 눈을 가리고 수수께끼를 푸는 것 따위에는 관심도 없어. 죽일 일 없으니까 걱정하지 마."

"……."

쓸데없는 말을 늘어놓거나 뱀을 풀어 물게 하거나 눈을 가리고 수수께끼를 푸는 것 따위라. 아무리 눈치 없는 사람이라도 누구를 가리키는지 단번에 알 수 있는 말이었다.

사매는 화가 치밀어 휘장을 확 열어젖혔다. 겉으로는 유순하나 속이 검은 사명정의 얼굴과 준수한 답선군의 얼굴이 칼끝이 부딪치듯 불꽃을 튀기며 마주했다.

"너!"

사매는 말을 마치기도 전에 갑자기 멈췄다.

답선군은 초만녕과 오랜만에 상봉했으니, 필시 그동안의 갈증을 해소하려고 거리낌 없이 엉겨 붙어 사랑을 나눌 줄 알았다.

그런데 휘장 뒤의 광경은 무척 뜻밖이었다.

초만녕은 깊은 잠에 빠져 있었다. 양 볼이 불그레한 게 열이 끓고 있었다. 답선군은 옷섶을 살짝 풀어 헤쳐 매끈하고 균형 잡힌 가슴에 초만녕을 꼭 끌어안고, 손으로 그의 머리카락을 쓸어내리고 있었다. 밉지만 절대 손을 놓지 않겠다는 모양새였다.

"……지금 뭐 하는 거야?"

답선군이 경멸에 찬 눈으로 사매를 노려보며 되물었다.

"그럼 본좌가 뭘 하고 있을 거라고 생각했는데?"

"……."

'그래, 됐다. 죽은 사람과 따져서 뭐 해.'

사매는 눈을 지그시 감고 억지로 화를 억눌렀다. 그런데 분노의 불꽃이 활활 타올라 쉽게 꺼지지 않았다. 결국 그는 참지 못하고 비웃으며 되받아쳤다.

"답선제군. 나이가 몇인데 아직도 사존이랑 같이 자? 어둠이 무서운 거야? 아니면 사존께 어리광을 부리려는 거야?"

사매의 비아냥거림은 바로 효과가 있었다. 답선군은 대뜸 두 눈을 위협적으로 치켜뜨더니, 당장에라도 팔을 뻗어 품에서 곤히 자고 있는 초만녕을 밀쳐 내거나 아예 발로 걷어차 침상 밑으로 떨어뜨릴 것처럼 굴었다.

그런데 사매가 더 바싹 다가가자, 품에 있는 남자를 더 꽉 끌어안았다. 그리고 크고 넓은 옷소매를 휙 휘둘러 초만녕의 얼굴을 가렸다.

그러고는 침울한 얼굴로 눈을 들어 올리며 말했다.

"본좌의 일이니 신경 꺼."

사매가 이를 악물고 말했다.

"뻔대는 것도 정도껏 해야지. 누가 너를 만들었는지 잊지 마."

"한린성수, 어떻게 된 게 입만 열면 그 소리야. 나를 협박할 말이 그것밖에 없어?"

답선군이 냉담하게 말했다.

"참으로 큰 인물이시군."

"네놈이!"

연이은 말대꾸에 사매는 결국 폭발했다. 그는 매섭게 손을 뻗어 손가락으로 답선군의 이마를 찌르고 영력을 일부 빼어 갔다.

"혼취(魂聚)."

주문이 그의 입술 사이에서 새어 나왔다. 그런데 한참이 지나도 답선군의 눈동자에선 힘이 빠지지 않았다. 사매는 두려운 마음이 들었다. 눈앞의 이 남자가 당장에라도 자신의 억압에서 벗어날 것만 같았다.

그는 이마에 식은땀이 송골송골 맺힌 채 답선군과 힘겨루기를 이어 갔다. 마지막에는 거의 모든 영력을 동원해 낮은 소리로 호통쳤다.

"혼취!"

그제야 답선군은 몸을 부르르 떨더니 눈동자가 천천히 풀어졌다.

사매는 영력을 거둬들이고 은은하게 아파 오는 가슴을 부여잡으며 가쁜 숨을 한번 몰아쉬었다. 눈앞이 핑핑 돌았다.

그는 체질 때문에 영핵과 영력이 모두 하급에 속했다. 아무리 부지런히 수련해도 남들을 따라갈 수 없었다. 평소에는 약을 써서 그런대로 괜찮지만, 영력을 소모하는 일을 만나면 몸을 지탱하지 못했다.

사매는 눈을 감고 잠시 진정한 후에야 다시 답선군을 바라봤다.

"다시 한번 묻겠다. 좀 전에 뭐 하고 있었어?"

조종당하고 있었기 때문에 답선군은 감정이 거세된 목소리로 대답했다.

"열이 나서 추워하길래."

"……그래서?"

식혼만 간신히 남아 산 송장과 다름없는 인형이 담담하게 말했다.

"본좌가 안아 주면 따뜻해지니까."

"……."

사매는 답선군을 한참이나 빤히 노려봤다.

"따뜻하게 해 준다고?"

그는 혈색이 없는 입술로 이렇게 묻더니 갑자기 웃음을 터뜨렸다. 그런데 요염한 눈에는 웃음기가 하나도 없었다.

"묵연, 너 미쳤어? 네 몸을 한번 만져 봐. 네가 뭔데? 자기 몸도 얼음장인 주제에. 넌 오래전에 이미 죽었어. 간도 쓸개도 없고 체온도 없다고. 그런데 누굴 따뜻하게 해 준다는 거야?"

답선군의 초점 없는 눈동자에 얼핏 고통이 스치는 것 같더니 순식간에 사라졌다. 그는 결국 시체에 불과했다.

사매가 명령했다.

"일어나."

답선군은 바로 일어나지 않았다. 미간을 잔뜩 찌푸린 것으로 보아, 자신의 의지와 사매의 조종 사이에서 발버둥 치는 것 같았다.

"당장 안 일어나?"

강한 말투에 답선군은 결국 고분고분해졌다.

그는 천천히 침상에서 몸을 일으켰다. 헤쳐진 옷섶 사이, 이미 오래전에 부풀었다 쪼그라들기를 멈춘 가슴에 초만녕의 체온이 아직 남아 있었다.

사매가 음산한 말투로 말했다.

"나가."

답선군은 느릿느릿 몇 걸음 걸어가더니 돌연 멈춰 서서 나지막이 말했다.

"있어."

"……뭐가?"

답선군은 뻣뻣하게 서서 같은 말만 반복했다.

"있어."

사매가 미처 반응하지 못하고 따져 물었다.

"뭐가 있단 말이야?"

"체온."

남자는 굼뜨게 손을 들어 자기 가슴을 매만지며 초만녕의 체온을 느꼈다.

"여기가 뜨겁다고."

사매는 바늘에 찔린 것처럼 버럭 화를 냈다. 손바닥 안의 꼭두각시가 말을 잘 듣지 않는 것보다 짜증 나는 일은 없었다. 그가 낮은 소리로 호통쳤다.

"당장 꺼지지 못해?"

답선군은 다시 두어 걸음 옮겼다. 정확히 두 걸음 만에 문득 괴로운 표정을 지었다.

"안 돼……."

그는 머리를 감싸 안고 부들부들 떨며 낮은 소리로 울부짖었다. 손등에는 핏줄이 불룩불룩 튀어나왔다.

"본좌는…… 받아들일 수 없다……. 어떻게…… 어떻게 이렇게…… 이렇게……."

그는 두 눈을 꼭 감고 있었다. 의지가 강해졌다 약해졌다 하고, 기억이 멀어졌다 가까워졌다 하는 것 같았다. 그는 몸부림치고 갈등하고 부침을 거듭하며, 두 세상 사이에서 괴로워하고 있었다.

"……네가…… 설치는 대로……!"

그러더니 갑자기 중얼거리던 것을 멈추고 몸도 떨지 않았다.

그때, 사매가 짧게 한 번 신음하더니 가슴을 움켜잡았다. 답선군이 그의 억압에서 벗어나면서 강력한 한 방을 먹였기 때문이었다. 사매는 비틀거리며 뒤로 한 걸음 물러섰다. 곧이어 답선군이 눈을 번쩍 떴다. 눈에는 잔혹한 살기가 안개처럼 고여 있었다.

"……."

혼돈과 막연함이 사라진 눈동자는 매의 눈처럼 매서웠다. 사매는 그의 눈동자에 비친 자신의 쓸쓸한 얼굴을 보았다.

사매는 얼굴이 새하얗게 질린 채 천천히 말했다.

"회복이 점점 빨라지는구나."

답선군은 아무 말도 하지 않았다. 그는 눈동자에 눈부신 빛을 한번 번쩍이더니, 가볍게 헐떡이며 손을 뻗어 불귀를 소환했다.

사매는 턱을 살짝 들고 칼자루를 따라 시선을 위로 옮겨, 잔인하게 돌변한 답선군의 얼굴을 바라봤다.

"왜? 화나? 날 죽이게?"

광택 없는 시커먼 칼날이 눈 깜짝할 사이에 사매의 눈송이처럼 흰 목을 겨눴다. 힘을 팍 주는 바람에 살갗이 베여 핏줄기가 스며 나왔다.

사매는 물러서지 않고 냉소를 띠며 말했다.

"제군 폐하, 이렇게 움직이는 것도 다 내 영력으로 유지하고 있어. 나를 죽이면 너도 끝이라는 거 모르지 않을 텐데."

"……."

사매가 계속해서 말했다.

"그래, 실력으로는 너를 당하지 못해. 잘 생각해. 이판사판 다 같이 죽을 건지, 이 세상에 살아남을 건지."

답선군의 손은 흔들림이 전혀 없었다.

그런데 잠시 후, 그는 문득 불귀를 거둬들이고 고개를 돌렸다.

그가 칼을 거둬들이자 사매는 태연자약하게 목에 스며 나온 피를 닦으며 말했다.

"다행히 그렇게 멍청하지는 않구나."

"……."

"앞으로는 퍽 하면 죽이느니 마느니 하지 마. 우리 둘이 어떻게 얽혀 있는지 너도 잘 알잖아."

사매가 답선군을 힐끔 보며 말했다.

"너는 녹슨 칼이야. 나는 너를 예전처럼 날카롭게 갈아서 내 무기로 만들려는 거야. 그런데 너는 예전의 모습으로 돌아가면 내 억압에서 완전히 벗어나 내 목을 베려고 하겠지."

답선군은 새까만 눈동자를 되록 굴려 곁눈으로 그를 노려봤다.

"그동안 너는 다른 세상에서 내가 시키는 대로 했어. 시공생사문의 틈이 너무 작아 사람이 드나들 수 없어 평소에는 전서구로 서신을 띄웠지. 그렇지만 가끔은 고충(蠱蟲)으로 소통하기도 했어. 우리는 마음이 연결되어 있다고. 그러니 네가 무슨 생각 하는지 다 알아. 놀랄 것 없어."

드디어 답선군이 입을 열었다. 그는 냉담하게 말했다.

"눈이 멀 날이 얼마 안 남았나 보네. 어딜 봐서 본좌가 놀란 것 같아?"

"……."

사매는 입술을 한번 오므리더니, 낯빛이 더욱 어두워지며 말했다.

"좋아. 이해득실을 명확히 알고 있는 것 같으니 그때까지 잘 버티리라 믿어. 대업을 이룰 때까지 힘을 합쳐 보자. 그때가 되면 알게 되겠지. 네가 나를 죽일지, 내가 백전백승의 무기를 얻을지."

답선군이 담담하게 응했다.

"두고 보지."

사매가 뭔가를 더 말하려는 그때, 갑자기 침상에 누워 있던 초만녕이 가볍게 신음했다. 잠깐의 소리에도 두 남자는 설전을 멈추고 냉큼 돌아봤다.

"만녕?"

"사존."

동시에 초만녕을 부른 한때의 동문 형제는, 말없이 서로를 바라봤다. 잠시 후 답선군은 사매에게서 시선을 떼고, 의식을 찾지 못하는 초만녕에게로 옮겼다.

그러더니 그다지 개의치 않는 듯한 말투로 말했다.

"저 사람 며칠째 열이 내리지 않고 있다. 이러다가 혹시……."

그는 여기까지 말하고 멈췄다. 사람을 풀을 베듯 죽인 답선군은 그 단어를 말하기 전에 문득 입을 닫았다. 그는 가늘고 긴 속눈썹을 파르르 떨더니 눈을 감았다.

오히려 사매가 아무렇지도 않게 물었다.

"하고 싶은 말이 뭔데? 이러다가 혹시 죽는 거 아니냐고?"

착각일지도 모르지만 답선군의 창백한 얼굴이 더욱 파리해졌다. 그는 입을 한번 꾹 다물더니, '죽는다'라는 단어를 피해 간단명료하게 물었다.

"그럴까?"

"당연히 안 죽지. 북두선존을 너무 얕잡아 보네. 그건 그렇고, 무슨 낯짝으로 그렇게 묻는 거야?"

사매가 눈썹을 추켜세우며 물었다.

"누구 때문에 고열에 시달리고 있는데? 네가 짐승처럼 달려들어서 잔혹하게 능욕하는 바람에 이렇게 된 거잖아."

답선군은 얼굴이 확 일그러지더니 침울하게 말했다.

"그건 내가 아니다. 나를 그 변변치 못한 놈과 동일시하지 마."

그 말을 들은 사매는 답선군을 한참이나 살펴보더니 말했다.

"공교롭네. 나도 그 자식을 변변치 못한 놈이라고 생각하거든. 너도 잘 알잖아. 내가 이렇게까지 공을 들여 시공의 틈을 열고 너를 데려온 건, 그 변변치 못한 놈을 치워 버리고 너를 왕좌에 앉히기 위해서라는 걸."

사매가 갑자기 목소리를 낮추며 입을 열었다.

"폐하."

그가 갑자기 의미심장하게 이렇게 부른 것이다.

"머지않아 우리는 목적을 이룰 수 있어. 솔직히 너도 온전한 힘과 세찬 영핵의 흐름을 원하잖아. 아니야?"

"……."

사매는 먹이를 노리는 뱀처럼 새빨간 혓바닥을 날름거리며 유혹했다.

그는 답선군의 눈동자에 비친 갈망을 보았다.

그러더니 얼굴을 활짝 펴고 웃었다. 반드시 목표를 이루리라는 자신감이 흘러넘쳤다.

"온전한 힘을 회복하고 싶으면 얌전하게 굴어."

그의 새하얀 이는 독에 젖어 있었고, 눈동자는 번쩍번쩍 빛이 났다.

"말을 잘 들어야 일을 그르치지 않지."

답선군이 잠시 침묵하더니 옷소매를 뿌리치며 말했다.

"그보다."

그는 초만녕을 가리키며 말했다.

"이 얘기부터 하지."

"영혼이 뒤섞인 데다 몸이 너무 큰 자극을 받아서 저러는 것뿐이야."

사매가 담담하게 말했다.

"얘기하고 말고 할 것도 없어. 정말 편하게 해 주고 싶으면 잠깐 나가 있어."

답선군이 경계하는 눈빛으로 물었다.

"무슨 짓을 하려고?"

사매가 웃는 듯 마는 듯 한 얼굴로 말했다.

"상처를 치료해야지."

"본좌도 옆에 있겠다."

"그건 안 돼."

사매가 말했다.

"나 한린성수는 상처를 치료할 때 옆에 누가 있는 걸 절대 허용하지 않는다."

"……."

답선군이 나갈 기미를 보이지 않자 사매가 계속해서 말했다.

"안 나가도 돼. 내가 나갈게. 네가 남아 있어, 그럼. 어차피 너도 신통력이 있잖아. 너도 잘 치료할 수 있을 테니."

사매의 말을 들은 답선군은 얼굴빛이 더욱 어두워졌다.

그는 영력이 거칠고 포악해서 병을 치료하는 일에는 적합하지 않았다. 전생에는 궁녀도 많고 의관도 넘쳐나, 한 번도 자세하게 배운 적이 없었다.

사매는 여유로움을 되찾고 빙그레 웃으며 그를 쳐다봤다.

답선군은 그 웃음에 구역질이 나 고개를 확 돌렸다. 그는 이를 악물고 사매를 돌아보지 않았다.

한참 만에야 그가 다시 입을 열었다.

"……좋아. 본좌가 나갈 테니 치료해."

그는 잠시 멈추더니 갑자기 흉악한 표정을 지으며 말했다.

"문 앞에서 지키고 있을 거야. 감히 허튼짓했다가는……."

매서운 표정은 당장에라도 사매를 죽일 것만 같았다.

"감히 허튼짓했다가는 그 천한 목숨을 끝장내고 말 테다."

그렇지만 그런 협박은 사매에게 먹히지 않았다. 그는 씩 웃으며 '얼른 나가시죠'라는 손짓을 했다.

답선군은 어쩔 수 없이 밖으로 나갔다. 문을 나서기 직전까지 굳은 얼굴로 한참을 맴돌았다. 돌문이 닫히고 밀실 안은 마침내 조용해졌다. 사매는 돌아서서 침상에 누워 있는 흰옷 차림의 남자 곁으로 다가갔다.

"……."

사매는 조롱 어린 웃음을 싹 거두더니 평온하면서도 광기 어린 표정을 드러냈다.

"사존."

사매가 한 걸음 한 걸음 다가갔다.

마침내 초만녕을 손에 넣었다. 답선군이 밖에 있으면 또 어떤가? 초만녕이 소리를 내지 못하게 할 방법은 얼마든지 있었다.

인간계의 제군이 다시 들어올 때는, 아무리 화가 치밀고 아무리 흉포한들 속수무책일 것이다. 순진하고 무능해서 사랑하는 사람을 제 손으로 뱀의 굴에 바친 걸 탓하게 될 것이다.

희고 가느다란 손가락이 휘장을 걷어 올렸다. 사매는 부드럽고 탐욕스러운 눈으로 열이 펄펄 끓는 남자를 바라봤다.

"이제 아무도 우리를 방해하지 못해."

그는 천천히 침상에 앉아 초만녕의 볼을 어루만졌다.

"……자, 초비. 부군과 담 하나를 사이에 둔 이곳에서 제대로 길들여 줄게. 어때?"

265장 천음각, 금룡이 기둥을 휘감다

사매는 초만녕에게 상처를 치료하는 특효약을 한 알 먹이고, 허리를 숙여 보드라운 손가락을 그의 검은 머리카락 속에 넣었다. 가느다란 손가락은 마치 사람의 마음을 미혹하는 열 마리의 백사 같았다. 사매는 초만녕의 뒤통수를 받쳐 들고 그의 이마에 자기 이마를 가져다 댔다.

"장주의 꿈속[#47] 나비의 화신이 곁에 있나니, 밤새도록 함께하리라……."

그는 나지막이 주문을 외우다가 갑자기 멈췄다.

주술을 써서 초만녕의 기억 일부를 지우려고 했다. 전에 묵연에게도 쓴 적 있는, 그가 제일 잘하는 주술이었다.

그런데 초만녕은 영혼이 뒤죽박죽이고 기억도 아직은 회복하는 단계라, 외부에서 가해지는 자극에 대해 배척이 심했다. 그

#47 장주의 꿈속 중국 고대 도가(道家)의 사상가인 장자의 호접지몽을 일컫는다. 꿈인지 현실인지 구분되지 않는 상태 혹은 인생의 덧없음을 비유

래서인지 주술이 잘 먹히지 않았다.

"성가시게 됐네."

사매가 한탄하며 눈을 감았다가 다시 번쩍 떴다.

요염한 눈에 괴이한 빛이 스쳤다. 그는 초만녕을 뚫어지게 쳐다보며 다시 한번 주술을 외웠다.

"장주의 꿈속 나비의 화신이 곁에 있나니, 밤새도록 함께하리라. 지난날은 유수처럼 흘려보냈지만, 이제는 이 산에서 영원토록 당신에게 취하리……."

이번에는 효과가 좀 있었다. 그렇지만 아직 부족했다.

그의 주술은 잔잔한 못에 떨어진 커다란 바위처럼 거센 파도를 일으키다가 이내 잠잠해졌다.

그렇지만 상관없었다. 잠깐 잊게 하는 것으로도 족하니까.

욕망의 바다에 빠지는 순간까지도 초만녕의 머릿속에 살기가 가득한 건 싫었다.

그런 건 식욕을 떨어트릴 테니까.

"사존, 그만큼 주무셨으면 이제 깨셔야죠."

가볍게 부르는 소리가 주술처럼 허공에서 맴돌았다. 잠시 후, 초만녕은 속눈썹을 파르르 떨더니 천천히 눈을 떴다.

사매의 주술에 걸려 정신이 몽롱했다. 기억은 전생에 사매가 죽은 다음으로 돌아갔다.

사랑하는 제자 묵연을 잃은 아픔이 너무 커서, 그는 늘 무의식적으로 모든 걸 되돌릴 수 있으면 좋겠다고 생각했다. 그래서 의식도 자연스럽게 그때로 돌아갔다.

그러나 사람의 영혼은 본디 무척 교묘하고, 또 지금 초만녕의 몸은 두 개의 영혼을 담고 있어서, 사매가 주술을 걸었음에도 불구하고 꿈을 꾸는 것처럼 정신이 흐릿해졌다.

기억이 뒤엉켜 꿈인지 생시인지 구분할 수 없었다.

"……사명정?"

"네."

사매의 목소리는 아주 부드러웠다. 그건 모종의 삐뚤어진 본심을 숨긴 부드러움이었다.

"저예요."

초만녕은 몹시 고단해 보였다. 고열 때문에 온몸에 편한 곳이라고는 한 군데도 없었다. 그는 들릴 듯 말 듯 짧게 대꾸하고는 다시 눈을 감았다.

적응하는 중이라는 걸 알기에 사매는 조급해하지 않고 곁에서 기다렸다.

잠시 후, 초만녕이 눈을 감은 채 낮은 소리로 한탄했다.

"꿈인가 보네. ……좋구나, 네가 아직 살아 있어서."

그의 기억이 전생에 천열이 일어난 다음 날에 머물러 있다는 건 알았지만, 이렇게 말할 줄은 몰랐다. 사매는 문득 뭐라 말할 수 없는 복잡한 마음이 들었다.

"제가 죽는 게 아쉬우세요?"

"……아직 이렇게 젊은데…… 너를 좋아하는 사람이 이렇게 많은데……."

초만녕이 나지막이 말했다.

"네가 아니었어야 했다. 미안하다……."

"……."

"나였으면 얼마나 좋았을까. 그러면 다들 이렇게 슬퍼하지 않았을 텐데."

복잡한 감정이 점점 더 선명해지더니, 생기라고는 없던 그의 심장이 요동쳤다. 이런 감정은 처음으로 초만녕과 우산 하나를 나눠 썼을 때 느껴 본 적이 있었다. 그런데 나중에는 이런저런 음모 때문에 곁에 있던 사람들이 모두 죽거나 떠나가고 말았다.

그는 배후에 숨어 지내면서, 애써 자신을 감정이 없는 돌덩이라고 생각했다.

나중에는 정말로 돌덩이라고 믿게 되었다. 그런데 지금 이 순간, 심장이 다시 뛰기 시작했다.

달콤하고 씁쓸하면서도 간질간질했다.

이런 감정을 느끼지 말아야 한다는 걸 잘 알고 있었다. 빗물이 바위를 부식시키는 것처럼, 부드럽고 연한 이끼 같은 이런 감정은 그를 산산조각 낼 것이다.

그러나 그는 결국 참지 못하고 초만녕의 손을 덥석 잡았다. 심장이 쿵쾅쿵쾅 뛰었다.

입은 벌렸는데 목이 메어 아무 말도 나오지 않았다. 그는 침을 한번 꼴깍 삼키고 물었다.

"그럼 사존은요? 제가 죽어서 슬프셨나요?"

"……."

"슬퍼한 적 있으세요?"

초만녕이 봉안을 반쯤 떴다. 가늘고 긴 속눈썹 아래, 너무 많은 시름을 담고 있는 눈이 드러났다. 사매는 확실한 감정을 읽어 내려고 애써 그 눈을 들여다봤다.

그런데, 아무것도 없었다.

물을 단독으로 놔두면 물이고 밀을 단독으로 놔두면 밀이듯이, 감정은 단독으로 놔둬야 영원히 그 감정일 수 있다.

아쉽게도 사람의 감정은 단순하지 않다. 사매의 죽음은 초만녕에게 슬픔과 고통 그리고 자책감, 나중에는 후회를 가져다줬다. 여러 가지 감정이 복잡하게 뒤엉켜, 밀에 물을 섞어 둔 것처럼 발효되고 변질되어 원래의 모습을 찾아볼 수 없게 되었다.

사매가 고집스럽게 캐물었다.

"사존, 다시 기회가 주어진다면, 묵연을 구했던 것처럼 목숨을 내걸고 저를 구하실 건가요?"

초만녕은 멀건 눈으로 아무 대답도 하지 않았다.

"구하시겠어요?"

"사명정……."

이 세 글자밖에 말하지 못했는데 사매가 거칠게 입술로 그의 입을 막아 버렸다.

그토록 기다린 대답이었는데 정작 답이 공개되는 순간이 오니 들을 용기가 나지 않았다. 듣고 싶지 않았다.

답을 알 것만 같았다.

원망이 가슴속에서 마구 날뛰었다. 그는 복수하듯 침상에 누워 있는 남자에게 입을 맞추고, 탐욕적으로 그의 입술을 빨아들였다. 초만녕은 처음에는 아무런 반응도 없었다. 그러다 사매가 혀를 입 안에 쑥 밀어 넣고 나서야 그는 막 꿈에서 깨어난 것처럼 눈을 번쩍 떴다.

"읍!"

"쉿, 소리 내지 마세요."

사매가 헐떡거리며 손가락으로 초만녕의 목을 가볍게 눌러, 함구 주술을 걸었다.

"전에 사존이 위험한 곳에서 소리 내지 말라고 가르쳐 준 주술이에요. 이런 용도로 쓰이게 될 줄은 모르셨죠?"

사매는 초만녕의 망연하고 분노 어린 눈빛에도 아랑곳하지 않았다. 오랜 질투와 갈증이 그를 정신 차리지 못하게 했다.

"사존, 그거 아세요? 두 번의 생을 살아가는 동안, 저는 늘 뼈를 깎고 살을 갈아 수련하고 전전긍긍하면서 살았어요. 한 순간도 마음이 편했던 적이 없었다고요."

그는 초만녕의 팔다리를 침상에 묶으며 이를 부득부득 갈았다.

"저는 확실히 정상은 아니에요. 제가 해야 할 일도 제가 정상적인 사람인 걸 허용하지 않고요. 그렇지만 그게 어때서요? 답선군 그 꼭두각시도 하고 싶은 대로 다 하는데 저는 왜 이것저것 신경 써야 해요?"

사매는 자기 밑에 깔려 분노를 가누지 못하고 발버둥 치는 초만녕을 내려다보며 말했다.

고통스러우면서도 즐거웠다.

"이제야 알 것 같네요. 인생이 뜻대로 풀리든 안 풀리든 마음껏 즐겨야 한다는 걸……. 사존."

그는 몸을 곧게 일으키고 허둥지둥 초만녕의 옷을 벗기기 시작했다.

"여기까지 왔으니 저도 당신이랑 재미는 봐야죠. 제자에게 상을 내린다고 생각하세요, 네?"

몸이 약해진 초만녕은 저항할 힘이 남아 있지 않았고, 사매는 어렵지 않게 그의 옷을 모두 벗겨 버렸다. 어렴풋한 불빛 아래, 선이 분명하고 근육이 탄탄한 남자의 몸이 훤히 드러났다. 군데군데 퍼렇게 든 멍은 일전에 묵연이 남긴 흔적들이었다.

사매는 눈빛이 어두워지더니 낮은 소리로 중얼거렸다.

"그 자식도 참, 사존을 이렇게 만들다니."

말을 마치고는 초만녕의 턱을 잡고 한참을 뚫어져라 바라봤다.

초만녕의 두 눈은 안개가 한층 낀 것처럼 몽롱했다. 꿈인지 현실인지 구분하지 못하는 것 같았다. 아마 눈앞의 이 모든 것이 너무 황당해 진짜가 아니라고 생각하면서도, 촉감이 너무 진짜 같아 혼란스러운 모양이었다.

게다가 전생과 현생의 기억이 무분별하게 섞여 있어, 곧바로 반응하기도 어려웠다.

"저는 그 자식과 달라요."

사매는 초만녕을 한참이나 바라봤다. 눈빛이 서서히 부드러워졌지만 여전히 부드러움 속에 괴이한 빛을 감추고 있었다.

"그 자식은 사존을 기분 좋게 하는 방법을 몰랐죠. 저와 해 보시면 그 자식은 아무것도 아니라는 걸 알게 되실 거예요."

말을 마치고 사매는 옷을 벗기 시작했다.

막 목욕을 마쳐 달랑 욕의[#48] 한 벌인지라 눈 깜짝할 사이에 가볍게 벗겨지고, 옥으로 조각한 듯한 정교한 몸을 드러냈다.

"사존……."

그는 웅얼거리며 초만녕 몸에 엎드렸다.

#48 욕의 浴衣. 목욕하기 전이나 목욕 후에 입는 옷

꿈이든 현실이든 초만녕은 너무 역겨워, 온몸이 부들부들 떨리고 낯빛이 푸르뎅뎅해졌다.

"몸이 너무 뜨겁네요."

"……."

지금 초만녕의 함구 주술을 풀어 주면 살기등등해서 욕지거리를 퍼부을 거란 걸 알면서도 사매는 그의 몸 구석구석을 어루만지며 중얼거렸다.

"안에는 더 뜨겁겠죠?"

"사…… 명정!"

사매는 흠칫 놀랐다.

"……함구 주술을 푸신 건가요?"

사매가 눈을 들어 올려 초만녕의 얼굴을 바라보며 말했다.

"당신이라는 사람, 정말……."

초만녕은 입술을 부르르 떨더니 피를 토하며 울부짖었다.

"발칙한 놈! 당장 꺼져!"

사매는 말없이 자기 밑에 깔린 남자를 내려다봤다.

이 사람은 너무 사나운 걸까?

너무 고집스러운 걸까?

아니면 운명이라며 체념하는 법을 몰라서 패배를 인정하려 하지 않는 걸까?

하고 싶은 말들이 입가에 뒤엉켜 한마디도 나오지 않았다.

결국 아무 말도 하지 않고 씩 웃었다. 초만녕이 크게 노하여 다음 말을 하려는 순간, 사매는 그의 입술을 확 막아 버렸다. 그러고는 재빨리 머리띠를 풀어 입에 동여맸다.

"주술이 통하지 않으니 묶는 수밖에 없네요. 죄송하게 됐어요, 사존."

경악과 분노, 치욕이 뒤섞인 눈을 바라보며, 사매는 오히려 온몸의 피가 끓어오르는 것 같았다. 그가 몸을 숙여 초만녕의 귓가에 대고 말했다.

"잠시 후에 제가 아무리 기분 좋게 해 드려도 소리 크게 내면 안 돼요. 당신의 제군 폐하가 바로 문 밖에 있으니까. 당신이 제 밑에 깔려서 이렇게 음탕하게 구는 걸 알면 그가 어떨 거 같나요? 좋아하진 않겠죠?"

사매는 손가락을 조금씩 조금씩 아래로 옮겨 가며 초만녕의 몸 구석구석에 남아 있는 묵연의 입술 자국에 잠깐씩 머물렀다. 그의 손이 더 아래로 향하는 순간, 초만녕은 치욕이 못처럼 온몸을 꿰뚫고 지나가는 것 같았다.

초만녕의 기억은 전생에 머물러 있었다. 묵연이 주술에 걸렸다는 비밀을 알기 전까지, 그는 묵연을 죽도록 증오했다.

그런데 그보다 수치심을 모르는 자신이 더 가증스러웠다.

수치스러워 밀쳐 내긴 했어도, 묵미우에게 실망하긴 했어도, 묵연에게 안길 때면, 묵연의 신음을 들을 때면, 그 사람의 땀방울이 배에 고여 자신의 몸에 뚝뚝 떨어질 때면, 저도 모르게 짜릿하고 기분이 좋았다.

심지어 미친 듯이 사랑을 나눌 때면 가끔, 묵연이 멈추지 않기를, 이대로 자신을 완전히 찢어 버리고 영혼까지 빨아 가기를 바라기도 했다.

그와 엉겨 붙어 있으면 평안한 것 같은 착각이 들기도 했다.

묵연의 품에 안겨 있으면 아무 일도 일어나지 않은 것처럼 느껴졌다. 끊임없이 치근대는 그 사람이 정말 자신을 사랑하고 있는지도 모른다는 생각이 들었다.

그런데 사매는 달랐다.

어쩌다 이렇게 괴상하고 기이한 꿈에 빠져들었는지는 모르지만, 사매의 살이 닿을 때마다 온통 분노와 두려움으로 들끓었다. 이런 관계는 도저히 받아들일 수 없었다…….

그는 전혀 좋아하지 않았다.

사매의 몸은 기억과는 달리 상당히 건장했다. 마치 양의 기름을 응고해 조각한 듯, 피부가 뽀얗고 매끈한 데다 선이 아름답고 우아했다. 그리고 몸에서는 상쾌하고 향긋한 향이 났다.

이런 것은 그에게 익숙한, 기개 넘치고 웅장한 모습이 결코 아니었다.

그는 묵연의 몸에만 익숙해져 있었다. 묵연은 피부가 창백하지만 아랫도리에는 맹수의 피가 들끓어 상당히 거칠었다. 가장 순수한 남자의 기백은 이글거리는 태양처럼 그의 심장을 뜨겁게 달궜다.

가끔은 피비린내와 쇠 비린내를 풍기기도 했다.

단단하고, 차가웠다.

그러나 탄탄한 가슴은 유난히 뜨거웠다.

초만녕은 눈을 번쩍 떴다. 꽁꽁 묶인 두 손은 끊임없이 허우적대는 바람에 손목에 피멍이 들고, 눈가는 굴욕감에 벌겋게 달아올랐다.

그런데 아무리 발버둥 쳐도 소용없었다. 침상에는 두툼하고 부드러운 동물 가죽이 깔려 있어 소리를 크게 낼 수도 없었다.

우리에 갇힌 짐승처럼 버둥대는 초만녕을 한참이나 흥미진진하게 지켜보던 사매가 웃음을 터뜨렸다.

"사존께서 괜히 힘을 빼시네요. 제가 기쁘게 해 드리지 못할까 봐 못 미더워서 그러세요?"

사매는 초만녕의 늘씬하고 탄탄한 다리를 번쩍 들더니 그 사이로 허리를 쑥 밀어 넣었다. 그러고는 그동안 수도 없이 상상했던 그대로 들어가려 했다.

초만녕은 눈을 꼭 감았다. 입술은 진작에 깨물어 찢어지고, 주먹을 너무 꽉 쥔 나머지 열 손톱이 손바닥에 깊숙이 박혔다. 그는 온몸의 근육을 팽팽하게 죄었다. 양물이 들어올 때 동반되는 고통이 두려워서 그런 건 아니었다.

수치심 때문이었다.

이 모든 게 진짜든 아니든, 정말 너무나 수치스러웠다.

가짜라면, 이런 꿈을 꾸는 자신이 너무 수치스러웠다. 진짜라면, 어리석은 자신이 수치스러웠다. 제자가 고작 셋인데, 그중에 둘이 이런 대역무도한 꿍꿍이를 품고 있었다니.

그는 늘 먼저 자신에게서 잘못을 찾는 사람이었다.

묵연이 자신에게 정욕을 품는 건 묵연의 문제라지만, 사매는?

자신이 뭘 잘못해서, 스승의 자격이 없어서 제자 놈들이 하나둘 야욕을 품은 게 아닌가 싶었다.

대체 뭘 잘못했길래 이런 벌을 받고 있는지.

저항하고, 버텼다.

그런데 한참이 지나도 아무런 기척이 없었다.

천천히 눈을 뜨고 짙은 갈색 눈동자를 굴려서 보니, 무엇 때문인지 사매가 그대로 제자리에 굳어 있었다. 얼굴의 욕정은 온데간데없이 사라지고, 낯빛이 솥 바닥처럼 시커멓게 변했다.

사매가 왜 그런 표정을 짓고 있는지 알지 못한 채 시선을 아래로 옮기던 중, 초만녕은 말문이 막히는 광경을 보게 되었다.

저게…… 뭐지…….

섬뜩했던 분위기가 완전히 깨졌다. 초만녕은 벼락 맞은 기분이었다.

허허허, 사매의 그 물건이 금, 금색이라니?

너무 황당해서 초만녕은 뻣뻣하게 고개를 돌려 버렸다. 눈을 더럽히고 싶지 않았다.

그러나 곧 뭔가 이상하다는 생각이 들었다. 정상적인 사람의 그것이 어떻게 저런 색일 수 있지?

그래서 체면은 내팽개치고 도로 고개를 돌려 힐끔 봤다.

이번에는 똑똑히 봤다. 사매의 물건이 금빛 찬란한 게 아니라, 언제 나타났는지 모를 작은 금빛 마룡 한 마리가 사매의 그것을 휘감고 있었다. 녀석은 '기둥'을 단단히 조이고 머리통을 번쩍 쳐든 채 사매와 서로 멀뚱멀뚱 쳐다봤다. 사매가 함부로 움직이면 휘감고 있는 물건을 더 바짝 조여서 가루를 내 버릴 기세였다.

"……."

"……."

둘은 어이가 없었다.

마룡은 날카로운 이를 드러내고 자기에게 묶인 재수 없는 놈에게 으르렁댔다.

"우아앙!"

손발이 묶이지 않았다면 당장에라도 이마를 짚고 싶었다. 보고 있기 너무 민망했다.

"……."

사매는 한참을 가만히 있더니 이를 부득부득 갈며 소리쳤다.

"어떻게 된 일이야?"

말을 마치기도 전에 석문이 '쾅' 하고 열리고, 답선군의 음험하고 흉악한 얼굴이 나타났다. 그는 들끓는 살의를 애써 억누르고 있었다.

답선군은 들어오자마자 팔짱을 끼고 구경했다. 그는 '금룡이 휘감고 있는 기둥'을 쓱 보더니 냉소를 띠고 쌀쌀맞게 말했다.

"아가씨, 내려오시죠."

부끄럽고 분한 나머지 성이 난 사매는 묵연의 말뜻을 알아차리지 못하고 되물었다.

"아가씨라니? 누구?"

"이거, 미안하게 됐네."

답선군은 마룡에게 휘감긴 물건을 자못 꼼꼼하게 살펴보는 척하더니 비아냥거렸다.

"공자였군. 너무 작아서 본좌가 미처 몰랐네."

마룡은 기둥에 딱 붙어 수염을 들썩들썩하며 자신을 불러낸 주인을 따라 으르렁거렸다.

"우아앙!"

남자에게 이보다 더한 모욕이 있을까? 늘 침착하고 여유 만만하던 사매도 결국 핏대가 불끈불끈 튀어나오고, 얼굴이 대뜸 벌겋게 달아올랐다. 그런데 발가벗고 있는 데다 어디서 튀어나왔는지 모를 빌어먹을 마룡에게 묶여 있으니, 화를 낸들 비웃음만 살 것 같았다. 결국 사매는 아예 입을 닫아 버렸다.

답선제군이 그에게 걸어가 침상 기둥 앞에 멈추더니, 턱을 살짝 들어 머리를 기댔다.

"화벽남, 소리를 내지 않는다고 네가 무슨 짓을 하는지 본좌가 모를 줄 알았어?"

그가 눈을 가늘게 뜨고 경멸에 차서 말했다.

"정말 본좌를 세 살배기로 보는 건가? 응?"

266장 천음각, 무산전에서처럼

답선군이 손가락을 까딱하자 마룡은 기둥을 더욱 꽉 조였다. 순간, 사매의 낯빛이 확 변했다. 누가 봐도 아파하는 것 같았다. 그런데 체면을 중요하게 생각하는 그는 이런 순간에도 당황하지 않으려고 모진 애를 썼다.

"묵연, 네놈이 감히 나를 노려?"

답선군이 '푸흡' 하고 웃더니 되물었다.

"재밌네. 네가 한번 말해 봐. 이 세상에 본좌가 못 할 일이 뭐가 있지?"

"……."

"소개하지. 이 녀석은 교산 마룡 망리의 분신, 남궁의 집안사람 명령만 따른다."

답선군이 사매를 한번 흘겨보더니 말했다.

"본좌의 구역에서 이렇게 조심성 없이 무분별하게 굴다니,

정말 죽고 싶어 환장했군.”

사매는 관자놀이가 툭툭 불거지는 것이, 제대로 화가 난 것 같았다. 그런데 마룡이 이렇게 쓰일 줄 몰랐던 그는 당장은 약점을 잡혀 기고만장하게 굴지는 못했다.

“이 더러운 물건 좀 치워.”

답선군은 대답하는 대신 교룡이 휘감고 있는 그곳을 거리낌 없이 한참을 노려본 후에야 냉소를 띠고 말했다.

“그럼 앞으로 본좌 앞에서 그 더러운 물건을 다시는 꺼내지 않겠다고 맹세해.”

침상 위에서 갑자기 훼방을 받은 바람에 가뜩이나 화가 머리끝까지 난 사매는 굳은 얼굴로 발끈했다.

“지금 누가 더럽다는 거야?”

“누구긴, 묶여 있는 놈이지.”

“…….”

초만녕은 어이가 없었다.

답선군은 묶여 있는 초만녕을 힐끔 보더니 얼굴을 찡그리고 고쳐 말했다.

“묶여 있는 놈 말고, 홀딱 벗은 놈.”

“…….”

또 오해를 살까 봐 답선군은 아예 손을 휘저으며 명확하게 말했다.

“……당신을 말한 게 아니다.”

사매가 코웃음을 쳤다.

“묵연, 너 정말 웃기는 놈이군.”

말은 이렇게 했지만, 사매는 짜증스러운 얼굴로 욕의를 도로 걸쳤다.

“됐지? 이제 풀어 줘.”

“급하기는. 여기서 나가서 멀찍이 떨어져. 뒷산쯤까지 가면 그 녀석이 알아서 풀어 줄 거야.”

답선군이 나른하게 말했다.

“참, 기억해. 다시 감히 본좌의 사람에게 손대는 날에는…… 그 녀석이 벌써 네 냄새를 기억했으니, 설사 네놈이 교산 밖에 있다 해도 쫓아가서 조여 죽일 거야.”

뻔뻔스럽고 얄밉게 굴기로 마음먹으면 천하무적이 된다더니, 답선군은 이런 면에서는 그야말로 당할 자가 없었다.

사매는 버럭 화를 내며 떠났다.

방에는 답선제군과 북두선존 두 사람만 남았다.

답선군이 다가가 손을 뻗었다.

초만녕은 적의로 이글거리면서도 촉촉한 눈으로 그를 보고 있었다. 그가 손을 가까이 가져가자 초만녕은 저도 모르게 움찔했다. 몇 년 동안 그에게 연금당한 기억 때문에 순간적으로 그의 포악한 짓거리들이 떠오른 것이다.

“…….”

답선군은 속으로 탄식을 금치 못했다. 그러면서도 자기가 무엇 때문에 순간 마음이 약해졌는지 알 수 없었다.

그가 초만녕의 이마에 손을 올렸다.

“아까보단 열이 내렸네.”

답선군이 표정 없이 말했다.

"저 인간, 쓸 데는 없어도 약 하나는 정말 잘 만든다니까."

그러고는 잠시 멈추더니 뜬금없이 말했다.

"앞으로는 절대 저 망할 자식이 당신을 능욕하게 두지 않을 거야. 본좌의 사람은 아무도 못 건드리게 할 테니 걱정하지 마."

사매가 기억을 지워 버리는 바람에 기억이 잠시 전생에 머물러 있는 줄 모르는 묵연은, 초만녕이 자기 말을 듣고 얼마나 충격을 받았는지 알지 못했다.

묵연이 사매를 '망할 자식'이라고 하다니…….

답선군은 초만녕의 표정 변화를 알아채지 못했다. 사실 그는 아까부터 눈을 피하고 있었다. 그는 자신을 잘 알았다. 지금처럼 초만녕이 발가벗고 있는 상황에서 눈을 마주쳤다가는 참지 못하고 덮칠지도 몰랐다. 그런데 지금 초만녕의 몸 상태로 더 했다가는 견디지 못할 게 뻔했다.

예전 같았으면 절대 이렇게 아끼지 않았을 것이다.

그런데 혼자 다른 세상에서 외롭고 쓸쓸하게, 살고 죽는 일도 제 마음대로 결정하지 못하고 산 송장으로 살다 보니 마음이 흔들렸다.

이렇게 초만녕과 다시 만나니, 얼음처럼 차가웠던 심장이 어렴풋이 따뜻해지는 것 같았다. 바로 그런 훈훈함 때문에 그는 전처럼 난폭하게 굴지 않았다.

그는 초만녕의 묶인 팔다리를 풀어 줬다. 손목에 벌겋게 난 자국을 보았을 때는 저도 모르게 살살 어루만져 주기까지 했다. 그러나 이내 자기가 지금 무슨 짓을 하고 있는지 깨닫고는 멈췄다.

대체 왜 이러는지 알 수 없었다.

잠시 후, 기억을 어지럽히는 사매의 주술이 조금씩 풀리고, 초만녕은 혼란스러워지기 시작했다. 그런데 그는 그 기괴한 어지러움을 겪으며, 얼굴이 창백해서 고통을 인내하는 와중에도 나지막이 묵연을 불렀다.

"묵연……."

"……."

"그가 돌아왔다."

꿈이든 아니든 더는 중요하지 않았다. 오랫동안 마음에 품고 지낸 숙원이 이루어졌으니.

초만녕이 잠긴 목소리로 말했다.

"그러니…… 더는 원망하지 말거라."

답선군은 그런 그를 멍하니 바라봤다.

곧 꿈에서 깰 것 같았는지, 초만녕은 눈을 한번 끔뻑이더니 여전히 상처가 남아 있는 손을 들어 답선군의 얼굴을 어루만졌다.

"돌아가."

마음속의 뭔가가 와르르 무너지는 것 같았다. 답선군은 눈도 한 번 깜박거리지 않고 초만녕을 바라봤다. 얼굴에는 망연함이 얇은 안개처럼 피어올랐다.

초만녕이 미간을 잔뜩 찌푸리고 울먹이며 애원했다.

"이 앞에는 길이 없다. 돌아가……. 더 이상 앞으로 가지 마라."

두 번의 생 사이에서 부침하는 북두선존은 오래전에 이미 산송장이 된 답선제군을 지그시 바라봤다. 두 번의 생을 사는 동안, 그들은 둘 다 파괴되어 온전치 못했다. 초만녕이 쉬고 가라

않은 목소리로 말했다.

"묵연, 얼굴이 왜 이렇게 차가운 거냐……."

얼음처럼 차갑다.

할 수만 있다면, 나는 촛불이 되어 겨울의 긴긴밤 갈림목에서 네가 돌아오기를 기다리고 싶다. 내 삶을 다 태워서라도 돌아오는 길을 밝게 비춰 주고 싶다.

그런데 넌 어찌하여 이렇게 차가운 거니…….

내가 얼마나 오래 불을 지필 수 있을지 모르겠지만, 만일 내가 힘이 다해서 다 타 버린다면, 나는 꺼졌는데 너는 여전히 어둠 속에서 헤매며 돌아오지 않으려 한다면, 그때는 어떻게 해야 할까.

초만녕은 손을 바르르 떨더니 눈을 감았다.

평생 기댈 곳 없이 외롭게, 가까운 사람 하나 없이 살았으니 죽는 건 하나도 두렵지 않았다.

그런데 평생의 열정을 다 태워도, 차갑게 식은 묵연의 마음을 되돌릴 수 없다는 생각만 하면 양심의 가책으로 괴로웠다. 언젠가 탕아가 마음을 고쳐먹는 날, 돌아오는 길을 비춰 주기 위해서라도 살아야겠다고 생각했다.

하루 더 기다려도 좋다.

내일이면 얼음이 녹을지도 모른다.

그 남자가 끝없는 어둠에서 나와, 등불이 가물거리는 쪽으로 걸어올지도 모른다.

그 후 며칠 동안 사매가 건 주술이 완전히 풀리지 않은 데다,

두 세상의 기억이 뒤섞이는 바람에 초만녕은 깨어 있는 시간이 별로 없이 잠만 잤다. 게다가 깨어나도 정신이 맑지 못하고, 조각조각의 기억만 있을 뿐 완전치 못했다.

자초지종을 알게 된 답선군은 오히려 걱정을 덜었다. 지금의 초만녕은 머릿속이 온통 흐리멍덩해서 속여 넘기기 좋았다. 전날에 아무리 된통 괴롭혀도, 다음 날 눈을 뜨면 기억하지 못할 때도 많았으니까. 어디 그뿐인가. 기억이 완전히 파괴된 초만녕은 자기가 꿈을 꾸는 줄 알고 있었다. 그러다 보니 경계도 평소보다 훨씬 느슨해졌다.

날카로운 발톱을 가진 고양이는 그것대로 앙칼진 맛이 있지만, 우유 경단[#49]처럼 몸을 둥글게 말고 잠만 자는 흰 고양이 역시 쉽게 볼 수 있는 게 아니었다.

화벽남이 좋은 일 한번 했다고 인정하지 않을 수 없었다.

"오늘은 얼마나 기억나?"

매일 초만녕이 깨어나길 기다렸다가 묻는 말이었다.

그러면 초만녕은 얼굴을 찡그리며 되물었다.

"무엇을 말이냐?"

그는 인내심을 가지고 차근차근 대답하곤 했다.

"당신 기억은 여전히 전생에 우리 둘이 혼인한 다음에 머물러 있나? 아니면 다른 날로 바뀌었어?"

돌아오는 건 초만녕의 굳은 얼굴과 나지막한 호통뿐이었다.

"묵미우, 또 무슨 미친 소리를 하는 게냐?"

별로 듣기 좋은 말은 아니었다. 예전 같았으면 따귀를 한 대

#49 경단 瓊團. 찹쌀이나 찰수수 가루를 반죽해 작고 둥글게 빚어 만든 떡

올려붙이고도 남았다.

지금도 올려붙이긴 했다. 다만 손이 얼굴에 닿는 순간 힘을 완전히 빼고 다른 한 손까지 마저 올려, 뺨을 때리는 게 아니라 상대의 얼굴을 감싸 쥔 것처럼 보였다.

그가 씩 웃으며 만족스러운 듯 말했다.

"아주 좋군. 네가 계속 이 상태면 더할 나위 없을 텐데."

초만녕이 이번 생의 일을 떠올리지 말았으면 하는 마음은 진심이었다. 그는 정말로 초만녕이 종사가 된 묵미우를 기억하지 못하기를 바랐다. 초만녕이 지금처럼 쭉 흐리멍덩한 채로 살아간다면, 함께 무산전에서 지내던 때로 다시 돌아갈 수 있을 것만 같았다. 그러면 초만녕이 아무리 그를 증오해도 밤낮없이 붙어 있을 수 있으니까.

그의 사존, 그의 만녕, 오로지 그만의 사람이다.

화벽남이 비웃었다.

"자기 자신도 질투하다니, 속이 여자애보다 더 좁네."

질투?

그런 거 없다. 짐승 새끼라도 오래 끼고 있으면 '습관' 같은 감정이 생기기 마련이다.

그게 다다.

이날 교산은 날씨가 좋았다. 답선군은 억지로 초만녕을 치자나무 아래로 끌고 와 함께 낮잠을 잤다. 나뭇가지에 자잘하게 피어 있는 하얀 꽃을 보며 답선군은 나른하게 한탄했다.

"다 좋은데 향기롭지 않아. 해당화였으면 좋았을 텐데."

정신이 몽롱한 초만녕은 여전히 꿈인 줄 알고 있었다.

그래서 이렇게 투덜거렸다.

"너란 녀석은 참, 어찌 된 것이 꿈에서조차 이렇게 까다롭단 말이냐."

답선군은 데구루루 굴러 바싹 다가가서는 그의 무릎을 베고 누웠다. 그러고는 눈을 맞추며 말했다.

"한결같고 좋지 뭐. 그건 그렇고, 배고프다. 이따 죽이나 끓여 줘."

"……."

"계란꽃[#50] 고기죽, 계란꽃은 너무 익히지 말고, 죽은 너무 걸쭉한 거 말고, 고기는 조금만. 할 줄 알지? 여러 번 가르쳐 줬잖아."

초만녕은 내키지 않았지만, 답선군이 억지로 잡아끄는 바람에 어쩔 수 없이 그를 따라 제사전 별당 주방으로 갔다.

불을 지피고 쌀을 깨끗하게 씻으니 물도 끓기 시작했다. 답선군은 옆에 있는 작은 탁자에 턱을 괴고 앉아, 초만녕이 부뚜막 앞에서 짜증스럽지만 어쩔 수 없이 분주히 움직이는 모습을 지켜봤다.

다행히 초만녕은 꿈인 줄 아는지, 많은 정력을 낭비해 반항할 생각이 없어 보였다.

반면, 결국 깨 버릴 꿈이라는 걸 잘 아는 답선군은 그 어느 때보다 이 순간을 소중히 여겼다.

죽이 펄펄 끓기 시작하고, 나무 뚜껑 아래에서 쌀과 고기의 향기가 솔솔 풍겼다.

#50 계란꽃 계란을 풀어 끓는 물에 넣고 저어 익힌 모양이 꽃과 같아 붙여진 이름

답선군은 자세를 바꿔 두 손을 포개어 턱을 받쳤다. 그는 초만녕에게 하고 싶은 말이 많았지만 말해 봤자 소용없다는 생각이 들었다.

결국 입만 벙긋벙긋할 뿐 아무 말도 못 하고 낮은 소리로 나른하게 불렀다.

"어이."

"왜 그러느냐?"

무슨 말을 해야 할까?

사실 그 역시 몰랐다. 그리하여 잠시 생각하다가 엄숙하고 진지하게 말했다.

"소금 넣는 거 잊지 마."

"……넣었다."

"그럼 간 보는 거 잊지 마."

"……."

답선군의 새까만 눈동자에 장난기와 여유로움이 어려 있었다.

"날 소금에 절여 죽일 생각 하지 말고."

그는 초만녕의 등 뒤로 걸어가서 가마솥 안을 힐끔 보더니, 갑자기 팔을 뻗어 따뜻한 몸을 가진 그 남자를 뒤에서 와락 끌어안았다.

그는 초만녕의 귀에 얼굴을 문지르며 속눈썹을 떨어뜨리고 말했다.

"본좌는 너를 평생 괴롭히고 싶으니까."

"묵미우."

남자의 몸이 뻣뻣하게 굳은 게 느껴지자 답선군은 더욱 꽉 끌어안았다. 결국 참지 못하고 고개를 살짝 돌려 남자의 목덜미에 입술을 맞췄다.

"왜? 본좌가 죽 쑤는 방법을 그렇게 오랫동안 가르쳐 줬는데, 너는 본좌를 위해 죽 한 그릇도 못 끓여 줘?"

초만녕은 그의 도둑놈 심보 같은 논리에 어이가 없어 할 말을 잃었다. 가까스로 그에게 반박할 만한 엄격한 말들이 떠올라 입을 열려던 순간, 미처 소리도 내기 전에 답선군의 입술에 빈틈없이 막혀 버렸다.

답선군은 잃어버렸다가 다시 찾은 그의 '불'을 품에 안고 봄이 되면 꽃이 피는 따뜻한 인간 세상으로 다시 돌아왔다.

솔솔 풍기는 음식 향기를 맡으며, 이미 산 송장이 되어 버린 그는 뜨거운 애정을 담아 마음껏 초만녕과 입술을 포갰다. 차가운 입술이 뜨거운 입술에 닿았다.

그의 사존, 그의 만녕, 그의 초비.

아무도 뺏어 가지 못할 것이다. 아무에게도 내주지 않을 것이다.

입맞춤이 점점 격렬해지자, 답선군은 머리가 어지러웠다. 그는 초만녕을 탁자 옆에 밀어붙이고, 벌겋게 부르튼 입술에 자기 입술을 계속해서 문지르며 서둘러 초만녕의 옷을 벗겼다.

예전에는 이런 개망나니짓을 자주 했다. 흥이 돋으면 누가 급한 일로 알현을 청해도 아랑곳하지 않았다.

심지어 한번은 대낮에 욕구를 못 참고, 막 귀비로 책봉된 초만녕과 무산전 의사청에서 그 짓을 하고 있는데 무비사의 승려들이 찾아왔다. 황하에 물귀신이 자주 출몰하여 재난이 끊이지 않는다며 알현을 청했다. 결국 그는 짜증이 솟구쳐, 아예 사람을 시켜 주렴을 내리게 하고 승려들을 안으로 들였다.

그는 그렇게 얇디얇은 망사를 사이에 두고, 청아한 소리를 내는 반들반들한 주렴 너머 이파리가 조각된 자단[#51] 평상에서 계속해서 자신의 사존을 강제로 범했다.

"소리 내지 마……. 사람들에게는 내가 초 귀비를 불러 총애를 내리고 있다고 말해 뒀으니, 네 체면을 생각해 준 셈이지."

그는 초만녕 위에 올라탄 채 낮은 소리로 헐떡이며 말했다.

"소리 내면 나랑 자는 사람이 너라는 걸 저 중놈들까지 다 알게 될걸."

"묵미우……."

깔린 사람은 너무 수치스러운 나머지 두 눈이 벌게져서 소리쳤다.

"뻔뻔한 놈!"

이에 대한 답선군의 답은, 더욱 맹렬하고 끈적끈적한 삽입과 애욕이 넘치는 가벼운 농락이었다.

"내 보배, 아래는 축축하게 젖었으면서 입은 아직도 그렇게 차가워? 이따가 너무 좋아서 신음이나 내지 마."

승려들이 아무것도 모른 채 들어왔다. 담황색 비단 칸막이 너머로 답선군의 흐릿하고 건장한 뒷모습과, 힘없이 넓게 벌어진 채 답선군의 거친 침입에 맞춰 부르르 떨리는 늘씬하고 탄탄한 두 다리가 보였다. 보드랍고 새하얀 손가락은 빗방울을

#51 자단 紫檀. 목질이 단단해서 고급 가구 재료로 쓰임

맞고 파르르 흔들리는 은방울꽃 같았다.

그러다 보니 부탁의 말은 우물쭈물하다가 대충 끝났다. 물론 답선군 귀에는 아예 들어오지도 않았다.

흥분이 극에 달한 초만녕이 소리가 새어 나가지 않게 애써 참는 모습과, 생리적인 눈물이 연지를 바른 것처럼 벌건 그의 눈꼬리를 타고 주르르 흘러내리던 것만 기억날 뿐이었다. 절정의 순간, 그는 갑자기 경련을 일으키며 몸을 팽팽하게 뻗고, 입술을 꽉 깨물며 신음을 참았다.

이건 너무 자극적이었다.

승려들이 떠난 후 답선군은 더는 억제하지 못하고, 힘이 풀려 버린 초만녕의 한쪽 다리를 훅 들어 어깨에 지탱하고, 몸을 비스듬히 틀어 점점 더 격렬하게 삽입했다.

"만녕, 참지 마. 아무도 없어."

초만녕은 이미 정신이 혼미해져 절대 소리를 내면 안 된다는 생각만 간신히 붙잡고 있었다. 답선군은 바싹 다가가 그의 피 묻은 입술을 쓱 핥아 쇳내가 나는 피비린내를 꿀꺽 삼켰다.

"아무도 없어……."

그는 이번에는 초만녕을 뒤집어 엎드리게 하고, 뒤에서 힘껏 들이박았다. 뜨겁고 단단한 성기가 끈적거리는 작은 구멍을 들어갔다 빠져나오기를 반복했다. 그는 두 손을 앞으로 뻗어 남자의 튼튼하고 매끈한 가슴을 더듬었다. 목울대가 요동치고, 타오를 듯 뜨겁게 사랑을 나누며 거친 숨을 몰아쉬었다.

"좋아? 흥분했어?"

"……."

앞머리가 흘러내려 초만녕의 초점 없는 눈을 가렸다. 준수한 얼굴이 흐트러진 이불 속이며 솜 등받이에 반쯤 묻혔다. 묵연의 성기는 너무 커서 치받칠 때마다 배를 뚫고 나올 것 같은 착각이 들었다. 초만녕은 얇은 입술을 살짝 벌린 채 손으로 비단을 꽉 움켜잡았다.

묵연은 등 뒤에서 점점 더 광적인 박자로 들이박았다. 사정할 때는 고환까지 밀어 넣을 기세로 깊숙이 넣었다.

가장 깊숙한 곳까지 정액이 흘러나오는 게 고스란히 느껴졌다. 초만녕은 극심한 자극에 몸을 부르르 떨었다. 묵연은 가장 예민한 곳을 귀신같이 찾아냈다. 언제나 그곳을 떠받치고 왈칵 쏟아 내곤 했다. 걸쭉한 정액에 초만녕은 두피까지 저릿저릿해져도 모르게 눈을 반쯤 감고 신음을 터뜨렸다.

"아……."

그런데 그게 끝이 아니었다.

정력이 왕성한 묵연은 초만녕의 몸에 엎드려 잠시 한숨을 돌렸다. 그런데 몸속에 꽂혀 있는 성기가 다시 부풀어 올랐다. 묵연은 새까만 눈으로 땀에 흠뻑 젖은 앞머리 너머로 초만녕을 뚫어져라 바라봤다.

그 눈빛은 불꽃처럼 이글거리며 서서히 초만녕에게로 번져왔다.

촉촉하고 흐릿한 눈에서 부르튼 입술로 옮겨 왔다.

그리고 조금씩 아래로, 그러다 갑자기 고개를 확 숙여 초만녕의 유두를 힘껏 빨아들였다. 진작 정신이 몽롱해진 초만녕은 너무 갑작스러운 공격에 저도 모르게 낮은 신음을 토해 냈다.

다리가 또 한 번 번쩍 들렸다. 그는 잠시 숨을 고르고, 불쑥 들어온 불덩이 같은 성기를 견뎠다.

"아…… 흐……."

그는 고개를 절레절레 가로저었다. 자기 입에서 터져 나온 거친 신음을 듣고는 손을 입술 가까이 가져가 단단히 물고 놓지 않았다.

눈빛이 조각조각 흩어졌다.

아랫도리는 흠뻑 젖은 지 오래였다. 좀 전에 묵연이 몸 안에 싼 정액이 윤활제가 되어, 넣고 뺄 때마다 찌걱거리는 소리가 났다.

"물지 마, 손 빼."

순순히 말을 들을 초만녕이 아니었다. 그는 여전히 손목을 꽉 물며 새어 나오는 소리를 막으려고 했다. 묵연은 속으로 한 번 욕하고는, 한 손으로 평상을 짚고 다른 한 손으로 초만녕의 팔을 잡아당겨 입에서 뺐다.

"날 안아."

"뭐 하려고…… 아……!"

미처 반응할 시간도 주지 않고, 묵연은 그를 평상에서 번쩍 안아 올렸다. 의지할 곳을 잃은 남자의 무게가 오롯이 묵연을 짓눌렀다.

묵연은 낮고 느리게 웃으며 그에게 입을 맞췄다.

"별로 무겁지도 않군."

그러고는 초만녕을 안은 채 내전(內殿)으로 옮겨 갔다.

그런데 그의 성난 음경은 아직 사존의 몸속에 꽂혀 있었다.

그 자세로 걷다 보니 어쩔 수 없이 한 걸음 옮길 때마다 내벽 깊숙이 툭툭 치받게 되었다.

우연인지 일부러 그러는 건지, 묵연의 끓어오르는 귀두는 마침 초만녕이 가장 견디기 어려워하는 약점을 건드렸다. 한 번씩 닿을 때마다 그는 온몸이 찌릿찌릿해 저도 모르게 발가락을 확 오므렸다. 그러면서도 고집스럽게 신음 한번 내지 않고, 새까만 눈으로 제자를 모질게 노려봤다.

"왜 자꾸 봐?"

묵연이 씩 웃더니 갑자기 멈춰 섰다. 그러더니 휘감아 안은 초만녕의 다리를 부드럽게 살짝살짝 들어 올렸다 내렸다 했다.

"이렇게 하고 싶어서?"

"……!"

수치심이 확 몰려왔다. 그런데 몸은 진작 묵연에게 길들어져 잔뜩 예민한 상태였다. 초만녕은 미간을 찌푸리고 헐떡거리며 거친 숨을 내뱉었다. 얼굴이 대뜸 벌겋게 달아올랐다. 두 사람의 몸이 한데 잇닿은 그곳에서 끈적끈적한 액이 줄줄 흘러내리는 게 온전히 느껴졌다. 묵연의 물건이 들어가고 나올 때마다 그곳은 점점 음탕하게 젖어 들었다.

묵연은 그를 받들어 안고 잠시 즐기다, 더는 참을 수 없어졌다. 그는 어두운 눈빛으로 고개를 들어 위를 한번 보더니 가려던 곳까지 가기가 지겨웠는지, 아예 초만녕을 평소 조회를 여는 대전 안의 차디찬 바닥에 눕혀 놓고 올라탔다. 더 기다리고 싶지 않았다. 아랫도리가 따뜻하고 축축한 것에 감싸여 있으니 기분이 황홀했다. 그래서 그대로 초만녕을 깔고 엎드려 엉덩이를 격렬하게 들썩이며 이를 악물고 강하게 쑤셔 박았다.

"아…… 아……."

절정에 다다를 즈음에는 영혼마저 송두리째 뽑혀 나가는 것 같았다. 초만녕은 끝까지 참아 보려 했지만, 결국 폭풍처럼 휘몰아치는 애욕의 유희가 끝나기 전에 정신을 잃고 말았다.

그는 힘없이 벌어진 두 다리를 묵연의 매끈하고 힘 있는 허리춤에 걸친 채, 남자의 격정적인 들썩임에 따라 몸을 부르르 떨었다. 그 순간 그는 묵연이 자신의 목숨을 앗아 가려고 작정을 한 게 아닌가 하는 생각마저 들었다…….

무산전은 둘의 정욕으로 어지럽게 물들었다. 장엄한 대전 안에는 아무도 없었다. 오직 발가벗은 채 뒤엉킨 두 사람만 있을 뿐이었다.

묵연은 뜨거운 입김을 내뿜으며 낮은 소리로 헐떡였다. 땀방울이 흘러내려 허리와 배에 고였다. 그는 자신을 받아 내느라 까무러친 사존을 꼭 껴안고, 빳빳한 양물을 힘껏 치받았다. 귓가에는 초만녕이 절제하며 끙끙거리는 소리와 이따금 참지 못하고 터뜨리는 신음이 맴돌았다.

"만녕……."

그는 살짝 벌어진 초만녕의 입술을 광적으로 빨아들였다. 너무 맹렬하게 사랑을 나누는 바람에 묵연의 목에 핏대가 튀어나오고 두 눈이 불처럼 이글거렸다.

그렇게 한참을 초만녕과 뒤엉켜 거칠게 입을 맞추고, 가쁘고 열렬하게 치받던 묵연은 갑자기 초만녕을 바닥에 꽉 누르고, 신음을 토해 내는 코와 입을 가려 멀건 눈만 보이게 했다.

그는 힘껏 짧게 두 번 넣더니 돌연 확 들이밀어 깊숙이 박아 넣었다. 바닥을 짚고 있는 발가락은 너무 힘을 준 탓에 마디마디 새하얗게 변했다.

"쌀 거야……. 만녕…… 여기 맞지?"

초만녕은 그의 괴물 같은 포악함과 정력 때문에 미칠 지경이었다. 그는 두 손을 맥없이 차가운 바닥에 툭 늘어뜨렸다. 몸은 이미 완전히 묵연에게 열려 있었다. 자극과 고통에 때때로 몸을 파르르 떨었다.

묵연은 나지막하고 자극적인 목소리로 헐떡이며, 옆으로 고개를 돌리고 있는 초만녕의 얼굴을 확 잡고서 재차 물었다.

"여기? 응?"

크고 단단한 귀두가 정확히 초만녕 몸속의 약점에 닿았다. 초만녕은 반쯤 감고 있던 눈을 번쩍 떴다. 굴욕감을 이기지 못하고 눈가가 벌겋게 달아올랐다.

그는 묵연에게 깔린 채 몸을 부들부들 떨었다. 그때 큼지막한 손이 그를 와락 끌어안았다. 묵연은 낮고 힘 있는 목소리로 그의 귓가에 대고 뜨겁게 속삭였다.

"움직이지 마, 나오겠어……. 아……."

낮은 신음을 터뜨리며 남자는 사정했다. 곧이어 찐득찐득한 정액이 울컥 뿜어져 나와 초만녕의 몸속 깊은 곳에 흩뿌려졌다. 그 자극에 초만녕은 눈을 질끈 감았다. 천둥 번개가 뚫고 지나간 것처럼 온몸이 저릿하고, 넋이 빠져나가는 것 같았다.

"만녕, 좋아? 만족스러워?"

그럴 때면 초만녕은 아무 대답도 하지 못했다. 욕을 퍼붓지도, 꾸짖지도 않았다.

정신은 잃은 지 오래였다. 그의 매끈하고 긴 다리는 활짝 벌어져 있었다. 다리 사이는 그와 제자의 정액으로 얼룩졌다…….

그러고도 그들은 대전의 옥좌에서, 계단에서, 심지어 벽에 기대어 연달아 몸을 섞었다. 답선군은 파괴적으로 격렬하고 야만스러웠다.

서로 원해서 나누는 사랑이었다면 가히 혼을 빼기는 정도라 할 수 있었다. 그러니 설사 복수하고 능욕하고 싶은 마음이 섞여 있더라도, 그 자극만큼은 지극히 즐거울 터였다.

지금 이 순간 교산의 깊은 곳에서, 답선군은 초만녕의 여위어 파리한 얼굴을 바라보고 있다.

혼자 조용히 당시를 회상하며 문득 궁금해졌다. 정력이 그 정도로 왕성한데 어째서 그와 송추동 사이에 아이가 없었는지 당시 초만녕이 의아해하지 않았을까 하는.

한때 그 여자를 총애했던 것도 사실이지만, 늘 입맛에 맞지 않는 느낌이었다. 자신과 송추동 사이에 아이를 남기고 싶지 않아 아무리 재미를 보더라도 임신시키지 않도록 늘 조심했다. 그녀의 부드러운 몸속에 사정해서 그녀가 대를 이을 자식을 낳게 하고 싶지 않았다. 출신 때문인지도 모른다. 평생을 함께할 만큼 사랑이 깊지 않은 사람들은 아이를 가지면 안 된다는 생각을 항상 했다.

그러고 보니 이상하게도 그는 초만녕을 뼛속까지 증오하면서도, 늘 그의 초비가 이렇게 밤낮으로 총애를 받다가 그의 아이를 뱄으면 좋겠다고 생각했다.

정복욕인가?

복수심인가?

소유욕인가? 아니면 능욕하는 것보다 더 수치스러운 벌을 주려는 걸까.

알 수 없었다.

그저 그렇게 정신이 마비된 상태로 한 번, 또 한 번 초만녕과 함께 죄악과 정욕의 심연에서 뒹굴었다.

267장 천음각, 그대와 헤어지지 않고

답선군은 욕망에 휩싸여 남자의 허리띠를 잡아당겨 풀었다. 옷이 어지럽게 풀어 헤쳐지고, 얼룩덜룩 멍 자국이 드러났다. 그는 뭔가를 떠올렸는지 흠칫하며 동작을 멈췄다. 눈빛은 암담하고 침울하면서도 뜨거웠다. 마치 잿더미 속에 타고 있는 두 개의 불씨 같았다.

한참 후, 답선군은 눈을 감으며 한탄했다.

"됐다……."

여기서 더 하면 초만녕이 견디지 못할 것 같았다.

"오늘은…… 봐주겠다……."

잠시 침묵이 흐른 뒤, 그는 결국 품에 안은 사람을 풀어 주고, 도를 넘어선 행동을 하지 않았다. 그저 고개를 숙이고 목울대를 꿈틀꿈틀하며 연인의 눈썹과 눈에 입을 맞췄다. 그러고는 계속해서 아래로 훑고 내려가다가…… 목에 닿았을 때는 새하얀 이로 너무 세지도 않고 그렇다고 너무 가볍지도 않게 한 번 깨물었다. 그러고 나서야 몸을 곧바로 일으켜 세우고, 탁자에 눌려 있던 남자를 끌어당겼다.

죽이 익어 보글보글 거품을 일으키며 끓어올랐다.

답선군은 서툰 손놀림으로 초만녕의 옷매무새를 다듬어 주고, 헛기침을 한번 하더니 미련이 남은 목소리로 나지막이 말했다.

"죽 끓었다. 한 그릇 줘 봐."

이랬다저랬다 하는 답선군 때문에 어리둥절했지만, 초만녕은 그가 평소에도 변덕이 심하다는 걸 잘 알고 있기에 또 꿈이겠거니 생각하고 깊이 따지지 않았다. 얌전하게 밥을 먹는 게 방탕한 짓을 하는 것보다야 훨씬 편하니 말없이 나무 뚜껑을 열었다.

"많이."

"……배 터져 죽을 일이라도 있느냐?"

답선군이 웃는 듯 마는 듯 한 얼굴로 말했다.

"한번 해 보든지."

그러고는 탁자 옆에 자리를 잡고 앉았다.

바싹 다가가 죽을 제대로 끓였는지 보고 싶은 마음이 굴뚝같았지만, 제군의 무게는 또 잡아야 했다. 해서 어울리지도 않게 단정하게 앉아 대수롭지 않다는 표정을 지었다.

그런데 죽이 눈앞에 차려지자, 답선군은 더 이상은 대수롭지 않은 척할 수 없었다.

너무 오래 끓인 데다 물을 너무 많이 넣어서 간도 맞지 않았다. 숟가락을 들기도 전에 이미 그때 이후로 한 번도 먹어 보지 못한 익숙한 그 맛이라는 걸 알 수 있었다.

"먹거라."

"……."

답선군은 죽 그릇을 앞에 두고 한참이나 넋을 놓고 있었다. 숟가락으로 휘휘 젓기만 할 뿐 입에 대지는 않았다.

초만녕이 그를 힐끔 보더니 말했다.

"빨리 먹거라. 식는다."

"……응."

답선군은 죽을 한 숟갈 떠서 입에 가져가더니 머뭇거리며 다시 내려놓았다.

초만녕이 수상한 낌새를 알아채고 물었다.

"왜 그러느냐?"

"아무것도 아니야."

답선군은 씩 웃더니 삐딱한 말투로 경멸하듯이 말했다.

"지금 이걸 죽이라고, 먹지 않겠다."

"……."

"답답하구나. 본좌는 바람이나 쐬러 가야겠다."

말을 마치고는 입에 대지도 않은 죽을 한쪽으로 쓱 밀어내고 일어나 문어귀로 걸어갔다. 문을 나서려는 그때, 초만녕의 목소리가 들려왔다.

"안 먹을 거면."

초만녕의 목소리는 아주 평온했다. 답선군에게 수도 없이 굴욕을 당하면서 단련된 평온함이었다.

"솥가마째 내다 버리겠다."

어차피 여태껏 초만녕이 답선군에게 만들어 준 음식 중 열의 아홉은 이런 식으로 짓밟혔으니.

바닥에 뒤집어엎어졌던 물만두부터 시작해서 그 후로 쭉 그래 왔다.

답선군이 고개를 홱 돌리며 말했다.

"그대로 둬! ……내 말은……."

그는 추태를 부린 것 같아 마음에 걸렸는지 한번 헛기침을 하고는 말했다.

"일단 그대로 놔둬."

"놔둬서 뭐 하게?"

"……그건 네가 상관할 바 아니다."

그는 문발을 걷고 나가 처마 밑에서 눈을 감고 한숨을 푹 쉬었다.

사실 그는 이미 시체였다. 아무리 산 사람 같다고 해도 완전히 같을 수는 없었다. 그는 오래전부터 음식을 먹을 수 없게 되었다.

당시 무산전에서 자살한 후, 한린성수는 곧바로 그를 산 송장으로 만들어 이용했다. 한린성수는 시공의 틈을 통해 이 세계로 들어오고, 그는 불완전한 옛 인간 세상에 남아 한린성수의 명령에 따라 움직였다. 그렇게 십 년 가까이 흘렀다.

산 송장으로 살아온 십 년 동안 그는 아무것도 먹지 못했다. 그러나 원래 식탐이 별로 없는 그는 그것 때문에 아쉬움을 느끼지는 않았다.

그런데 오늘, 색이며 향, 맛까지 모두 엉망진창인 계란꽃고기죽 앞에서 그는 문득 허전한 마음이 들었다.

왜 더 이상 산 사람이 아닌가?

그렇게 오랜 세월을 기다려서 겨우 이렇게 며칠을, 온전히 그에게만 속하는 초만녕을 가지게 되었는데.

그런데 그 사람이 직접 끓여 준 죽도 먹을 수 없는 신세라니.

초만녕이 끓여 준 죽은 어떤 맛일까?

그는 기와 밑에 서서 눈을 감고 추억에 빠져들었다. 한참 후, 그는 문득 팔을 들어 눈을 가렸다. 그 순간 그가 어떤 표정이었는지는 아무도 보지 못했다. 보이는 건, 살짝 오므린 핏기 없는 입술과 선이 분명한 턱뿐이었다.

나중에 팔을 내리고 눈을 떴을 때는 눈시울이 살짝 붉어져 있었다.

그는 기억력도 별로 좋지 않고 영리한 편도 아니었다. 맛을 조금이라도 느낄 수 있다면 기억해 낼 수 있을 텐데, 아쉽게도 그는 온몸이 얼음처럼 차갑고 맛도 구분할 수 없는 상태였다. 그래서 죽 그릇을 앞에 두고도 무슨 맛이었는지 떠올리지 못했다.

앞으로도 영원히 알 수 없을 것이다.

그는 밤이 깊어질 때까지 기다렸다가 사매를 찾아갔다.

아무도 감히 견줄 수 없는 준수한 그 남자는 제사전 앞의 차가운 못가에서 발끝으로 졸졸 흐르는 물을 헤집고 있었다. 별처럼 반짝이는 물방울이 사방으로 튀었다.

사매는 그를 보더니 눈썹을 살짝 올리고, 왜 왔는지 알고 있다는 듯 냉소적인 표정을 지으며 말했다.

“이렇게 좋은 날 아름다운 경치를 두고, 밀실에서 초 종사와 좋은 시간을 보내지 않고 왜 한가로이 나를 찾아왔을까.”

답선군은 돌려서 말하지 않고 본론부터 꺼냈다.

“본좌를 잠깐이라도 생전의 모습으로 돌려놓을 방법이 없어?”

“…….”

사매가 그를 위아래로 훑어보며 말했다.

“산 송장이긴 해도 잠자리에서는 전혀 지장이 없을 텐데.”

“그런 말이 아니다.”

“흠? 그럼?”

“……먹고 싶어.”

답선군이 딱딱하고 차갑게 말했다.

“본좌는 밥을 먹고 싶다.”

사매가 잠시 생각에 잠기더니 어두운 눈빛으로 말했다.

“제군, 설마 물만두가 생각나서?”

“이 세상에 사형보다 물만두를 잘 만드는 사람은 없어.”

사매가 웃으며 말했다.

“웬일이래, 그를 다 떠올리고.”

답선군은 사매에 대한 기억이 온전치 못하여 기억이 났다가도 이내 잊어버리곤 했고, 기억 못 할 때가 훨씬 많았다. 그래서인지 사매는 그가 ‘사형’ 얘기를 꺼내는 게 새롭게 느껴졌다.

“에이, 맨날 교산에서 초만녕과 뒤엉켜 지내면서 왜 명정 사형 생각은 하지 않아?”

“…….”

마주 보고 있어도 알아보지 못한다는 게 이런 건가.

답선군은 한참이 지나서야 입을 열었다.

"본좌는 음기가 너무 심해서 새 영핵으로 환생하기 전에는 사형을 만나지 않는 게 좋겠다고, 사형은 속성이 물이라 본좌가 그를 다치게 할 거라고 네 입으로 그랬잖아."

사매는 부끄러워하는 기색이라고는 없이 뻔뻔하게 거짓말을 했다.

"그건 그래."

"그런데 물만두 얘기는 왜 꺼내."

답선군이 싸늘한 눈으로 그를 노려보며 말했다.

"아픈 데만 건드리는군."

사매가 씩 웃으며 말했다.

"이 세상에 물만두 말고, 산해진미를 모두 맛본 답선군이 잊지 못할 만한 음식이 또 뭐가 있을까 궁금했을 뿐이야."

"……."

"왜, 말할 수 없어?"

"……."

"그럼 내 말이 맞는지 들어 봐. 초 종사가 손수 음식을 해 줬구나?"

사매는 답선제군이 낯빛이 살짝 변하며 입술을 오므리는 것을 보더니 웃으며 말했다.

"듣자니 사생지전 초 종사의 요리 실력이 일품이라지. 제일 잘하는 요리가 숯이라던데. 너도 참, 그게 넘어가?"

답선군의 낯빛이 더욱 어두워졌다.

"방법이 있는지 없는지나 말해. 쓸데없는 소리 하지 말고."

"방법이야 당연히 있지. 전에도 말해 줬을 텐데."

답선군이 미간을 찌푸리며 물었다.

"뭔데?"

"옛날 방법 그대로야."

사매가 부드럽게 말했다.

"하루빨리 묵 종사의 영핵을 얻어서 네 영핵과 바꾸는 거야. 그러면 생전과 똑같이 될 수 있어."

치자꽃 한 송이가 물에 동동 떠내려왔다. 사매는 발끝으로 확 낚아채 새하얗고 향기로운 그 꽃을 발가락 사이에 끼웠다. 꽃잎은 하얗긴 해도 사매의 피부처럼 보드랍고 투명하지는 못했다.

사매는 발가락 사이에 갇혀 떠내려가지 못하는 꽃송이를 보며 말했다.

"우리 둘이 함께 노력해서 하루라도 빨리 영핵을 얻으면 나는 온전한 네 힘을 얻을 수 있고 너는, 너는 먹고 싶은 걸 먹을 수 있어."

그가 잠시 멈추더니 솜털처럼 부드러운 속눈썹을 들어 올리며 말했다.

"아침저녁으로 그리워하는 그 사람도 만날 수 있고."

"……."

"그러니 협조 좀 하시죠, 제군 폐하."

"고월야로 쳐들어가라고 했을 때도, 바둑돌 부대를 거느리고 사생지전을 침략하라고 했을 때도 본좌는 군소리 없이 따랐다.

뭘 더 협조하라는 거야. 한꺼번에 말해."

사매가 손뼉을 치며 호탕하게 웃었다.

"좋아, 시원시원하네. 이제 네가 해 줄 일은 하나야."

"말해."

"나랑 같이 천음각으로 가자. 이제 마지막이야. 끝장을 봐야지."

자세히 보니 황금색 깃털을 가진 비둘기 한 마리가 사매의 등 뒤에서 맴돌고 있었다. 다름 아닌 천음각의 전서구였다.

"천음각에서 소식을 보냈나?"

"그래."

사매는 가늘고 긴 손가락에 얇은 종이 한 장을 끼우고 말했다.

"모두 좋은 소식들이야. 모든 게 계획대로 되고 있어. 좋은 일을 하면 뭐 해. 묵 종사는 자기 영핵과 수진계의 평안을 맞바꿨지만, 그 공을 생각해 죄를 덮어 주자고 하는 사람도 없는데."

그는 씩 웃고는 서신에 주술을 걸어 종이 나비를 만들어 답선군에게 날려 보냈다.

"직접 읽어 봐."

"볼 것도 없다."

답선군은 종이 나비를 받아 들었지만 펼쳐 보지 않았다. 그는 새까만 눈으로 사매를 지그시 바라보며 물었다.

"언제인지나 말해."

"삼 일 뒤에 심문하고 다시 삼 일 뒤에 형을 집행할 거야."

"육 일 남았네?"

사매는 부드러운 얼굴로 황금 비둘기의 날개를 어루만졌다. 그런데 그때, 갑자기 옷소매에서 알록달록한 뱀 한 마리가 불쑥 튀어나와 번개처럼 비둘기의 목덜미를 덥석 물더니 꿀꺽 삼켜 버렸다.

모든 게 순식간에 벌어졌다. 사매는 익숙하다는 듯 표정이 전혀 흔들리지 않았다.

그는 웃으며 흩날리는 깃털을 털어 내더니 고개를 들고 말했다.

"맞아. 그러니 교산에 삼 일만 더 있다가 천음각에 가서 기다리자."

깃털이 못에 떨어져 잔잔한 물결이 일고, 두 남자의 그림자가 부서졌다.

"그의 영핵은 너에게 무적의 힘을 줄 거야. 그렇게 되면 빠른 시일 안에 네가 원하는 것들을 모두 얻을 수 있지."

대화를 마치고, 답선군은 근심이 가득해서 교산 밀실로 돌아왔다.

기력이 없는 초만녕은 탁자에 엎드려 자고 있었다. 책을 읽고 있었던 모양이었다. 새하얀 옷소매가 첫눈처럼 탁자를 뒤덮었다.

그는 잠시 곁에서 그 모습을 바라봤다. 외로운 등불 아래, 특별할 것 없는 남자와 책 한 권일 뿐이었다. 인간 세상의 화려함을 두루 경험하며 경국지색의 미인과 아름다운 경치를 수도 없이 봐 왔다.

초만녕이 다 뭐야.

뭐가 좋다고 이래.

그런 생각을 하니 마음이 울적해졌다. 그는 결국 감정을 주체하지 못하고 몸을 숙여 남자를 끌어안았다. 그리고 남자의 목덜미에 얼굴을 파묻고 문지르며 킁킁거렸다.

"……."

그 바람에 초만녕이 잠에서 깨어 눈을 떴다. 봉안이 멍하고 온화한 눈빛을 띠더니, 답선군의 포악한 짓거리들이 떠올랐는지 이내 차갑고 맹렬하게 변했다.

답선군은 그 변화를 모두 지켜봤다. 그러자 답답하고 내키지 않는 마음이 잡초처럼 마구 자라서 참을 수가 없었다. 결국 그는 초만녕을 와락 안아 올렸다.

"또 무슨 미친 짓을…… 읍!"

짧은 비명과 함께 초만녕은 벽면에 밀쳐졌다.

답선군은 뜨겁고도 절망적인 눈빛으로 그에게 입을 맞췄다. 목에서 입술로, 입술에서 턱으로, 그는 낮은 소리로 헐떡이며 물었다.

"나를 좋아해?"

"……."

"초만녕, 나를 좋아하냐고."

"무슨 짓이냐? 왜 갑자기……."

그런데 답선군은 대답을 듣고 싶지 않았다. 그저 물어보고 싶었을 뿐, 대답이 뭐든 자기와 상관없다고 생각했다.

대답이 뭐든 간에 돌아가는 길은 너무 아득해서 아무것도 돌이킬 수 없었다. 그러니 모두 부질없는 일이라고 생각했다.

"내가 답선제군이 아니라 너처럼 한 시대의 종사가 되었다면, 기꺼이 나와 함께했을까? 나에게 잘해 줬을까?"

그는 초만녕의 목을 물고 피를 빨아들이듯이 입에 머금었다.

그래야만 눈앞의 이 사람이 자신과 완전히 다른 묵미우가 아닌 자신의 것이라고 증명할 수 있는 것처럼.

그는 눈꺼풀을 떨어뜨리고 잠긴 목소리로 말했다.

"넌 결국 이런 나보다 그를 더 좋아하는 거지……."

"묵미우, 대체 무슨 말을 하는 게냐!"

지금의 초만녕은 기억이 온전치 못하여 전생의 기억만 있고 이번 생의 기억은 없으니, 그의 허튼소리를 알아들을 리가 없었다. 그러니 아마 초만녕이 온전히 답선제군의 사람일 수 있는 시간은 지금뿐일 것이다.

문득 너무 괴로웠다.

왜 그런지 목소리에는 비참함마저 섞여 있었다.

답선군은 사랑하는 사람과 몸을 맞대고 부둥켜안고 있었다. 한참을 그러고 있다가 나지막이 물었다.

"만약 내가 그의 영핵을 빼앗으면…… 지금보다 더 미워할 건가?"

사랑하는 사람에게 부정당하는 것보다 더 절망적인 일은 없다.

답선군은 품에 안긴 사람을 더 꽉 안았다.

"그런데 너는 원래 본좌의 사람이잖아……."

그가 나직이 내뱉었다.

"나를 떠나지 마."

혼잣말을 중얼거리는 자신이 너무 처량하게 느껴졌다.

고독하게 보낸 시간이 오래되다 보니 지쳤나 보다.

"팔 년이야. 그가 환생해서 너와 함께한 시간만큼, 나는 혼자 다른 세상에서 너를 기다리고 있었다."

적막한 무산전에서 벗도 없이 홀로.

“두 번 다시 나를 떠나지 마……. 처음에 나는 죽을 수라도 있었다. 하지만 네가 또다시 나를 떠나면…… 난 죽음조차 선택할 수 없어.”

답선군의 얼굴은 음울함과 광분, 슬픔과 고집으로 일그러졌다.

“견딜 수 없을 거라고…….”

二哈和他的白猫師尊

바보 허스키와 그의 흰 고양이 사존 10

초판 1쇄 발행 2021년 12월 31일
지은이 육포부흘육 **옮긴이** 어썸스토리 **감수** 치치
펴낸이 신현호
편집장 김승신 **책임편집** 원현선
본문조판 양우연 **마케팅** 김민원
펴낸곳 (주)디앤씨미디어 **출판등록** 2002년 4월 25일 제20-260호
주소 서울시 구로구 디지털로 26길 111 제이앤케이디지털타워 503호
전화번호 02.333.2513
B-Lab 공식 트위터 twitter.com/B_lab_BL/

ISBN 979-11-278-6162-9 04820
ISBN 979-11-278-6152-0 (세트)

정가 13,000원

晋江文學城
WWW.JJWXC.NET

Published originally under the title of《二哈和他的白猫师尊》

Illustrated by dugong